KB170002

쇄미록

瑣尾錄

쇄미록 3

권3 ─ 갑오일록

오희문 吳希文

일러두기

1. 이 책은 《쇄미록(瑣尾錄)》(보물 제1096호)을 저본(底本)으로 삼아 번역하고 교감·표점한 것이다. 한글 번역: 1~6권, 한문 표점본: 7~8권

2. 각 권의 앞부분에 관련 사진 자료와 오희문의 이동 경로, 관련 인물 설명 등을 편집했다. 각 권의 뒷부분에는 주요 인물들의 '인명록'을 두었다.

3. 이 책의 번역은 원문에 충실하게 함을 원칙으로 하되, 난해한 부분은 독자의 이해를 위해 의역했다.

4. 맞춤법과 띄어쓰기는 한글 맞춤법과 표준어 규정을 따르는 것을 원칙으로 했다.

5. 짧은 주석(10자 이내)의 경우에는 괄호 안에 넣었고, 긴 주석의 경우에는 각주로 두었다.

6. 한자는 필요한 경우에 병기했으며, 운문(韻文)의 경우에는 원문을 병기했다.

7. 원문이 누락된 부분은 '-원문 빠짐-'으로 표기했다.

8. 물명(物名)과 노비 이름은 한글 번역을 원칙으로 하되, 불분명한 경우에는 억지로 번역하지 않고 한자를 병기했다.

쇄미록 瑣尾錄

《쇄미록》은 오희문이 1591년(선조 24) 11월 27일부터 시작하여 1601년(선조 34) 2월 27일까지 쓴 일기이다. 모두 9년 3개월간의 일기가 7책 815장에 담겨 있다. 국사편찬위원회에서 1962년에 한국사료총서 제14집으로 간행하면서 널리 알려지게 되었고, 1991년에 보물 제1096호로 지정되었다. 해주 오씨 추탄공파 종중 소유로 현재 국립진주박물관에서 대여하여 전시하고 있다.

　　《쇄미록》은 종래 정사(正史) 종류의 사료에서는 볼 수 없는 생생한 생활기록이 담겨 있는 자료라는 측면에서, 특히 전란 중의 일기라는 점에서 더욱 주목을 받아 왔다. 그 결과 이미 많은 학자들에 의해서 연구가 진행되었다. 사회경제사, 생활사 등 각 부문별 연구 성과는 물론이고, 주제별로도 봉제사(奉祭祀)·접빈객(接賓客)의 일상생활, 상업행위, 의약(醫藥) 생활, 음식 문화, 처가 부양, 사노비, 일본 인식, 꿈의 의미 등에 대한 연구가 이어지고 있다.

갑오년 오희문의 주요 이동 경로

《쇄미록》 권3

* 주요 거주지: 충청도 임천군(林川郡)

◎ — 1월 1일~1월 15일: 영암(靈巖)에 계신 어머니를 뵙기 위해 장성(長城)에서 영암으로
　　이동함. 장성 → 나주(羅州) → 영암

◎ — 2월 7일~2월 13일: 어머니를 모시고 영암에서 출발하여 태인(泰仁)에 도착함.
　　영암 → 나주 → 광주(光州) → 장성 → 정읍(井邑) → 고부(古阜) → 태인

◎ — 2월 14일~2월 16일: 태인에서 어머니와 이별하고 처자식이 있는 임천으로 이동함.
　　태인 → 금구(金溝) → 김제(金堤) → 함열(咸悅) → 임천(林川)

◎ — 4월 24일~5월 1일: 어머니를 뵙기 위해 임천에서 태인으로 이동함.
　　임천 → 함열 → 김제 → 태인

◎ — 5월 2일~5월 4일: 어머니와 이별하고 임천으로 돌아옴. 태인 → 김제 → 함열 → 임천

◎ — 6월 3일~6월 11일: 이산(尼山) 현감을 만나 회포를 풀기 위해 이산에 갔다가 임천에
　　돌아옴. 임천 → 이산 → 석성(石城) → 임천

◎ — 7월 29일~8월 6일: 딸과 신응구의 혼사 문제로 함열에 갔다가, 그 길로 태인으로 가서
　　어머니를 뵙고 임천으로 돌아옴. 임천 → 함열 → 금구 → 태인 → 김제 → 함열 → 임천

◎ — 9월 17일~10월 3일: 어머니를 모셔오기 위해 태인으로 갔다가 임천으로 돌아옴.
　　임천 → 함열 → 김제 → 태인 → 금구 → 함열 → 임천

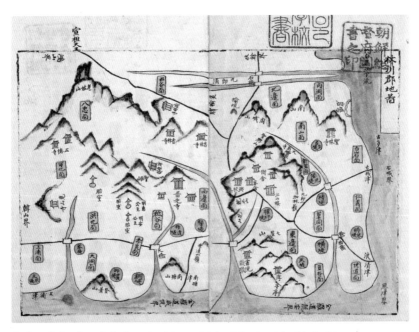

충청도 임천군의 그림식 지도 (서울대학교 규장각한국학연구원 소장 《호서읍지》 권4)

임진왜란 연표

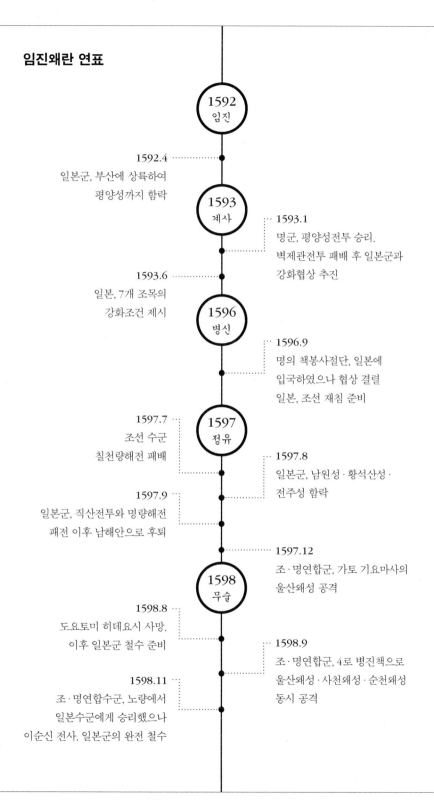

1592 임진

1592.4
일본군, 부산에 상륙하여
평양성까지 함락

1593 계사

1593.1
명군, 평양성전투 승리.
벽제관전투 패배 후 일본군과
강화협상 추진

1593.6
일본, 7개 조목의
강화조건 제시

1596 병신

1596.9
명의 책봉사절단, 일본에
입국하였으나 협상 결렬
일본, 조선 재침 준비

1597.7
조선 수군
칠천량해전 패배

1597 정유

1597.8
일본군, 남원성·황석산성·
전주성 함락

1597.9
일본군, 직산전투와 명량해전
패전 이후 남해안으로 후퇴

1597.12
조·명연합군, 가토 기요마사의
울산왜성 공격

1598 무술

1598.8
도요토미 히데요시 사망.
이후 일본군 철수 준비

1598.9
조·명연합군, 4로 병진책으로
울산왜성·사천왜성·순천왜성
동시 공격

1598.11
조·명연합수군, 노량에서
일본수군에게 승리했으나
이순신 전사. 일본군의 완전 철수

오희문의 가계도와 주요 등장인물

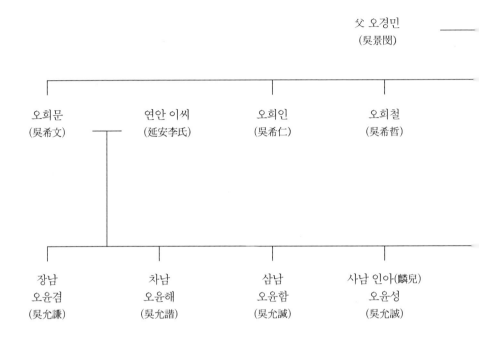

父 오경민
(吳景閔)

오희문　　　연안 이씨　　　오희인　　　오희철
(吳希文)　　　(延安李氏)　　　(吳希仁)　　　(吳希哲)

장남　　　　차남　　　　삼남　　　　사남 인아(麟兒)
오윤겸　　　오윤해　　　오윤함　　　오윤성
(吳允謙)　　　(吳允諧)　　　(吳允諴)　　　(吳允誠)

오희문(吳希文)　　일록의 서술자. 왜란 이전까지 한양의 처가에 거주하였다. 노비의 신공(身貢)을 걷으러 장흥(長興)과 성주(星州)로 가는 길에 장수(長水)에서 왜란 소식을 들었으며, 이후 가족과 상봉하여 부여의 임천(林川)과 강원도 평강 등지에서 함께 피난 생활을 하였다.

오희문의 어머니 고성 남씨(固城南氏)　　남인(南寅)의 딸. 왜란 당시 한양에 거주하다가 일가족과 함께 남쪽으로 피난하였다.

오희문의 아내 연안 이씨(延安李氏)　　이정수(李廷秀)의 딸이다.

오윤겸(吳允謙)　　오희문의 장남. 왜란 당시 광릉 참봉(光陵參奉)에 재직 중이었으며, 왜란이 일어나자 일가족과 함께 남행하여 오희문과 함께 피난 생활을 하였다. 왜란 중 평강 현감(平康縣監)에 임명되었고 정유년(1597) 3월 별시문과에 급제하였다.

오윤해(吳允諧)　　오희문의 차남. 오희문의 아우 오희인(吳希仁)의 후사가 되었다. 왜란 당시 경기도 율전(栗田)에 거주하다가 피난하여 오희문과 합류하였다.

오윤함(吳允諴)　　오희문의 삼남. 왜란 당시 황해도 해주(海州)에 거주하고 있었다.

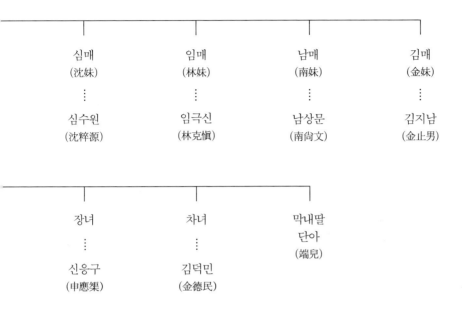

母 고성 남씨
(固城南氏)

심매 (沈妹)	임매 (林妹)	남매 (南妹)	김매 (金妹)
⋮	⋮	⋮	⋮
심수원 (沈粹源)	임극신 (林克愼)	남상문 (南尙文)	김지남 (金止男)

장녀	차녀	막내딸 단아 (端兒)
⋮	⋮	
신응구 (申應榘)	김덕민 (金德民)	

인아(麟兒)　오윤성(吳允誠). 오희문의 사남. 병신년(1596) 5월에 김경(金璥)의 딸과 혼인하였다.

충아(忠兒)　오윤해의 장남 오달승(吳達升)으로 추정된다.

큰딸　일가와 함께 피난 생활을 하다, 갑오년(1594) 8월에 신응구(申應榘)와 혼인하였다.

둘째 딸　일가와 함께 피난 생활을 하였으며, 왜란 이후 경자년(1600) 3월에 김덕민(金德民)과 혼인하였다.

단아(端兒)　오희문의 막내딸. 피난 기간 동안 내내 학질 등에 시달리다 정유년(1597) 2월에 병으로 사망하였다.

오희인(吳希仁)　오희문의 첫째 아우. 왜란 이전에 사망한 터라 거의 언급되지 않는다.

오희철(吳希哲)　오희문의 둘째 아우. 오희문과 함께 어머니를 모시고 피난 생활을 하였다.

심매(沈妹)　오희문의 첫째 여동생으로, 심수원(沈粹源)의 아내. 왜란 이전에 사망한 터라 거의 언급되지 않는다.

임매(林妹) 오희문의 둘째 여동생. 임극신(林克愼)의 아내. 왜란 당시 영암(靈巖) 구림촌(鳩林村)에 거주하고 있었다. 기해년(1599) 4월경에 병으로 사망하였다.

남매(南妹) 오희문의 셋째 여동생. 남상문(南尙文)의 아내. 왜란 당시 남편과 함께 강원도에 거주하고 있었으며, 주로 강원도와 황해도에서 피난 생활을 하였다.

김매(金妹) 오희문의 넷째 여동생. 김지남(金止男)의 아내. 왜란 당시 예산(禮山) 유제촌(柳堤村)에 거주하고 있었다. 갑오년(1594) 4월경에 돌림병에 걸려 사망하였다.

임극신(林克愼) 오희문의 둘째 매부. 기묘년(1579) 진사시에 입격한 바 있으나 그대로 영암에 거주하던 중 왜란을 겪었으며, 정유년(1597) 겨울을 전후하여 전라도로 침입한 왜군에게 피살된 것으로 추정된다.

남상문(南尙文) 오희문의 셋째 매부. 왜란 당시 고성 군수(高城郡守)에 재직 중이었다.

김지남(金止男) 오희문의 넷째 매부. 왜란 당시 예문관 검열에 재직 중이었다. 왜란이 일어나자 의병에 가담하여 활동하였으며, 환도 이후 갑오년(1594) 1월 한림(翰林)에 임명되었다.

신응구(申應榘) 오희문의 큰사위. 왜란 당시 함열 현감(咸悅縣監)에 재직 중이었다. 오희문의 피난 생활에 물심양면으로 많은 도움을 주었다.

김덕민(金德民) 오희문의 둘째 사위. 왜란 당시 충청도 보은(報恩)에 거주하였으나, 정유년에 피난 중 왜군에게 가족을 모두 잃고 홀로 살아남았다. 이후 오희문의 차녀와 혼인하였다.

이빈(李贇) 오희문의 처남이며, 왜란 당시 장수 현감(長水縣監)에 재직 중이었다. 왜란 이전부터 오희문과 친교가 깊었으나 임진년(1592) 11월에 사망하였다.

이귀(李貴) 오희문의 처사촌. 계사년(1593) 5월 장성 현감(長城縣監)에 임명되었으며, 오희문과 왕래하며 일가를 경제적으로 지원하였다.

김가기(金可幾) 오희문의 벗이며, 김덕민의 아버지, 즉 오희문의 사돈이다. 왜란 당시 금정 찰방(金井察訪)에 재직 중이었다. 갑오년(1594)에 이산 현감(尼山縣監)으로 옮겼으나, 정유재란 때 가족들과 함께 왜군에게 피살되었다.

임면(任免) 오희문의 동서로 이정수의 막내사위. 참봉을 지냈으며, 갑오년(1594) 1월에 병으로 사망하였다.

이지(李贄) 오희문의 처남으로 이빈의 아우. 갑오년(1594) 4월에 병으로 사망하였다.

심열(沈說) 오희문의 매부 심수원의 아들. 오희문 일가와 자주 왕래하였다.

소지(蘇騭) 임천에서 오희문의 거처를 마련해 주고 집안일을 거들어 준 인물이다.

허찬(許鑽) 오희문의 서얼 사촌누이가 낳은 조카. 피난 중에 아내에게 버림받아 떠돌다 오희문에게 도움을 받았으며, 이후 오희문의 집안일을 거들며 지냈다.

신벌(申橃) 신응구의 아버지. 왜란 당시 온양 군수에 재직 중이었다.

이분(李蕡) 오희문의 처사촌이다.

해주 오씨 추탄공파 재실

오희문은 오인유(吳仁裕)를 1세로 하는 해주 오씨 13세이다. 그는 용인 지역의 명문인 연안 이씨(延安李氏) 이정수(李廷秀)의 딸과 혼인했다. 그는 4남 3녀를 두었는데, 맏아들 오윤겸(吳允謙)이 후일 영의정까지 지내는 등 영달하면서 그도 영의정에 추증되었다. 그리하여 오윤겸의 호를 딴 해주 오씨 추탄공파(楸灘公派)가 성립되었다. 이 사진은 경기도 용인시 처인구 모현읍 오산리에 있는 해주 오씨 추탄공파의 재실인 유덕재(維德齋)이다.

해주 오씨 문중의 종계첩인 《수양종첩》

갑오일록 甲午日錄

1594년 1월 1일 ~ 12월 30일

7대손 태로(泰魯)가 첩(貼)을 만들어 소중히 간직하기 위해 감히 두 장을 빼내고 다시 손수 베껴 써서 메웠다. 때는 계미년(1823) 정월 스무이렛날이다.

1월 큰달

◎ ― 1월 1일

옥여(玉汝)*가 완산[完山, 전주(全州)]에서 막 당도했다. 이신 여헌(李 賚汝獻)*도 와서 서로 만나니 기쁘고 위로가 된다. 여헌이 올 때 임천(林 川)에 들러 사흘을 머물렀는데, 임천 군수(林川郡守)는 곧 그의 외삼촌 이다.* 그곳에 머물면서 내 처자식을 두 차례 찾아가서 만났다고 한다. 집사람이 그의 편에 보낸 편지를 보니 병에 걸리지 않았다고 한다. 다 만 윤겸(允謙)*의 장인*이 순천(順天)에서 바다를 건너다가 배가 부서졌

....
* 옥여(玉汝): 이귀(李貴, 1557~1633). 자(字)는 옥여이다. 오희문(吳希文)의 처사촌이다. 장성 현감, 군기시판관, 김제 군수를 지냈다.
* 이신 여헌(李賚汝獻): 1564~1597. 자는 여헌이다. 오희문의 처사촌이다. 아버지는 오희문의 장인인 이정수(李廷秀)의 셋째 동생 이정현(李廷顯)이고, 어머니는 은진 송씨(恩津宋氏)이 다. 이정현의 네 아들은 이빈(李賓), 이분(李蕡), 이신, 이천(李蕆)이다.
* 임천 군수는……외삼촌이다: 당시 임천 군수는 송응서(宋應瑞, 1530~1608)였다.
* 윤겸(允謙): 1559~1636. 오희문의 큰아들이다.
* 장인: 이응화(李應華, ?~?). 첨정을 지냈다.

는데, 배에 탄 사람이 모두 죽었고 그의 서자 이생(李生)도 빠져 죽었으며 언실(彦實)은 겨우 헤엄쳐서 뭍으로 나왔지만 이레를 앓다가 죽었다고 한다. 놀랍고 슬픈 마음을 가누지 못하겠다. 그의 노모와 처자식들은 어찌 산단 말인가. 더욱 걱정스럽다. 윤겸이 그 상구(喪柩, 관)를 호송해 오는 일 때문에 순천으로 가다가 완산에 들렀다고 한다. 마침 옥여가 부(府)에 도착해 서로 만났고, 그가 만류하는 바람에 사흘을 머물다가 정시(庭試)*에 들어가서 구경한 뒤에 출발했다고 한다. 정시에 참여한 사람은 모두 9명인데, 장원한 사람은 윤길(尹晧)이라고 한다.

광주(光州)에 사는 유생 김덕령(金德齡)은 용맹함과 힘이 출중하여 천거된 뒤로 왜구를 치고 의병을 모아서 광주, 담양(潭陽), 장성(長城)의 수령과 함께하기로 약속을 했는데, 장성 현감이 그 일을 전부 주관하여 이달 안에 군사를 거느리고 영남으로 향한다고 한다. 성공 여부는 미리 알 수 없지만, 김덕령에게는 남보다 특출한 재주와 뛰어난 지략이 있다고 한다. 세자께서 익호장군(翼虎將軍)이라는 호를 내리셨고, 또 전투마와 군장 등을 하사하셨으며, 여러 번 불러들여 만나서 매우 후한 말씀을 해 주셨다고 한다.

옥여가 저물녘에 나왔다. 함께 방 안에 앉아 국수를 말아먹고 술 석 잔을 마신 뒤에 파하니 자정이 지났다. 동석한 사람은 정자(正字) 조익(趙翊)*과 숙훈(叔訓),* 여헌, 여경(汝敬)*과 현감의 외삼촌 권대순(權大

....
*   정시(庭試): 1593년 12월 26일에 치러진 전주별시(全州別試)를 말한다. 당시 세자였던 광해군(光海君)이 전주에 머물면서 보인 시험이다. 문과 9명, 무과 1명을 선발했는데, 문과 장원이 윤길(尹晧)이었다. 《국조문과방목(國朝文科榜目)》선조 26년 계미 전주별시.
*   조익(趙翊): 1579~1655. 오희문의 처사촌인 이빈의 사위이다. 승문원 정자를 지냈다. 임진왜란 때 호남지방에서 의병을 일으키기도 했다.

詢), 이복흥(李復興),[*] 생원 이정일(李精一)[*]과 나이다.

◎ ─ 1월 2일

아침밥을 먹고 출발했다. 나주(羅州) 땅 여황리(艅艎里)[*]에 이르러 생원 정문겸(鄭文謙)의 사내종 집에서 잤다. 저물녘에 정공(鄭公)이 나와서 보기에, 조용히 얘기를 나누다가 밤이 깊어 파하고 돌아갔다. 정공은 전 목사 정척(鄭惕)[*]의 둘째 아들이라고 한다.

◎ ─ 1월 3일

일찍 출발하여 1식(息, 30리)을 와서 아침밥을 먹었다. 나주 서문(西門) 밖에 당도하여 먼저 송노(宋奴)를 시켜 옥여의 편지를 목사에게 올리게 하고 서문 밖에서 만나기로 약속했다. 그런데 송노가 남문(南門) 밖으로 잘못 나오는 바람에 찾지 못하고 서로 어긋나 버렸다. 날은 저물어 가는데 문을 단속함이 너무 엄해서 문을 나온 뒤에는 다시 들어갈 수가 없었다. 하는 수 없이 저녁밥을 지어 먹으니 날이 이미 저물었다. 서문 안에는 내가 예전에 묵었던 집이 있었다. 집주인이 내가 문밖

....

* 숙훈(叔訓): 이자(李資, ?~?). 자는 숙훈, 여훈(汝訓)이다. 오희문의 처사촌이다. 오희문의 장인인 이정수의 바로 아래 동생 이정화(李廷華)의 셋째 아들이고 이귀의 형이다.
* 여경(汝敬): 이천(李蕆, 1570~1653). 자는 여경이다. 오희문의 처사촌이다.
* 이복흥(李復興): 1560~?. 1618년에 생원시에 입격했다.
* 이정일(李精一): 1553~?. 1573년에 생원시에 입격했다.
* 여황리(艅艎里): 본래 백제의 수천현(水川縣)이다. 수입이(水入伊)라고도 했다. 신라 때 이름을 고쳐 나주에 예속시켰고, 고려와 조선에서도 그대로 이어졌다.《국역 신증동국여지승람(新增東國輿地勝覽)》제35권〈전라도 나주목〉.
* 정척(鄭惕): 1522~1601. 우승지, 상주 목사를 지냈다.

에서 못 들어오고 있다는 말을 듣고 나와서 나를 데리고 들어왔다. 나를 방에 재우고 좋은 술을 대접하니 후하다고 할 만하다.

참군(參軍) 이뢰(李賚)*가 먼저 와서 목사와 함께 있었다. 내가 여기에 왔다는 말을 듣고 사람을 보내 안부를 물었다. 밤이 깊어 만나지 못하고 내일 만나기로 약속했다.

◎ ─ 1월 4일

이른 아침에 양필(良弼)에게 사람을 보내서 만나자고 했다. 양필이 곧바로 와서 보았다. 생각지도 못한 일이라 매우 기쁘고 위로가 되었다. 그가 술과 날고기 한 덩어리를 가지고 와서 함께 고기를 굽고 술을 두 잔씩 마신 뒤에 파했다.

느지막이 밥을 먹고 출발했다. 말에게 두 번 꼴을 먹이고 말을 달려 영암(靈巖) 서문 밖에 이르니 날이 벌써 저물었다. 임진사(林進士)네 계집종의 남편 임명수(林命守)의 집에서 잤다. 명수의 처는 돌장(乭壯)인데, 젊었을 때 임진사가 데리고 왔다. 한양 집에 있을 때 잔심부름을 시킨 적이 있기 때문에 지금 내가 오자 나를 상전처럼 섬겨 곧바로 저녁밥을 지어 주었고, 또 이웃집에서 술을 구해다가 대접해 주었다.

말먹이 콩 4되를 삶았는데, 다 삶아서 건지기도 전에 마침 굶주린 사람이 들어와 아무도 없는 틈을 타서 반이나 훔쳐 먹었다. 너무 심하지만, 추위와 배고픔을 견디다 못해 그런 것이니 한편으로는 불쌍하다.

....

* 이뢰(李賚): 1549~1602. 오희문의 처사촌이다. 오희문의 장인 이정수의 동생 이정호(李廷虎)의 큰아들이다. 한성부 참군을 지냈다.

사내종들이 때리려는 것을 엄하게 금지했다.

◎ — 1월 5일

새벽에 출발하여 구림(鳩林)*에 이르렀다. 월출산(月出山)에 해가 겨우 한 장대 높이쯤 올라왔다. 들어와 어머니를 뵈니 몹시 기쁘고 위로가 된다. 어머니의 안색이 여전하고 식사도 더 하며 별다른 병환이 없으시니 더욱 기쁘기 그지없다. 다만 적의 기병이 전라도로 가려 한다고 하고 또 상황이 여의치 않고 편치 않은 일이 많아서 이달 안에 어머니를 모시고 충청도로 돌아가려고 한다. 단지 봉양할 방법이 없으면 어쩌나 걱정스러울 뿐이다. 그러나 어머니께서도 돌아가고 싶어 하시니 그만둘 수가 없다.

밥을 먹은 뒤에 생원 최심원(崔深源),* 생원 권순(權淳),* 진사 임현(林晛),* 그리고 나와 아우가 요월당(邀月堂)*에 모여 이야기를 나누었다. 날이 저물어 아우와 함께 주인집에 가서 묵었는데, 심원이 술을 들고 찾아왔다. 자정이 되어 파하고 돌아갔다.

....
* 　구림(鳩林): 현재의 전라남도 영암군 군서면 구림리이다.
* 　최심원(崔深源): 최집(崔潗, 1556~?). 자는 심원이다. 1579년 생원시에 입격했다.
* 　권순(權淳): 1564~?. 1589년 생원시에 입격했다.
* 　임현(林晛): 1569~1601. 오희문의 매부인 임극신(林克愼)의 조카이다. 예조좌랑 등의 벼슬을 지냈다.
* 　요월당(邀月堂): 영암의 월출산 아래에 있는 나주 임씨들의 정자이다. 임구령(林九齡)이 1536년에 건립했다.

◎ — 1월 6일

아침을 먹고 요월당에 가서 심원, 권·임 두 상사(上舍, 생원과 진사), 남백형(南伯馨), 나와 아우, 그리고 5, 6명의 소년들과 함께 저녁내 이야기를 나누었다. 경흠(景欽)*이 나에게 벼 1섬을 주었다. 찧어서 목화와 바꿀 생각이다.

어제 김창수(金昌壽)가 들렀는데, 그편에 자정(子定)이 한림(翰林)에 제수되었다*는 말을 들었다. 기쁘다. 창수는 자정의 사촌이다. 예산(禮山)에서 오는 길이라 자세히 아는 것이다. 한원[翰苑, 사관(史官)]에 천거되었다는 말을 얼마 전에 들었지만 사실 여부를 자세히 알지 못했는데, 이제야 분명하게 알았다. 김공(金公)은 강진(康津)으로 향했다.

◎ — 1월 7일

밥을 먹고 요월당에 갔다. 생원 권순, 진사 임현, 생원 최심원, 이웃에 사는 박준(朴濬) 형제, 박경행(朴敬行)과 우리 형제가 모여 이야기를 나누었다. 심원은 임자승(林子昇, 임현)과 종정도(從政圖)* 놀이로 내기를 하며 종일 놀았다. 비가 저녁내 그치지 않았다. 저물녘에 아우와 함께

....

* 경흠(景欽): 임극신(1550~?). 자는 경흠이다. 오희문의 매부이다. 임극신 부부는 당시 영암군의 구림촌에 거주하고 있었다.
* 자정(子定)이……제수되었다: 김지남(金止男, 1559~1631). 자는 자정이다. 오희문의 매부이다. 한림은 사관(史官)으로 1593년 10월에 선조(宣祖)가 환도한 뒤에 김지남이 예문관 검열 겸 춘추관 기사관에 선발된 일을 가리킨다. 《국역 용주유고(龍洲遺稿)》 제14권 〈감사용계김공묘지명(監司龍溪金公墓誌銘)〉.
* 종정도(從政圖): 정도(政圖), 승관도(陞官圖), 승경도(陞卿圖), 종경도(從卿圖)라고도 한다. 옛날 실내오락의 일종이다. 넓은 종이에 벼슬 이름을 품계와 종별에 따라 써 놓고 5개의 모가 난 주사위를 굴려서 나온 끗수에 따라서 관등을 올리고 내린다.

거처로 돌아왔다. 남백형도 학질을 피해 왔기에 함께 잤다.

◎ — 1월 8일

학질이 물러가서 백형이 일찍 그의 집으로 돌아갔다. 나와 아우도 뒤따랐다. 지난밤에 바람이 세차게 불어서 집이 흔들렸다. 지붕이 날아가고 울타리가 뽑히더니 새벽이 되어서야 비로소 그쳤다. 잠자는 방이 너무 뜨거워서 밤새 뒤척이다가 도리어 찬바람에 몸이 상했는지 아침에 일어나니 기운이 몹시 편치 않았다.

오후에 임자중(林子中)*이 자기 집으로 우리를 초대하여 술과 음식을 대접했다. 한바탕 크게 취하고 곧장 거처로 돌아오는데, 최심원도 따라왔다. 내가 취해서 잠들었기 때문에 언명(彦明)*과 함께 잠시 이야기를 나누다가 돌아갔다.

오늘 참석한 사람은 남백형, 권화보(權和甫, 권순), 최심원, 류선(柳璇), 민우중(閔友仲) 형제와 소년 3, 4명, 그리고 우리 형제이다. 류선은 전 선전관(宣傳官) 류형(柳珩)*의 사촌인데, 류형의 집에서 기식(寄食)하다가 마침 와서 참석했다. 성질이 매우 괴팍하여 사람들이 대부분 꺼렸다. 우연히 심원과 서로 다투다가 큰 소리로 욕을 해 댄다. 우습다. 백형이 먼저 일어나기에 나도 따라나섰다.

....
* 임자중(林子中): 임환(林懽, 1561~1608). 자는 자중이다. 임현의 매부이다. 임진왜란이 일어나자 창의사 김천일(金千鎰) 밑에서 종사관으로 종군했다.
* 언명(彦明): 오희철(吳希哲, 1556~1642)의 자는 언명이다. 오희문의 남동생이다.
* 류형(柳珩): 1566~1615. 임진왜란이 일어나자 창의사 김천일을 따라 강화에서 활동하다가 의주 행재소에 가서 선전관에 임명되었다. 이순신(李舜臣)의 신망이 두터웠으며 삼도수군통제사 등을 지냈다.

◎ ― 1월 9일

저녁내 비가 내렸다. 요월당에 가서 백형, 화보, 자승과 함께 종일 이야기를 나누었다. 자승이 삶은 멧돼지고기와 술 한 사발을 내와서 저녁밥을 먹은 뒤에 거처로 돌아왔다. 심원의 집에 말을 보내서 초대하고 누이한테서 술과 안주를 얻어 왔다. 네 사발씩 마시며 각자의 생각을 이야기하다가 자정이 넘어서야 돌아갔다.

어제 경흠이 순천 방답 첨사(防踏僉使)의 진(鎭)에 갔다. 비 오는 기세가 이와 같으니, 분명 중도에서 막혔을 것이다.

◎ ― 1월 10일

지난밤에 눈이 내렸다. 아침에 일어나 보니 월출산이 온통 하얀데, 여전히 눈이 그치지 않고 내리다 바람이 불었다 한다. 길이 질어서 떠날 수 없는 형편이니 매우 걱정스럽다.

원래는 내일 능성(綾城)에 가려고 했다. 장흥(長興)의 노비들에게서 신공(身貢)*을 거두기 위해서이다. 아침밥을 먹고 나서 요월당에 갔다. 심원, 백형, 화보, 자중, 자승, 인중(仁仲)과 우리 형제, 그리고 4, 5명의 소년들이 종일 이야기를 나누었다. 자중의 조카 임탄(林坦)이 술과 안주를 가져와서 같이 마시다가 날이 저물어 각자 헤어졌다. 저녁내 거센 바람이 불고 음산하다.

....

* 신공(身貢): 노비가 신역(身役) 대신에 바치던 공물(貢物)을 말한다. 공사노비를 막론하고 실역(實役)하지 않을 경우에 공노비는 각 사(司)에, 사노비는 본주(本主)에게 바쳤다.

◎ ― 1월 11일

밥을 먹은 뒤에 요월당에 나가서 심원, 백형, 자중, 신중(愼仲), 화보, 소년 5, 6명과 우리 형제가 종일 이야기를 나누었다. 자중과 심원 등은 편을 갈라 활쏘기를 하여 진 편이 술과 안주를 내기로 했다. 임자승(임현)의 편이 졌기 때문에 자승이 술 1병을 내서 마셨다. 저물녘에 심원이 나의 거처로 찾아왔다가 밤이 깊어 돌아갔다.

경흠이 보내 준 벼를 찧어 보니 쌀 6말 7되이다. 곧바로 목화 37근으로 바꿔 오도록 했다. 누이가 준 목화 10근과 예전에 가져온 베갯모를 팔아서 또 7근을 얻으니 모두 54근이다. 사내종들에게 씨를 빼게 했다. 또 쌀 5되를 주고 철편(鐵片) 2근 12냥을 샀다. 말의 다갈(多曷)*을 만들기 위해서이다.

어제 암행어사가 군에 들어왔다고 한다. 분명 들은 말이 있어서일 게다. 군수가 사 둔 집으로 친히 가서 부정을 적발한 뒤에 나주로 옮겨 가두었다고 한다. 군수의 성명은 김성헌(金聲憲)인데, 민심을 잃은 지 오래이고 탐욕이 심해 군내 가까운 곳에 큰 집을 샀다. 또 관아 곳간의 물건을 빼돌려 배 2척에 가득 실어 먼저 영광(靈光)의 일가 집으로 보내고 곡식을 빼내어 성안의 인가 10여 곳에 두었다. 이는 모두 파면시킨다는 소식을 미리 들어서 먼저 조치를 취한 것이라고 한다. 이렇게 나라의 재정이 고갈된 때에 조정에서 임무를 맡겨 파견한 뜻을 생각하지 않고 백성을 들들 볶아 끝도 없이 탐욕스럽게 수탈한 것이 이처

....

* 다갈(多曷): 말굽에 편자를 박을 때 쓰는 징이다. 다갈(多蝎)로도 쓰고 '대갈'로 읽는 우리말 한자어이다.

럼 심하니, 죽인다고 한들 무엇이 아깝겠는가. 또 정처 없이 떠도는 사람들의 종들을 많이 사들이고 쌀을 빼내어 무명으로 바꾼 일도 많다고 한다. 도둑질한 곡식의 수량이 거의 천여 섬에 이르는데, 배에 실은 물건은 이 수에 포함된 것도 아니란다. —이 도에서 관아의 물건을 도둑질한 것이 매우 많은 자 중에 영광 군수(靈光郡守) 신상절(申尙節)과 태인 군수(泰仁郡守) 박문영(朴文榮) 및 영암 군수(靈巖郡守) 김성헌이 더욱 심하다고 한다.—*

◎ — 1월 12일

요월당에 가서 백형, 심원, 자중, 화보 등과 함께 종일 이야기를 나누면서 활쏘기도 하고 종정도 놀이도 했다. 생원 정문회(鄭文晦)*도 왔다. 한양에 있을 때 임자승과 교유했기 때문에 찾아온 것이다.

◎ — 1월 13일

요월당에 가서 여러 공들과 함께 이야기를 나누었다. 화보와 자승이 정공(鄭公) 등과 편을 갈라 활쏘기 시합으로 술 내기를 했다. 자승의 편이 졌기 때문에 술을 내서 마셨다. 그런데 사람은 많고 술은 적어 더 얻어다가 마시려고 하면서 나에게 구해 오라고 했다. 누이에게서 또 좋은 술 1병을 구해서 두어 잔씩 마신 뒤 파하고 돌아왔다.

....

* 이 도에서……한다: 이 세 사람에 관해서는《선조실록(宣祖實錄)》등의 문헌에 "탐욕스럽고 용렬하다"는 기록이 보인다. 이 무렵에도 고을 수령을 맡아서 관곡을 빼돌리는 비리를 저지르는 바람에 사간원과 사헌부에서 탄핵을 받았다.《국역 선조실록》26년 10월 18일, 27년 4월 17일.
* 정문회(鄭文晦): 1563~?. 1589년 생원시에 입격했다.

◎ ― 1월 14일

저녁내 거센 바람이 불어 겨울보다 추위가 갑절이나 더 매섭다. 밥을 먹고 요월당에 가서 여러 공들과 함께 종일 이야기를 나누었다. 옷칠한 갓이 나흘이 지나도록 여전히 마르지 않는다. 분명 안 좋은 옻인 게다. 못 쓰고 버리게 될까 몹시 걱정스럽다.

◎ ― 1월 15일

생원 정문회가 밥을 먹고 북쪽으로 돌아갔다. 정공의 부인이 작고한 인제(麟蹄) 윤은경(尹殷卿)의 따님이라는 말을 이제야 들었다. 부인은 나의 팔촌 누이이다. 지난밤에 큰 눈이 내려 거의 3, 4치나 쌓였다. 아침까지 여전히 그치지 않다가 느지막이 비로소 날이 개었다.

오후에 민참판(閔參判)의 부인이 한양으로 떠났는데, 그 딸과 작별할 때 슬퍼서 떠나기 어려워했다고 한다. 사람의 마음이 이런 상황에서 어떻게 비통하지 않겠는가. 자승이 나주까지 모시고 갔다가 돌아왔다. 내일이면 남백형도 북쪽으로 돌아간다. 그래서 저물녘에 심원이 술과 안주를 가져와서 백형, 자중, 화보, 임탄과 우리 형제가 나의 거처에 모여 이야기를 나누다가 밤이 깊은 뒤에 파하고 헤어졌다.

아침에 사내종을 영암군에 보내서 조도어사(調度御史)*의 소식을 물었다. 선문(先文)*은 도착했지만, 온다는 정식 기별은 아직 없다고 한다.

....

* 조도어사(調度御史): 경비를 조달하기 위해 파견된 어사이다. 당시 충청도 조도어사로 파견된 사람은 강첨(姜籤)이다. 조도어사로 파견된 정확한 날짜는 알 수 없지만,《국역 선조실록》26년 3월 21일 기사에 치계한 일이 보이는 것으로 보아 그 이전에 파견된 것으로 보인다.
* 선문(先文): 중앙의 벼슬아치가 지방에 출장 갈 때 그곳에 도착 날짜를 미리 알리던 공문이다.

나도 하는 수 없이 모레에나 능성으로 가야겠다.

◎ ― 1월 16일

남백형이 처자식을 데리고 돌아갔다. 나와 아우, 자중, 심원, 화보가 요월당에 모였다가 중문 밖에 나가서 전송했다. 가는 편에 편지를 써서 임천의 거처에 부쳤다. 또 요월당에 가서 여러 공과 함께 저녁내 이야기를 나누었다.

씨를 뺀 목화를 다시 달아 보니 8근 8냥이고, 씨를 안 뺀 것은 17근이다. 내일 능성으로 가려고 하기 때문에 우선 어머니의 방에 두었다가 돌아온 뒤에 씨를 뺄 생각이다. 저녁에 민우안(閔友顔)이 와서 심열(沈說)*의 편지를 전했다.

◎ ― 1월 17일

날이 흐리고 바람이 불고 눈까지 내리다가 한참 뒤 아침에야 비로소 개었다. 사내종과 말을 거느리고 출발하여 나주 땅 내상리(內上里)의 번을 서는 진도(珍島) 정병(正兵) 승강수(昇康守)의 집에 와서 잤다. 주인이 매우 후하게 대접하고 마초(馬草)와 김치를 구해 주었다. 또 온돌방에서 재워 주었다.

◎ ― 1월 18일

새벽에 출발하여 남평(南平) 땅 철야리(鐵冶里)에 있는 무인(武人)

....

* 심열(沈說): ?~?. 오희문의 매부인 심수원(沈粹源)의 아들로, 오희문의 생질이다.

서극철(徐克哲)의 집에 이르렀다. 아침밥을 먹는데 서공(徐公)이 나와서 보았다. 이웃에 사는 유생 정현(鄭晛)*이 마침 왔다. 그는 임경흠의 일가 친척이다. 한바탕 이야기를 나누고 파했다.

　고개를 두 개나 넘었다. 길이 질어서 간신히 능성현에 도착하니 날이 이미 저물었다. 현감이 관아에 들어간 바람에 이름을 알리지 못하여 관아의 사내종 낙수(樂守)의 집에서 잤다. 주인이 마초와 김치를 주었다. 객방이 없어서 차디찬 대청에서 잤다. 새벽에 찬 기운이 뼛속까지 파고들어 잠을 못 잤다. 걱정이 이만저만이 아니다. 문을 단속함이 몹시 엄하다고 한다. 이름을 알리지 못하면 내일은 음식을 얻을 방법이 없어 오도 가도 못할 테니 더욱 걱정이다. 주인에게 이름을 알릴 수 있게 힘써 달라고 했다. 주인이 이름을 써 오면 형편을 보아 데리고 들어가겠다고 했다. 주인은 관청의 고지기[庫直]이다.

◎ ― 1월 19일

　한밤중부터 비가 오더니 이내 큰 눈으로 이어졌다. 아침에 일어나서 보니 거의 4, 5치나 쌓였다. 만약 녹지 않는다면 한 자는 될 판이다. 모두들 근래 이렇게 큰 눈은 없었다고 한다. 종일 바람이 불고 흐리며 때때로 눈발도 날렸다. 홀로 차디찬 행랑에 앉아 있으려니 추워서 견딜 수가 없다.

　현감이 요사이 기운이 편치 않아 오랫동안 출근하지 못하고 있다.

....

* 　정현(鄭晛): 1570~1616. 임진왜란이 일어나자 아버지 정준일(鄭遵一)과 함께 의병을 일으켜 여산에서 스승인 고경명(高敬命)의 진에 합류했다.

백방으로 들어가려고 해 보지만 문을 단속함이 매우 엄해서 이름을 알릴 방법이 없다. 동네 사내종에게 모욕을 당했다고 거짓 핑계를 대며 소장(訴狀)을 올려 이름을 알리려고도 했건만, 으레 잡아 오라고 써서 내보내기만 했지 도무지 불러서 보려는 뜻이 없다. 먹을거리가 이미 떨어져서 하는 수 없이 주인집에서 빌려다 먹었다. 내일 장에 가서 무명을 팔아 양식을 준비해서 돌아가야겠다.

오늘은 바람이 갑절이나 더 차다. 냉방에서 잘 수 없어서 이웃집 노인의 방을 빌려서 잤다. 사방 벽에 구멍이 뚫려 거침없이 바람이 들어왔다. 냉기가 얼굴에 엄습하여 밤새 한잠도 못 잤다. 그래도 냉방보다는 백번 나았다. 이 방이 아니었다면 분명 큰 병이 났을 게다. 이곳에서 고생한 정상은 말로 다할 수 없다.

◎ ― 1월 20일

주인집에서 쌀 2되를 빌려서 아침밥을 지어 먹었다. 막정(莫丁)을 보내서 관청에 가 보게 했다. 와서 보고하는 말이, 양좌랑(楊佐郎)이 행차해서 어제 객사에 와서 잤다고 한다. 이 사람은 곧 양사형(楊士衡)*이다. 일찍이 알던 사이라 바로 객관으로 가서 이름을 전했더니 사람을 보내 맞아 주었다. 상방(上房, 관아의 장이 거처하는 방)에 가서 만났는데, 생원 류표(柳潓)*도 왔다. 류공(柳公)은 윤겸과 동년우(同年友)*로 서로 알

....
*   양사형(楊士衡): 1547~1599. 군자감의 봉사, 직장 등을 지냈다. 정유재란 때에는 변사정(邊士貞), 정염(丁焰)과 함께 의병을 모아 왜군을 토벌했다.
*   류표(柳潓): 1541~?. 1582년 생원시에 입격했다.
*   동년우(同年友): 같은 해에 사마시에 입격한 사람을 말한다.

던 사이이기 때문에 같이 이야기를 나누다가 양공(楊公)을 통해 현감에게 이름을 알리게 했다. 현감이 곧바로 동헌(東軒)에서 맞았다. 마침 금성정(錦城正)*이 왔고, 현감의 아우 이린(以麟), 이봉(以鳳), 이란(以鸞) 등도 모여서 이야기를 나누었다. 금성정은 곧 나의 처사촌이고, 여러 박씨(朴氏)들은 또한 황간(黃澗)*에 사는 동향 사람들이다.

현감의 큰아들 사군(事君)은 남경제(南景悌)* 형의 사위이다. 형의 딸도 관아에 있다가 사람을 보내 나의 안부를 물었다. 이를 통해 백원(白源) 형이 부인을 잃은 사실*이 분명하다는 말을 들었다. 슬픔을 견디기 어렵다.

저녁에 가서 양좌랑을 만나 상방에서 같이 자며 밤새 옛이야기를 나누었다. 양공은 동조(東朝, 왕세자)의 명령을 받아 이 고을 사람으로 진주(晉州) 싸움에서 전사한 병마절도사 최경회(崔慶會)* 공의 영령에

---

* 금성정(錦城正): 이의(李儀, ?~?). 성종(成宗)의 왕자인 익양군(益陽君) 이회(李懷)의 손자이고, 장천군(長川君) 이수효(李壽𪟟)의 아들이며, 양성정(陽城正) 이륜(李倫)의 동생이다. 오희문의 부인이 이회의 외손녀이니, 이의와 외사촌 간이다.

* 황간(黃澗): 오희문의 외가가 있는 곳이다. 오희문의 외고조모가 황간에 거주하기 시작하면서 자손들의 세거지가 되었다.

* 남경제(南景悌): ?~?. 오희문의 외사촌이다. 오희문의 어머니는 고성 남씨(固城南氏)로, 남인(南寅)의 딸이다. 오희문의 아버지 오경민(吳景閔)은 결혼하고 나서 처가인 영동에서 상당 기간 살았는데, 오희문 역시 어린 시절을 그곳에서 보내면서 남경제와도 같이 지낸 것으로 보인다.

* 백원(白源)……사실: 백원은 남경효(南景孝, ?~1594)로, 남경제의 형이다. 오희문의 외사촌이다. 오희문이 어릴 적에 외조부 밑에서 그와 같이 자랐기에 정분이 가장 두터웠다고 한다. 남경효의 부인이 별세한 사실을 들은 일은 《쇄미록》〈계사일록〉 12월 7일 일기에 보인다.

* 최경회(崔慶會): 1532~1593. 임진왜란이 일어나자 형 최경운(崔慶雲), 최경장(崔慶長)과 함께 의병을 모집했다. 이미 전사한 고경명의 휘하가 합류하면서 의병장으로 추대되었다. 1593년 6월 진주성 전투에서 창의사 김천일, 충청 병마절도사 황진(黃進) 등과 함께 진주성을 사수하다가 9일 만에 함락되자 남강에 투신했다.

제사를 지내고 그길로 순천으로 가려 한다고 한다.

◎ ― 1월 21일

동헌에서 류표 및 여러 박씨들과 함께 바둑을 두면서 종일 이야기를 나누었다. 오후에 현감도 헌방(軒房)에 와서 함께 이야기를 나누었다. 현감이 나를 헌방에서 자게 하여 류공과 같이 잤다. 회덕(懷德)에 사는 현감의 처사촌인 상제(喪制) 송정준(宋廷俊)도 함께 잤다.

◎ ― 1월 22일

현감이 관아에 나와서 종일 방 안에서 이야기를 나누었다. 저녁에 현감과 작별하고 돌아왔다. 현감이 백립(白粒, 흰쌀) 2말, 정미(正米) 5말, 콩 5말, 정조(正租)* 1섬을 주었다. 현감은 관아에 비축된 물품이 고갈되어 손님을 접대하지 않고 노자도 넉넉히 주지 않았다고 한다. 지금 나에게 준 것에 대해 사람들이 모두 특별히 손을 크게 쓴 것이라고 하니 우습다.

류공과 헌방에서 같이 잤다. 박사군(朴事君)의 아내가 나에게 소고기 포 6조(條)를 주며 가는 길에 드시라고 했다. 마침 음식이 떨어진 터라 매우 기쁘다.

◎ ― 1월 23일

새벽에 출발했다. 몇 리 못 가서 울타리 밑에서 어린아이의 울음소

....

* 　정조(正租): 타작을 끝낸 뒤 방아를 찧지 않은 벼이다.

리를 들었는데, 어미를 부르며 슬퍼했다. 이웃 사람에게 물었더니, 어제저녁에 그 어미가 버리고 갔다고 한다. 오래지 않아 죽을 것이니 불쌍하기 그지없다. 자애로운 하늘은 아무리 고약한 짐승이라도 죽이지 않건만, 가장 영험한 사람을 이처럼 극심한 지경에 이르게 하는구나. 극심한 지경에 이른 게 아니라면, 어찌 이 지경까지 갔겠는가. 크게 탄식한들 어찌하겠는가.

전날 양좌랑에게 들으니, 육지의 왜적들이 충청도에서 크게 날뛰고 보내온 문서에도 불손한 말이 많아 이 때문에 동궁께서 한양으로 돌아가지 못하고 그대로 완산에 머물러 계신다고 한다. 임천에 있는 내 가솔의 최근 안부를 알 수 없다. 걱정스러움을 어떻게 말로 표현하겠는가. 어머니를 모시고 북쪽으로 돌아가려는데, 지금 이 소식을 들으니 더욱 몹시 근심스럽다. 왜적은 아직도 변방의 성을 점령하고 있고, 토적(土賊)*들도 지경(地境) 안에서 창궐하고 있다. 굶주림이 점점 심해져 백성이 날로 굶어 죽는다. 나도 머지않아 구렁을 메우겠지. 저 푸른 하늘이여, 어찌 차마 이러실 수 있단 말입니까.

남평 땅에 이르러 아침밥을 먹고 출발했다. 내금위(內禁衛) 서극철의 집에 들러 말을 먹이고 서공(徐公)과 함께 한바탕 이야기를 나누었다. 서공은 전날 오던 길에 아침밥을 같이 먹어서 서로 아는 사이이다. 출발한 지 10리도 못 가서 말이 지쳐 나아가지 못했다. 하는 수 없이 남평 땅 오림리(烏林里)*에 사는 서원(書員) 황대(黃大)의 집에서 온돌방

....
* 토적(土賊): 특정 지방을 중심으로 일어나는 도둑 떼이다. 토구(土寇)와 같은 말이다.
* 오림리(烏林里): 원문의 오림리(吾林里)는 《신증동국여지승람》에 근거하여 오림리(烏林里)로 수정하여 번역했다. 남평에 있는 고을로, 옛날에 역(驛)이 있던 곳이다. 지금의 나주시 봉

을 빌려 갔다.

◎ ─ 1월 24일

날이 밝기 전에 출발하여 나주 땅 원정리(元正里) 길가의 인가에 이르러 아침밥을 먹었다. 붉은 말이 몹시 지쳐 10리도 못 가서 번번이 멈춰 서서 가지 않는 통에 말에서 내려 걸었다. 오늘은 분명 구림까지 못 갈 것이다. 몹시 근심스럽다. 아침밥을 먹은 뒤로는 붉은 말이 더욱 앞으로 가지 못하여 걸어서 영암군에 이르렀다. 거의 1식 남짓 되는 거리이다.

먼저 막정을 군의 서문 밖에 들어가 묵게 하고, 나는 막정의 말을 타고 사내종 둘을 데리고 저물 무렵 구림에 도착했다. 어머니를 뵈니 여전히 강녕하시다. 경흠이 나를 자기의 방으로 맞아 멧돼지고기를 삶아서 대접하고 술 두 잔을 마시게 했다. 밤이 깊어서 거처에 돌아가지 못하고 요월당에 가서 진사 임현과 같이 잤다.

◎ ─ 1월 25일

종일 요월당에서 여러 소년들이 종정도 놀이를 하는 것을 구경했다. 언명의 사내종 춘희(春希)가 태인(泰仁)에서 돌아왔다. 빌려 타고 갔던 말이 지쳐서 못 가기에 나주 땅에 버리고 왔단다. 언명이 갈 때 말이 없어 못 타고 가게 되었다. 안타깝지만 어찌하겠는가.

저녁에 막정이 왔다. 붉은 말을 집주인 임명수의 말과 바꾸었는데,

....

황면 오림리이다.

벼 13말, 콩 1말, 정미 6되, 무명 1필을 더 주었다고 한다. 그 말을 보니 거죽과 살집은 좋은 듯한데 걸을 때 어려워한다. 아마도 다리에 병이 있나 보다. 그래도 붉은 말에 비하면 훨씬 낫다. 이번 여정에 무사히 북쪽으로 돌아가기만 하면 되는 것이다.

저물녘에 경흠이 우리 형제를 자기 방으로 맞았다. 이야기를 나누며 술 석 잔을 마시고 밤이 깊어 거처로 돌아왔다.

◎ — 1월 26일

오늘 아침부터 우리 사내종들을 누이 집에서 먹여 주지 않았다. 그래서 얻어 온 쌀로 자기들끼리 지어 먹게 했다. 먹을거리가 부족하여 떠나기 전까지 분명 대 주지 못하리라. 걱정스럽다. 원래는 스무아흐렛날에 어머니를 모시고 출발하려고 했다. 하지만 일이 대부분 끝나지 않은데다 언명이 내일 떠나기 때문에 태인의 처가로 들어가면서 사내종을 데리고 갈 것이다. 언명이 사내종을 다시 돌려보내고 온 뒤에 출발한다면 형편상 제날짜에 출발할 수 없다. 그래서 내달 초승으로 출발을 미루었다. 분명 오래 머물러 싫증이 날 것이다. 아무리 탄식한들 어찌하겠는가.

◎ — 1월 27일

언명은 태인으로 떠났고, 나도 나주로 가면서 임자중과 동행했다. 송노에게 씨를 뺀 목화 12근 3냥, 채색하여 꾸민 상자[彩文箱子], 참빗[眞梳] 13개를 한 주머니에 넣고 등짐을 지워 보내서 언명의 처가 우거하는 집에 놓아두게 했다. 또한 막정은 신공을 거두는 일로 장흥의 노비들에게 보냈다. 언명이 탄 말은 지쳐서 짐을 싣지 못하므로 언명이 분명히 도중에 걸어서 갈 것이니 안타깝다. 자중이 목화 8근과 흰 닥[白楮] 2뭇[束]을 주었다. 매우 고맙다.

이규빈(李奎賓)* 공이 어제 와서 심원 등과 함께 요월당에 모여 이야기를 나누었다. 규빈은 곧 경흠의 사촌 매부이다. 난을 피해 영광에 우거하고 있는데, 이곳에도 농장이 있다. 심원과 자승이 종정도 놀이로 술 내기를 했는데, 종일 겨루어도 결판이 나지 않아서 파했다. 무료함을 달래기에는 이만한 놀이가 없다.

◎ — 1월 28일

아침에 날이 흐리고 비가 올 조짐이 있다. 비가 온다면 언명이 분명히 도중에 머물 텐데, 노자를 조금 가지고 가서 몹시 걱정스럽다. 우리 모자와 형제는 각처에 떠돌며 우거하는데다 형세가 어려워 함께 다니지도 못하니, 더욱 안타깝다.

요월당에 가서 여러 공들과 함께 종일 이야기를 나누다가 파하여 돌아왔다. 저물녘에 숙부네 사내종 근이(斤伊)가 한양에서 왔다. 올 때 임천을 지나는 길에 계집종 옥춘(玉春)을 만났다고 한다. 옥춘이 하는 말이, 생원[오윤해(吳允諧)]*이 우거하는 곳이 화적 떼에게 당했는데 생원(오윤해)은 맨몸으로 피하여 겨우 화를 면했고 지금은 모두 자기 집에 모여 있다고 한다. 놀랍고 안타깝기 그지없다. 정처 없이 떠돌며 굶

....
*　　이규빈(李奎賓): ?~?. 훗날 창녕 현감을 지냈다.
*　　오윤해(吳允諧): 1562~1629. 오희문의 둘째 아들. 숙부 오희인(吳希仁, 1541~1568)의 양아들로 들어갔다.

주리는 것도 모자라 또 이런 변을 당했으니, 사람의 곤궁함이 한결같이 이렇다는 말인가. 하늘의 도에는 길흉이 돌고 도는 법인데, 우리 집안은 중년 이후로 지극히 흥하기만 했다. 조금이라도 편안한 때가 한 해도 없더니 이제 와서 극도에 달했다. 한탄한들 어찌하겠는가. 하늘에 맡길 뿐이다.

토적이 제멋대로 날뛰어 곳곳에서 소란을 피운다. 지금 어머니를 모시고 북쪽으로 돌아가려는데 갈 곳이 없다. 더욱 걱정스럽지만 형편이 그러하니 어찌하겠는가. 근이는 수이(遂伊)의 아들이고 양이(良伊)의 아우이다. 그 아버지와 형을 보려고 내려온 것이다.

◎ ― 1월 29일

새벽부터 큰비가 내리고 세찬 바람까지 불더니 종일 그치지 않아 앞 냇물이 불어 넘쳤다. 언명이 분명 중도에 머물 것이다. 내일 비가 그치더라도 여러 번 큰 냇물을 건너야 하는데 쉽게 건널 수 없을 게다. 하물며 진흙 길을 어떻게 간단 말인가. 몹시 걱정스럽다.

저녁에 경흠이 나를 자기 방으로 맞았다. 함께 이야기를 나누고 술 네다섯 잔을 마셔 크게 취한 뒤 나의 거처로 돌아왔다. 이웃에 사는 선비 박근기(朴謹己)가 나의 거처로 찾아왔다.

◎ ― 1월 30일

아침부터 온종일 날이 흐렸다. 누이가 숭어를 얻어 회를 쳐서 나를 불러 먹여 주었다. 추로주(秋露酒)* 한 잔도 마셨다. 요월당에 가서 심원, 자승 등과 이야기를 나누었다. 또 모정(茅亭)으로 걸어가서 잠시 서서 박준(朴濬), 박근기, 임급(林汲)과 이야기를 나누었다.

* 　추로주(秋露酒): 가을철에 내린 이슬을 받아 빚은 청주(淸酒)이다.《산림경제(山林經濟)》〈치
　　선(治膳)〉에 "가을 이슬이 흠뻑 내릴 때 넓은 그릇에 이슬을 받아 빚은 술을 추로백(秋露白)이
　　라고 하니, 그 맛이 가장 향긋하고 콕 쏜다."라고 했다. 추로백을 추로주라고도 한다.

2월 ^{작은달}

◎ — 2월 1일

　새벽부터 비가 내리더니 아침에도 그치지 않았다. 언명은 분명 출발하지 못했을 텐데, 어디에서 머물렀는지 모르겠다. 먹을거리도 분명 다 떨어졌을 게다. 더욱 걱정스럽다. 연일 비가 내리니 분명 길이 질척일 것이다. 초나흗날에 어머니를 모시고 출발할 생각인데 하늘이 도와주지 않는다. 어떻게 돌아갈까. 답답하고 근심스럽다. 언명이 데리고 간 사내종이 중도에 체류한다면 분명 초사흗날에 돌아오지 못할 테니, 초나흗날에 가는 것도 장담할 수 없다. 하루를 머무는 것이 일 년 같으니 답답함을 어찌 말하겠는가.

　저물녘에 심원이 나의 거처로 찾아왔다. 박준 형제도 뒤따라와서 조용히 이야기를 나누었다. 박씨 형제는 먼저 돌아가고 심원은 밤이 깊어 돌아갔다.

　사내종 막정이 장흥에서 돌아왔다. 계집종 무숭(武崇)에게서만 거친 무명[麤木] 2필과 깨 5되를 받아 왔다. 그녀의 두 아들이 노를 잘 젓는 군사로 수군절도사의 배에 뽑혀 나갔단다. 사내종 한수(漢守)는 몇해 전에 병마절도사의 부대에서 죽었고, 계집종 사금(士今)은 남편이 죽은 뒤에 어미를 데리고 달아나서 어디에 있는지 모른다고 한다. 탄식한들 어찌하겠는가. 하지만 진짜 그러한지는 모르겠다.

지난밤 꿈에 큰딸을 보았고, 오늘밤 꿈에는 또 아내를 보았다. 무슨 일인지 모르겠다. 분명 때가 지났는데도 돌아오지 않아서 몹시 걱정스러워 그런 것이리라.

◎ ─ 2월 2일

날이 흐려 비가 올 조짐이 있고 바람까지 불어 근심스럽다. 완산에서 무인에 대한 정시(廷試)를 치렀다. 철전(鐵箭)*을 다섯 발씩 두 번 쏴서 두 발을 맞춘 자와 말을 타고 활을 쏘아 한 차례에 두 발 이상 맞춘 자로 1,782명을 뽑았다고 한다. 이 군에서 뽑힌 사람도 37, 38명이라고 한다. 상중(喪中)으로 아직 장사를 안 지낸 사람도 많이 입격했다고 하니, 안타까운 일이다. 이들을 이번 달 보름 안에 남원(南原)의 충용장(忠勇將) 휘하에 집결하게 하여 충용장과 함께 영남의 왜적을 치게 할 것이라고 한다. 충용장은 김덕령으로, 전에는 호칭을 익호(翼虎)라고 했는데 주상께서 충용으로 고쳐 불렀다고 한다.*

....

* 철전(鐵箭): 육량전(六兩箭), 아량전(亞兩箭), 장전(長箭) 등 무쇠로 만든 화살을 통틀어 이르는 말이다. 무과(武科)와 교습(敎習) 등에 사용했다.
* 주상께서……한다:《국역 난중잡록(亂中雜錄)》제3권 〈갑오년〉 1월 2일의 기록에 조정에서 선전관을 보내 김덕령(金德齡)에게 충용장군(忠勇將軍)이라는 호를 내리고 위로하는 교지를 내린 일이 보인다.

요새 양식이 없어서 우리 사내종들을 누이 집에서 먹여 주고 있다. 매우 미안하다. 이 때문에 더욱 빨리 가고 싶은데 비가 이렇게 오니, 언명이 데리고 간 사내종이 제때에 돌아오지 못하리라. 매우 답답하다.

아침을 먹은 뒤에 나주 판관(羅州判官) 이성남(李成男)이 겸관(兼官)* 으로 군에 왔다기에, 경흠, 심원과 같이 가서 만났다. 그 참에 경흠네 사내종의 이름으로 소장을 올려 환자[還上]를 받고자 한다고 청했다.* 심원과 나에게 각각 콩 1섬, 정조 2섬을 적어 내주고, 또 나에게 콩 2말, 백미(白米) 2말을 주었다. 사내종과 말에게 먹일 양식이 모두 떨어져서 답답하던 차에 이 두 가지 물품을 얻었으니 며칠은 먹일 수 있겠다. 매우 감사하다.

판관이 우리들에게 점심을 대접했다. 저녁에 셋이서 돌아오는데 날이 저물어 버렸다. 사내종 막정은 서면으로 써 준 물건을 받아 오느라 뒤처졌는데, 날이 저무는 바람에 집에 오지 않았다. −원문 빠짐−

◎ ─ 2월 3일

사내종을 장에 보내서 무명 1필을 김[海衣] 60접[貼]으로 바꾸고 콩

....

* 겸관(兼官): 이웃 고을의 수령 자리가 비었을 때 임시로 그 고을의 사무를 겸임하는 수령이다.
* 경흠네⋯⋯청했다: 환자[還上]는 환곡(還穀)으로, 흉년 또는 춘공기에 곡식을 빌려 주고 풍년 때나 추수기에 되받던 일 또는 그 곡식을 말한다. 당시 곡식이 부족하고 분급 대상은 증가하여 제한된 환곡을 받기 위한 경쟁이 불가피했다. 원칙상 분급 대상이 될 수 없는 사람들조차도 타인의 명의로 환곡을 분급받거나 청탁을 통해 대상에 포함되는 것이 현실이었다. 사족(士族)인 오희문의 경우 임천과 홍주 지방 등에 이주해 있으면서 청탁 등을 통해 임천, 함열, 대흥 등지의 환곡을 분급받았는데, 이때 수령과 담판하거나 인척관계 또는 제삼자와의 친분을 원용하는 방법 등을 동원했다. 조규환, 「16세기 환곡 운영과 진자조달방식(賑資調達方式)의 변화」, 『한국사론』 37, 1997, 118쪽.

5말을 감태(甘苔) 25주지(注之)로 바꿔 오게 했다. 충청도에 갈 때 팔아서 식비로 쓰려는 것이다. 아침을 먹고 거처에 와서 누워 쉬고 있는데, 잠시 후 이웃에 사는 박경인(朴敬仁), 박경행 형제와 박근기가 찾아와서 조용히 이야기를 나누고 헤어졌다. 저물녘에 심원이 나의 거처에 왔다가 밤이 깊어 돌아갔다. 오늘부터 사내종들이 각자 구한 양식으로 스스로 밥을 지어 먹는다.

◎ ─ 2월 4일

꿈에 이정로(李正老)*와 홍응추(洪應椎)*를 만나 평소처럼 즐겼다. 정로는 술에 취해 소리치는 모습이 꼭 살아 있는 듯했다. 이 두 공과는 모두 한동네에서 친하게 지냈던 사이로, 이들은 연전에 이미 작고했다. 평소에 놀던 일을 생각할 때마다 항상 애통한 마음이 있었는데, 오늘밤 꿈에서 보니 슬픔이 더욱 사무친다.

밥을 먹고 요월당에 가서 자중, 심원, 응문(應文), 자승 등과 함께 이야기를 나누었다. 오후에는 이웃에 사는 박경인 형제, 선전관 류형, 새로 과거에 급제한 박형(朴瀅)도 왔다. 류공(柳公)은 경흠의 외사촌인데, 완산에서 치러진 별시에 급제하여 외가의 묘소에 배알하러 온 것이다.

전날에 나주 판관에게 환자(還子)를 내달라고 청했는데, 경흠은 내가 오는 가을에 갚지 못할 것이라고 생각하여 벼 10말과 콩 3말만을 주

....
*   이정로(李正老): 이순수(李順壽, 1530~?). 자는 정로이다. 종부시정 등의 벼슬을 지냈다.
*   홍응추(洪應推): 홍인서(洪仁恕, 1535~1593). 임진왜란이 일어나 선조가 한양을 버리고 개성으로 피난해 오자, 당시 개성부 유수로서 백성을 효유하여 안정시켰다.

고 그 나머지는 자기가 쓰려고 했다. 내 생각에 내준 콩과 벼 중에 절반을 무명으로 바꿔 여기에 두었다가 오는 가을에 팔아서 환자를 갚으면 충분하겠기에, 절반은 목화를 사 가지고 돌아가려고 했다. 그런데 계산해 보니 정량이 들어오지 않았다. 안타깝지만 어찌하겠는가. 근래 이곳에서는 곡식이 귀하고 무명은 헐하다. 거친 무명 1필에 쌀은 2되, 콩은 3되이며, 또 쌀 1말이면 목화가 10여 근 혹은 15, 16근이라고 한다. 6새[카] 무명 1필은 쌀 1말 4, 5되를 받는다고 한다.

언명이 데리고 간 사내종은 오늘도 오지 않았다. 무슨 일인지 모르겠다. 답답하고 근심스럽다.

◎ — 2월 5일

지난밤 꿈에 여인(汝寅)* 형제를 보았다. 완연히 예전 모습 그대로이니, 이것이 무슨 일인가. 하루 종일 동남풍이 거세게 불었다. 분명 큰비가 올 조짐이니, 내일 떠날 수 있을지 장담할 수 없다. 더구나 언명이 데리고 간 사내종이 아직도 오지 않았으니, 더욱 답답하고 근심스럽다. 전날 임자중에게 들었을 때 언명이 비 때문에 나주 땅의 생원 양산룡(梁山龍)*의 집에서 하루를 머물렀다고 했으니, 그 뒤에도 분명 중도에 머문 것이다. 그런 게 아니라면 어찌 지금까지 안 오겠는가. 이상한 일이다.

밥을 먹고 요월당에 가서 자중, 심원, 응문 등과 모여 이야기를 나

....
* 여인(汝寅): 이빈(李賓, 1547~1613). 오희문의 처사촌이다.
* 양산룡(梁山龍): 1552~1597. 임진왜란 때 군량미를 모아 의병을 도왔다.

누었다. 자중은 먼저 나가서 군의 검길(儉吉)로 돌아갔는데, 그곳은 둑을 쌓은 곳이다. 그는 그곳에서 농사일을 감독한다. 저물녘에 심원이 왔다가 밤이 깊어 돌아갔다.

◎ ─ 2월 6일

새벽부터 비가 내렸다. 비록 세차게 내리지는 않았지만 아침까지도 그치지 않아 음산한 기운이 사방에 꽉 찼다. 수일 내로는 분명 그치지 않을 것이니, 답답하고 걱정스럽다.

어제저녁에 누이가 나에게 감태 10주지, 붕어[銀鰂魚] 3뭇, 표고버섯 1되, 찹쌀 1되, 버선 1켤레를 주었다. 임자승도 버선 1켤레를 주었다.

쌀 6되, 김 25접, 콩 4되, 덩어리 김 1말을 사 왔다. 또 응문이 정목(正木, 품질이 매우 좋은 무명베) 1필을 주었다. 그도 정처 없이 떠도는 터에 이렇게까지 생각해 주니 후의에 고마울 따름이다. 자중은 검길에서 편지를 보냈고, 또 낙지 15마리를 보내 주었다. 고맙기 그지없다.

저녁에 춘희와 송노가 왔다. 언명의 편지를 보니, 중도에 비 때문에 이틀을 머물렀고 처남의 말이 도중에 죽었다고 한다. 참으로 안타깝다. 짐을 꾸려 놓고 내일 비가 안 오면 떠날 생각이다. 저물녘에 심원이 찾아왔다. 누이에게 술 1병을 얻어 자중이 보내 준 낙지를 안주 삼아 석 잔씩 마셨다. 또 두 주인에게 각각 한 잔씩을 대접했다. 밤이 깊어 파하고 돌아갔다.

◎ ─ 2월 7일

이른 아침에 경흠이 먼저 나주로 돌아갔다. 나는 어머니를 모시고 느지막이 출발했다. 어머니께서 누이와 작별할 때 서로 붙들고 통곡했다. 사람의 마음이 어찌 그렇지 않겠는가. 영암군 앞에 도착했는데, 내가 탄 말의 발이 진흙 구덩이에 빠져서 논 속으로 벌러덩 자빠졌다. 내 왼발도 물에 빠져 겨우 밖으로 나왔지만 버선이 모두 더러워졌다. 우스운 일이다.

이후로는 걷다가 말을 타다가 하면서 간신히 나주 땅 모산촌(茅山村) 선비 류숙(柳潚)의 집*에 도착했다. 류공이 온돌방을 내주고 땔감도 넉넉히 주었다. 또 술과 안주와 콩죽도 주니 매우 감사하다. 오늘 북풍이 거세게 불어 냉기가 살을 에는 듯했다. 어머니께서 이로 인해 기운이 편치 않아 저녁 진지를 들지 못하고 콩죽만 드셨다. 팔다리도 저리고 불편한 듯하다고 하시니 걱정스럽기 그지없다.

경흠이 왔을 때 류공에게 들러 우리가 올 것이라고 미리 말해 놓았기 때문에 이와 같이 대접한 것이고, 경흠이 먼저 나주에 왔을 때 문을 단속함이 엄했기 때문에 목사에게 미리 통지했고 그 덕에 우리가 들어올 수 있도록 허락을 받은 것이다. 어둑해질 무렵에 주인 류공을 찾아갔다.

◎ ─ 2월 8일

어머니의 체후가 평상시와 같아서, 묵었던 집에서 아침밥을 지어

---

* 　나주……류숙(柳潚)의 집: 모산촌은 지금의 전라남도 영암군 신북면 모산리에 있는 문화 류씨(文化柳氏)의 집성촌이다. 원문의 '류숙(柳潚)'은 '류속(柳溗)'의 오기(誤記)로 보인다. 모산촌이 문화 류씨의 집성촌이라는 점과 아래에서 류몽익(柳夢翼)의 아들이라고 한 것을 종합해 볼 때 류속으로 보아야 할 듯하다. 하지만 류속의 동생 류준(柳浚)일 가능성도 배제할 수 없다.《국역 동강유집(東江遺集)》제11권〈군자감첨정류공묘지명(軍資監僉正柳公墓誌銘)〉.

먹고 출발했다. 오늘은 날씨가 좋고 바람도 잔잔하니 기쁘다. 날이 저문 뒤에 바람이 또 일었지만 어제처럼 세지는 않았다. 신안(新安)의 객관*에 도착하여 말을 먹이고 흰죽을 쑤어 어머니께 드렸다. 잠시 후 최심원이 나주에서 와서 지나는 길에 들러 보고 돌아갔다. 전날에 경흠과 함께 와서 임회(林檜)*의 모친상에 조문하고 오늘 구림으로 돌아가는 길이란다.

저녁에 나주에 도착하여 서문 안에 있는 박참판댁(朴參判宅) 계집종의 집으로 갔다. 경흠이 목사와 함께 금성산(錦城山)*의 성 쌓는 곳에 갔다가 아직 돌아오지 않았다. 그래서 저녁밥은 행장 안의 물품으로 지어 먹었다. 날이 저물어 경흠이 들어와서 하는 말이, 목사가 이미 우리 일행의 음식을 대접하라고 했는데 하인이 음식을 주지 않았기 때문에 목사가 노해서 그 죄를 다스렸다고 한다. 만복(萬福)의 집에서 경흠과 함께 잤다. 어제 묵은 집의 주인은 곧 영덕(盈德) 류몽익(柳夢翼)*의 아들이라고 한다. 아침에 가서 보고 작별했다.

◎ ― 2월 9일

목사가 백미 3말, 정미 5말, 콩 5말, 감장(甘醬) 1말, 간장 2되, 꿀[淸]

....

* 　　신안(新安)의 객관: 나주의 치소 남쪽 35리쯤에 위치한 객관이다.《국역 신증동국여지승람》
　　　제35권 〈전라도 나주목〉.
* 　　임회(林檜): 1562~1624. 광주 목사를 지냈다. 1594년 양모(養母) 노씨(魯氏)의 상을 당했다.
* 　　금성산(錦城山): 나주의 치소 북쪽 5리쯤에 위치한 산이다.《국역 신증동국여지승람》제35권
　　　〈전라도 나주목〉.
* 　　류몽익(柳夢翼): 1522~1591. 군자감 첨정, 영덕 현감 등을 지냈다. 원문의 '류몽익(柳夢益)'
　　　은《동강유집》〈군자감첨정류공묘지명〉에 근거하여 '류몽익(柳夢翼)'으로 수정하여 번역했다.

5홉, 기름 1되를 주었다. 경흠이 부탁했기 때문이다. 다만 설을 쇤 뒤에 손님이 많은 것이 싫어서 문을 매우 엄하게 단속한데다가 손이 작기 때문에 이처럼 소략한 것이다. 노자가 부족하여 답답하고 걱정스럽다. 정미 5말 5되를 다시 찧었더니 4말 5되이다. 노비들에게 사흘치의 양식을 나누어 주고 각자 가지고 가게 했다. 짐이 무거웠기 때문이다. 판관이 마침 나가고 없어서 가는 동안 먹을 음식을 얻을 수 없었다. 안타깝다.

느지막이 출발했는데 말이 지쳐서 자주 누웠다. 어쩔 수 없이 그 고을 등정리(橙井里)에 사는 양목사(梁牧使) 의 아들 생원 양산룡의 집에서 잤다. 양공(梁公)은 경흠의 친구이다. 경흠이 어제 성 쌓는 곳에 가서 목사를 뵈었을 때 마침 그를 만나서 부탁했기 때문에 우리가 온다는 것을 이미 알고 있었다. 마초를 주었고, 우리 모자의 저녁밥도 대접했다. 매우 고맙다.

오후부터 바람이 남쪽에서 불어 저녁에도 그치지 않았다. 날이 흐리고 비가 올 조짐도 있다. 몹시 걱정스럽다. 저물녘에 주인 양공에게 가서 잠시 이야기를 나누고 돌아왔다.

◎ — 2월 10일

한밤중부터 비가 내렸다. 많이 내리지는 않았지만 온종일 그치지 않아 하는 수 없이 그대로 머물렀다. 가는 동안 먹을거리가 부족해서 사내종들에게 아침에는 7홉을 주고 저녁에는 죽을 쑤어 나누어 먹였

....

* 양목사(梁牧使): 양응정(梁應鼎, 1519~1581). 경주 부윤, 진주 목사 등을 지냈다.

다. 내일까지도 비가 그치지 않아서 또 머물게 된다면 곤란함을 이루 말할 수 없을 것이다. 이뿐만이 아니다. 앞길에 건너야 할 큰 냇물이 많은데, 매우 노둔한 말로 험난한 길을 가면서 어머니까지 모시고 가야 한다. 어찌 걱정스럽지 않겠는가. 저녁에 또 주인을 보고 돌아왔다.

◎ ─ 2월 11일

날이 개었다. 아침밥을 먹기 전에 출발하여 광주 땅의 선비 박경(朴璟)의 집 앞에 도착하여 아침을 먹었다. 경흠의 편지를 전했더니, 사람을 보내서 안부를 묻고 김치와 마초도 보내 주었다. 그 집에 가서 그를 만나고 길을 나서서 장성에 도착하니, 해가 이미 기울었다. 관인(官人) 손천종(孫千鍾)의 집으로 들어갔다.

현감 옥여는 지난달에 군사를 거느리고 충용장과 함께 영남으로 갔다. 동헌에 찰방(察訪) 이여인(李汝寅)과 그의 아우 여경이 있어서 곧장 들어가 이야기를 나누었다. 정자 조익도 여염집에 있어서 맞이하여 만나고 돌아오니 밤이 이미 깊었다. 관아에 현감이 없어서 양식을 얻지 못했고 노자도 떨어졌다. 답답하고 걱정스럽다. 관아의 명령으로 윗전 두 사람분인 사내종 2명, 말 2필을 내려 주었다.

지금 죄를 사면하는 글을 보니, 역적 송유진(宋儒眞) 등 8명을 베고 나라 안에 덕음(德音)을 내리신 것이다.* 유진은 통사(通事) 송대춘(宋大

---

* 역적……것이다: 송유진(宋儒眞, ?~1594)은 임진왜란 중의 혼란과 기근에 시달린 백성과 병졸을 모아 천안 일대에서 민란을 일으켰다. 1594년 정월 보름날에 한양으로 진군하려다가 사로잡혀 친국을 받고 처형되었다. 1594년 1월 25일에 송유진을 비롯하여 오원종(吳元宗), 김천수(金千壽), 류춘복(柳春福), 김언상(金彦祥), 송만복(宋萬福), 이추(李秋), 김영(金永) 등 8명을 사지를 찢어 죽이는 능지형(凌遲刑)에 처하고 사면하는 글을 반포했다.《국역 난중잡

春)의 아들이라고 한다. 또 애통해 하는 조서를 나라 안에 내리셨다고 한다.

영암에서 데리고 온 사람 하나를 내일 돌려보내야 해서, 등불을 밝히고 편지를 써서 누이에게 부쳤다.

◎ — 2월 12일

날이 밝기 전에 흰죽을 쑤어 어머니께 드렸다. 해가 뜨기 전에 출발해서 노령(蘆嶺) 아래의 군보(軍堡, 군대가 주둔하는 곳)에 이르렀다. 아침을 지어 먹고 걸어서 노령을 넘어 천원역(川原驛)을 지나 정읍(井邑) 땅에 이르렀다. 길가에서 말을 먹이고 출발하여 고부(古阜) 길에 들어서니, 중도에 언명이 와서 맞았다. 고부 땅 소정리(所井里)에 있는 내금위 김광필(金光弼)의 집에 이르러 잤다. 광필은 언명의 처사촌이다. 언명의 장인 김철(金轍) 공도 와 있었다. 나와 언명은 김공이 머무는 곳에서 함께 잤다. 꿈에 자미(子美)*를 보았는데, 완연한 평소의 모습이었다. 슬프고 안타깝기 그지없다.

◎ — 2월 13일

집주인이 우리 세 모자의 아침밥을 대접했다. 느지막이 출발하여 태인 땅 동촌면(東村面) 칠전리(漆田里)에 있는, 언명의 처남 김담수(金聃壽)가 사는 동네에 도착했다. 좌수 권서(權恕)*의 집 뒤에 있는 두어 칸

....

록》 제3권 〈갑오년〉.

*   자미(子美): 이빈(李薲, 1537~1592). 오희문의 처남이다. 자는 자미이다. 임진왜란 당시 장수 현감을 지냈으나 1592년 11월에 사망했다.

초가집이 겨우 비바람을 피할 만하여 어머니를 모시고 그곳에 머물렀다. 고향을 떠나 천 리 밖에서 사방을 돌아보아도 의지할 친척 하나가 없다. 자식 된 마음에 어떻겠는가. 슬프고 안타까움을 금치 못하겠다.

가지고 있는 쌀은 겨우 6, 7말인데, 앞으로 더 구할 길이 없다. 더욱 답답하고 걱정스럽다. 나는 내일 출발하여 임천으로 돌아가야 한다. 며칠 동안 머물며 모시고 싶은데 양식은 없고 얻을 길도 없으니, 더욱 안타깝다.

◎ ― 2월 14일

아침밥을 먹은 뒤에 어머니를 뵙고 작별했다. 어머니께서 하염없이 슬피 우신다. 나도 슬픈 눈물이 소매를 적셔 견디지 못하겠다. 타향을 떠도는데다 모자가 한 곳에 같이 있지도 못한다. 아무리 형편 때문이라지만 어찌 마음이 아프지 않겠는가. 길을 떠나 금구(金溝) 땅에 이르러 말을 먹이고 점심을 먹었다. 금구현 앞을 지나 김제(金堤) 동면(東面) 어이촌(於伊村)에 이르러 동이 만드는 장인[東海店匠]의 집에서 잤다. 말이 지쳐서 나아가지 않는 통에 멀리 못 갔다.

길에서 거적에 덮인, 굶어 죽은 시체를 보았다. 그 곁에 두 아이가 앉아서 울고 있어 물었더니 제 어미라고 한다. 병들고 굶주리다 어제 죽었는데, 그 시신을 묻으려고 해도 제힘으로 옮길 수 없을 뿐 아니라 땅을 팔 연장을 구할 수 없다고 한다. 잠시 후 나물 캐는 여인이 광주리에 호미를 가지고 지나갔는데, 두 아이가 하는 말이 저 호미를 빌린다

....

* 　권서(權恕): ?~?. 예빈시 주부에 제수되었으나 관직에 나가지 않고 시골에서 학문에 전념했다.

면 땅을 파서 묻을 수 있겠다고 한다. 그 말을 들으니 슬프고 안타깝기 그지없었다.

이뿐만이 아니다. 굶어 죽은 시체가 길에 이어져 하루에 본 것만도 몇인지 모르겠다. 애처로운 우리나라 백성이 온통 왜적의 칼날에 죽고, 또 기근의 재난을 만났다. 쑥대머리에 때 묻은 얼굴로 짐을 등에 진 남자와 머리에 인 여자, 늙은이를 부축하고 아이를 이끌어 정처 없이 옮겨 다니며 고통을 겪는 사람들이 길에 죽 이어졌다. 백성이 씨도 남지 않게 생겼으니, 저 푸른 하늘은 어찌 차마 이 지경에 이르게 하시는가. 크게 탄식한들 어찌하겠는가. 이 백성을 기르는 소임을 맡은 자도 책임을 면할 수 없다.

◎ ─ 2월 15일

새벽에 출발했다. 석탄(石灘)에 이르러 배를 타고 여울을 건넜다. 이 여울은 전주 위쪽 고을들의 여러 골짜기에서 흘러나오는 물로, 삼례역(參禮驛) 앞에서 합류한 뒤 바다로 흘러 들어간다. 여울 남쪽은 김제 땅이고, 그 북쪽은 전주 땅이다. 여울 가의 민가에서 말을 먹이고 아침밥을 먹었다. 옥야창(沃野倉)*을 지나 함열(咸悅)에 도착해서야 비로소 현감이 없다는 말을 들었다. 섭섭함을 금치 못하겠다. 먹을거리를 얻을 곳으로 여기만 믿고 왔는데 말이다. 쌀 3되가 남아서 다 같이 밥을

....

* 옥야창(沃野倉): 전주부 서쪽 70리 부근에 있던 창고이다. 옥야(沃野)는 본래 백제의 소력지현(所力只縣)이었는데, 신라 때 옥야현으로 고치고 고려 초에 전주에 예속시켰다. 《국역 신증동국여지승람》 제33권 〈전라도 전주부〉. 지금의 익산 지역으로, 만경강 유역의 호남평야 가운데에 있는 비옥한 들판이라는 뜻이다.

지어 먹었다.

◎ ─ 2월 16일

날이 밝기 전에 출발했다. 함열현의 고을 어른인 남궁지평(南宮砥
平)이 사시는 농촌에 이르러 안사눌 민중(安士訥敏仲)을 만났다. 난리 뒤
에 오랫동안 못 보았는데, 오늘 만나니 매우 기쁘고 위로가 된다. 남궁
어른은 내가 왔다는 말을 듣고 바로 사람을 보내 안부를 묻고 우리 일
행의 아침밥을 대접했다. 또 나를 침소로 맞아 정중하게 말을 건넸다.
병중이라 오랫동안 사람을 만나지 않았는데, 내가 왔을 때는 즉시 안방
으로 맞았다. 예전에 한마을에 같이 살면서 매우 친했기 때문이다. 안
민중은 어른의 사위이다.

또 출발하여 남당진(南塘津)*에 이르러 배를 타고 북쪽 언덕으로 건
넜다. 잠시 쉬면서 말을 먹이고 달려서 거처에 도착하니 처자식이 기뻐
하며 맞았다. 집사람이 학질을 앓은 지 지금 벌써 여러 직(直)*이다. 걱
정스럽다. 즉시 사람을 시켜 충아(忠兒)*와 의녀(義女)를 데려오게 해서
보았다. 충아가 잘 걷고 달리니 위로가 된다. 다만 나에게 가까이 오려
하지 않으니, 분명 오랫동안 보지 못했기 때문이리라.

....

* 남당진(南塘津): 임천과 함열 사이에 있는 나루이다. 일명 용연포(龍淵浦)라고도 한다. 임천
  군 남쪽 14리에 있는데, 고다진(古多津)의 아래쪽에 있다.《국역 신증동국여지승람》제17권
  〈충청도 임천군〉.
* 직(直): 학질에 걸리면 일정 시간 간격을 두고 추워서 떨다가 높은 열이 나고 땀을 흘리는 증
  상이 나타난다. 보통 하루는 열이 나고 하루는 열이 전혀 없다가 다시 그다음날 열이 난다.
  이 한 주기를 직이라고 한다.
* 충아(忠兒): 오윤해의 큰아들인 오달승(吳達升)으로 보인다. 충립(忠立) 또는 충손(忠孫)이라
  고도 한다.

◎ ─ 2월 17일

밥을 먹고 윤해의 양모(養母)와 충아 어미가 와서 보고 저녁에 거처로 돌아갔다. 요새 양식이 없어서 위아래 사람들이 콩죽으로 날을 보낸 지 오래인데, 콩마저도 거의 떨어져 간다. 탄식한들 어찌하겠는가. 느지막이 송노를 시켜 조한림(趙翰林) 삼형제*와 소지(蘇騭)에게 김과 감태를 나누어 보내게 하고, 또 집주인과 가까운 이웃집에 나누어 주게 했다. 김대성(金大成)이 와서 보고 돌아갔다. 조한림에게서 마초 10뭇을 얻었다. 김대성도 5뭇을 보내왔다.

◎ ─ 2월 18일

아침을 먹기 전에 사내종들을 시켜 집 옆의 서북쪽에 뒷간을 만들게 했다. 밥을 먹고 또 사내종 넷을 시켜 소나무 속껍질[松肌]을 벗겨다가 사내종들의 먹을거리에 보태게 했다. 사내종들이 힘을 다하지 않고 각자 두어 움큼씩만 가지고 왔다. 매우 괘씸하다.

◎ ─ 2월 19일

군수를 보려고 이른 아침에 군에 들어갔다. 도착하기도 전에 군수는 이미 사창(司倉)에 나가 있었다. 환자를 나누어 주는 데에 있다 보니 시끄러워서 이름을 알리지도 못했다. 돌아올 때 윤해의 거처에 들렀다.

....

* 조한림(趙翰林) 삼형제: 조한림은 조희보(趙希輔, 1553~1622)이다. 예문관 검열과 대교, 봉교를 거쳤다. 1597년 충청도 도사가 되어서는 관찰사 류근(柳根)을 도와 임진왜란의 뒷바라지에 힘썼다. 삼형제의 첫째가 조희철(趙希轍), 둘째가 조희식(趙希軾), 막내가 조희보이다.

종일 날이 흐리고 비가 내리며 바람도 분다. 방수간(方秀幹)*이 찾아왔다.

◎ — 2월 20일

한밤중에 비가 내려 낙숫물 소리가 나더니 느지막이 비로소 그쳤다. 방수간, 백몽진(白夢辰), 문경인(文景仁)이 와서 종일 함께 바둑을 두고 헤어졌다. 문경인은 이웃에 사는 교생(校生)으로, 전에는 오지 않다가 오늘 처음 와서 보았다.

◎ — 2월 21일

방수간이 와서 함께 바둑을 두었다.

◎ — 2월 22일

새벽에 비가 오더니 아침까지 그치지 않다가 느지막이 해가 나왔다. 방수간이 와서 종일 바둑을 두고 돌아갔다. 사내종을 보내서 류선각(柳先覺) 공에게 마초를 부탁했는데, 이 집 근처의 소작인이 쌓아 둔 풀 20뭇을 주었다. 이거면 5, 6일 먹이는 댈 수 있겠다.

요새 위아래 집에 양식이 떨어져서 죽이나 마초도 계속 마련할 수가 없다. 어른들은 어쩔 수 없다 쳐도 아이들의 굶주림이 너무 심하다. 차마 볼 수가 없다. 마음이 상한들 어찌하겠는가. 하늘의 명에 맡길 뿐이다.

....

* 방수간(方秀幹): 1551~?. 1588년 생원시에 입격했다.《사마방목(司馬榜目)》만력(萬曆) 16년 무자 2월 24일에 '방수간(房秀幹)'으로 되어 있는데, 효자 정려의 현판과《국역 여지도서(輿地圖書)》에 의거해 볼 때 '방수간(方秀幹)'이 옳을 듯하다.

이른 아침에 송노를 결성(結城)의 참봉(오윤겸)이 있는 곳에 보냈다. 또 양식을 구하는 일로 함열 현감(咸悅縣監)*에게 막정을 보냈다. 함열 현감은 비록 윤겸의 친한 친구라지만, 나에게는 본래 친속도 아니고 일찍이 알던 사이도 아니다. 그런데도 우리 집을 대접함이 남들에게 하는 것보다 지극히 후하여, 한 달 안에 두세 번 사람을 보내서 부탁해도 전혀 난색을 표하지 않았다. 한집 10식구의 목숨이 오로지 여기에 힘입고 있으니, 이 큰 은혜를 어찌 갚는단 말인가. 그저 깊이 감사할 뿐이다.

내가 남쪽에서 돌아와 비로소 듣자니, 이달 초에 기대수(奇大受) 내외가 친히 짐을 등에 지고 머리에 이고서 두 자녀를 데리고 영동(永同)에서부터 정처 없이 여러 곳을 떠돌며 먹을 것을 구걸하다가 우리 집식구들이 여기에 거처한다는 말을 듣고 찾아와서 묵고 돌아갔는데, 옷이 남루하여 보통 사람과 다름이 없었다고 한다. 참혹하고 불쌍함을 금치 못하겠다.

기대수는 곧 나의 외사촌인 남자순(南子順)*의 사위로, 집은 경상도 개령(開寧)에 있다. 재산이 넉넉하여 평소에 호화로운 집이라고 일컬어졌는데, 하루아침에 난리를 만나 가산을 탕진하고 노비들이 도망쳐 버

---

* 함열 현감(咸悅縣監): 신응구(申應榘, 1553~1623). 오희문의 큰사위이다. 1594년 8월에 오희문의 큰딸과 혼인했다.

* 남자순(南子順): 오희문의 셋째 외삼촌인 남지원의 아들로 보인다. 『남씨대동보(南氏大同譜)』를 살펴보면, 기대수(奇大受)의 장인은 남지언(南知言)으로 오희문의 큰외삼촌이니, 외사촌이라고 한 것이 오기이거나 기대수를 사위라고 한 것이 오기일 것으로 추정된다. 남씨대종회, 『남씨대동보』 권16, 남씨대동보편찬위원회, 1993.

렸단다. 제힘으로 살 수가 없어서 정처 없이 떠돌다가 남쪽으로 와서 한산 군수(韓山郡守)*에게 의탁하려고 하는데, 한산 군수는 곧 기대수와 함께 공부하던 친구라고 한다. 매우 불쌍하다. 그때 우리 집에도 양식이 떨어져서 죽을 마시고 돌아갔다고 하니 안타깝다.

오늘 아침에는 먹을 것이 없어서 소나무 속껍질과 상수리에 태두(太豆)를 조금 섞어 쪄서 위아래 사람들이 나누어 먹었고, 나만 7홉 쌀로 밥을 지어서 두 손자와 단녀(端女)*와 함께 나누어 먹었다. 비록 탄식한들 어찌하겠는가. 방수간이 와서 바둑을 두고 돌아갔다.

◎ ─ 2월 24일

생원(오윤해)의 사내종 안손(安孫)이 지난밤에 제 어미를 데리고 도망쳤다고 한다. 몹시 마음이 아프다. 아침에 먹을 양식이 떨어져서 이웃 사람에게 쌀 2되를 빌어 7홉은 생원(오윤해)의 집으로 보내고 그 나머지로 죽을 쑤어 나누어 먹었다. 방수간이 와서 바둑을 두고 갔다.

저녁에 막정이 왔다. 함열 현감이 벼 1섬, 밀가루[眞末] 1말, 메주[末醬] 2말, 소금 5되를 보내왔다. 근래 계속 소나무 속껍질을 섞은 흰죽을 쑤어 위아래 사람들이 같이 먹다 보니 소금도 다 떨어졌다. 지금 5되를 얻기는 했지만 아침저녁으로 죽에 간하고 남은 것을 또 아랫집에 나누어 주었더니, 먹을 때 소금이 없다고 탄식하는 일이 근래 더욱 심하다.

....
* 한산 군수(韓山郡守): 신경행(辛景行, 1547~1623). 한산 군수, 충청도 병마절도사 등을 지냈다.
* 단녀(端女): 오희문의 막내딸 숙단(淑端)이다. 단아(端兒)라고도 한다. 피난 기간 내내 학질 등에 시달리다 1597년 2월 1일에 세상을 떠났다.

사는 게 어찌 이리 가여운가.

◎ ― 2월 25일

아침부터 종일 비가 내리더니 저녁에는 바람이 거세다. 마초도 떨어졌으니 답답하다. 생원(오윤해)의 집에서 마초 8뭇을 가져왔다.

◎ ― 2월 26일

오후에 군수를 만나러 군에 들어갔다. 군수는 이미 관청에 출근해 있었다. 곧바로 이름을 알리자 나를 맞아 주었다. 마침 군수의 아들 진사 송이창(宋爾昌)*이 회덕에서 와서 같이 이야기를 나누었다. 나에게 화전을 대접하고 저녁밥도 주었다. 그 참에 환자를 받고 싶다고 청했고, 또 둔답(屯畓)*을 경작하고 싶다고 말했다. 모두 가볍게 그러겠다고는 했지만 확답을 주지는 않았다. 안타깝다.

◎ ― 2월 27일

오후부터 종일 비가 내렸다. 밤까지 그치지 않다가 새벽에야 비로소 그쳤다.

....

*   송이창(宋爾昌): 1561~1627. 진안 현감, 신녕 현감 등을 지냈다. 아버지는 당시 임천 군수를 지내고 있던 송응서이다.
*   둔답(屯畓): 군량을 보충하고 관청의 비용을 충당하기 위해 국가가 지급한 토지 중의 논이다. 군인이 직접 경작하는 경우와 농민에게 경작시켜 수확량의 일부를 거두어 가는 경우가 있었다.

◎ ― 2월 28일

함열 현감이 특별히 사람을 보내 뱅어[白魚] 1동이를 보내왔다. 고마움을 금치 못하겠다. 다만 양식이 없어서 밥을 지어 먹지 못하고 뱅어만 지져 먹으려니 안타깝다. 내일은 외할머니의 제삿날인데, 잘못하면 뱅어탕만 먹게 생겼다. 우습다.

◎ ― 2월 29일

백몽진과 문경인이 와서 바둑을 두고 돌아갔다. 어제 송노를 정산(定山)에 보냈는데, 정산 현감*이 마침 자리를 비워서 그냥 돌아왔다. 온 집안 식구들이 양식을 얻어 오기만을 바랐건만 끝내 빈손으로 돌아왔다. 매우 안타깝다.

저녁에 덕노(德奴)가 황해도에서 왔다. 윤함(允誠)*의 처자는 현재 모두 무탈하고, 우계[牛溪, 성혼(成渾)]도 당시 석담(石潭)에 머물고 있어서 답장을 써서 보내왔다. 덕노가 올 때 한양에 들렀는데, 조카 심열이 편지를 보내왔고 또 새해 달력과 황모필(黃毛筆, 족제비 털로 만든 붓)도 보내왔다.

....

* 　정산 현감: 김장생(金長生, 1548~1631). 1591년에 정산 현감에 제수되어 이 당시에도 계속
　　맡고 있었다.
* 　윤함(允誠): 1570~1635. 오희문의 셋째 아들이다.

3월 큰달

◎ — 3월 1일

아침에 이웃에 사는 이등귀(李騰貴)*가 찾아왔는데, 나와는 동년배이다. 막정을 석성(石城)에 보내면서 윤겸에게 쓴 편지를 가지고 -원문 빠짐- 요새 양식이 떨어졌는데도 어찌할 방법이 없어서 위아래 사람들이 소나무 속껍질만으로 같이 끼니를 때우면서 긴긴날을 보내고 있다. 한탄한들 어찌하겠는가. 나와 두 아들은 아침에 함께 콩죽 반 그릇씩이라도 먹었지만, 집사람과 세 딸은 아무것도 못 먹고 긴 하루를 마쳤다. 둘째 딸은 낮인데도 지쳐서 누워 못 일어나다가 나물국을 끓여 마신 뒤에야 비로소 안정되었다.

저녁에 쌀 1되를 얻어서 나물과 섞어 죽을 쑤어 나누어 먹었다. 어

....

* 이등귀(李騰貴): 《쇄미록》〈계사일록〉에는 이등귀(李登貴)로 되어 있는데, 어느 것이 맞는지는 분명하지 않다.

른들이야 그렇다고 쳐도 아이들은 배고픔을 이기지 못하니 차마 볼 수가 없다. 집사람은 병을 앓고 난 지 얼마 안 되어 재발할까 심히 걱정스럽다. 연전에는 어렵고 군색하다고 해도 이렇게 심하지는 않았다. 그런데 지금은 관아건 사가(私家)건 양식이 모두 고갈되어 구걸할 길도 없으니, 머지않아 모두 예상(翳桑)의 넋*이 될 것이다. 하늘이 실로 이렇게 했으니, 말해서 무엇하겠는가.

저녁에 막정이 들어와서 하는 말이, 편지를 가지고 두세 차례 불렀는데 듣고도 못 들은 체하는 바람에 끝내 올리지 못하고 그냥 돌아왔다고 한다. 탄식한들 어찌하겠는가.

◎ ─ 3월 2일

정산 현감이 관청에 돌아왔다는 말을 듣고 다시 송노를 정산에 보냈다. 하지만 편지를 올릴 수 있을지 장담은 못하겠다. 평택(平澤) 이경담 희서(李景曇希瑞)가 이곳에 왔다는 말을 들었다. 식사 후에 군에 들어가서 수락헌(水樂軒)*에서 만나 조용히 이야기를 나누었다. 몸이 수척해지고 얼굴이 검어져서 만난 중에 예전의 모습을 찾기가 어려웠다. 몹시 안타깝다. 송진사(宋進士, 송이창)도 나와서 만났다. 나에게 물만밥을 대접했다. 날이 저물어 돌아왔다.

....

* 예상(翳桑)의 넋: 굶어 죽은 넋을 뜻한다. 예상은 옛 지명으로, 굶어 죽음을 뜻하는 말로 쓰인다. 춘추시대 진(晉)나라의 영첩(靈輒)이 이곳에서 굶주리고 있었는데, 조돈(趙盾)이 지나가다가 영첩을 보고 먹을 것을 주어 구제해 준 고사에서 유래했다.《춘추좌씨전(春秋左氏傳)》〈선공(宣公) 2년〉.
* 수락헌(水樂軒): 충청도 임천에 있는 누대이다. 조선 중기의 문신인 이해수(李海壽)의《약포유고(藥圃遺稿)》권5에 〈임천의 수락헌[林川水樂軒]〉이라는 시가 보인다.

◎ ― 3월 3일

어쩔 수 없이 아침에 막정을 함열에 보냈다. 아침을 먹고 김대성, 방수간, 백몽진, 문경인이 찾아왔다. 방수간, 백몽진과 함께 바둑을 두고 날이 저물어서 헤어졌다. 오후에 윤함이 학질에 걸려 아파했다. 걱정스럽다.

저녁을 지어 먹을 길이 없어 두(豆) 1되만 가지고 죽을 쑤려는데, 새알심을 만들 쌀을 얻을 수가 없다. 마침 종자로 쓰려고 오래전에 구해 둔 차조[粘粟] 1되가 있어 어쩔 수 없이 이웃집에서 쌀 5홉과 바꿔 새알심을 해 넣고 쑤어 아이들과 함께 반 그릇씩 나누어 먹었다. 새알심은 적고 물은 많아 한편으로 우습지만, 이마저도 사내종들에게는 돌아가지 않아 모두 굶고 잤다. 한탄한들 어찌하겠는가. 윤함이 다시 학질에 걸린 것도 굶주림 때문이다. 해주로 갈 날은 다가오는데 이처럼 아프니, 만약 빨리 낫지 않는다면 떠나지 못할 형편이다. 더욱 걱정스럽다.

오늘은 답청절(踏靑節)*인데, 죽도 못 먹어서 배고프고 괴롭기가 이와 같다. 달리 무엇을 바라겠는가. 그저 슬프고 한스러울 뿐이다. 마침 이웃 사람이 안 마시는 막걸리 한 대접을 가지고 와서 누룩[麴生]으로 바꾸어 갔다. 가져온 술 한 잔을 마셨더니 가슴이 좀 뚫리는 듯했다. 그 맛이 안 좋은 줄도 모른 채 마다하지 않고 실컷 마셨으니, 사는 곳이 기운을 바꾸고 기르는 것이 몸을 바꾼다*는 말이 있지 않은가. 송노가 오

....

* 답청절(踏靑節): 음력 삼월 삼짇날이다. 이날에 새봄이 찾아옴을 기뻐하여 술과 음식을 장만해 경치가 좋은 산이나 계곡을 찾아가 꽃놀이를 하고 새 풀을 밟아 봄을 즐긴다고 해서 붙은 이름이다.

* 사는……바꾼다: 사람이 처한 지위나 환경이 그 사람의 기상이나 마음을 변화시킨다는 뜻이다. 《맹자(孟子)》〈진심상(盡心上)〉에 나오는 말이다.

지 않는다. 무슨 일인가.

◎ ― 3월 4일

아침에 먹을 것이 없어서 소나무 속껍질 두어 덩어리를 가늘게 쪼개고 삶아서 찧은 뒤에 메밀[木米] 반 되로 가루를 내어 한데 섞어서 쪘다. 여러 아이들과 함께 나누어 먹는데 오히려 달고 싫지가 않았다. 안타깝기 그지없다.

오후에 막정이 돌아왔다. 함열 현감이 백미 2말, 정미 3말, 콩 5말, 소금 1말, 뱅어젓 5되를 보내왔다. 매우 고맙다. 아침밥도 짓지 못해서 아이들의 배고픔이 극심하던 차에 막정이 쌀을 가지고 와서, 곧장 밥을 짓고 윤해도 불러와 함께 먹으니 위아래 사람들이 기뻐했다. 쌀 3되, 콩 2되, 소금 1되는 아랫집에 보냈다. 아랫집도 아침밥을 먹지 못하고 있던 참이었다.

함열 현감이 지금 부인의 초상을 당했다고 한다. 놀랍고 슬프기 그지없다. 한집의 명줄을 오로지 함열 현감에게 힘입고 있는데 뜻하지 않게 초상을 당했으니, 분명 힘을 써 주지 못할 것이다. 이것이 걱정이다.

저녁에 송노가 왔다. 정산 현감이 벼 4말, 쌀 1말, 메밀 1말, 감장 1말, 메주 1말을 보내왔다. 매우 고맙다. 다만 답장 편지를 잃어버렸다고 하는데, 분명 이유가 있을 것이다.

◎ ― 3월 5일

어제 저물녘에 진사 경해(慶諧)＊가 찾아와서 저녁을 대접했다. 그대로 차가운 행랑에서 자고 오늘 아침에 돌아갔다. 윤함은 학질을 피하여 새벽에 떠났다. 아침을 먹은 뒤에 방수간과 문경인이 찾아왔다. 방공(方公)과 함께 종일 바둑을 두었는데, 경인이 술과 안주를 가지고 와서 마셨다. 저녁에 바람이 거세게 불고 비가 내렸는데 약간 붉은 빛을 띠었다. 사람들이 모두 흙비라고 했다.

환자로 거친 벼 2섬을 받아 왔다. 넉넉히 주기를 바랐건만 겨우 2섬을 주었다. 아전에게 뇌물을 주고 청탁한 사람들은 모두 많이 얻어 갔는데, 나는 관원에게 청했기 때문에 이렇게 적다. 관원의 힘이 도리어 아전이 손을 쓸만도 못하니 우스운 일이다. 윤해의 집은 1섬을 얻었을 뿐이니 더욱 안타깝다. 송노와 덕노가 울타리를 치려고 솔가지 두 바리를 베어 왔다. 윤함은 오늘도 조금 앓았다.

◎ ─ 3월 6일

사내종 둘에게 울타리를 만들라고 시켰다. 아침에 김대성이 감장 조금과 파와 마늘 1뭇을 보내고 오후에 찾아왔다. 집주인의 채소밭 두어 이랑을 빌려 세 가지 채소를 갈았다. 하지만 너무 적으니, 많은 식구가 어찌 끼니를 이을 수 있겠는가. 진사 송이창에게 이등귀의 호초(戶草) 20뭇을 줄여 달라고 청했다. 요 며칠은 이것으로 말을 먹일 수 있겠다.

◎ ─ 3월 7일

새벽에 윤함이 또 학질을 피해서 달려왔다. 덕노와 송노, 그리고 막정에게 삼태기를 들고 가서 둔답을 일구게 했다. 오후에 가서 그들

....

*　경해(慶諧): 1544~?. 1588년 진사시에 입격했다.

이 일하는 것을 보았고, 이어서 세동(細洞)으로 가서 좌수 조윤공(趙允恭)과 신경유(申景裕)를 만났다. 돌아올 때에는 윤해의 처자식을 보고 왔다. 윤함의 학질이 나았다. 기쁘다. 조좌수(趙座首)가 나에게 점심을 대접했다.

◎ ― 3월 8일

송노를 함열에 보내서 아내를 잃은 일을 조문하게 했다. 그 참에 전주 땅의 지평(持平) 송인수(宋仁叟)*에게도 보냈다. 이 도(道)의 관찰사(觀察使)에게 이 군의 환자를 받는 일로 편지를 올리고자 해서이다. 관찰사가 인수의 처삼촌이기 때문이다. 관찰사나 도사(都事)의 명이 없으면 고을 수령이 환자를 주지 않는다. 방수간, 백몽진, 문경인이 찾아왔다. 방수간, 백몽진과 함께 바둑을 두고 날이 저물어 헤어졌다.

◎ ― 3월 9일

윤함은 내일 해주로 돌아가야 한다. 행장을 꾸릴 때, 나는 우계에게 답장을 썼고 또 고성(高城) 누이*에게 편지를 썼다. 고성 누이는 지금 옹진(瓮津)에 우거하고 있다. 윤함의 처가와 거리가 멀지 않기 때문에 바로 전하게 하려는 것이다. 김대성이 찾아왔다.

....

* 송인수(宋仁叟): 송영구(宋英耈, 1556~1620). 자는 인수이다. 임진왜란이 일어나자 도체찰사 정철(鄭澈)의 종사관으로 발탁되었고, 1593년에 군사 1천여 명을 모집하여 행재소로 향했으며, 3월 27일에 사헌부 지평에 임명되었다. 정유재란 때에는 충청도 관찰사의 종사관이 되었다.
* 고성(高城) 누이: 남상문(南尙文, 1520~1602)에게 시집간 오희문의 여동생이다. 남상문은 고성 군수를 지냈다.

◎ — 3월 10일

이른 아침에 윤함이 덕노와 막정 등을 데리고 길을 나섰다. 결성에 들러 제 형을 보고 대흥(大興)에 이르러 가는 동안 먹을 양식을 마련하여, 그길로 수원(水原)으로 향하고 안산(安山), 강화(江華), 교동(喬桐)을 거쳐 강을 건너 곧장 연안(延安)으로 가서 해주(海州)로 돌아갈 계획이란다.

윤함은 지난해 2월 스무닷새날에 내가 죽었다는 잘못된 말을 듣고 홍양[洪陽, 홍성(洪城)]의 우거하던 곳으로 달려갔다가, 그대로 함께 이곳에 왔다. 이제 15개월 만에 돌아가니, 떠날 때 모두 슬퍼하여 옷소매가 눈물로 젖는 줄도 몰랐다. 보내고 싶지 않지만, 오랫동안 그 처자식을 보러 가지 않는 것은 옳지 않다. 뿐만 아니라 근래에 궁곤함이 날로 심해져서 큰 병을 앓고 난 뒤에 굶주리다가 또 병이 생길까 걱정스러워 어쩔 수 없이 보냈다. 형편이 그러하니 어찌하겠는가. 탄식만 더해질 뿐이다.

아침을 먹고 마음이 몹시 안 좋아서 두 아이를 데리고 뒷산 봉우리에 올라가 사방을 바라보았다. 황량한 마을 여기저기에 복사꽃과 자두꽃이 만발했다. 이처럼 좋은 계절에 마을은 쓸쓸하고 곤궁함은 날로 심해져서 죽도 먹지 못하고, 술을 가져와서 내 마음을 위로해 주는 사람도 하나 없다. 한스럽다. 화산(花山)에서 내려와 소나무 그늘 아래 둘러앉았는데, 김대성, 백몽진, 문경인 등이 찾아왔다. 이야기를 나누고 한참 만에 파해서 돌아오니 가슴이 좀 후련하다. 저녁에는 비가 내렸다. 윤함이 잘 들어갔는지 모르겠다. 심히 걱정스럽다.

◎ — 3월 11일

한밤중부터 비가 왔다. 아침에도 세차게 내리더니, 오후에 비로소 그쳤다. 하지만 날이 흐리고 바람이 분다. 윤함은 가는 동안 먹을 양식과 콩을 겨우 이틀 치 준비했다. 지금 비에 막혀 가지 못한다면 반드시 양식이 바닥나는 근심*이 있으리라. 매우 걱정스럽다. 비가 그치기를 기다려 홍양 땅 광석리(廣石里)의 박부여(朴扶餘)*의 집에 가면 음식을 얻을 수 있을 것이다.

집사람이 떡을 쪄서 오늘 장에 내다 팔려고 했는데, 비가 와서 장에 나가지 못하여 아이들과 함께 먹었다. 5되의 쌀만 허비했으니, 우스운 일이다.

◎ — 3월 12일

날이 활짝 개었다. 꿈속에서 주상께서 거둥(擧動)하시는 것을 보았다. 앞뒤로 늘어선 사대(射隊)*와 악대(樂隊)가 완연히 옛 모습과 같았다. 나는 용안을 훔쳐보며 속으로 귀가 이렇게 크니 반드시 중흥시킬 수 있는 임금이라고 생각했다. 잠시 후 잘못해서 궁문으로 들어갔는데, 주상께서 바라보고 즉시 불러들이셨다. 나는 황공해 하며 의복과 건(巾)이 없다고 했다. 사자(使者)가 시복(時服)* 차림으로 들어가 뵈라고 했

....
* 양식이 바닥나는 근심: 원문의 재진지환(在陳之患)은 《논어(論語)》〈위령공(衛靈公)〉에 "공자(孔子)께서 진(陳)나라에 계시면서 식량이 떨어지니, 수행하던 사람들이 병들어 일어나지 못했다[在陳絶糧 從者病 莫能興]."라고 한 데서 나왔다.
* 박부여(朴扶餘): 박동도(朴東燾, 1550~1614). 고성 군수, 마전 군수 등을 지냈다. 1592년에 부여 현감을 임시로 맡은 일이 있다.
* 사대(射隊): 임금 등의 왕족이 거둥할 때 전후좌우에서 호위하는 사수 부대이다.

다. 곧장 다른 사람의 행전(行纏)*을 빌려 차고 앞으로 나아가려는데, 한 사람이 나를 인도하여 들어갔다. 궁 안을 보니 그다지 높고 크지 않아서 여느 사가와 다르지 않았다. 당(堂) 뒤로 가자 나에게 재배하라고 했다. 열 살 남짓 된 남자아이 3, 4명이 당 안에서 놀고 있었다. 나는 속으로 왕자라고 생각했다. 또 인도하여 어떤 방으로 들어갔다. 주상께서 관을 벗고 사복 차림으로 침구 위에 앉아 계시는데, 비단 이불이 다 헤져 있었다. 내가 방 안으로 들어가 절하고 알현하자, 주상께서 "너는 글을 배웠느냐?"라고 물으셨다. 나는 "소신은 어려서부터 글을 배웠지만 성취하지 못하여 과거 공부를 일찌감치 버렸습니다."라고 했다. 주상께서 또 "너의 집은 어디냐?"라고 물으셨다. 나는 "소신의 집은 성균관동(成均館洞) 벽송정(碧松亭)* 서쪽 가에 있사옵고, 신의 장인은 작고한 문천 군수(文川郡守)입니다."라고 했다. 주상께서 "이곳과 멀지 않구나."라고 하셨다. 내가 다시 말하려고 하자 주상께서 일어나 방 밖으로 나가시어 소변을 본 뒤에 돌아오셨는데, 잠시 후 기지개를 켜고 잠에서 깨었다. 꿈속에서 보고 말한 일이 선명하게 모두 기억나서 곧장 집사람을 불러 이야기했다. 무슨 상서인지 모르겠다. 꿈속의 징조가 하도 이상하여 아침에 일어나서 대략 써 두었다. 훗날에 징조와 맞는지 보고 싶어서이다.

....

* 　시복(時服): 관원이 입시할 때나 공무를 볼 때 입던 복장의 한 가지이다. 홍단령(紅團領)에 흉배(胸背)가 없는 형태이다.
* 　행전(行纏): 바짓가랑이를 좁혀 보행과 행동을 간편하게 하기 위해 정강이에 감아 무릎 아래에 매는 물건이다. 행등(行縢)이라고도 한다.
* 　벽송정(碧松亭): 성균관 명륜당 북쪽의 북악산 기슭에 위치하여 유람 온 사람들이 머물던 정자이다.

아침을 먹고 군에 들어가 군수를 만나려고 했다. 군수는 이미 관청에 출근해 있었다. 너무 시끄러워 들어가서 만나지 못하고, 그길로 동송동(東松洞)으로 가서 조희열(趙希說)과 문화 현감(文化縣監) 조희철(趙希轍)*을 만났다. 희열이 막걸리 석 잔을 주어 마셨다. 또 좌수 조희윤(趙希尹)의 집에 가서 한림 조희보(趙希輔)를 맞아 같이 이야기를 나누었다. 희윤의 사촌 정응창(鄭應昌)*도 자리에 있었다. 한림은 요새 피난하여 희윤의 이웃에 우거한다고 했다. 희윤이 나에게 저녁밥을 대접했다. 올 때 소지의 집에 들렀다. 소지가 마침 집에 없어서 그냥 돌아왔는데, 날은 벌써 저물었다.

◎ ─ 3월 13일

종일 우거하는 집에 있었다. 오후에 성덕린(成德麟)이 찾아왔다. 저녁에 윤해와 함께 걸어서 김대성의 집에 갔다. 김대성을 불러내어 울타리 밑의 나무 아래에 둘러앉아서 한참 이야기를 나누고 돌아왔다. 저녁에는 양식이 없어서 위아래 사람들이 겨우 흰죽 반 보시기[保兒]씩을 마셨다. 한탄한들 어찌하겠는가.

송노를 함열에 보내서 양식을 청했다. 구해온 지 열흘도 안 되었는데 지금 또 사내종을 보내려니 몹시 부끄럽다. 윤해에게는 편지를 써서 보내라고 했다. 형편이 절박하니 어쩔 수 없었다. 둔답의 종자 5말을 받아 왔지만 거칠고 잡되어서 못쓰겠다. 만일 제대로 되어 보면 반

....

*   조희철(趙希轍): ?~?. 고산 현감을 역임했다. 언제 문화 현감에 임명되었는지는 분명하지 않다.

*   정응창(鄭應昌): 1547~1622. 1582년 생원시에 입격했다.

도 안 될 테지만 달리 얻을 방도가 없다. 지금 군에 들어가 군수를 만나 이야기해 보고 싶은데, 말이 없어서 가지 못한다. 답답하다. 아침에 누에가 나와서 1장(丈)을 쓸어내렸다.

◎ ― 3월 14일

송노가 함열에서 왔다. 함열 현감이 정조 1섬, 밀[眞麥] 10말, 메주 2말, 찹쌀 4되, 생웅어[葦魚] 1두름을 보내왔다. 아침에 흰죽 반 사발을 먹어 매우 배고프던 차에 지금 이 물건을 얻어 곧장 처자식과 함께 밥을 짓고 생선을 구워 먹었다. 후의에 그저 고마울 뿐이다. 벼 1말, 참밀 1말, 생웅어 4마리를 아랫집에 보냈다. 저녁에 비가 내렸다.

◎ ― 3월 15일

이른 아침에 군수를 만나려고 군에 들어갔다. 군수가 이미 사창에 출근해서 아전들을 점검하느라 몹시 부산하여 이름을 알리지 못하고 그냥 돌아왔다. 밥을 먹고 무료해서 인아(麟兒),* 단녀와 함께 지팡이를 짚고 뒷산 봉우리에 올랐다. 고사리를 손수 두어 움큼 꺾어 돌아오니 객지 생활의 외롭고 쓸쓸한 마음이 거의 풀렸다. 김대성이 찾아와서 한참 이야기를 나누고 돌아갔다.

춘이(春已)가 진위(振威)에서 왔다. 예전에 윤해의 장인 최경유(崔景綏)*가 염병(染病)에 걸렸다는 말을 듣고 사람을 보내서 안부를 물었는

....

* 　인아(麟兒): 오희문의 넷째 아들 오윤성(吳允誠, 1576~1652)이다.

* 　최경유(崔景綏): 최형록(崔亨祿, ?~?). 자는 경유이다. 오윤해의 장인이다. 세마(洗馬)를 지냈다.

데, 이제 와서 비로소 쾌차하여 별달리 눕는 일이 없다는 말을 들었다. 기쁘다.

또 듣자니, 지난 2월 스무아흐레에 열린 정시에 급제한 사람이 13명인데, 박동열(朴東說)이 장원이고 그다음은 민유경(閔有慶), 허균(許筠), 최계옥(崔啓沃), 조응문(趙應文), 민여신(閔汝信), 성계선(成啓善), 이순민(李舜民), 성진선(成晉善), 황민중(黃敏中), 박원(朴垣), 정각(鄭殼), 박동망(朴東望)이라고 한다. 진선과 계선은 창성군(昌成君) 성수익(成守益)의 두 아들이고, 동열과 동망은 참판 박응복(朴應福)의 두 아들이다. 동망은 평안도에 있었을 때 전시(殿試)에 곧장 응시할 자격을 받은 사람[直赴殿試]*이다. 성씨와 박씨 두 집안에서 형제가 급제했으니, 한 집안의 경사가 어떻겠는가. 더구나 박원도 급제했으니, 더욱 기쁘고 경사스러울 만하다. 박원은 박참판의 조카이며, 전 부여 현감(扶餘縣監) 박동도(朴東燾)의 큰아들이다.

황조(皇朝, 명나라) 광녕순무도어사(廣寧巡撫都御史) 조취선(朝取善)이 산동(山東)에 쌓아 둔 조[粟]를 속히 옮겨 조선군의 군량에 보태기를 청하는 일에 대해 의작(擬作)한 표(表)*

집사람이 어제부터 치통을 앓는다. 오늘은 왼쪽 뺨과 윗입술에 부기가 있고 찌르는 듯이 아프다고 한다. 걱정스럽다. 이는 분명 이뿌리가 아파서 남은 독기가 밖으로 나온 것이리라. 다시 내일까지 지켜봐야 알 수 있을 것이다.

◎ ─ 3월 16일

집사람의 부은 곳이 조금 가라앉고 통증도 줄었다. 김대성과 이등귀의 소를 빌려 송노, 덕세(德世), 명복(命卜), 그리고 이웃 사람을 얻어서 둔답을 갈게 했다. 사내종 둘은 소를 몰고, 송노는 가래를 잡아 두둑을 꾸몄다. 새벽부터 날이 흐리고 비가 내리니, 양식만 축내고 일을 마치지 못할까 심히 걱정된다. 하지만 소 2마리를 빌렸으니 중간에 그만둘 수도 없어서 그냥 갈게 했다. 비록 날이 흐리고 바람이 불었지만 저녁까지 비가 오지 않아서 다 갈았다. 하지만 두둑을 고르는 일은 못 마쳤다. 내일 다 고른 뒤에 씨를 뿌리려고 한다. 관가에서 받아 온 종자는 거칠고 잡되어 부실했다. 정밀하게 까부르니 2말 3되에 지나지 않았다. 함열에서 구해 온 벼 3말을 합하여 총 5말을 키질해서 까불어 종자를 준비했다. 내일 씨를 뿌리고 나면 분명 양식이 다 떨어질 텐데, 다시 얻을 방도가 없다. 괴롭기가 말도 못할 지경이다.

윤함이 돌아간 뒤로 연일 날이 좋지 않다. 가는 길이 분명 어려울 것이니, 애타는 마음이 그치지를 않는다. 저녁에 집사람이 두통으로 누워서 신음했다. 분명 며느리고금[婦瘧]*에 걸린 게다. 굶주리고 곤궁한

....
* 며느리고금[婦瘧]: 날마다 앓는 학질로, 하루하루가 직날인 고금이다. 부학(婦瘧) 또는 축일학(逐日瘧)이라고도 한다. 하루거리는 하루씩 걸러서 앓는 학질, 즉 이틀에 한 번씩 앓는 고금으로, 간일학(間日瘧)이라고도 한다. 또 이틀거리는 이틀을 걸러서, 즉 사흘에 한 번씩 발

뒤에 또 이런 병에 걸리니, 괴로움을 이루 말할 수 없다.

◎ — 3월 17일

또 이웃 사람을 얻어 사내종 셋과 함께 둔답을 고르게 했다. 밥을 먹고 나서 지팡이를 짚고 걸어서 논에 갔다. 논을 살펴본 뒤에 그길로 윤해가 우거하는 집에 가서 그 처자식을 보고 윤해와 함께 집으로 돌아왔다. 함열에서 특별히 사람을 시켜 편지를 보내왔고, 아울러 소금과 조기[石首魚] 2뭇도 보내왔다. 후의에 그저 고마울 뿐이다. 오랫동안 못 먹었던 터라 바로 처자들과 함께 구워 먹었다. 다만 양식이 없어서 밥을 지어 맛을 더할 수가 없었다. 안타깝지만 어찌하겠는가.

둔답의 일은 마치지 못했다. 마침 날이 춥고 바람도 찬데다 사내종들도 힘써 일하지 않았다. 닷 마지기 논을 네 사람이서 사흘이 되도록 끝내지 못했다. 괘씸하고 얄밉다.

◎ — 3월 18일

사내종 둘에게 논을 고르게 했다. 밥을 먹고 화산에 올라 일을 부지런히 하는지 살펴보았다. 고르는 일이 끝난 뒤에 말을 타고 직접 가서 씨 뿌리는 것을 보았다. 날이 저물어 돌아왔다. 정밀하게 까부른 종자 5말을 다 뿌렸는데도 반 두둑을 뿌릴 만큼의 양이 부족했다. 내일 아침에 송노에게 반 되를 더 가져다가 뿌리게 할 것이다. 다만 관가에서 준 종자는 반 이상 부족하므로 환자를 받아 내어 뿌리려고 한다. 내

작하며 좀처럼 낫지 않는 고금으로, 당고금, 이일학(二日瘧), 해학(痎瘧)이라고도 한다.

가 재차 관문에 가서도 이름을 알리지 못했고, 또 사내종에게 고하게 했는데도 문지기가 이를 막았다. 예전에 윤해가 송이창을 만나서 아전들이 환자를 나누어 줄 때 뇌물을 받고 더 내주는 일이 매우 많다고 말하는 것을 아전들이 몰래 들었기 때문에, 지금에 와서 저지하여 드나들지 못하게 하는 것이다. 매우 분통이 터진다.

지난밤 꿈에 정로를 보았는데, 완연히 평소의 모습과 같았다. 꿈에서 깨니 슬프고 애석하기 그지없다. 저녁에 집사람이 전날보다 갑절은 더 심하게 학질을 앓는다. 몹시 걱정스럽다. 며느리고금이 아니고 하루거리[間日瘧]이다.

◎ ─ 3월 19일
저녁내 무료해서 단녀와 함께 추자놀이*를 했다.

◎ ─ 3월 20일
아침에 환자를 나누어 준다는 말을 듣고 윤해에게 즉시 단자(單字)*를 써서 올리게 했다. 두 집에 각각 1섬씩을 주었는데, 다시 되어 보니 13말이다. 이는 사나흘 양식에 지나지 않는다. 군수가 쩨쩨하게 구니 몹시 안타깝다. 저녁에 집사람이 학질을 앓았다. 굶주린 뒤라 오랫동안 병이 낫지 않는다. 심히 걱정스럽다.

....
* 추자놀이: 바둑이나 장기와 같이 판을 차리고 하는 놀이이다. 추자아(楸子兒) 또는 추자희(楸子戲)라고 한다.
* 단자(單子): 필요한 사항을 간단하게 벌여 적은 문서이다. 물품의 이름과 수량, 사람 이름 등을 적거나 사람을 천거할 때 쓰기도 한다.

◎ ─ 3월 21일

아침을 먹고 무료하여 김대성을 불러냈다. 문경인의 집 뒤에 있는 회화나무 정자 아래까지 걸어가 조용히 이야기를 나누고 돌아왔다. 경인은 마침 출타하고 집에 없었다. 저녁에 장성 현감 이옥여가 온다는 말을 듣고 곧장 군에 들어갔는데, 아직 도착하지 않아서 거처로 돌아왔다.

◎ ─ 3월 22일

이른 아침에 군에 들어가서 사적인 자리에서 옥여를 만났다. 임천 군수도 와서 함께 이야기를 나누었다. 참석한 사람은 진사 이중영(李重榮),* 생원 홍사고(洪思古),* 전 양지 현감(陽智縣監) 남대현(南大俔), 진사 김존경(金存敬)*이다. 옥여가 우리 부자에게 아침밥을 대접했다. 홍사고와 이중영 공은 피난하여 이 고을에 와 있다. 남공(南公)은 예전에 의병장으로서 전공이 많아서 특별히 양지 현감에 임명되었다가 오래지 않아 바뀌었고, 지금은 충용장의 종사(從事)가 되어 군사와 군량을 모으기 위하여 이 고을에 왔다. 김공 역시 충용장의 일가로, 이제 막 막중(幕中)에 들어와 서기(書記)의 임무를 맡고 있다. 충용장의 모든 격문(檄文)과 올리는 글[呈書] 등이 모두 그의 손에서 나왔다. 지금은 옥여와 함께 세자와 주상께 가서 긴급한 일 등을 아뢰려 한다고 한다.

오후에 작별하고 돌아왔다. 옥여가 나에게 쌀 2말, 콩 5되를 주었

....

* 이중영(李重榮): 1553~?. 1589년 진사시에 입격했다.

* 홍사고(洪思古): 1560~?. 1579년 사마시에 입격했다.

* 김존경(金存敬): 1569~1631. 경주 부윤 등의 벼슬을 지냈다.

다. 쌀 5되는 윤해의 집에 나누어 주었다. 빈관(賓館)에는 명나라 군사가 들어와 있기 때문에 여염집에서 잔다고 했다. 옥여에게 들으니, 충용장이 지금 함안(咸安)에 있다고 한다. 지난달 초에 별장(別將) 최강(崔崗)에게 명하여 정병(正兵) 40여 명을 거느리고 정탐하도록 고성(固城)에 보냈는데, 적과 조우하여 90여 명을 쏘아 죽이고 4명을 베어 죽였다고 한다. 그 뒤에 또 최강이 창원(昌原)에서 적과 조우하여 20여 명을 쏘아 죽이고 1명을 베어 죽였는데, 충용장도 군중(軍中)에 있어서 적의 주둔지를 습격하려고 했지만 중과부적인데다 날도 저물어 사람들이 모두 강력히 제지하므로 어쩔 수 없이 칼을 휘둘러 무력만 과시한 뒤에 돌아왔고 적도 추격하지 않았다고 한다. 다음날 탐지해 보니 깃발은 여전히 남아 있는데 적은 성을 비우고 도망쳐 버렸다고 한다. 최강은 남원에 살고 용맹이 남들보다 뛰어난데, 충용장의 군중에 있다고 한다.

저녁에 함열 현감이 특별히 사람을 시켜 편지를 보내왔고, 또 큰 농어[鱸魚] 1마리를 보내왔다. 후의에 그저 감사할 뿐 갚을 길이 없다. 곧바로 처자식과 함께 탕을 끓여 먹었다. 집사람은 오늘도 학질을 앓아 먼저 누웠기 때문에 먹지 못했다. 안타깝다.

◎ ─ 3월 23일

송노가 제 일가를 만나려고 휴가를 얻어 청양(靑陽) 땅으로 갔다. 윤함이 돌아가는 여정을 계산해 보니, 아무리 도중에 비 때문에 지체되었더라도 어제나 오늘쯤엔 그 집에 도착했어야 한다. 먼 길을 가는 여정이 어떠한지 알지 못하니, 밤낮으로 걱정스러운 마음이 그치지 않는다. 윤겸도 오랫동안 찾지 않으니 이유를 모르겠다. 날마다 오기를 바라건만, 오지 않을 뿐만 아니라 소식마저도 끊겼다. 예전에 그 집안이 편치 않다는 말을 들었는데, 이 때문에 더욱 답답하고 걱정스럽다.

설을 쉰 뒤로 한집의 위아래 사람들이 계속 죽만 먹고 밥을 지어먹은 적이 없는데, 근래에는 더욱 심하다. 게다가 장과 소금물도 없이 산나물을 삶아 쌀과 섞어서 죽을 쑤어 모두 반 그릇씩만 먹었다. 아이들이 배고픔을 참지 못하니 차마 눈뜨고 볼 수가 없다. 나만 7홉의 밥을 먹는데, 밥상을 대할 때마다 차마 목구멍으로 넘어가지 않는다. 아이들에게 두루 나누어 줄 수 없는 형편이라 막내딸에게만 조금 나눠 주었다. 한탄한들 어찌하겠는가.

◎ ― 3월 24일

이른 아침에 백몽진이 사내종과 말을 데리고 전에 덜 받은 호초 9뭇을 가지고 왔다. 요사이 마초가 떨어지고 전에 백몽진 때문에 덜 받은 40뭇의 호초를 가져오지 못한 지 오래라 하는 수 없이 백몽진에게서 찾아오도록 했는데, 이미 남은 것이 없어 9뭇만 얻어 온 것이다. 그래도 이것으로 며칠은 먹일 수 있으리라.

이곳에 온 뒤로 오랫동안 어머니의 소식을 듣지 못했다. 매번 사람을 보내서 안부를 묻고 싶어도 가면서 먹을 양식을 마련할 길이 없어 지금까지도 보내지 못하고 있다. 근래 분명 곤궁함이 심할 텐데 어찌 지내시려나. 이런 생각이 들 때마다 걱정스러움을 금할 수 없다. 집사람은 오늘도 학질을 앓았다.

◎ — 3월 25일

김대성이 찾아왔다. 김대성과 인아와 함께 그물을 가지고 연꽃을 심은 방죽에 갔다. 그물을 치고 한참이 지났지만 물고기를 모는 사람이 없어서인지 한 마리도 잡지 못했다. 우습다. 윤해도 찾아왔다가 잠시 후 돌아갔다.

조한림이 쌀 1말, 감장 1사발, 조기 1뭇을 보내왔다. 막 떨어지려던 참에 보내왔으니, 그 고마움을 어찌 말로 다할 수 있겠는가.

◎ — 3월 26일

함열에서 편지와 아울러 뱅어젓 3되를 보내왔다. 지평 송인수가 임금의 명령을 받고 조정에 가는 길에 이 고을에 들렀다. 사내종을 보내 안부를 물었고, 저녁을 먹은 뒤에 군에 가서 만나 수락헌에 앉아 조용히 이야기를 나누었다. 관에서 저녁을 대접했기에 어두워져서야 돌아왔다. 윤해는 그대로 인수와 같이 잤다.

아침에 들으니, 지난밤에 어떤 놈이 이웃에 사는 교생 백광염(白光焰)의 집에 불을 질러 집이 다 탔다고 한다. 군에 들어갈 때 들러서 보니 모조리 다 타 버렸다. 눈에 보이는 상황이 너무나 참혹하고 안타깝다.

오늘 장에서 작두와 끼우는 쇠를 떡 3덩어리를 주고 사 왔는데, 쌀로 계산하면 4되이다. 생원 한헌(韓巘)이 태인으로 돌아가기에 문안 편지를 써서 어머니께 보냈다.

◎ ─ 3월 27일

아침에 순변사(巡邊使)*의 종사관 유대경(兪大儆)*이 군에 들어왔다. 군수에게 칭념(稱念)*하여 백미 1말, 콩 1말, 말린 조기 3뭇을 구해서 보내왔다. 아침거리가 막 떨어졌던 차에 마침 이것들을 보내오니, 고마움을 이루 말할 수 없다. 유공(兪公)은 곧 윤겸의 친구이다.

낮에 들으니, 인수가 병으로 사직하는 글을 올려 조정에 가지 않고 여염집으로 거처를 옮겼다고 한다. 여기에서 멀지 않은 곳이라 곧바로 가서 만나 조용히 이야기를 나누다가 바둑 세 판을 두고 돌아왔다. 아침에 보내온 칭념 물품은 유종사관의 부탁이 아니라 인수의 부탁이었으니, 앞서 들은 말이 잘못된 것이다.

◎ ─ 3월 28일

새벽부터 비가 내렸는데 보리밭만 적시고 도로 그쳤다. 수원(水源)이 없는 곳이라 비가 너무 부족하여 안타깝다. 밥을 먹고 인수가 우거하는 곳으로 가서 종일 이야기를 나누고 바둑을 두다가 어두워져서야 돌아왔다. 송복여(宋福汝)도 있었다. 복여는 이창(爾昌)의 자이다.

윤해가 학질에 걸려 심하게 앓는다. 걱정스럽다. 집사람의 학질 증세는 조금 덜하다. 완전히 떨어지려는 것인가.

....

* 　순변사(巡邊使): 변방의 군사와 정무를 돌아보고 조사하기 위해 임금의 명을 받아 파견된 특사다. 당시 순변사는 이일(李鎰)이었다. 《국역 선조실록》 26년 12월 7일 기사에 이일이 양호(兩湖), 즉 충청도와 전라도의 순변사에 제수된 일이 보인다.
* 　유대경(兪大儆): 1551~1605. 1591년 별시 문과에 급제했다.
* 　칭념(稱念): 수령이 고을로 부임할 적에 그 지방 출신의 고관이나 친구들이 술과 고기를 가지고 와서 인사하며 자신의 친척이나 지인을 돌봐 주기를 부탁하는 것을 말한다.

◎ — 3월 29일

　송인수가 집으로 돌아가기 때문에 밥을 먹고 가서 작별했다. 군수가 와서 만났는데, 이분 여실(李賁汝實)*도 마침 회덕 시골집에서 왔다. 서로 이야기를 나누고 인수가 먼저 일어나서 떠났다. 우리도 한참 동안 이야기를 나누다가, 나는 송복여의 말을 타고 먼저 돌아왔다. 조금 있다가 세 딸과 함께 뒷산 봉우리에 올랐다. 한껏 멀리 바라보고 산나물을 뜯기도 하면서 거닐다가 돌아왔다.

　양식이 떨어져 춘이를 함열에 보내면서 인수와 같이 가게 했다. 어부가 생도미와 민어를 지고 와서 파는데, 큰놈 3마리에 쌀 2되라고 한다. 집에 마침 양식이 떨어져서 사 먹지 못했다. 아이들이 몹시 아쉬워하지만 어찌하겠는가.

◎ — 3월 30일

　김대성이 와서 보고 돌아갔다. 아침을 먹고 무료해서 인아와 함께 지팡이를 짚고 김공을 찾아갔다가 마침 김공이 들에 나가서 돌아오지 않았기 때문에 그냥 돌아왔는데, 김공이 집에 와서 내가 왔었다는 말을 듣고 바로 올라와서 보고 돌아간 것이다. 천둥이 치고 비가 내리면서 거센 바람까지 불다가 잠시 후 그쳤다.

　아침에 양식이 떨어져서 회화나무 잎에 콩가루를 조금 섞어 탕을 끓여서 처자식들과 나누어 먹었다. 긴긴날에 저녁내 먹지 못하여 배고

....
*　이분 여실(李賁汝實): 1557~1624. 오희문의 처사촌이다. 오희문의 장인 이정수의 셋째 동생 이정현의 둘째 아들이다.

품을 이기지 못하니 차마 볼 수가 없다. 춘이가 오기를 고대했는데, 날이 이미 저물었는데도 오지 않았다. 분명 바람이 세차서 바로 강을 건너지 못했기 때문일 게다. 어쩔 수 없이 쌀 1되를 빌려 죽을 쑤어 위아래 사람들이 나누어 먹었다. 탄식한들 어찌하겠는가.

어두워져서야 춘이가 돌아왔다. 함열 현감이 쌀 2말, 콩 3말, 밀 5말, 정조 8말, 절인 조기 1뭇, 소금 5되, 뱅어젓 1항아리를 보내왔다. 바로 밥을 지어 나누어 먹었다. 이렇게 감사할 데가 없다.

4월 _{작은달}

◎ — 4월 1일

거친 벼 1말을 가지고 생도미와 큰 민어 2마리를 사다가 처자식들과 함께 탕을 끓여 나누어 먹었다. 방수간이 찾아와서 바둑을 두고 돌아갔다. 윤해는 어제도 학질을 앓았다. 걱정스럽다. 집사람은 어제부터 완전히 나았다.

◎ — 4월 2일

아침에 명노(命奴)를 전주의 지평 송인수의 집에 보냈다. 한산(韓山)의 배에 실은 짐을 찾아내는 일로 인수의 사내종에게서 편지를 받기 위해서이다. 지난 임진년(1592, 선조 25) 봄에 장수(長水)에서 메주 32말, 쌀 22말, 나무바가지[木杓] 6개를 얻어서 인수에게 보내기 위해 배에 실어 올려 보냈는데, 마침 전란을 만나 한양까지 가지 못했다. 그래서 한산에 있는 배 주인에게 전날 사람을 보내서 따져 물었더니, 배 주인이 하는 말이 쌀은 의병의 양식으로 빼앗겼고 메주와 나무바가지는 돌려주어야 하지만 그 당시 배에 실은 사람의 편지를 받아 온 뒤에 주겠다고 했다.

이여실(李汝實)이 찾아와서 보고 그길로 회덕으로 돌아갔다. 사서(司書) 조유한(趙維韓)[*]이 세자가 계시는 홍양에서 와서 지나가던 길에 군에 들어왔다. 마침 여실이 가서 윤겸의 소식을 물었더니, 조유한이 하는 말이 병들어 누워 편지를 보내서 약을 구해 갔다고 했다. 놀랍고 걱정스러움을 금치 못하겠다. 오랫동안 소식이 없어서 분명 무슨 병이 났다 했는데, 지금 그의 말을 들으니 확실해졌다. 그러나 날짜가 이미 오래되었으니, 지금은 분명 차도가 있을 것이다. 당장 사내종을 시켜 묻고 싶지만, 송노는 아직 돌아오지 않았고 덕세는 어리석어서 돌아오는 길을 알지 못할 게다. 그래서 아직도 보내서 묻지 못하고 있으니 더욱 답답하다. 굶주림이 바야흐로 극심한데 병환이 또한 이와 같구나. 세상에서 고초를 겪는 상황이 우리 집만 그렇겠는가. 한탄한들 어찌하겠는가.

저녁에 거친 환자 1섬을 받아 왔다. 다시 되어 보니 12말 7되이다. 윤해의 집도 1섬을 받아 왔다. 전일에 송인수로 하여금 많이 주도록 힘써 부탁하게 했건만 겨우 1섬을 받았다. 안타까운 일이다. 다른 사람은 3, 4섬을 받기도 했는데, 우리 부자만 예전대로 조금밖에 받지 못했다. 더욱 서운하기 그지없다. 윤해는 오늘 학질이 좀 덜한 것 같다. 속머리

....

[*]   조유한(趙維韓): 1558~1613. 예문관 검열, 대교 등을 지내다가 1593년 12월 26일에 세자시 강원 사서에 임명되었다.

가 조금 아플 뿐 누울 정도는 아니니 기쁘다.

◎ ― 4월 3일

최근에는 걸인이 매우 드물다. 모두들 두어 달 사이에 이미 다 굶어 죽었기 때문에 마을에 걸식하는 사람이 보기 드물다고 한다. 멀리 볼 것도 없이 이 고을 근처에도 굶어 죽은 사람이 길가에 즐비하니, 사람들의 말이 거짓은 아니리라.

영남과 경기에서는 사람들이 서로 잡아먹는 일이 많은데, 심지어 육촌의 친척을 죽여서 먹기까지 했단다. 항상 불쌍하다고 여겼는데 지금 다시 듣자니, 한양 근처에서 전에는 1, 2되의 쌀을 가진 사람이라야 죽이고 빼앗더니 최근에는 혼자 가는 사람이 있으면 마치 산짐승처럼 거리낌 없이 쫓아가서 죽여 잡아먹는다고 한다. 이러다가는 사람의 씨가 말라 버리겠다.

이뿐만이 아니다. 역병이 막 성행하여 곳곳이 전염되어 이 마을의 앞뒤 이웃집에도 앓아누운 자가 계속 나오고 죽은 사람 소식이 날마다 들린다. 이 어지러운 세상에 태어나서 이처럼 참혹하고 슬픈 변고를 내 눈으로 보게 되었다. 크게 탄식한들 어찌하겠는가. 앞으로 또 무슨 사변이 벌어질지 모르겠다.

◎ ― 4월 4일

명복이 돌아왔다. 경여(敬輿)*의 편지를 보니, 그 부인이 전염병을

....
* 　　경여(敬輿): 이지(李贄, ?~1594). 오희문의 처남으로, 이빈의 동생이다.

않는다고 한다. 걱정스럽다. 아침에 함열 현감이 결성에 있는 참봉(오윤겸)에게 사람을 보낸다기에, 그편에 편지를 써서 부쳤다. 내일 명노를 보내려고 했는데, 이 때문에 안 보내기로 했다.

오후부터 비바람이 거세더니 저녁까지 그치지 않았다. 지대가 높은 논에도 물이 가득하고 보리와 밀도 좋다고 하니 위안이 된다.

◎ ─ 4월 5일

윤해가 청양에 갔는데, 그 길에 결성으로 가서 제 형을 만난다고 한다. 아침을 먹고 사내종과 말을 보내서 윤해의 처자식과 양모를 데려오게 했다. 종일 이야기를 나누고 저녁을 먹은 뒤에 집으로 돌아갔다.

◎ ─ 4월 6일

이른 아침에 한생원(韓生員, 한헌)의 사내종이 태인에 있는 아우의 편지를 가져다주었다. 바로 펼쳐 보니, 김매(金妹)*가 한양에 가서 역병에 걸려 죽었다고 한다. 매우 애통하다. 예산에 있을 때 딸 신완(愼婉)이 병으로 죽어서 마음 아파했는데, 한양에 간 지 오래지 않아 또 병에 전염된 것이다. 굶주림 뒤에 어떻게 살아남을 수 있었겠는가. 나의 골육들이 난리를 만나서도 각자 살아남아 한곳에 모여 살지는 못해도 각자 목숨만은 보존하여 훗날 만나기를 바랐다. 그런데 지금 젊은 사람이 먼저 세상을 떠날 줄 어찌 알았으랴.

임진년(1592, 선조 15) 겨울에 어머니를 모시고 그 집에 가서 머물

....

* 　김매(金妹): 오희문의 여동생. 김지남의 부인이다.

다가 수일 뒤에 갑작스럽게 돌아왔다. 이별할 때 서로 붙잡고 통곡했는데, 그때의 이별로 영영 유명을 달리하게 될 줄 어찌 알았으랴. 누이는 평소에 형제들을 대하는 것이 가장 극진했다. 우리 집에 자녀가 많아 곤궁할 것을 늘 걱정하여 더욱 잊지 않고 신경을 써 주었다. 먹고 남은 음식이 있으면 유독 먼저 챙겨 주고 가장 넉넉히 주었으며, 간혹 밥을 지어 보내서 여러 아이들에게 나누어 주기도 했다.

임진년 가을에 처자식들이 강원도에서 정처 없이 떠돌다가 겨우 살아서 아산(牙山)에 도착했을 때도, 우리가 온다는 말을 듣고 바로 사내종과 말을 보내서 예산의 자기 집에 데려다가 굳이 스무날 남짓을 머물게 했다. 맞아서 대접해 준 그 후한 마음을 처자식들이 항상 말하곤 했다. 이제 다시는 못 보게 될 줄을 어찌 알았으랴. 살아서는 자주 만나지 못했고, 죽어서는 직접 염하고 시신을 붙잡고서 통곡 한 번 하지 못했다. 이런 점을 생각하니, 가슴과 창자가 찢어질 듯하여 애통한 눈물이 하염없이 흐른다. 아우의 편지에 별세한 날짜가 쓰여 있지 않아 언제인지도 알 수 없다. 어머니께서 이 때문에 마음 아파하신다니 더욱 걱정스럽다.

작년 봄에 내가 큰 병에 걸려 거의 죽을 뻔한 적이 여러 번 있었다. 모진 목숨이 이렇게 죽지 않고 살아서 골육의 죽음을 직접 보게 되니, 앞으로 또 무슨 일이 있을지 모르겠다. 차라리 죽어서 아무것도 모르는 게 낫겠다. 예전에 생원 한헌 씨가 태인으로 돌아갈 적에 어머니께 편지를 전하게 했다. 지금 또한 그 답장을 받아서 사내종이 오는 편에 먼저 보내왔는데, 어머니께서 쓰신 편지가 보이지 않았다. 분명 마음이 상하여 붓을 잡지 못하신 게다.

또 그 이웃 근처에 역병이 크게 번진다고 한다. 매우 걱정스럽다. 영암에 두 번이나 사람을 보내서 양식을 구하여 보태 썼다고 하니, 이 점은 마음이 놓인다. 하지만 어찌 이것만 가지고 끼니를 이을 수 있겠는가. 나는 1되의 쌀이라도 구해서 조금도 보태 주지 못했다. 아무리 안타까워한들 어찌하겠는가. 모자와 형제가 각자 한구석에 살아서 한데 모일 기약이 없고, 굶주림과 추위로 괴롭던 차에 또 형제를 잃는 슬픔까지 겪었다. 이 세상에 살면서 무슨 즐거운 일이 있겠는가. 예전의 일을 생각하니, 슬픈 감회만 더하는구나.

◎ ─ 4월 7일

최근에 계속 나뭇잎으로 위아래 사람들의 아침저녁 끼니를 때우는데, 나뭇잎도 억세져서 연하지가 않다. 먹을 것을 보태기 어려운 형편에, 산나물마저도 나는 곳이 아니라서 더욱 얻기가 어렵다. 보리가 익기 전에 모두 도랑 속에 나뒹굴어 죽을 것이다. 한탄한들 어찌하겠는가.

송노가 말미를 받아 나갔는데, 올 때가 지난 지 오랜데도 오지 않는다. 매우 괘씸하다. 저물녘에 충아 모자를 데리고 와서 딸들과 같이 재웠다.

◎ ─ 4월 8일

쑥을 뜯어다가 쌀을 조금 섞어 밥을 지었다. 이것으로 처자식들이 아침저녁으로 주린 배를 채운다. 양식이 떨어졌기 때문이다. 저녁에 충아 어미가 집으로 돌아갔다.

◎ — 4월 9일

이른 아침에 신위(神位)를 설치하여 향을 피우고 상복을 입는 예를 행했다. 막내 누이의 부음을 들은 지 나흘째 되는 날이다. 윤해가 마침 없어서 인아가 예를 행하고 한 번 곡했다. 아침을 먹고 난 뒤 날이 흐려지더니 저녁내 비가 왔다. 계집종 어둔(於屯)에게 박 모종을 옮겨 심게 했다. 집사람은 이가 아파서 왼쪽 뺨이 부었다.

◎ — 4월 10일

어젯밤부터 내린 비가 밤새 그치지 않았다. 하루가 다가도록 그치지 않고 때때로 세차게 내려 시내와 연못이 불어 넘쳐흘렀다. 요새 양식이 떨어졌는데, 지금은 더욱 다급하다. 비의 기세가 이와 같고 사방을 돌아보아도 빌릴 곳이 하나도 없다. 위아래 집의 굶주림이 매우 절박한데도 아무런 대책이 없어 앉아서 죽을 날만 기다리고 있다. 한탄한들 어찌하겠는가.

저녁때는 말린 회화나무 잎에 콩과 보리를 조금씩 섞어 한데 쪄서 처자식들이 각각 반 그릇씩 나누어 먹고 때웠다. 차마 볼 수가 없다. 함열에 사람을 보내고 싶어도 송노가 아직 돌아오지 않았고, 아랫집 사내종은 윤해가 모두 데리고 나갔다. 더욱 근심스럽다. 윤해도 비에 길이 막혀 오지 않는다. 어른들은 어쩔 수 없다고 쳐도 아이들이 끊임없이 먹을 것을 찾으니, 더욱 지극히 가혹하다. 비 때문에 뽕잎도 따지 못했으니 누에도 굶을 것이다. 사람이 이 지경에 이르면 아무리 마음이 흔들리지 않아야 한다지만 스스로 성인이 아닌 이상 어찌 흔들리지 않을 수 있겠는가. 최근에 마음이 자못 좋지 않아 흔들리지 않을 수가 없다.

하물며 마음 한편이 계속 노모에게 매여 있는데다가 죽은 누이까지 생각난다. 짧은 밤에도 오만 가지 생각이 가슴을 메워 또 깊이 잠들지 못하고 애를 태운다.

◎ — 4월 11일

밤새 비가 내리다가 새벽에 비로소 그쳤다. 아침까지 날이 흐리다가 느지막이 해가 나왔다. 아침밥은 메밀 두어 되를 가루 내고 나뭇잎과 섞어서 탕을 끓여 위아래 사람들이 나누어 먹었다. 저녁에는 쌀 1되 반을 빌려다가 쑥을 삶아 섞어서 밥을 짓고 모시 잎에 싸서 먹었다. 장도 얻지 못하여 소금을 찍어 삼켰다. 죽지 않으려고 먹을 뿐, 이걸 먹는다고 할 수 있겠는가. 아이들이 더욱 불쌍하다. 나는 먹고 싶은 생각이 조금도 안 든다. 배고프고 곤궁하다는 생각도 없다. 분명 어찌할 수 없는 일이니, 그저 하늘에 맡길 뿐이다. 다만 집사람이 병을 앓은 뒤라 기운이 매우 쇠약하니, 큰 병이 날까 두렵다. 치통은 조금 덜하고 부기도 줄었다.

◎ — 4월 12일

이른 아침에 향비(香婢)를 군수에게 보내서 편지로 상수리와 콩잎을 청했다. 저녁에 껍질을 까지 않은 상수리 2말, 콩잎 1섬, 거친 벼 5말을 보내왔다. 내일은 이것으로 연명할 수 있겠다. 아랫집에도 나누어주었다.

◎ ― 4월 13일

아침밥을 먹기 전에 윤해가 왔다. 불어난 물에 막혀서 중도에 지체되었다고 한다. 결성 집에서 제 형을 보았는데, 다시 전염병에 걸렸지만 그다지 심하지 않았고 지금은 쾌차했다고 한다. 임아(任兒) 어미*는 세 번이나 앓아누웠고 지금도 쾌차하지 못했다고 한다. 임신한 지 여섯 달인데 이와 같이 아프니 심히 걱정스럽다. 집안이 아직도 완전히 평안하지 않고, 앓아누운 종도 있다고 한다. 더욱 답답하고 걱정스럽다.

효임(孝任)이 병으로 요절했다고 한다. 애통함을 이기지 못하겠다. 태어나서 이제 겨우 아홉 살이고 다른 아이들보다 지혜롭고 총명했는데 이런 불행을 당했으니 불쌍하고 애석하다. 연전에 두 아이가 일찍 요절했건만, 지금 또 잃고 임아만 남았다. 누가 딸이 많다고 하는가. 딸 하나마저도 지키지 못할까 몹시 두렵다.

아침에 향비를 조한림 삼형제에게 보내서 도움을 청했다. 조한림이 백미 1말 5되, 조김포(趙金浦)*가 중미(中米)* 1말을 보내 주었다. 후의에 매우 감사하다. 처음에는 사람을 보내려고 하지 않았다. 하지만 양식이 떨어진 지 여러 날인데 주변을 둘러봐도 빌릴 곳은 없고 집사람이 억지로 권하기도 해서 어쩔 수 없이 조공(趙公)에게 다급함을 호소한 것이다. 몹시 부끄럽다. 오후에 류선각 공이 찾아왔다가 돌아갔다.

....

* 임아(任兒) 어미: 오윤겸의 부인 경주 이씨(慶州李氏)로 보인다. 다만 임아가 누구인지는 정확하게 알 수 없다.

* 조김포(趙金浦): 조희식(?~?). 1591년에 작성된 류우(柳祠)의 《공신록(功臣錄)》에 김포 현령 조희식이라고 기록된 것으로 보아 이 즈음에 임명된 것으로 보인다. 《고문서집성(古文書集成)》 책15 〈하회풍산류씨편류우광국원종공신록(河回豊山柳氏編柳祠光國原從功臣錄)〉.

* 중미(中米): 품질이 중간쯤 되는 쌀이다.

◎ ― 4월 14일

계집종 어둔 모자를 시켜 비로소 둔답을 매게 했다. 모가 너무 성글어 모를 길러 때우지 않으면 힘만 허비하고 소득은 없을 것이라고 한다. 이는 분명 당초에 씨를 뿌릴 때 물이 없는 논에 뿌리면서 흙으로 다 덮지 않았기 때문에 새 떼가 쪼아 먹은 것이리라. 일하는 사내종들이 신경을 쓰지 않은 것에 매우 분통이 터진다. 내일 군수에게 말해서 환자를 받아다가 다시 뿌려야겠다. 다만 환자를 얻을 수 있을지 장담은 못하고, 다시 뿌린다고 해도 반드시 좋아지는 것은 아니다. 일마다 내 마음대로 안 되어 좌절하는 일이 많다. 하늘이 나를 궁하게 함이 하나같이 이 지경에 이르렀는가. 운명에 맡길 뿐이니, 탄식한들 어찌하겠는가.

저녁에 큰딸이 학질을 앓았다. 걱정스럽다. 아침에 사람과 말을 함열에 보내서 구원을 청했다.

◎ ― 4월 15일

환자 1섬을 받았다. 아랫집도 1섬을 받았는데, 다시 되어 보니 14말 5되이다. 춘이가 함열에서 돌아왔다. 정미 3말, 밀 3말, 벼 10말, 감장 1말, 말린 도미 3마리, 새우젓 2되를 얻어 왔다. 앞으로 며칠 동안 연명은 할 수 있겠다. 매우 고맙다. 가져다가 곧장 밥을 지어서 처자식들과 함께 먹었다. 이것이 아니었으면 굶은 채 잘 뻔했다.

◎ ― 4월 16일

환자로 받아 온 벼를 까부르고 2말을 물에 담가서 모를 길러 모가 성근 곳에 다시 심게 했다. 사내종 셋을 시켜 둔답을 매게 했다. 밥을 먹은 뒤에 김매는 곳에 걸어가서 보고, 그길로 윤해의 처자식을 보고 돌아왔다. 큰딸이 오늘 새벽에 윤해의 집으로 학질을 피해 왔는데도 면하지 못했다. 걱정스럽다.

덕노가 김매던 곳에서 제 어미와 다투었는데, 그 어미가 분노를 참지 못하여 버리고 집으로 돌아왔기에 그대로 꾸짖어 돌려보냈다. 덕노는 평소에도 조금만 여의치 않으면 항상 노기를 띠고 제 어미에게 대들며 거리낌이 없었다. 내가 매번 엄하게 금하며 꾸짖었고, 매를 들려고 한 적도 여러 번이었다. 그런데도 끝내 고치지 않고 심지어 여럿이 모여 있는 들에서도 제 어미에게 욕하고 대들기까지 했다. 무지한 짐승이라도 이렇게 심하게는 안 한다. 저녁에 잡아다가 묶어 놓고 큰 몽둥이로 쳐서 그 마음을 경계시켰다. 하지만 타고난 성질이 이와 같으니 어찌 고치겠는가.

윤해의 짐을 싣는 말을 방죽 안에 놓아 먹였다가 저녁에 찾지 못하고 끝내 잃어버렸다. 사내종들이 조심하지 않은 죄도 있지만, 이 또한 한집의 액운이다. 한탄한들 어찌하겠는가. 오직 이 말 하나를 의지하고 믿었는데 끝내 이렇게 되고 말았다. 답답하고 근심스러움을 어찌 말하겠는가. 호미 1자루를 샀다.

◎ ─ 4월 17일

어둔에게 김을 매게 했다. 윤해가 사내종 둘에게 여러 저잣거리에 가서 잃어버린 말을 찾아보게 했다. 하지만 잃어버린 지 하루가 지난 말을 어디서 찾겠는가. 진사 송이창이 왔다가 돌아갔다.

◎ ― 4월 18일

또 어둔에게 김을 매게 했다. 덕노가 매를 맞은 뒤로 아프다는 핑계로 김을 매지 않는다. 그래서 매번 계집종 혼자서 김을 매게 했더니 계집종 또한 하려고 하지 않아 여러 날이 되도록 아직도 다 매지 못했다. 괘씸하고 얄밉다.

◎ ― 4월 19일

또 어둔에게 김을 매게 했다. 아침부터 비가 내렸다. 오늘은 망종(芒種)인데, 한 지역 안에 일구지 않은 곳이 매우 많다. 인력이 미치지 못한 탓도 있지만, 군수가 부지런히 농사를 권하지 않았기 때문이다. 안타깝다.

요사이 무료하던 중에 《자경편(自警篇)》*을 읽어 보았다. 송(宋)나라의 어진 재상들의 언행과 공업(功業)을 이루고 이치를 지극히 궁구한 자취를 환하게 상상해 볼 수 있으니, 또한 몸소 본받고 경계할 만하다. 아, 이제 늙어서 여기에 미칠 수가 없구나. 아무리 스스로 성찰하려고 해도 어쩔 도리가 없으니, 탄식한들 어찌하겠는가. 그러나 늘그막에 지킬 규범은 거의 될 수 있을 게다. 저녁에 윤해의 처가 와서 보고 여기에서 잤다.

◎ ― 4월 20일

이웃 사람을 사서 못다 맨 김도 매고 모가 드문 곳도 때우려고 했

....

* 자경편(自警編): 송(宋)나라의 조선료(趙善璙)가 지은 책이다. 송나라 때의 현인(賢人)들의 모범이 될 만한 언행을 기록했다.

는데, 비가 와서 못하고 내일을 기약했다. 마침 느지막이 비로소 날이 개어 이웃 늙은이를 시켜서 모가 드문 곳에 모를 심게 했는데, 김을 매지 않은 곳에는 종자가 부족해서 심지 못했다.

정자 조익 씨가 군의 관아에 와서 내게 편지를 보냈다. 내일 돌아가므로 경황이 없어서 들르지 못한다고 했다. 저녁을 먹고 군수의 관사에 서둘러 가서 한참 이야기를 나누었다. 송복여도 그 자리에 있었다. 나에게 추로주 석 잔을 대접했다. 어두워진 뒤에야 돌아왔다. 충아 어미는 제집으로 돌아갔다. 집사람과 단녀가 또 학질에 걸려 앓는다. 답답하고 걱정스럽다.

◎ — 4월 21일

종일 집에 있으려니 무료하기 짝이 없다. 또 양식이 떨어져서 5새 무명 1필을 장에 내다 팔아서 쌀 1말 9홉을 얻어 왔다. 다시 찧으니 8되 남짓이다. 애석하다.

◎ — 4월 22일

어둔 모자에게 둔답을 매게 했다. 이정시(李挺時)*가 찾아와서 혼사(婚事)에 대해 말하고 돌아갔다. 오후에 집사람과 단녀의 학질이 전날보다 배나 심해져 걱정이다. 집사람이 치는 누에가 처음에는 매우 적었는데, 번성해서 거의 4멍석[網石] 남짓이 되었다. 하지만 뽕잎을 딸 곳이 없어 기를 수가 없다. 관가의 사내종 상근(尙斤)을 빌려 연달아 세 번

....

* 이정시(李挺時): 1556~?. 1603년 진사시에 입격했다.

뽕잎을 따오게 했다. 상근이 뽕잎 3바리를 가져왔는데도 누에가 아직 섶에 오르지 않는다. 걱정스럽다. 상근은 향비의 남편이다.

내일은 어머니를 찾아뵈려는데, 송노가 지금까지도 오지 않는다. 어쩔 수 없이 윤해의 사내종 춘이를 빌려서 데리고 가야겠는데, 이곳에 부릴 사내종이 없어 걱정이다. 송노가 오지 않는 이유를 모르겠다. 도 망가지 않았다면 분명 중도에 도적을 만나 죽은 게다. 그것도 아니라면 분명 병이 나서 못 오는 것이리라. 요사이 양식이 떨어져서 어쩔 수 없 이 함열에 보내려고 한다. 전에 얻어 온 지 얼마 안 되어 지금 또 사람 을 보내려니 몹시 미안하고 머뭇거려진다.

오후에 걸어서 화산에 올라 김매는 것을 보고 돌아왔다. 참새 떼가 씨 뿌린 곳에 모여든다. 분명 다 쪼아 먹어 다시 싹이 나지 않을 것이 다. 하지만 쫓는 놈이 없다. 몹시 괘씸하지만 어찌하겠는가.

◎ — 4월 23일

새벽에 명노를 함열에 보내면서 오늘 돌아오라고 일렀다. 오후에 소지가 와서 보고 돌아갔다. 그에게 들으니, 이경여가 지난 스무이튿날 에 전염병에 걸려서 나흘째 되는 날에 죽었다고 한다.* 애통한 마음을 이기지 못하겠다.

이달 초순에 경여가 내게 편지를 보내서, "아내가 병으로 몸져누워 고통스러워 합니다. 내가 버리고 도망가 버리면 구원할 사람이 없어 분

....

*   지난……한다: 문맥으로 볼 때 '22일'은 오기로 보인다. 이달 4월 4일 일기에 이지의 편지를 받았다는 내용이 보이므로 지난달의 일이 될 수 없고, 이달 22일에 염병에 걸려 나흘째 되는 날에 죽었다고 하면 날짜가 맞지 않는다. '11일'의 오기로 보이나, 이 또한 분명하지 않다.

명 죽을 것이므로 남아서 구원합니다. 제가 병에 걸린다면 또한 필시 죽을 것입니다. 병에 걸리는 날이 내가 죽는 날이니, 누가 나를 구원해 살릴 수 있겠습니까. 이러한 때에 자식이 없어 탄식이 더욱 깊어지니, 하늘의 명을 기다릴 뿐입니다. 종들도 모두 달아나 버렸으니 어찌할 수가 없습니다."라고 했다. 그 말이 참혹하고 불쌍하기는 했지만 대수롭지 않게 여겼다. 오래지 않아 영영 유명을 달리할 줄 어찌 알았겠는가.

내가 그 집에 드나든 뒤로 40년이 되도록 한마을에 같이 살면서 아침저녁으로 서로 만났다. 만년에 용인(龍仁)의 농막에 와서 살았을 때도 내가 양지(陽智)를 오갈 때면 늘 그 집에서 잤으므로 정의가 매우 두터웠다. 이러한 생각을 하니, 너무 멀어서 친히 염도 못하고 널을 어루만지며 통곡 한 번 못한 채 저승과 이승으로 영영 떨어져 천지간의 정의를 저버리게 된 것이 부끄럽다.

지난 임진년 겨울에 자미(이빈)가 세상을 떠나서 항상 슬퍼했지만, 그래도 여러 형제들이 있어서 자못 위로가 되었다. 그런데 올 정월에 면부(免夫)*가 병으로 죽고, 2월에 내 누이도 죽었으며, 이제 경여도 이어서 세상을 떠나 눈앞의 골육이 날로 죽어 갔다. 나는 아직은 죽지 않았지만, 이 세상에서 오래 살 수 있겠는가.

기근이 든 뒤에 역병의 기운이 크게 일어 병에 걸리는 족족 죽는다. 우리 집 왼편의 이웃인 병리(兵吏) 부자의 집에도 크게 발병하여 그 부자가 심하게 앓고 있다고 한다. 더욱 두렵고 걱정스럽다. 이 말세에

....
* 면부(免夫): 임면(任免, 1554~1594). 자는 면부이다. 오희문의 동서로 이정수의 막내 사위 이다.

살면서 참혹한 변을 눈으로 직접 보게 되었다. 가슴을 어루만지면서 더욱 슬플 뿐이다.

저녁에 류선각 씨가 와서 보고 돌아갔다. 김대성도 내가 내일 남쪽으로 간다는 말을 듣고 와서 보고 갔다. 명노는 오늘도 오지 않았다. 괴이한 일이다.

◎ ─ 4월 24일

요새 윤겸이 오기를 고대하는데, 끝내 소식이 없다. 몸에 병이 나지 않았다면, 제 처의 병이 쾌차하지 않아서일 게다. 그것도 아니라면 탈 말을 아직 빌리지 못한 것인가. 전날 윤해가 왔을 때 내가 떠나기 전에 온다고 약속했기 때문에 기다리는 것이다. 아침을 먹기 전에 명노가 돌아왔다. 함열 현감이 쌀 3말, 밀 2말을 보내왔다.

밥을 먹고 출발했다. 무수포(無愁浦)를 건너고 용안현(龍安縣) 앞을 지나 함열에 도착했다. 날은 아직 저물지 않았다. 주인집에 앉아서 이름을 알리니, 현감이 즉시 사람을 보내서 맞았다. 상동헌(上東軒)에 나가 보았다. 마침 정자 조익, 봉사 김경(金璥),* 현감의 삼촌인 전 대흥 현감(大興縣監) 신괄(申栝)*이 자리에 있었다. 같이 이야기를 나누고 마주하여 저녁밥을 먹은 뒤, 여러 공들은 각자 자기 집으로 돌아가고 나는 조정자(趙正字)와 상방에서 같이 묵었다. 김봉사(金奉事)는 윤겸의 친구로, 변란이 일어난 초기에 같이 피난했던 사람이다.

....
*   김경(金璥): 1550~?. 1579년 생원시에 입격했다.
*   신괄(申栝): 1529~1606. 함열 현감 신응구의 막내 숙부이다. 대흥 현감을 지냈다.

◎ ─ 4월 25일

아침부터 종일 비가 내렸다. 사내종들이 우비[雨具]가 없어서 출발
하지 못하고 그대로 머물렀다. 아침과 저녁을 모두 현감과 함께 먹었
다. 또 조정자와 같이 묵었다.

◎ ─ 4월 26일

현감과 아침밥을 같이 먹었고, 양식으로 백미 1말, 정미 1말, 콩 1
말, 조기 1뭇, 새우젓 3되, 미역[藿] 1동, 감장, 간장 등의 물품을 얻었다.
느지막이 출발하여 신창진(新倉津)을 건너 길가에서 말을 먹이고, 길을
달려 김제 서쪽 죽산리(竹山里) 대촌(代村)의 양반 조대붕(趙大鵬)의 집
에 도착했다. 조공이 나와 보기에 정답게 이야기를 나누었다. 이어서
하는 말이, 본래 한양 건천동(乾川洞)에 살았는데 이곳에 와서 산 지 이
제 40여 년이 넘었다고 한다. 젊었을 때 글을 배웠다며 같이 학문한 친
구들을 말하는데, 모두 이름난 명사(名士)였다. 내가 한양에 있던 사람
이라는 말을 들었기 때문에 기뻐서 나와 보았다고 하며 같은 동 안에
살았던 옛 친구들을 두루 묻는데, 간혹 내가 모르는 사람도 있었다. 나
이가 70이 넘어서 눈이 어두워 물건을 구별하지 못한다고 했다. 나를
별실에 재우고 동산의 채소를 대접했다. 집이 가난해서 밥을 지어 대접
하지 못하는 것이 몹시 안타깝다고 했다.

◎ ─ 4월 27일

새벽에 출발했다. 반 식(15리)의 거리에 이르러 길가의 민가에 들
어갔다. 아침밥을 먹고 출발하여 10리도 못 가서 비를 만났다. 도롱이

를 입고 태인 칠전리의 어머니 댁에 도착했다. 날은 아직 저물지 않았다. 어머니와 아우 일가가 모두 무탈했다. 다만 곤궁하고 배고픔이 날로 심해져 몸을 보존할 수가 없다고 한다. 매우 개탄스럽다.

모레가 곧 기일(忌日)이라, 제수(祭需)를 구하는 일로 사내종과 말을 영암의 임매(林妹)* 집에 보냈다. 그저께까지 돌아오라고 했는데 아직까지 오지 않았다. 분명 도중에 도적을 만난 게다. 그 사내종이 아까울 뿐만 아니라 오로지 이 제사 물품만 믿고 있었다. 집에는 1되의 쌀도 쌓아 놓은 것이 없어 어찌할 방법이 없으니, 제사를 못 지내게 생겼다. 온 집안이 몹시 근심하고 답답해 한다. 내가 가진 남은 양식은 겨우 백미 5되와 콩 5되뿐이다. 이것을 내놓아 저녁을 짓게 했다. 내가 올 때 함열 현감에게 제수를 구하려고 했지만, 그가 관가의 일이 많은 것을 보았고 또 나의 친구도 아닌데 양식 외에 다시 다른 물건을 달라는 말을 꺼내기가 몹시 곤란하여 머뭇거리다가 그대로 그만두었다. 여기 와서 일의 형편이 이와 같음을 보니 심히 더 걱정스럽다. 어머니께서는 내가 온 것을 보고 몹시 기뻐하셨는데, 김매의 죽음을 말씀드리고 나서는 서로 통곡할 뿐이었다.

저녁에 덕경(德卿)이 영암에서 왔다. 온 집안이 그가 온 것을 보고 기쁨을 감추지 못했다. 임매의 편지를 보니, 집안이 모두 무탈하다고 한다. 제수로 쌀 4말, 벼 6말, 찹쌀 1말 4되, 메밀 5되와 나머지 찬까지 모두 보내왔다. 이것으로 제사를 잘 지낼 수 있겠다. 매우 기쁘다.

올 때 한 도의 농사를 보니, 임피(臨陂) 이하 신창 나룻가로부터 김

....
* 　임매(林妹): 오희문의 여동생. 임극신의 부인이다.

제군 북쪽까지 드넓고 기름진 들판을 모두 갈지 않아서 거친 풀만 눈에 가득했다. 거주하는 사람에게 물었더니, 이곳만이 아니라 이 아래 여러 고을들도 모두 그렇다고 한다. 혹은 종자가 없기도 하고 혹은 인력이 없기도 하며, 게다가 부역이 많아서 거의 다 도망치고 흩어졌기 때문에 천 리 기름진 들판이 모두 쑥대밭이 되어 버렸다. 민생이 애석할 뿐이다. 그뿐만이 아니라 국가가 힘입는 곳이 오직 이 한 도뿐인데 이 도가 이 지경이니 다른 곳은 어찌 믿을 수 있겠는가.

금년의 전세(田稅)는 아직 반도 거두지 못했다. 이제 바치라고 독촉하면서 처자식까지 얽어매어 옥(獄)은 모두 들어찼고 백성의 저축도 고갈되어 마치 경쇠를 매단 것처럼 집이 텅 비었다.* 아무리 죽인다고 한들 어디에서 구해 바친단 말인가. 이렇게 일이 많은 때에는 경비가 전보다 많이 드는데, 나라고 백성이고 모두 고갈되었다. 국가에서는 끝내 어떻게 처리하려는가. 내년까지 기다리지 않고도 분명 죽는 근심을 면하지 못할 것이다. 탄식한들 어찌하겠는가. 연전에 이곳을 두 번 지났는데, 묵은 곳이 많기는 했어도 올해처럼 전혀 갈지 않은 지경까지는 아니었다. 올해가 지난해만 못하니, 내년에는 또 어떨는지 모르겠다.

태인 땅에 들어서면서는 좀 나아져서, 갈지 않은 곳이 더러 있어도 많지 않았다. 길을 따라가며 듣고 보니 역병이 크게 기승을 부려 거의 다 죽어 갔다. 애처로운 우리 백성이 왜적의 칼날에 시달린 뒤에 또 굶주림과 역병의 재난을 만난 것이 이에 이르러 극에 달했다. 씨가 말라

....

* 경쇠를……비었다: 집안이 지극히 가난하여 텅 비어 있음을 뜻한다. 《국어(國語)》〈노어 상(魯語上)〉에 "집이 경쇠를 걸어 놓은 것 같다[家如懸磬]."라고 했는데, 위소(韋昭)의 주에 "집안이 텅 비어 서까래만 있는 것이 마치 경쇠를 걸어 놓은 것 같다."라고 했다.

버린다는 탄식을 어찌 금할 수 있겠는가.

◎ — 4월 28일

아침을 먹기 전에 아우가 순찰사가 현에 당도했다는 말을 듣고 그를 만나기 위해 현에 들어갔다. 비가 내려서 도롱이를 입고 갔다. 느지막이 비로소 날이 개어 언명이 돌아왔다. 순찰사가 쌀 1말, 콩 2말, 소금과 간장, 종이와 붓과 먹, 부채와 모자 등의 물품을 보내 주었다.

종들이 부족해서 종일 제수를 준비했는데도 다 못했다. 제수씨가 밤을 새워 만들었지만, 꿀이 없어서 과(果)는 만들지 못했다. 형편이 그런 것을 어찌하겠는가.

◎ — 4월 29일

새벽에 제사를 지냈다. 느지막이 언명의 두 처남과 별감 권서의 둘째 아들*을 맞아 제사 음식을 주어 보냈다. 처음에는 내일 바로 돌아갈 생각이었는데, 어머니께서 굳이 만류하며 단오가 지나면 가라고 하신다. 하지만 양식이 없어 오래 머물 수 없다. 모레는 돌아갈 생각이다.

한양 집에 가 보니, 처음에는 기둥을 세운 네 벽면은 헐렸어도 지붕은 그대로였는데 지금은 다 쓸려 가고 빈 터만 남았다고 한다. 이는 지키는 사람이 없기 때문이다. 애석해 한들 어찌하겠는가.

....

*   권서의 둘째 아들: 권극정(權克正, 1575~?). 1606년 식년 무과에 급제했다.

5월 큰달

◎ — 5월 1일

어제저녁부터 기운이 편치 않고 간혹 설사도 했는데, 오늘 아침에 일어나니 좋아졌다. 다만 뱃속이 편치 않아 종일 부글부글 끓고 여덟아홉 차례 설사를 했더니 기운이 도로 빠졌다. 오후에는 속머리가 조금 아프다. 분명 이유가 있을 것이다. 심히 의심스럽고 걱정된다.

아우와 함께 권좌수(權座首)의 익랑(翼廊, 대문의 좌우편에 잇대어 지은 행랑)에 가서 권좌수의 아들, 아우의 처남과 함께 이야기를 나누고 돌아왔다. 권좌수의 집에서 앵두를 따서 상자 가득 담아 내와 여러 공들과 같이 먹었다. 좌수는 지금 향임(鄕任)*을 맡고 있어서 관찰사가 현에 들어오는 바람에 집에 오지 못했다. 지금 또 만나지 못하고 돌아오

....
* 향임(鄕任): 지방 수령의 자문과 보좌를 위해 지방의 양반들이 조직한 향청(鄕廳)의 직임이다. 좌수와 별감 등이 여기에 속한다.

니 안타깝다. 권좌수의 집에서 어머니를 매우 후하게 대해 주었다니 고맙기 그지없다.

◎ ─ 5월 2일

아침밥을 먹은 뒤에 어머니와 아우와 작별하고 출발했다. 김제 땅의 길가 소나무 그늘 밑에 이르러 말을 먹이고 점심을 먹었다. 기운이 몹시 편치 않아서 조금 먹다가 사내종에게 주었다. 또 출발하여 김제군 앞에 도착해서 비로소 잘못 들어왔다는 것을 알았다. 길을 구불구불 되돌아 나와 거리를 따져 보니 거의 반 식이었다. 전에 오면서 잤던 조대붕의 집에서 잤는데, 여기도 김제 땅이다. 조공이 나와 보고 채소도 대접하며 좋은 말로 위로했다. 그의 아들 유정(惟精)도 나와서 보았다. 나는 그 손자에게 붓대를 주어 후한 뜻에 사례했다.

지나는 길에 보니, 임피 아래 지역에서는 밀과 보리의 농사가 좋지 않은데다 익기도 전에 굶주린 사람들이 오가면서 몰래 따다 먹었다. 밤중에는 몰래 베어 가는 자가 매우 많아서 사람들이 모두 활과 화살을 지닌 채 밤새 지키며 때로는 쏘아 죽이기까지 하는데도 막을 수가 없다고 한다. 곳곳이 모두 그러하니 탄식할 일이다.

◎ ─ 5월 3일

날이 밝기 전에 출발하여 신창 나룻가의 인가에 이르러 아침밥을 먹었다. 나룻배가 어젯밤에 거센 조류에 부딪혀서 밧줄이 끊어져 석탄으로 쓸려 올라갔다. 그래서 개인 배로 돈을 받고 건네주는데, 배가 작아서 겨우 6, 7명이 탈 수 있고 소나 말은 헤엄쳐서 건너야 한다고 한다. 나도 그대로 따라 건넜는데, 양반이라고 돈을 받지 않았다.

함열에 이르러 주인집에 들어가 앉았다. 듣자니 윤겸 형제가 여기에 왔었는데, 윤겸은 어제 이미 돌아갔고 윤해는 지금 머물러 있다고 한다. 곧바로 현감에게 이름을 알리니, 사람을 보내서 맞아 주었다. 또 장성 현감 옥여가 한양에서 오는 길에 여기에 들렀다고 하여 상동헌으로 가서 만났다. 봉사 김경, 봉사 이신성(李愼誠)* 형제와 옥여 등이 모두 모여 있었다. 잠시 후 현감의 삼촌인 전 대흥 현감이 아산에서 와서 함께 종일 이야기를 나누었다. 저녁을 함께 먹은 뒤에 헤어졌고, 나는 윤해와 함께 옥여의 처소에서 잤다.

옥여가 한양에 있을 때 스무날 남짓 병으로 앓아누웠는데, 주상께서 병세가 위중하다는 말을 듣고 내의원(內醫院)의 의관을 보내 곁을 떠나지 말고 간병하게 하셨고 또 내의원을 시켜 상당한 양의 약을 지어 보내게 하시어 성은이 끝이 없었다고 한다. 이 고을에 도착했는데 기운이 편치 않아 그대로 머물면서 병을 조리한다고 했다.

옥여가 올 때 임천에 이르러 우리 가솔들에게 들러 쌀 3말, 콩 1말, 생웅어 1두름, 새우젓 3되를 주었고, 또 군수에게 말해서 환자 벼 1섬을 얻어 주었다고 한다. 요 며칠은 연명할 수 있을 것이니 기쁘다. 윤겸은 보리밭을 수확하는 일로 어쩔 수 없이 결성으로 돌아갔다고 한다.

....
* 이신성(李愼誠): 1552~1596. 정릉 참봉을 거쳐 사옹원 봉사를 지냈다. 어머니가 별세한 뒤 함열의 강성촌에 은거했다.

◎ — 5월 4일

아침을 먹고 윤해와 함께 출발했다. 옥여도 장성으로 향했다. 남풍이 크게 불어 자못 비가 내릴 조짐이 있었다. 서둘러 무수포에 도착하여 막 북쪽 언덕에 오르자 비가 내렸다. 짐바리가 자빠졌다. 몇 리 못 가서 큰비가 쏟아졌다. 우비를 입었어도 비가 새서 젖은 데가 몹시 많았다. 집에 도착해 보니 집사람과 둘째 딸이 학질을 앓고 있었다. 단녀도 학질이 떨어지지 않았다고 한다. 심히 걱정스럽다.

내가 태인에 있을 때 연일 기운이 편치 않은 것이 학질 증세 같았는데, 요 며칠 다시 별다른 증상이 없는 걸 보니 분명 감기였던 게다. 하루 종일 비가 세차게 내리며 잠시도 그치지 않았다.

◎ — 5월 5일

밤새 비가 내리면서 잠시도 그치지 않았다. 인아를 시켜 제사를 지내게 했다. 내가 기운이 편치 않아서 인아에게 잔을 올리게 했다. 어제 올 때 함열 현감이 나에게 정미 2말, 절인 준치[眞魚] 5마리를 주었다.

이곳에 와서 동쪽 이웃에 사는 늙은 아전 임승운(林承雲)이 죽었다는 말을 비로소 들었다. 남쪽으로 오면서 지나던 곳에도 역병이 크게 번져서 계속 사람이 죽어 나갔고, 길가에 버려진 시체도 셀 수 없을 정도였다. 또 옥여에게 들었는데, 한양의 사대부들도 병으로 죽은 사람이 많다고 한다. 사간(司諫) 박동현(朴東賢),* 필선(弼善) 이경함(李景涵), 참

....

* 박동현(朴東賢): 1544~1594. 사간원 사간을 지냈다. 1594년 4월 17일에 병으로 일어나지
못하고 별세했다.

찬(參贊) 이산보(李山甫),* 동지중추부사(同知中樞府事) 정언지(鄭彦智)*도 역병에 걸려 죽었고, 그 나머지 하급 관료들은 다 기록할 수도 없으며, 당시 병들어 누운 사람이 매우 많았다고 한다. 매우 불쌍하다.

명나라의 사신이 이미 압록강(鴨綠江)을 건넜으니 가까운 날에 한양에 들어올 것이며, 이어서 전라도와 경상도 지역으로 가서 군의 형편, 군사 조련, 병기의 상태를 살피고 아울러 적의 형세가 어떠한지 탐지할 것이라고 한다. 그러나 무슨 이유인지 알 수 없다.

또 들으니, 우리 군사가 적을 쳐서 수급을 벤 일로 고시랑(顧侍郎)*이 유총병(劉摠兵)*에게 도원수[都元帥, 권율(權慄)]를 잡아다가 매를 치게 하고 임의로 적을 치지 못하게 했다고 한다. 이는 분명 강화(講和)를 하려는 것이다. 흉악한 왜적들이 아직도 변방을 점거하여 제멋대로 출입하면서 민가를 분탕질하는데, 명나라의 장수는 우리가 소탕하지 못하게 한다고 한다. 더욱 개탄스러운 일이다.

또 들으니, 세자의 행차가 근래 도로 완산에 와서 명나라 사신을 맞는다고 한다. 겨우 살아남은 불쌍한 백성이 굶주리고 병든 뒤에 또 명나라 사신이 오는 일을 당했다. 도로에서 음식과 물품을 제공하는 비

....

* 이산보(李山甫): 1539~1594. 임진왜란이 일어나자 선조를 호종했고, 이조판서 등을 지냈다. 1594년 대기근 때 구휼에 힘쓰다가 병을 얻어 4월 28일에 별세했다.
* 정언지(鄭彦智): 1520~1594. 이조참판, 한성부 좌윤을 지냈다.
* 고시랑(顧侍郎): 고양겸(顧養謙, 1537~1604). 명나라의 관료이다. 계사년(1593년) 11월에 송응창(宋應昌)을 대신하여 경략이 되었다. 주화론(主和論)을 주장하여 중국 조정의 언관들로부터 비판을 받았다.
* 유총병(劉摠兵): 유정(劉綎, 1558~1619). 명나라의 장수이다. 계사년(1593) 2월에 보병 5,000명을 이끌고 나왔다가 얼마 뒤에 정왜 부총병(征倭副摠兵)으로 승진하였다. 갑오년(1594년) 9월에 돌아갔다가 무술년(1598)에 재차 와서 서로(西路)의 왜적을 정벌하였다.

용과 맞이하고 보내며 겪는 노고를 어떻게 견디겠는가. 오직 이 충청도와 전라도가 홀로 그 괴로움을 당하는데, 관아와 민가가 다 고갈되어 어찌할 도리가 없다. 아무리 나랏일을 잘하는 사람이라도 이러한 때에는 뒷감당을 잘할 계책이 없을 것이다. 한탄스럽다.

집사람이 날마다 학질을 앓는다. 답답하고 걱정스럽다. 집사람이 친 누에에서 고치 23말을 거두었다.

◎ ― 5월 6일

둔답에 가서 보고 그대로 윤해의 집에 들렀다가 돌아왔다. 윤해의 처와 딸, 의아(義兒)가 두통으로 누워서 신음했다. 문 앞에 병든 사람이 있는데 전염병 증세인 듯하다. 매우 걱정스럽다. 둘째 딸의 학질이 전보다 갑절이나 심하다. 집사람은 초저녁에 앓았지만 그다지 심하지는 않다. 단아(端兒)는 학질이 떨어졌다. 기쁘다. 송노는 아직까지도 나타나지 않는다. 매우 괘씸하다.

◎ ― 5월 7일

지난밤에 집사람의 꿈자리가 뒤숭숭했고, 심지어 가위에 눌려 소리까지 질렀다. 내가 마침 안 자고 있어서 흔들어 깨웠더니 비로소 꿈속의 일을 말했다. 참봉(오윤겸)의 집안 식구들의 병세가 아직 없어지지 않았다. 참봉(오윤겸)이 올 때 임아가 막 아프기 시작했고, 청양에 와서는 데리고 온 사내종 세만(世萬)도 아파서 소에 태워 결성으로 돌려보냈다. 윤겸 혼자서 여기에 왔다가 보리를 거두는 일 때문에 어쩔 수 없이 돌아갔다. 돌아간 뒤에는 소식이 없고 집에 사내종도 없어 사람을 보내 묻지도 못했다. 답답하고 걱정스럽다.

아침에 생원(오윤해) 집의 안부를 물었는데, 의아 모자가 밤새 아파했다고 한다. 분명 이유가 있을 것이다. 더욱 답답하고 걱정스럽다. 굶주린 뒤에 이와 같이 병에 걸려 얼굴이 퍼질 때가 하루도 없으니 죽느니만 못하다. 아무리 탄식한들 어찌하겠는가.

이탁(李晫)*의 처자식이 부여(扶餘) 땅에 와서 사는데, 집에 부릴 만한 종들이 없어서 계집종 분개(粉介)를 불러서 데리고 갔다. 이탁의 병이 아직 쾌차되지 않았다고 하니 걱정이다.

아침을 먹고 춘이에게 정미 1말 2되와 정목 1필을 지니게 하고 서천(舒川)과 비인(庇仁) 등에 보내서 소금으로 바꿔 보리를 사 오게 했다. 윤해의 집에도 콩 2말 5되를 보냈다. 저물녘에 함열 현감이 편지를 보내와서, 선세(船稅)로 준치를 얻었으니 윤해를 보내서 내일 새벽에 장에 와서 보리로 바꿔 가게 하라고 한다. 후의에 깊이 감사할 따름이다. 그런데 마침 사내종과 말이 없고 윤해의 처가 아파서 가지 못했다. 안타깝다. 사내종과 말이 돌아오기를 기다리고 다시 윤해 처의 병세를 보아 열하루날이나 열이틀날 사이에 보낼 생각이다. 저녁에 김대성에게 부채 1자루를 보냈다.

◎ ― 5월 8일

충아 어미의 병이 여전하여 몹시 걱정스럽다. 의아는 조금 나아졌으니 분명 감기 탓이었던 게다. 아침을 먹은 뒤에 방수간과 이광춘(李

....
* 　 이탁(李晫): ?~1594. 오희문의 처남인 이지의 사위이다.

光春)[*]이 찾아왔다. 그들을 통해 백몽진이 이달 초에 전염병에 걸려 죽었다는 말을 들었다. 참 안되었다. 지난겨울과 올봄에 방공(方公)과 함께 매일 찾아와 같이 바둑을 두면서 타향살이의 무료함을 달랬는데, 지금 그가 죽었다는 말을 들으니 슬픔을 금치 못하겠다. 이뿐만이 아니다. 김대성의 집에도 역병이 크게 번져 큰며느리가 어젯밤에 죽었다고 한다. 멀지 않은 곳에서 병세가 이와 같으니 매우 두렵다.

나도 오후에 기운이 몹시 편치 않고 속머리가 조금 아프다. 또 학질인가 싶다. 부채 1자루를 또 방수간에게 주었다. 둘째 딸의 학질이 갑절이나 심하다. 매우 걱정스럽다. 인아가 아침을 먹은 뒤로 구토를 하고 머리를 아파하며 종일 뒤척인다. 더욱 걱정스럽다. 저녁에 문경인이 와서 내일 충용장의 군중에 간다며 작별하고 갔다.

명복이 함열에서 왔다. 함열 현감이 정미 3말, 생준치 2마리, 꿀 5홉, 녹두 1되를 보냈는데, 다시 되어 보니 쌀 5되가 줄었다. 준치와 꿀은 길 가던 사람에게 빼앗겼다고 한다. 어두워져서 돌아온 걸 보니 분명 고기를 찌고 밥을 지어 먹은 게다. 병을 앓는 집에서 꿀을 구하는 경우가 많을 것이니, 분명 도중에 팔아서 쓰고는 빼앗겼다고 핑계를 대는 것일 게다. 몹시 괘씸하고 얄밉다. 충아 어미와 인아가 아파서 이것들을 가져오면 죽을 쑤어 먹으려고 했는데, 잃어버렸다고 핑계를 대니 더 화가 난다.

◎ ─ 5월 9일

새벽부터 비가 내렸다. 아침에 일어나 보니 인아의 증세는 반 이상

....

* 이광춘(李光春): ?~?. 당시 난을 피해서 임천 부근에 살고 있었다.《쇄미록》〈계사일록〉.

줄어들었지만 아주 낫지는 않았다. 학질인 듯한데, 내일 다시 어떠할지 본 뒤에야 알겠다. 충아 어미는 오늘 아침에 차도가 있다고 한다. 매우 기쁘다. 집사람은 며칠 사이에 학질이 떨어져 앓지 않으니 또한 마음이 놓인다. 윤해도 학질을 앓아 걱정스럽다.

◎ — 5월 10일

어제 아침부터 종일 비가 내렸다. 새벽이 지나도록 그치지 않더니, 지금은 장대비가 주룩주룩 쏟아진다. 흐린 기운이 사방에 꽉 찼다. 분명 장마가 져서 오랫동안 날이 개지 않을 모양이다. 내와 연못에 물이 가득 차서 넘치고, 넓은 들판이 바다를 이루어 사람이 다닐 수 없다. 춘노(春奴)는 분명 물에 막혀서 못 올 것이다. 양식만 허비하고 오랫동안 돌아오지 못하면 맥절(麥節)*이 이미 지나 소금을 팔 때 싸져서 분명 제 값을 받지 못할 것이다. 열사흗날에 장에 못 가면 함열에 가는 일도 이래저래 모두 잘못될 것이다. 여름을 날 밑천을 이때 마련하지 못하면 곤궁하고 배고픈 근심이 지난봄보다 더욱 심할 것이다.

평생의 타고난 분수가 곤궁하여 조그만 이익이라도 바라면 일마다 틀어져서 늘 계획대로 되지 않는다. 한탄한들 어찌하겠는가. 분수에 편안히 순응하고 하늘의 명을 듣는 것만 못하다. 인아와 둘째 딸의 학질이 갑절이나 심하다. 저녁내 비는 조금도 그치지 않았다.

....
* 맥절(麥節): 보리를 수확하는 5월 중순부터 6월 중순 사이이다. 이때 보리를 더 싸게 매입하기 위해 경쟁이 붙기도 한다.

◎ — 5월 11일

밤새 비가 오고 아침까지 그치지 않다가 느지막이 비로소 날이 개었다. 생원(오윤해)이 학질을 피해서 이른 아침에 이리로 왔는데도 면하지 못했다. 통증이 너무 심하여 저녁도 못 먹고 말을 빌려 타고 제집으로 돌아갔다. 걱정스럽다.

요사이 연일 비가 내려 양식과 찬거리가 모두 떨어졌다. 아침저녁으로 겉보리[皮牟]를 가루 내서 죽을 쑤어 반 그릇씩 먹었다. 병이 없는 자는 어쩔 수 없다고 쳐도 학질에 걸린 두 아이가 배를 채우지 못한다. 불쌍하다. 한노(漢奴)가 길가에서 풀을 베는데, 지나가던 역자(驛子, 역에 딸린 아전)가 베어 놓은 풀과 착용한 삿갓과 도롱이까지 모두 빼앗아 갔다고 한다. 몹시 괘씸하다.

◎ — 5월 12일

새벽부터 비가 내리다가 느지막이 비로소 날이 개었다. 생원(오윤해)은 어제 학질을 앓은 뒤로 아침까지 쾌차하지 못하여 함열에 가지 못했다. 그래서 어쩔 수 없이 계집종 옥춘과 명노를 같이 보냈다. 내일 장에 가서 보리를 사 와야 하기 때문이다. 전날에 함열 현감이 편지를 보내 보리 살 돈을 찾아가라고 했다.

인아와 둘째 딸이 학질을 앓는데, 둘째 딸은 심하지 않다. 춘노가 지금까지 오지 않으니 걱정스럽다.

◎ — 5월 13일

오후에 날이 흐리고 비가 내렸다. 생원(오윤해)이 학질을 앓는데 갑절이나 심하다. 둘째 딸도 조금 앓으니, 분명 날마다 앓게 될 게다. 내일은 곧 생원(오윤해)의 양부(養父)* 기일이다. 명노를 함열에 보내서 제수를 구했다. 함열 현감이 중미 1말, 찹쌀과 메밀 각 3되, 감장 3되, 두 가지 젓갈 각 1되를 보내 준다고 했다.

명복에게 들으니, 함열 현감이 절인 갈치[葛魚] 7뭇을 우리 계집종에게 보내서 장에 가서 보리를 사게 했는데, 갈치가 작고 가늘어서 보리 1말에 거의 5, 6마리를 달라고 하여 못 샀다고 한다. 안타깝다. 누에씨를 내려고 좋은 고치 3되를 버들상자에 담아 높은 시렁에 두었는데, 저녁에 내려 보니 쥐들이 모두 물어 가서 1개도 남지 않았다. 한탄한들 어찌하겠는가.

◎ ─ 5월 14일

아침에 비가 내렸다. 갈치를 지고 오는 일로 한노를 함열에 보냈다. 지난밤 꿈에 한림 김자정(金子定)을 만나 누이의 죽음을 말하면서 서로 통곡했다. 꿈에서 깨고 나서도 슬픔을 견딜 수 없어 눈물이 계속 흘렀다.

인아와 둘째 딸이 학질을 앓는데, 전날처럼 심하지는 않다. 다만 큰딸도 오늘 막 앓기 시작하여 줄지어 신음하니, 한편으로는 우습기도 하다. 최근에 양식이 떨어져서 이웃 마을에서 보리를 빌려다가 가루를 내서 죽을 쑤어 먹으니, 겨우 목숨만 붙어 있을 뿐이다. 아이들은 오래

....
* 양부(養父): 오희문의 동생인 오희인이다. 후사가 없어서 오희문의 둘째 아들인 오윤해를 양아들로 들였다.

학질을 앓고 배부르게 먹지도 못하여 몰골이 파리하다. 차마 볼 수가 없다. 어찌하겠는가. 실로 하늘이 하는 일인 것을.

◎ ─ 5월 15일

계집종 옥춘이 함열에서 왔다. 함열 현감이 보내 준 벼 10말, 메주 3말, 찹쌀 5되, 절인 준치 4마리, 웅어젓 1두름과 전에 준 갈치를 아울러 가지고 왔다. 다만 짐이 무거워서 벼는 주인집에 두고 왔다.

춘이가 돌아왔다. 소금 9말 5되를 쌀과 무명으로 바꾸어 공연히 애쓰고 양식만 허비했다. 도리어 쌀과 무명을 보리로 바꾼 것만도 못하다. 가난한 사람의 일이란 늘 이렇다. 아무리 탄식한들 어찌하겠는가. 그러나 내일은 이 두 가지 물건을 가지고 장에 가서 보리와 바꿀 작정이다.

◎ ─ 5월 16일

한노를 함열에 보내서 벼를 지고 오게 했다. 생원(오윤해)은 어제 학질을 앓은 나머지 오늘까지도 속머리가 여전히 편치 않다고 한다. 이 때문에 또 아파서 전혀 먹지를 못하니 몹시 걱정스럽다. 오후에 지팡이를 짚고 걸어가서 보고 이곳으로 돌아왔더니, 인아와 큰딸도 학질을 앓는다. 큰딸은 매일 아파하니 더욱 걱정스럽다. 생원(오윤해)이 입이 써서 꿀을 먹고 싶어 하는데 여염집에서는 얻을 길이 없다. 집사람이 편지를 써서 관아 안에 있는 신부제학댁(申副提學宅)에게 청했더니 반 종지를 구해서 보내왔다. 즉시 생원(오윤해)에게 보냈다. 부제학댁은 곧 현감의 딸이다. 과부로 살기 때문에 데려온 것이다.

향비가 전날 도롱이를 입고 갔다가 잃어버렸기에 곧장 다시 사 오라고 했더니, 오늘 장에서 새것을 사다 바쳤다. 저녁에 한노가 돌아왔다. 10말의 벼를 다시 되어 보니 8말도 안 된다. 괘씸하다. 갈치는 장에 팔려고 보니 겉보리 1말에 4마리 내지 5마리를 주어야 해서, 22마리에 겨우 5말을 받았고 그 나머지는 그나마 팔지도 못했다. 소금은 보리 1말에 간혹 3되를 주고 바꾸었는데도 다 팔지 못했다. 반드시 훗날을 기다려서 팔거나 혹은 다른 장에 실어 보내서 팔 작정이다.

물건은 헐하고 보리는 귀하다 보니 시장 가격이 지극히 싸서 정목 1필에 겉보리 6, 7말을 받는다고 한다. 지금처럼 밀과 보리가 흔한 때에도 오히려 이와 같으니, 앞으로 어떠할지 알 만하다. 먹고살기 어려운 민생의 탄식이 옛날보다 더 심한데, 하물며 우리들처럼 타향에서 떠도는 사람들은 어떻겠는가. 분명 도랑 속에 나뒹굴어 죽을 날이 멀지 않으리라. 탄식한들 어찌하겠는가. 하늘의 명에 맡길 뿐이다.

◎ ─ 5월 17일

날이 흐리고 비가 내렸다. 아침에 향비를 보내서 생원(오윤해)의 병세를 물었다. 여전히 쾌차되지 않았고 아침에 오히려 고단하여 속머리가 더 아프다고 한다. 아마도 학질이 아닌가 싶다. 답답하고 걱정스럽다. 오늘 앓는 형세를 다시 본 뒤에야 알 수 있을 것이다. 느지막이 땀을 쭉 내고 낫는 듯하더니, 오후에 도로 아프단다. 그러나 어제에 비하면 덜한 듯하니 분명 학질이다. 충아는 이제 막 아프다고 한다. 더욱 걱정스럽다.

저녁에 가서 윤해의 병세를 보고 돌아왔다. 둘째 딸도 앓고 있다.

굶주리고 곤궁한 나머지 아이들의 병이 이와 같고, 그중에서 윤해의 병세가 가장 심하다. 밤중에 이것을 생각하니 눈을 붙일 수가 없다. 온몸에 굼벵이 떼가 득실거리듯 가려워서 끊임없이 긁었고, 가슴이 몹시 답답했다. 이 밤에 부쩍 흰머리가 늘었다. 사는 게 참 가련하다.

◎ ― 5월 18일

두 집의 노비 5명을 시켜 둔답을 매게 했다. 이는 곧 두벌매기[再除草]이다. 아침에 윤해의 병세를 물었더니 많이 좋아졌고, 충아도 회복되고 있단다. 기쁘다.

밥을 먹고 인아와 함께 화산에 올라가서 김매는 것을 보고 돌아왔다. 생원 이정시가 마침 집에 왔다. 앉아서 한참 이야기를 나누다가 돌아갔다. 저녁에 김매는 곳에 가 보니 절반도 매지 못했다. 싹이 드물어서 애석하다. 그길로 윤해의 병세를 보고 돌아왔다.

저물 무렵에 분개가 돌아왔다. 이탁이 이달 초여드렛날에 별세했다고 한다. 놀라움과 슬픔을 금치 못하겠다. 증세가 위독해진 지 이제 5, 6개월이 되어 명을 다했다고 한다. 이씨 집안의 화가 어찌 유독 이처럼 참혹하단 말인가. 그의 아우와 조카, 두 아들은 모두 왜적의 칼에 죽었고, 아비와 한 아들, 두 딸은 병으로 죽었으며, 지난달 스무날 이후 장인도 전염병으로 별세했다. 그리고 한 달도 안 되어 자기 자신도 세상을 떠났다. 참혹한 변이 한집에만 치우쳐서 정로의 자손이 다 죽고 대여섯 살 어린 손자 하나만 살아 있다. 정로를 위해 더욱 애통한 마음이 든다. 정로는 곧 탁(琸)의 아버지인 정(正) 이순수(李順壽)의 자이다.

인아의 학질은 그다지 심하지 않다. 큰딸은 며칠 동안 계속 앓지 않으니, 분명 완전히 떨어진 것이다.

◎ ― 5월 19일

노비 넷을 시켜 논을 매게 했는데, 오후에 비가 내려서 그만두고 돌아왔다. 아침을 먹은 뒤에 선비 조대득(趙大得)이 찾아왔다. 조대득은 한양 장의동(莊義洞) 사람이다. 떠돌다가 이 군의 성 북쪽에 와서 사는데, 윤겸과 친분이 있어서 찾아왔다고 한다.

저녁에 춘이가 돌아왔다. 보리 13말, 콩 1말을 사 가지고 왔다. 소금 4되를 보리 1말로 바꾸었다고 한다. 처음에 소금 값이 뛰었으므로 소금 2되 반이나 3되를 보리 1말로 바꾸면 모두 25, 26말은 되겠구나 생각했는데 팔아 온 보리가 이것뿐이니, 분명 나를 속이는 것이다. 한탄한들 어찌하겠는가. 윤해와 둘째 딸이 학질을 조금 앓고, 충아도 앓는다. 불쌍하다.

◎ ― 5월 20일

새벽에 제사를 지냈다. 굶주린 나머지 제수를 구할 길이 없어서 메(제사 지낼 때 신위 앞에 놓는 밥)만 지어 놓고 지냈다. 안타깝지만 어찌하겠는가. 그러나 제사는 성의에 달려 있는 것이니, 어찌 꼭 많이 차려야 하겠는가. 새벽부터 비가 내렸다. 느지막이 세차게 내리고 저녁내 그치지 않는다.

전날 들건대, 정랑(正郞) 조경유(趙景綏)*가 이 군의 농장에 왔다가

....

* 　조경유(趙景綏): 조응록(趙應祿, 1538~1623). 사관을 거쳐 전적(典籍)이 되었다. 임진왜란 때

내일 중으로 돌아간다고 했다. 간절히 보고 싶어서 빗속에 길을 나섰다가 내를 건널 때 잘못하여 말이 진흙에 빠지는 바람에 정강이까지 빠져 자빠졌다. 어쩔 수 없이 말에서 내려 물속에서 걸어 나오니 다리 아래가 모두 젖었다. 조경유의 집에 들어가서 행전과 버선을 말린 뒤에 다시 착용했다. 경유는 내가 왔다는 말을 듣고 곧장 흔쾌히 맞아 주었다. 지난 일과 지금의 일을 말하며 각자 슬퍼하고 탄식했다. 저녁밥을 지어 내게 대접했다.

또 경유에게 들으니, 적장 소서행장(小西行長, 고니시 유키나가)이 다섯 가지 조건으로 명나라 조정과 강화하려 한다고 했다.

첫째, 조선의 네 도를 떼어 줄 것.
둘째, 명나라의 공주를 내려 보낼 것.
셋째, 조선 길을 통해서 조공하도록 열어 줄 것.
넷째, 조선의 왕자와 대신을 일본에 인질로 보낼 것.
다섯째, 일본 관백[關白, 풍신수길(豐臣秀吉)]을 봉해서 왕으로 삼을 것.

이것은 모두 따를 수 없는 일들이다. 이를 명나라 조정에 요구해서 어떻게 응하는지 보고, 만일 응하지 않으면 군사 12부(部)를 출동시켜 곧바로 중원(中原)으로 가려 한다고 한다. 그 분함을 다 말할 수 있겠는가. 명나라 사신 5명이 나와서 강화를 맺거나 적의 형세와 우리나라의 군사 훈련과 군량 사정 등의 일을 살필 것이라고 하는데, 확실한지 모르겠다.

....

함경도로 피난 가는 세자를 호종했고 난이 끝난 뒤 통정대부에 올랐다.

또 들으니, 승병(僧兵) 대장 유정(惟政)이 스스로 금강산 대선사(金剛山大禪師) 송은(松隱)이라고 하면서 지난달 중에 적장 가등청정(加藤清正, 가토 기요마사)의 진중으로 곧장 들어갔는데, 청정이 후한 뜻으로 우대하여 열흘 남짓 머물고 돌아왔다고 한다.* 그의 말에 따르면, 가등청정이 소서행장과 공을 겨루어 서로 화합하지 않았는데, 풍신수길(도요토미 히데요시)이 소서행장의 모함을 듣고 가등청정의 처자식을 모두 죽였기 때문에 가등청정이 크게 분노해서 우리와 합세하여 거꾸로 관백을 치려 한다고 한다.

만일 이 일이 이루어진다면 우리나라에는 복이 될 것이다. 그러나 교활하고 간사한 말을 꼭 믿을 수는 없다. 하물며 풍신수길이 가등청정의 손에 대군(大軍)을 맡겨 먼 타국에서 적과 대치하고 있는데, 먼저 그의 처자식을 죽이는 일은 결코 있을 리 없다. 나는 이 말을 믿지 않는다. 자기들끼리 서로 싸워 주지 않는다면 우리나라의 병력으로는 절대로 대적하지 못할 것이다. 하늘이 만일 순리에 맞게 사는 사람을 돕는다면 반드시 이 일을 이루어 주실 것이다. 어찌 겨우 살아남은 불쌍한 백성을 다시 적의 칼날 아래 두겠는가. 또 어찌 예의의 나라를 몰아서 오랑캐의 풍속 속으로 밀어 넣을 수 있겠는가. 하늘의 도는 돌아오기를 좋아하여 재앙을 내린 일을 반드시 후회하는 때가 있을 것이니, 오직

....

*　승병(僧兵)……한다: 유정(惟政)의 호는 송운(松雲)이니, 원문의 송은(松隱)은 오기이거나 오희문이 잘못 전해 들은 것으로 보인다. 유정(1544~1610)은 1593년 1월에 평양성 탈환 전투에서 혁혁한 공을 세웠다. 1594년 5월 6일에 도원수 권율(權慄)이 치계하여 유정(劉綎)의 명에 의해 승병 대장 유정을 가토 기요마사(加藤清正)의 진영에 보냈는데 4월 17일에 돌아왔으며, 가토 기요마사가 유정을 보내온 것에 만족해 하는 내용 등을 보고했다.《국역 선조실록》26년 4월 25일, 5월 6일.

이 한 가지 일만은 믿을 수 있다.

또 들으니, 명나라 조정에서 유총병에게 명하여 군사를 거두어 돌아오도록 했다고 하는데, 더욱 믿을 수 없다. 명나라 사신이 영남에 당도했다고 하는데, 그들이 지나가는 길의 음식 제공, 접대, 연회 등에 드는 갖가지 물품을 마련하는 일을 오직 이 굶주린 충청도와 전라도의 잔민(殘民, 힘없고 가난한 백성)들이 준비할 방도가 없었으리라. 어쩔 도리가 없어 그저 개탄스러울 뿐이다.

또 들으니, 심열이 역적을 신문할 때 색랑(色郞)을 맡은 일로 인해 6품에 오르고 주부(主簿)가 되었다고 한다.* 기쁘다. 그 나머지 당상관(堂上官)과 승지(承旨)도 모두 상직(賞職, 상으로 준 벼슬자리)으로, 가선대부(嘉善大夫) 혹은 자헌대부(資憲大夫)나 정헌대부(正憲大夫)가 되었다고 한다. 이는 모두 경유를 통해 들은 얘기이다. 경유의 처자식이 전란 초기부터 이 군의 수다해리(水多海里)에 와서 살았기 때문에 세자께 말미를 얻어 와서 보았다고 한다. 경유는 지금 익위사 사어(翊衛司司禦)를 맡고 있다.

인아는 학질을 앓고 있고, 큰딸은 학질이 떨어졌다. 생원(오윤해)은 어제 잠깐 앓았으니, 분명 이제부터는 아주 나을 것이다.

◎ ― 5월 21일
어제부터 밤새 비가 잠시도 그치지 않았다. 아침이 되도록 날이 개

....
* 심열이……한다: 심열은 역적 송유진(宋儒眞)을 국문할 때 형방도사로 참여하여 품계가 올랐다. 《국역 선조실록》 27년 5월 1일.

지 않다가 한참 지나서야 개었다. 생원(오윤해)이 병에 차도가 있어 나를 찾아와 보았다. 다만 먹고 마시는 것이 예전 같지 않고 입에 맞는 음식도 없다고 하니 안타깝다. 단녀는 몸을 떨고 머리가 아프다고 한다. 분명 학질일 게다. 걱정스럽다. 그러나 다시 훗날을 지켜봐야 알 수 있을 것이다.

어제부터 한노가 병을 핑계로 누워서 일어나지 않는다. 말을 기르기가 어려워서 아랫집 사내종에게 풀을 베어 오게 했는데, 또한 많이 베어 오지 않고 겨우 구색만 맞추어 왔다. 늙은 말은 오직 풀을 주어야만 먹으니 안타깝다.

윤함이 해주로 돌아간 뒤로는 한 번도 소식을 듣지 못했다. 답답하고 걱정스럽다. 막정이 돌아올 때가 되었는데 지금까지 오지 않는다. 더욱 근심스럽다. 요사이 온 집안사람이 모두 그가 오는 꿈을 꾼다. 금방 올 수 있을 텐데, 물에 길이 막힌 것인가. 애타게 기다리고 있다.

나이가 열두세 살쯤 된 여자아이 하나가 문밖에서 먹을 것을 구걸한다. 사는 곳과 부모를 물었더니, 집은 죽산(竹山) 땅에 있고 그 부모는 전란 초기에 왜적의 손에 죽었다고 한다. 고모부와 함께 전라도 지방을 떠돌면서 걸식하다가 북쪽으로 돌아가는 중에 이 읍 안에 임시로 살면서 걸식했는데, 고모부가 이번 달 초에 저는 버리고 자기의 처자식만 데리고 도망갔다고 한다. 그 모양새와 말하는 것을 보니 어리석지는 않다. 서둘러 구원하지 않으면 분명 굶어 죽을 것이다. 불쌍함을 금치 못하겠다. 집안사람들에게 거두어 기르게 하여 며칠 동안 하는 것을 보고 계속 잔심부름을 시키려고 우선 머물게 했더니, 저도 그렇게 하겠단다.

◎ ― 5월 22일

새벽부터 비가 내린다. 요새 장맛비 때문에 먹고살기 어렵다는 탄식*이 급급하다. 답답함을 이루 말할 수 없다. 함열 현감이 사람을 통해 편지를 보내 안부를 물었다. 그편에 준치식해 4미(尾)를 보내왔다. 매우 고맙다. 윤해에게 답장을 써서 보내라고 했다. 인아와 단녀가 막 학질을 앓는데 맛있는 음식이 없어서 먹지 못하기에 즉시 두 아이에게 보내주었다. 또 2마리는 아랫집 윤해에게 보냈다. 윤해도 앓고 난 뒤로 계속 보리밥만 먹고 입맛을 돋우는 음식을 구하지 못해 먹지 못한 지 오래인데, 이로 인해 먹을 수 있게 되었다. 더욱 고마움을 금치 못하겠다.

단녀는 어제도 앓고 오늘도 앓는다. 분명 며느리고금일 것이다. 하지만 아직 그다지 심하지는 않다고 한다.

◎ ― 5월 23일

지난밤에 물동이로 퍼붓듯이 비가 세차게 내렸다. 밤새 그치지 않아 자는 방에 비가 샌다. 아침이 되도록 날이 개지 않았다. 오랫동안 비가 온 뒤에 다시 하룻밤 새 세차게 내렸으니, 물가의 곡식이 분명 대부분 상했을 것이다. 느지막이 비로소 날이 개었다.

인아와 단녀는 매일 학질을 앓는다. 단녀는 보리밥을 먹지 못하고 또 맛있는 음식이 없어서 종일 굶은 채 누워 있다. 말로 형용할 수 없는

....

* 　먹고……탄식: 원문의 계옥지탄(桂玉之歎)은 먹고살기 어려움을 탄식한다는 뜻이다. 전국시대의 유세객 소진(蘇秦)이 초(楚)나라를 떠나면서 "식량은 옥보다도 귀하고, 땔감은 계수나무보다도 귀하다[食貴于玉 薪貴于桂]."라고 한 고사에서 유래했다. 《전국책(戰國策)》〈초책(楚策)3〉.

지경이다. 충아도 아프다고 한다.

◎ ─ 5월 24일

생원(오윤해)에게 말을 보내서 타고 오게 했더니 충아도 왔다. 학
질을 오래 앓은 뒤라 모두 보리밥을 싫어한다. 한탄한들 어찌하겠는가.
아침에 좌수 조희윤에게 향비를 보내서 보리를 빌리려고 했는데, 물에
잠겨 썩어서 한 톨도 건지지 못했다며 거절했다. 안타깝다. 조한림댁이
쌀 1말, 웅어젓 7두름, 감장 1보시기를 보내왔다. 매우 고맙다.

오늘은 날이 화창하여 명노와 신덕(申德)에게 논을 매게 했는데, 전
날 못다 맨 곳을 아직도 다 매지 못했다. 인아와 단녀가 학질을 앓고 큰
딸도 앓는데, 그다지 심하지는 않다. 춘이를 함열에 보냈다.

◎ ─ 5월 25일

새벽부터 비가 내렸다. 요새 연일 비가 내리고 한노도 병들어 누워
서 오랫동안 땔감을 베지 못했다. 양식이 떨어졌을 뿐 아니라 땔감도
구하기 어려워 사내종들이 쌓아 둔 빈 가마니[空石]까지 모두 거두어다
가 불을 때고 있다. 근심스럽다. 또 아랫집 사내종에게 풀을 베어 오게
하여 말에게 먹였다.

윤겸이 돌아간 뒤로 소식을 듣지 못하고 우리 집에 사내종이 없
어 보내서 묻지도 못하니, 그 집의 병이 어떠한지 알 수가 없다. 그쪽
에서도 근래에 사람을 보낼 수 있었을 텐데 지금까지 안 오는 걸 보면,
분명 비에 길이 막힌 것이다. 전에 윤겸의 처가 병 때문에 유산했는데,
아들이었다고 한다. 안타깝다. 두 아들을 잃어서 날마다 아들 낳기를

바랐는데, 이제 또 임신한 지 6개월 만에 유산되었으니 더욱 몹시 애석하다.

오늘은 어머니의 생신이다. 비록 가서 뵙지는 못해도 마음으로는 사람을 보내서 안부를 여쭙고 싶었지만, 1말이나 1되의 곡식도 마련하지 못했을 뿐 아니라 집에 사내종이 없어서 보낼 사람도 없다. 아무리 이런 형편이라지만 자식 된 마음에 어찌 근심스럽지 않겠는가. 하루 종일 한탄스럽고 마치 큰 죄를 지은 것 같다. 어찌 말로 다할 수 있겠는가.

비가 종일 그치지 않더니 저녁에 한바탕 세차게 퍼부어 집에 물이 샌다. 춘이가 오지 않는다. 분명 비 때문에 출발하지 못했을 게다. 위아래 집에 모두 양식이 끊겨 애타게 기다리고 있다. 인아와 단녀의 학질이 갑절이나 심해졌다. 단녀는 전혀 먹지도 마시지도 못한다. 답답하고 걱정스럽다.

◎ ─ 5월 26일

비의 기세가 밤새 잦아들지 않더니 아침까지도 그치지 않았다. 양식도 없고 땔감도 없는데, 노비들이 모두 병을 핑계로 누워서 일어나지 않는다. 어찌한단 말인가. 스스로 탄식할 뿐이다. 풀을 베어 올 사람이 없어서 말도 종일 굶고 서 있다. 더욱 근심스럽다. 두 아이는 오늘도 학질을 앓는다. 저녁에 양식이 떨어져서 겨우 쌀 5홉에다 나물을 따다가 섞어서 죽을 끓여 위아래 사람들이 각각 반 그릇씩 마셨다.

저물녘에 춘이가 왔다. 함열에서 보리 10말, 중미 1말, 밀가루 5되, 참기름 5홉, 미역 5동, 소주 2선(鐥), 조기 2뭇, 누룩 2덩어리, 종이 1뭇,

소고기 1덩어리를 보내왔다. 매우 감사하다. 누룩과 종이와 생선은 아랫집에 보내라고 했단다. 미역 1동은 겨우 1줌[掬]이고, 보리는 지기에 무거워서 6말만 져 오고 나머지 4말은 두고 왔다고 한다. 6말의 보리를 다시 되어 보니 4말 2되이다. 줄어든 수량이 어찌 1말 8되나 된단 말인가. 분명 나를 속이는 것이다. 바로 미역으로 탕을 끓이고 밀가루로 수제비를 떠서 아이들이 나누어 먹고 잤다. 저녁밥이 너무 적었기 때문이다.

저녁에 들으니, 아랫집에 양식이 떨어져서 굶고 잔다고 한다. 종자 콩 1되 반을 보냈고, 함열에서 온 보리 7되도 보내 주었다. 내가 배고픈 것은 오히려 참을 수 있지만, 아랫집이 굶주린다는 말을 들을 때마다 근심스럽고 불쌍한 마음을 견딜 수가 없다. 때때로 적은 물품을 보내 보지만 많은 식구에 무슨 도움이 되겠는가. 하물며 우리 집에도 양식이 떨어져서 굶주리는 날이 많으니, 어느 겨를에 두루 도와줄 수 있겠는가. 제수씨는 내가 남은 것이 있으면서 도와주지 않는다고 생각하여 늘 부족함을 탄식하고 있다. 더욱 우스운 노릇이다. 앞으로는 도움을 구할 곳도 없으니, 어려움을 이루 말할 수 없다.

◎ ─ 5월 27일

아침을 먹고 군에 들어가 승지 백유함(白惟咸)*을 만났다. 백유함은 지난달에 어명을 받고 전라도에 왔다가 수시로 열이 나는 병에 걸려 곧바로 복명(復命)하지 못하다가 이제야 비로소 한양으로 돌아가면서

....
* 　백유함(白惟咸): 1546~1618. 1594년 봄에 품계가 올라 승정원 동부승지에 임명되었다. 백유함의 농장이 지금의 익산시 용안면에 있었으므로 올라가는 길에 들른 것이다.

이곳에 들렀는데, 비에 막혀 5, 6일을 머물다가 내일 떠난다고 한다. 들어가 만나니 매우 기쁘고 위로가 되었다. 병은 조금 회복되었지만 다리의 힘이 약해서 걷기가 어렵다고 한다.

젊은이 6, 7명이 모두 모여서 바둑을 두기도 하고 종정도 놀이도 하면서 웃음거리로 삼으며 긴 하루를 보냈다. 승지가 관원에게 물만밥을 준비하게 하여 여러 사람들에게 대접했다. 오후에 어사(御使) 윤경립(尹敬立)*도 와서 진사 송이창과 함께 종정도 놀이를 하며 술과 안주 내기를 했다. 윤공(尹公)이 져서 바로 관원을 시켜 시주(時酒) 한 항아리와 소반에 과일과 회와 구이를 담아 내오게 했다. 나는 큰 잔으로 석 잔을 마시고 저녁에 먼저 작별하고 돌아왔다. 윤공도 순행하면서 이 군에 이르렀다가 여러 날 비에 발이 묶였다.

참봉 홍범(洪範)이 전라도에서 북쪽으로 돌아가면서 마침 이곳에 이르렀다가 비에 발이 묶여 오래 머물렀다. 백유함과는 아는 사이이므로, 관원으로 하여금 밥을 내주게 했다. 홍범은 나와 한 고을에 살아 예전부터 알았는데 타향에서 이렇게 우연히 만났다. 생각지도 못한 일이라 기쁘기 그지없다. 고을의 옛 친구들이 거의 다 흩어지고 죽은 일을 말하며 예전의 일을 추억하니 도리어 슬픈 감회가 인다. 그의 처자식은 지금 평안도에 있다고 한다.

사내종 둘을 시켜 못다 맨 논을 매게 했다. 어제 두고 온 보리를 져오는 일로 춘이를 함열에 보냈다. 충위(忠衛) 류원(柳愿) 씨와 그의 아들

....
* 윤경립(尹敬立): 원문의 경립(景立)은 《선조실록》에 근거하여 경립(敬立)으로 수정하여 번역했다. 윤경립(1561~1611)은 이 무렵 독운어사(督運御史)를 맡고 있었다.

선각이 마침 보리 3말을 보내왔고, 아랫집에도 2말을 보내왔다. 후의에 고맙기 그지없다.

◎ — 5월 28일

아침을 먹고 편지를 써서 향비에게 주어 백승지(百乘旨)에게 보내 안부를 물으려고 했는데, 그는 아침을 먹기 전에 이미 홍산(鴻山)으로 떠났고 참봉 홍언규(洪彦規, 홍범)도 뒤따라 돌아갔다고 했다. 계집종 어둔 모자를 시켜 논을 매게 하여 끝마쳤다. 닷 마지기 논을 두벌매기 했는데, 여러 날 동안 혹은 5명, 혹은 4명, 혹은 2명이 매어 이제야 겨우 끝났다. 거기에 들어간 사람 수를 계산하면 모두 15명이나 된다. 인력은 배나 들어갔는데 볏모는 실하지 않고, 또 드물게 심어졌다. 모두 어리석은 사내종들이 진작 힘을 써서 김을 매 주지 않아 풀만 무성하고 곡식은 드물게 된 것이다. 한갓 양식만 허비했으니 매우 안타깝다.

내일은 죽전(竹前) 숙부의 제삿날이다. 집에 저장해 놓은 물품이 없어서 밥만 지어 정성을 표시하려고 한다. 마음 아파라, 가난이여! 또한 시절이 그렇게 만든 것이다. 인아와 단녀가 학질을 앓고, 윤해의 양모도 앓는다.

◎ — 5월 29일

새벽에 제사를 지냈다. 제수를 박하게 차리니 제사를 지내지 않은 것 같다. 형편이 그러하니 어찌하겠는가. 두 아이는 매일 학질을 앓고, 의아와 충손(忠孫)도 오늘 앓는다. 의아는 전날 떨어졌는데 오늘 또 앓는다. 모두 굶주려서 그런 것이다. 답답함을 어찌 다 말하겠는가. 매일 겉보리 가루로 죽을 쑤어 먹어 원기가 쇠약해졌으니, 어찌 그렇지 않을 수 있겠는가. 단아와 충손은 오늘도 보리를 먹지 않는다. 더욱 걱정스럽다. 전날에 기르던 걸식하던 아이도 도망가서 돌아오지 않는다. 괘씸하고 얄밉다.

◎ — 5월 30일

새벽에 윤해의 양모가 의아를 데리고 학질을 피해 왔지만 역시 면치 못했다. 아침을 먹기 전에 앓기 시작하니 안타깝다. 저녁에 돌아갔다. 두 아이도 오늘 또 앓아서 몰골이 누렇게 뜨고 말았다. 밥도 배불리 먹지 못해서 앓고 있지 않을 때보다 고단함이 배나 심하다고 한다. 차마 볼 수가 없다.

6월 작은달

◎ ─ 6월 1일

아침에 비가 내리다가 느지막이 비로소 그쳤다. 그러나 하루 종일 날이 흐리다. 두 아이는 오늘도 앓는다. 단녀는 잠깐 아팠지만 눕지는 않으니, 분명 이제는 떨어지려나 보다. 충아는 곱절이나 심하게 앓아서 이튿날 아침까지도 일어나지 못했다고 한다. 답답하고 걱정스럽다. 양식이 떨어져서 아침에 콩죽을 쑤어 반 그릇씩 나누어 먹었더니 한낮에는 배고픔을 참을 수가 없었다. 아침에 남은 그릇 속의 보릿가루를 아이들이 둘러앉아 숟가락을 들고 돌아가면서 먹는다. 가련하다.

저녁에 막정이 황해도에서 돌아왔다. 허겁지겁 물었더니, 윤함의 온 집안이 무탈하고 돌아갈 때도 잘 갔다고 한다. 몹시 기쁘다. 윤함의 편지에도 그렇다고 했다. 함열 현감이 우계에게 보낸 무명 2필을 덕노가 속여서 훔쳐다가 팔아먹고 전하지 않았다고 한다. 매우 분통이 터진다. 그런데 전염병에 걸려서 제 처는 먼저 죽고 저는 비록 살아 있지만 굶은 지 오래라 전혀 살 길이 없다면서, 전날 피차간에 보낸 물건을 명나라 병사에게 빼앗겼다고 둘러대고 심지어 강참봉(姜參奉) 집의 목화 30여 근을 지고 가서 전하지 않고 모두 자기가 훔쳐 먹기까지 했다. 그 외람되고 패악함이 전에 비해 더욱 심하니, 비록 죽은들 무엇이 아깝겠는가. 그의 처가 죽고 또 가는 곳마다 이와 같이 의지할 길이 없는데, 지금 윤함의 처가에서도 미움을 받아 기댈 수 없다고 한다. 지금 죽지 않는다면 여러 곳을 정처 없이 떠돌다가 도적 떼에 들어갈까 몹시 두렵고 근심스럽다.

　　막정이 올 때 홍양 땅에 들러 묵으면서 윤겸의 처갓집 계집종의 남편 유한성(劉漢成)에게 들으니, 윤겸 집의 역병 기운이 아직 다 사라지지 않았고 세만의 처는 병으로 죽었으며 세만도 지금 몹시 심하게 앓아 생사를 알 수 없다고 한다. 윤겸의 처할머니는 당시 보령(保寧)에 있었는데, 또한 병으로 지난달에 별세했다고 한다. 놀랍고 슬프기 그지없다. 평소에 아들의 봉양을 받지 못하여 팔순 가까운 나이에도 배불리 먹지 못하고 항상 굶주리는 것을 탄식했는데, 마침 그 아들이 지난겨울에 먼저 죽고 지금 또 이어서 별세했다. 염습하고 장사 지내는 일을 집안에서 부탁할 데가 없으니, 분명 윤겸이 담당했겠구나. 더구나 평소에 윤겸의 처를 가장 사랑하여 윤겸에게도 후하게 대해 주었으니 사양할 수 없었을 것이다. 이제 들으니, 보령의 상갓집에 가 있다고 한다. 병을 앓는 집에 드나드는 것이 걱정스럽다.

　　세만의 처는 가장 부지런해서 세만이 그 덕분에 홀로 추위와 배고픔을 면했는데 이제 또 병으로 죽었고, 세만도 윤겸 집의 믿을 만한 사내종으로 한집안의 일을 도맡아 힘써 왔는데 지금 병들어 죽는다면 분명 집안일에 낭패를 볼 것이다. 더욱 걱정스럽다. 대체로 우리 집안의 모든 일이 늘 계획대로 되지 않아 거의 이루어졌다가도 도로 틀어진다. 이 또한 집안의 운수이니 어찌하겠는가. 하늘의 명에 맡길 뿐이다. 윤겸은 분명 이 때문에 와 보지 못하는 것이리라. 지금 못 본 지 이미 반년이 지나 몹시 그립고, 또 병에 걸리지는 않을까 걱정스럽다.

막정이 올 때 윤함의 집에서 조기 5뭇을 보냈는데, 강을 건널 때 1뭇을 뱃삯으로 주었다고 한다. 배고픔이 바야흐로 극심하여 아이들이 곧장 2뭇을 먹어 치웠다.

고성의 온 가족이 지난 3월 초에 평안도 영유(永柔) 땅으로 돌아갔기 때문에 윤함이 미처 보지 못했고 내 편지도 전하지 못했다고 한다. 피차간에 더 멀어져 소식을 듣기도 더욱 어려운데, 더구나 만나기를 바랄 수 있겠는가. 생전에 분명 한 번도 만나지 못할 것이다. 슬프고 안타까움을 견디지 못하겠다. 전에 듣기로 영유에 사내종도 있고 밭도 있다고 했지만, 분명 옹진(甕津)에서 먹고살기 어려워서 다시 깊고 먼 곳으로 들어가서 먹을 것을 구하는 것이리라. 매우 불쌍하다. 그쪽도 이 정도이니, 우리 집 일은 말할 것도 없다.

◎ ─ 6월 2일

윤함이 막정 편에 중국의 감투[甘吐] 하나를 얻어 부쳤는데 몹시 좋다. 기쁘다. 다만 작아서 내 머리에 들어가지 않는 것이 안타깝다. 그러나 따뜻한 물에 담가 불려서 쓸 생각이다.

들으니, 오정일(吳精一)의 어머니가 지난 3월에 전염병을 얻어 별세했다고 하니 애석하다. 그녀는 곧 종갓집 종부인데, 이제 또 별세했으니 더욱 슬프다. 유일(惟一)의 간질은 지금 더욱 심해졌다고 한다. 그 양부의 죽음을 당시에는 듣지 못했는데, 비록 들었어도 갈 수 없는 형편이었다고 한다. 정일이 윤함을 찾아와서야 비로소 태선(太善)의 죽음을 들었단다.

오세검(吳世儉)의 집은 문의(文義)에 있는데, 전란이 있던 초기에 그의 어머니가 난을 피해 배를 타고 서쪽으로 돌아가 풍덕(豐德) 땅에 이르러 병으로 별세하여 거기에 초장(草葬)*했다고 한다. 지난해 4월 왜적이 한양에서 나온 뒤로 길이 비로소 뚫려 달려갈 수 있었는데도 지금까지 가지 않아서 그 어머니의 죽은 곳도 모른다고 하니, 윤리를 거스름이 심하다. 상서롭지 못하다.

유일은 오세온(吳世溫)의 둘째 아들이며, 세량(世良)의 양아들이다. 평소에도 성품이 몹시 어리석은데다가 간질이 있어서 일을 처리할 때도 우스운 적이 많았다. 변란이 나던 초기에 온 집안 식솔들을 거느리고 서쪽으로 도망쳐서 서문 밖으로 나갔는데, 그의 양조모(養祖母)가 걷지 못하자 그대로 버리고 가니 양조모가 어쩔 수 없이 한양 집으로 도로 들어왔다. 삼촌인 세공(世恭)의 부인을 홍제원(弘濟院)에 이르러 또 버리고 갔다. 교하(交河) 나룻가에 이르러 그가 먼저 배 위에 올랐는데, 그의 어머니가 미처 배에 오르기도 전에 배가 바로 닻줄을 풀고 언덕을 떠났다. 어머니는 물가에서 방황하다가 또한 어쩔 수 없이 한양으로 돌아왔다. 배가 풍덕 땅에 이르자, 그의 조모도 병이 있다고 해서 버렸다. 풍덕 땅에 닿아서는 따르는 계집종도 없어 홀로 서쪽의 해주로 돌

---

*   초장(草葬): 시신을 짚으로 싸서 임시로 매장하는 일이다.

아갔으니, 도리에 어긋나고 흉악함이 심하다.

그 뒤에 그의 어머니는 형 정일이 한양에 들어가서 모시고 갔고 조모는 풍덕에서 별세했는데, 모시고 봉양한 사람이 없어서 별세한 날도 모른다고 한다. 다른 사람들이 초장했는데, 세량과 정일이 시신을 모셔 갔다고 한다. 하지만 역시 실제로 조모의 시신인지는 모른다. 그의 양조모는 한양 집에 들어가 있다가 그해 7월에 이질(痢疾)로 별세했다고 한다. 사내종들이 염습하고 관에 넣어 종가 뒷동산에 임시로 묻었는데, 왜적들이 누차 파헤쳐서 시신이 버려지자 사내종들이 도로 들여다 장사를 지냈다고 한다. 왜적이 나간 뒤에는 우리나라 사람이 시신은 버리고 관만 빼앗아 가서 해골이 땅에 묻혀 있었는데, 사내종 근이가 흩어진 뼈를 수습하여 옷을 벗어 감싸서 염습하고 궤에 넣어 한양 집에 장사 지냈다고 한다. 양아들 세량은 이미 죽었고 양손자 유일도 이와 같으니, 누가 능히 선친의 묘소 곁에 장사 지낼 수 있겠는가. 더욱 몹시 상서롭지 못하다. 우리 집안을 크게 무너뜨린 것은 모두 신녕(新寧) 숙부*의 자손인데, 지금에 이르러 도리에 맞지 않는 일을 행함이 극에 달했다. 한탄한들 어찌하겠는가.

종가의 여러 조상의 신주는 정일이 황해도로 모시고 가서 우선 그의 집에 봉안했다고 한다. 그러나 집안 형편이 탕진된 뒤라, 정일이 비록 제사를 주재하는 책임을 맡았다고는 하지만 한양과 지방에 봉안할 곳도 없다. 또한 그는 무식한데다가 성품까지 패악스럽고 제멋대로이

....
* 신녕(新寧) 숙부: 오경순(吳景醇). 오희문의 아버지인 오경민(吳景閔)의 둘째 형이다. 신녕 현감을 지냈다.

니, 제사를 지낼 물품이 없다고 하면서 풀숲 사이에 버려둘까 매우 걱정된다. 우리 종중(宗中)은 분명 이로부터 무너져서 일어나지 못할 것이다. 이 생각이 들 때마다 나도 모르게 탄식하며 눈물을 흘린다. 이는 또한 온 나라의 똑같은 근심거리이지만, 우리 문중의 종자(宗子, 종가의 맏아들)처럼 무식한 자가 어디 있겠는가. 그러나 그 끝이 어떠할지 천천히 지켜볼 뿐이다.

선조께 제사를 지내지 못한 지 벌써 3년이니, 상로(霜露)의 감회*가 끝없이 인다. 오는 추석에는 조상의 묘소에 참배할 생각이다. 하지만 길은 멀고 양식도 없는데다가 사내종과 말이 늘 곁에 있지는 않으니 어찌 장담할 수 있으랴. 형편이 이러하니 어찌하겠는가. 한탄만 더해질 뿐이다.

막정이 말을 사서 끌고 왔다. 그곳에 살던 사내종 만복(萬卜)이 죽은 뒤에 그 논을 내다 팔고 암소 1마리를 받아 강참봉 집에 두었는데, 윤함이 돌아올 때 우리 집에 말이 없는 것을 알고 말로 바꿔 보내면서 공목(貢木)* 2필을 더 주었다고 한다. 다만 체구가 작고 노둔하여 안타깝다. 그래도 한창 말이 없어 어려울 때 이처럼 뜻밖에 얻으니 몹시 기쁘다.

친가의 계집종 만비(萬非)의 집에서 덕노의 지난 정월 공선(貢膳)*

....

* 상로(霜露)의 감회: 돌아가신 선조에 대한 감회를 말한다. 《예기(禮記)》 〈제의(祭義)〉에 "서리와 이슬이 내리면 군자는 이것을 밟고서 반드시 슬픈 마음이 생기니, 이는 날이 추워져서 그런 것이 아니다. 봄에 비와 이슬에 젖으면 군자는 이것을 밟고서 반드시 두려운 마음이 들어 마치 돌아가신 부모님을 뵐 것 같은 느낌이 든다[霜露旣降 君子履之 必有悽愴之心 非其寒之謂也 春雨露旣濡 君子履之 必有怵惕之心 如將見之]."라고 한 데서 나왔다.
* 공목(貢木): 논밭의 결세(結稅)로 바치던 무명 또는 공물로 받은 필목(疋木)을 말한다.

을 이미 받아다가 제멋대로 썼다고 한다. 괘씸함을 금치 못하겠다. 그 곳의 노비들이 모두 죽고 살아 있는 놈이 몇 없다고 하니 또한 가엾다. 막정이 평양(平壤)으로 돌아가 보니, 그의 어미가 팔순이 넘었는데도 아직까지 살아 있고 그 형과 친족 가운데 병들어 죽은 사람이 40여 명인데 형 하나가 홀로 살아 있다고 한다. 가는 곳마다 역병이 퍼져서 그렇지 않은 곳이 없지만, 평안도 지역이 더욱 심하다고 한다. 지난달 열나흘에 해주를 떠나서 어제 비로소 돌아왔다. 그 날짜를 따져 보면 열여드레가 걸렸다.

지금 들으니, 한림 김자정이 모친상을 당했다고 한다.* 매우 놀랍고 슬프다. 내 누이가 죽은 뒤에 또 큰 화를 당하니, 한집안의 환란이 어찌 유독 이렇게 극심한가. 자신도 전염병에 걸려 앓는다고 하니 매우 걱정스럽다. 하지만 사실 여부는 아직 모른다. 아이들이 어디에 있는지 더욱 걱정되어 잊을 수가 없다. 자정의 어머니는 전란 초기에 예산의 농장에 와서 거처하여 여러 아들들이 한곳에 모여 있었는데, 자정이 마침 휴가를 얻어 와서 뵈었다고 한다.

인아는 오늘도 앓는다. 큰딸은 다시 앓는데 그다지 심하지 않다. 단녀는 조금 앓고, 충아는 매일 앓아서 전혀 먹고 마시지 못한다. 충아 어미는 어제 앓기 시작했다고 한다. 더욱 걱정스럽다. 모두 굶주리고 고단해서 그런 것이니, 차마 말을 못하겠다.

내일 비가 안 오면 이산(尼山)으로 갈 작정이다. 이산 현감(尼山縣監)

....

* 공선(貢膳): 노비가 제구실을 하지 못할 때 대신 바치는 베이다.
* 한림……한다:《국역 용주유고》제14권 〈감사용계김공묘지명〉에 1594년에 자정 김지남이 모친상을 당한 일이 보인다.

김가기(金可幾)* 씨가 연전에 금정 찰방(金井察訪)으로 있을 때, 마침 내가 이웃에 살면서 도탑게 지내며 매우 친했다. 다른 사람을 통해 들으니, 당시에 내가 구원 물자를 가져가지 않아 이상하게 여겼다고 한다. 그래서 겸사겸사 만나서 그간의 회포를 풀려고 한다. 다만 관아에 없어서 서로 만나지 못하면 어쩌나 걱정이다.

◎ ― 6월 3일

초복(初伏)이다. 지난밤에 큰비가 내리고 한바탕 천둥이 쳤다. 여명에 세 차례 지진으로 집이 흔들려 서까래에 붙은 흙이 떨어지면서 우레와 같은 소리가 나다가 그쳤다. 지진이 북쪽으로부터 남쪽으로 나니 변괴가 예사롭지 않다. 앞으로 무슨 사변이 나는지 모르겠다. 전에도 지진이 난 때가 있었지만 오늘처럼 크게 난 적은 없었다. 깊이 잠든 아이들도 모두 놀라서 깼다. 죄 없는 백성이 나라의 운수를 따라 날마다 죽어 가는데, 하늘은 재앙을 내린 일을 후회하지 않고 또 이변을 일으켜 경계한다. 다스리는 사람도 두려워하고 반성하면서 진실하게 대응하여 죽어 가는 백성이 남은 목숨을 보전하여 제명을 다할 수 있게 해야 할 것이다. 이른 아침에 지진이 또 한 차례 있었지만 소리만 나고 미약했다.

아침을 먹고 사내종 둘과 함께 짐을 실은 말을 끌고 출발했다. 배를 타고 고성진(古城津)을 건너 이산현으로 들어갔다. 현감 김가기가 사

....

* 　김가기(金可幾): 1537~1597. 오희문의 벗이며 사돈이다. 이산 현감을 지냈다. 김가기의 아들인 김덕민(金德民)은 오희문의 둘째 사위이다. 1600년에 오희문의 딸과 혼인했다.

창에 출근하여 환자 보리와 밀을 받고 있었다. 사내종에게 이름을 알리게 하자, 현감이 바로 사람을 보내 반갑게 맞아 주었다. 성문덕(成聞德)* 공이 마침 자리에 있었는데, 또한 나와 한동네에서 살아서 서로 아는 사이이다. 객지에서 우연히 만나니 기쁨을 금치 못하겠다. 성공(成公)도 떠돌다가 이 현에 살고 있는데, 그는 곧 현감의 매부이다. 성공은 먼저 작별하고 돌아갔고, 나는 현감과 종일 이야기를 나누었다. 잠시 후 전 비인 현감(庇仁縣監) 김기명(金基命)이 한양에서 내려오다가 이곳에 들렀다. 또 맞이하여 함께 저녁을 먹었다. 저물녘에 나는 먼저 주인집으로 돌아왔다. 자리에 누운 지 얼마 안 되어 지진이 또 한 차례 일어났는데, 집이 조금 흔들리고 그쳤다. 하루 사이에 새벽과 아침과 저녁, 세 때에 지진이 난 것은 옛날에도 듣지 못한 일이니, 이처럼 큰 이변은 없었다.

비인 현감 김공은 어떤 일로 인해 의금부에 갇혀서 여러 달 형을 받다가 지금은 공을 세워 스스로 충성을 바치기로 하고 풀려나 도원수의 진중으로 간다고 한다.

◎ ― 6월 4일

현감이 사창에 출근하여 나를 맞았다. 함께 아침을 먹고 종일 이야기를 나누다가 점심도 같이 먹었다. 내가 지금 처자식들이 곤궁하고 굶주리는 일을 말하자 즉시 좋은 벼 1섬, 백미 4말을 서면으로 써서 주면서, 우선 내일 보내 줄 테니 사내종과 말이 돌아온 뒤에 돌아가라며 나

....
* 　성문덕(成聞德): ?~?. 김가기의 매부이다. 성혼(成渾)을 찾아가 교유했다.

를 극진히 대접했다. 그 후한 뜻이 매우 고맙다. 벼는 다시 되어 보니 11말 7되 남짓 되었다.

낮에 명나라 병사 4명이 저자에 나와 소금 파는 사람의 말을 약탈했다가 도로 말 주인에게 빼앗기자, 노기를 띠고 소지한 은자(銀子) 20냥을 빼앗아 갔다는 핑계로 아무 상관도 없는 사람을 잡아다가 결박하고 수없이 때린 뒤 관아의 뜰에 데리고 와서 벌을 주라고 했다. 현감이 어쩔 수 없이 가두고 좋은 말로 해명했지만 끝내 듣지 않고 기어코 벌을 주게 하려고 했다. 이뿐만이 아니다. 명나라 병사들이 끊임없이 오가며 소주와 꿀, 병아리 등의 물건을 찾는 일이 많고, 조금만 여의치 않으면 큰 몽둥이로 마구 매질하며 고을 수령까지 모욕했다. 그들이 가는 곳의 관원은 맞이하고 보내는 근심이 있을 뿐 아니라 이처럼 난리가 벌어지지 않는 날이 없으니, 그 괴로움을 견딜 수가 없다. 상서롭지 못한 일이다.

오후부터 비가 내리고 천둥이 치더니 밤새 그치지 않았다. 저녁에 생원 류전(柳詮)*이 왔다. 현감과 사마시에 같이 입격했고, 또 유년 시절에 나와 같이 공부했던 사람이다. 만나지 못한 지 40여 년이 지나서 각각 성명을 물은 뒤에야 그 사실을 알았다. 류전도 떠돌다가 임천에 산다고 한다.

◎ ─ 6월 5일

아침에 사창에 나가서 현감과 류생원과 함께 이야기를 나누었다.

....
* 류전(柳詮): 1542~?. 1579년 생원시에 입격했다.

조금 있다가 찰방 홍요좌(洪堯佐)*가 왔다. 그 또한 현감과 같이 사마시에 입격했는데, 떠돌다가 함열 땅에서 살고 있다. 또 나의 팔촌 친척으로, 한 고을에 같이 살아 잘 아는 사이이다. 뜻밖에 이렇게 만나니 기쁨을 금치 못하겠다. 온 집안이 전염병을 앓았고, 그도 두 번이나 앓았다가 이제 겨우 회복되었다고 한다. 몰골이 수척해져서 옛 얼굴이 변해 버렸으니 가련하다.

이른 아침에 막정을 시켜 어제 얻은 쌀과 벼를 임천 집으로 실어 보냈다. 온 집안에 양식이 떨어졌으니 분명 애타게 기다리고 있으리라. 어떤 사람이 큰 노루 한 마리를 잡아다 바쳤다. 현감이 잡게 하여 바로 고기를 구워 자리에 있는 사람들과 함께 먹으면서 추로주 한 잔을 마셨다. 내일 조도어사가 이 현에 도착하므로 반찬거리로 쓸 것이라고 한다. 현감이 또 소머리를 삶아 얇게 썰어 한 그릇을 가져오라고 관아 안에 명하여 자리에 있던 사람들과 함께 먹었다. 나는 마침 더위를 먹어 뱃속이 불편하여 종일 심하게 꾸르륵거리고 여러 번 설사를 했는데도 여전히 불편하다. 걱정스럽다.

그저께 오면서 충아를 보았을 때 막 학질을 앓아 전혀 먹고 마시지 못했다. 며칠 동안 소식을 듣지 못했더니 계속 마음에 걸린다. 지금은 어떠한지 모르겠다.

◎ ─ 6월 6일

뱃속이 아직도 불편하다. 어젯밤에 한 번 설사를 했고 아침에도 설

....
* 　홍요좌(洪堯佐): 1556~?. 옥과 현감, 함흥부 판관 등을 지냈다.

사를 했다. 현감이 사창에 일찍 나와 말을 보내서 나를 맞았다. 홍요좌
와 류전 두 공이 먼저 와서 자리에 있었는데, 이미 아침을 먹고 각자 돌
아갈 차비를 했다. 홍공(洪公)은 공주(公州)로 갔고, 류공은 임천으로 돌
아갔다. 나는 현감과 함께 아침을 들었다. 현감은 어사를 맞는 일 때문
에 먼저 여염집으로 갔다. 빈관에는 명나라 병사들이 계속 와서 어사도
들어가 거처하지 못하고 여염집에서 머무는 것이다. 나도 주인집으로
돌아왔다. 이야기를 나눌 사람이 없으니 무료하기 그지없다.

날은 흐리고 푹푹 찌는데 파리 떼가 모여들어 얼굴에 앉고 소매 속
으로 들어왔다. 자고 싶어도 잠을 잘 수 없고 쉴 새 없이 부채질을 하려
니 괴로움을 이루 말할 수 없다. 막정이 오면 내일 연산(連山)으로 가련
다. 연산 현감*은 곧 나의 육촌 친척이다.

어제 편지를 써서 따르는 아이를 이언우(李彦祐) 공의 거처에 보내
안부를 물었다. 이공(李公)은 곧 시윤(時尹)의 장인으로,* 한양에 산다.
정처 없이 떠돌다가 이곳에 사는 누이의 집에 의탁해 있다. 오늘 낮에
성문덕 공이 편지로 안부를 물어 와서 답장을 써 보냈다. 이른 아침에
내가 보낸 편지를 아직 보지 못한 것이다.

관아 안에서 점심을 지어 나에게 대접했다. 어사가 관아에 들어와
서 정신이 없었기 때문이다. 잠시 후 관원이 밥을 지어 왔다. 분명 관아
안에서 먼저 가져다 준 줄을 모른 게다.

오후에 천둥이 치고 비가 세차게 내리다가 한참 뒤에 그쳤다. 막정

....

*   연산 현감: 심은(沈訔, 1535~?). 연산 현감, 영월 군수 등을 지냈다.
*   이공(李公)은……장인으로: 이시윤(李時尹, 1561~?)은 오희문의 처남인 이빈의 아들이다.
   동몽교관을 지냈다. 장인은 이언우(李彦祐)이다.

이 돌아와서 집사람의 편지를 보았다. 충아는 회복되어 가고 여러 아이들도 앓기는 하지만 그다지 심하지는 않다고 한다. 가지고 간 곡식을 다시 되어 보니 4말의 쌀은 3말 4되 반이고 11말 7되의 벼는 10말 1되라고 한다. 분명 이곳의 말이 지극히 작은 것이다. 하지만 봉함하고 서명할 때는 그대로라고 했다고 한다.

저녁에 남자아이와 여자아이가 손에 표주박을 들고 먹을 것을 구걸했다. 등에는 보따리를 졌는데, 주인집 문밖에서 어미를 부르며 통곡하고 있었다. 내가 앞으로 불러서 까닭을 물었더니 하는 말이, 집은 상주(尙州)에 있고 그 아비는 글을 알아서 일찍이 감영(監營)의 아전으로 있었는데, 전란 초기에 피난하여 남쪽으로 와서 여러 곳에서 걸식하다가 지난봄에 그 아비가 회덕 땅에서 병들어 죽어 겨우 매장했고 그 어미와 전라도 땅을 돌며 걸식하다가 지금 여기에 온 지 사나흘이 되었다고 한다. 그 어미가 입만 열면 너희들 때문에 마음대로 걸식도 못한다고 하더니, 오늘 낮에 몰래 도망가서 간 곳을 모른다고 한다. 마을을 돌며 불러 봐도 대답이 없고, 어제 한 숟갈을 구걸하여 먹은 뒤로 오늘은 아무것도 못 먹었다고 한다. 어머니가 버리고 갔으니 우리는 머지않아 굶어 죽을 것이라고 하면서 남매가 애통한 울음을 그치지 않았다. 듣고 나니 너무나 불쌍하고 눈물도 났다. 가까운 부모 자식 간에도 이처럼 심한 지경에 이르렀으니, 사람의 윤리가 없어졌구나. 애통해 한들 어찌하겠는가. 여자아이는 열세 살이고 남자아이는 열 살이라고 한다.

◎ ― 6월 7일

아침을 먹고 사창에 갔다. 성문덕도 나를 보기 위해 와서 함께 이야기를 나누었다. 잠시 후 현감도 어사를 보낸 뒤에 왔다. 연산 현감은 문을 단속함이 몹시 엄하다고 들었다. 그래서 현감에게 비밀 관문(關文)*을 발급해 달라고 하고 느지막이 출발했다. 도중에 맹렬한 우레와 소나기가 동시에 치고 쏟아져 간신히 연산현에 도착했다. 현감이 사창에 나갔다는 말을 듣고 우선 한노에게 이산 현감의 관문을 올리게 했다. 그랬더니 현감이 사람을 시켜 안부를 물어 오고 즉시 들어오게 하여 만나서 인사를 나누었다.

심인정(沈仁禎)*과 심대유(沈大有)도 마침 와서 우연히 만났다. 몹시 위로가 되고 기쁘다. 인정은 현감의 사촌으로 나에게는 오촌 조카이며, 대유는 현감의 조카로 나에게는 칠촌 친척이다. 인정의 형 인제(仁禔)는 지난해에 예산 군수가 되었는데 오래지 않아 상을 당해서 분산(墳山, 묘를 쓴 산)에 와서 그 어머니를 장사 지냈고, 그 뒤에는 다섯 형제가 먹고 살기 어려워서 각자 흩어졌다고 한다. 매우 불쌍하다.

잠시 후 현감이 천어(川魚) 회를 내오게 하여 소주 석 잔을 마셨다. 저녁을 먹고 주인 형[심은(沈訔)]은 먼저 관아로 들어갔다. 나는 두 심씨와 함께 이야기를 나눈 뒤 저녁에 우거하는 여염집으로 돌아왔다. 이산에 있을 때 써 놓은 장수로 보낼 편지를 이른 아침에 따르는 아이를 시켜 이언우 공에게 보냈는데, 이공이 마침 현에 들어갔기 때문에 만나지 못했다고 한다. 나는 잠시 사창 문밖에서 이야기를 나누고 왔다.

....

* 　관문(關文): 상급 관청에서 하급 관청으로 보내는 문서이다. 동급 관청끼리도 주고받을 수 있었다.
* 　심인정(沈仁禎): ?~?. 오형제의 막내로, 큰형은 심인유(沈仁裕)이고 나머지 형제는 심인제(沈仁禔), 심인보(沈仁補), 심인조(沈仁祚)이다.

◎ ─ 6월 8일

주인 형이 출근한 사창에 가서 함께 아침을 먹은 뒤에, 이판결사(李判決事)*가 피난해 와 있는 은진(恩津) 땅 호동리(狐洞里)에 가고 싶어 주인 형에게 양식으로 쓸 5되의 쌀을 얻어 느지막이 발걸음을 재촉했다. 판결사 영공(令公)이 내가 왔다는 말을 듣고 문밖까지 곧장 나왔다. 오늘 그대를 다시 만날 줄은 생각지도 못했다며 기쁜 나머지 슬픈 감회를 이기지 못하여 소리 내어 통곡했다.

마침 참군 이뢰가 와 있어서 울타리 밑에 둘러앉아 저녁내 이야기를 나누었다. 그에게서 비로소 이지(李贄)의 죽음을 들으니, 또한 슬퍼서 눈물이 멈추지를 않았다. 날이 어두워져 양필(良弼)과 함께 그의 사내종의 집에서 잤다. 양필은 뢰의 자(字)이고, 영공의 큰아들이다.

◎ ─ 6월 9일

아침밥을 먹고 영공과 작별했다. 영공이 문밖까지 나와서 내 손을 잡고 훗날의 만남을 어떻게 장담할 수 있겠냐면서 하염없이 울었다. 작별하고 연산 땅의 정 홍세찬(洪世贊)*의 집에 이르렀다. 세찬이 나와 맞았다. 마침 비가 내릴 조짐이 있어서 곧바로 이별하지 않았더니, 나를 맞아 익랑에 앉혔다. 바둑 대여섯 판을 둔 뒤 파했다. 홍세찬이 물만밥을 대접했고, 또 새로 만든 떡을 내왔다. 홍공은 곡식을 바쳐 판사(判事) 직을 얻고 이 고을에서 가장 큰 부자가 되었다. 하지만 올해는 쌓아 둔

....

* 이판결사(李判決事): 이정호(李廷虎, 1529~1597). 오희문의 장인인 이정수의 동생이다. 장례원 판결사 등을 지냈다.
* 홍세찬(洪世贊): ?~?. 군자감정을 지냈다.

것이 모두 바닥나서 다른 사람의 곡식을 빌려서 먹는다고 한다. 그런데 어찌 그럴 리가 있겠는가. 분명 거짓말일 게다. 나에게 밀 2말을 주었다. 그는 윤해의 처사촌인데, 나와도 일찍이 알던 사이이다.

걸음을 재촉하여 저녁이 되어 연산에 도착했다. 주인 형이 사창에 나와서 손님과 함께 소주를 마시고 있었다. 나도 참석해서 석 잔을 마시고 어두울 무렵에 거처하는 여염집으로 돌아왔다. 어두울 무렵 지진이 났는데 마치 천둥소리 같았다. 남쪽으로부터 북쪽으로 나고 집도 조금 흔들렸다. 초사흘에 세 번이나 지진이 나고, 열흘도 안 지나서 지금 또 지진이 났다. 진실로 근고(近古)에 없던 큰 변고이다.

◎ ― 6월 10일

주인 형과 작별하고 돌아가려는데, 주인 형이 나에게 벼 1섬, 백미 2말, 중미 2말, 목화씨[木種] 3말, 밀 2말, 감장 5되를 주면서 힘을 다해 도와주는 것이라고 했다. 벼 1섬을 다시 되어 보니 12말 5되인데, 주인 집에 놓아두었더니 1말 5되를 누가 훔쳐 먹었다. 괘씸하고 얄밉다. 저녁을 먹고 작별하고 왔다. 심인정과 심대유도 밖으로 나와 작별했다. 주인 형의 성명은 심은이고, 자는 사화(士和)이다. 대유의 자는 천우(天祐)이다.

발길을 재촉해 이산에 도착했다. 이산 현감은 사창에 나와 있었다. 곧장 들어가 만나서 이야기를 나누었다. 잠시 후 찰방 홍요좌가 공산(公山, 공주)으로부터 왔다. 함께 저녁을 먹는데, 현감이 나를 위해서 닭을 잡아 반찬을 해 주었다. 길가의 쇠잔한 고을이 변란을 겪은 뒤에 큰 손님의 왕래가 끊이지 않을 뿐만 아니라 명나라 병사들이 계속 와서 접대하는 비용이 다른 고을보다 갑절이나 든다. 그래서 친구가 왔을 때는 형편없는 채소나 대접하고 달리 고기반찬을 내주는 일이 없었다는데, 오늘 닭 2마리를 잡아서 후하게 대접하는 뜻을 보였다.

저녁에 현감이 관아로 돌아갔다. 나는 홍찰방(洪察訪)과 이 고을의 좌수 홍이서(洪以敍)와 함께 사창에서 잤다. 날이 너무 더워서 여염집에 거처하기 어려우므로 시원한 곳을 찾은 것이다.

◎ ─ 6월 11일

이른 아침에 출발했다. 발길을 재촉해서 석성 땅에 당도하여 말을 먹였다. 나는 폭염에 시달려 뱃속이 우레가 치듯 불편하여 점심을 먹지 않고 출발했다. 배를 타고 고성진을 건너서 임천 집에 도착하니, 날은 아직 저물지 않았다. 집사람과 인아는 한창 학질로 앓아누워 있었다. 여러 아이들은 모두 학질이 떨어졌는데, 인아만 떨어지지 않아 지금까지 앓고 있다. 집사람은 이제 다시 앓기 시작하여 사흘이 되었다고 한다. 걱정스럽다.

◎ ─ 6월 12일

아침밥을 먹기 전에 윤해의 처자식에게 사내종과 말을 보내서 충아를 데려오게 했다. 크게 앓고 난 뒤에 지금까지 걷지 못하다가 이제야 비로소 일어났다. 참으로 가련하다.

군수가 물가에 거처한다는 말을 듣고, 아침을 먹은 뒤에 군에 들어가서 만나 이야기를 나누었다. 군에 사는 별좌 이덕후(李德厚)와 전 부장(部將) 이홍제(李弘濟)*도 와서 자리에 앉았고, 이분과 이신 형제도 어제저녁에 마침 도착하여 함께 만났다. 몹시 위로가 되고 기쁘다. 이들은 모두 군수의 외종질이다.

인아는 오늘도 앓았고, 윤해는 오늘부터 다시 앓는다. 걱정스럽다. 사내종 막정을 결성의 참봉(오윤겸)에게 보내고 싶은데 병을 핑계로 일어나지 않는다. 병이 낫기를 기다려 보내면 일이 대부분 틀어질 것이니 안타깝다.

춘이가 진위에서 왔다. 그편에 들으니, 송노가 지난 4월에 전의(全義) 땅의 계집종 신덕의 아비 집에 가서 지금 임천으로 돌아갈 거면 각종 채소 씨를 가지고 가라고 했다는데, 지금까지 오지 않는다. 중도에 죽지 않았다면 분명 다시 직산(稷山)으로 간 것이리라. 몹시 괘씸하고 얄밉다. 두 사람을 시켜서 둔답을 매게 했다. 이번이 세벌매기[三除草]이다.

◎ — 6월 13일

중복(中伏)이다. 네 사람을 시켜 논을 매게 했는데도 다 매지 못했다. 이분 여실이 찾아왔다. 집사람이 아침부터 기운이 편치 않더니, 이어서 곽란 증상이 있어 토하고 설사를 했다. 이로 인해 이질로 변해서 붉거나 흰 설사를 일고여덟 차례나 쏟았다. 원기가 손상된 뒤에 또 이러한 병을 얻으니, 증세가 매우 위태롭다. 정신이 어지러워 거의 수습할 수가 없고, 뱃속은 우레가 치듯 하여 매우 아프고 속머리도 아프다고 한다. 심히 걱정스럽다.

....

*   이홍제(李弘濟): ?~?. 용양위 부장을 지냈다.

◎ ─ 6월 14일

어둔 모자를 시켜 논을 매게 했다. 집사람의 증세가 여전하여 지난 밤에도 7, 8차례 설사를 했다. 정신은 어제보다 나아졌지만 배는 여전히 아프다고 한다. 말하는 것을 싫어하고 죽을 먹는 것도 그만두어 형세가 매우 위태롭다. 심히 걱정스럽다. 아침에는 콩죽을 물에 타서 한 종지만 마셨다. 인아는 어제 학질을 앓은 뒤로 또 이질을 얻었다. 더욱 걱정스럽다. 집에는 1되나 1말의 양식도 없는데 집사람의 병이 이와 같으니, 이런 가운데 걱정스러운 마음을 어찌 말로 다할 수 있겠는가.

오후에 윤해와 인아가 모두 학질로 앓아누워 신음소리가 안팎으로 끊이지 않는다. 더욱 걱정스럽다. 막정을 함열에 보내서 얼음덩어리를 구해 오게 했다. 이 군의 군수가 파면되어 하인이 내주지 않는 바람에 하는 수 없이 먼 곳에서 구한 것이다. 집사람은 오늘 아홉 차례 설사를 했는데, 설사를 하면 뱃속이 쿡쿡 찌르듯 아프다고 한다. 종일 말도 하지 않고 눈을 감은 채 지쳐 누워서 물 한 모금 입에 넣지 않는다. 매우 걱정스럽다.

◎ ─ 6월 15일

지난밤에 집사람이 세 차례 설사를 하더니 기운이 회복되는 듯하다. 아침 전에 콩죽 한 접시를 마시고 일어나 앉기도 하며 눈을 뜨고 말도 하니 매우 기쁘다. 이로부터 저녁까지 두 차례 대변을 보았고, 그 뒤로 별다른 통증도 없다. 먹고 마시는 것이 예전만은 못하지만 먹는 양이 조금 더 늘었다. 인아의 이질도 어제보다 나아졌다. 하지만 학질은 오늘도 앓았다.

막정이 돌아왔다. 함열 현감이 보리 10말, 닭 1마리, 새우젓 2되, 참기름 1되, 꿀 3홉, 찹쌀 5되, 메밀 3되, 두(豆) 2되를 보내왔다. 모두 집사람의 병에 쓸 것이다. 군수 송공(宋公)이 오늘 집으로 돌아가는데, 집사람이 아파서 들어가 만나지 못했다. 안타깝다. 저녁에 충아 어미가 와서 보았다. 이웃에 소를 잡아 파는 사람이 있는데, 처자식들이 고기 맛을 못 본 지 오래라 모두 사 먹고 싶어 했다. 집이 곤궁하건 말건 보리 8말을 주고 소머리와 포(脯)를 만들 고기 3덩어리와 내장 조금을 사와서 아랫집과 함께 먹었다.

저물녘에 윤겸이 왔다. 얼굴을 못 본 지 이제 8개월이 되었는데, 뜻밖에 보고 온 집안이 기뻐했다. 윤겸의 집은 아직 아주 편안하지는 않고 누워 있는 종들도 있지만, 매우 심하지는 않아서 이틀이나 사흘 만에 다시 일어났다고 한다. 그의 처는 큰 병을 앓고 난 뒤로 원기가 크게 손상되었고 학질까지 얻어서 날마다 앓는다고 한다. 몹시 걱정스럽다. 인아는 오늘도 학질을 앓는데 전에 비해 곱절이나 심해서 먹고 마시지를 못한다. 더욱 걱정스럽다.

◎ ─ 6월 16일

이른 아침에 윤해의 양모를 불러 소머리를 삶아서 같이 먹었다. 사람이 많아 배불리 먹지 못하니 우습다. 어둔 모자를 시켜 논을 매게 해서 끝냈다. 저녁에 윤해의 양모와 충아 어미가 돌아갔다. 윤해는 이제야 비로소 학질이 떨어졌다.

◎ ― 6월 17일

집사람이 이제는 평상시와 같다. 인아는 어제처럼 심하지는 않지만 먹고 마시기를 몹시 싫어하고 지쳐 누워서 일어나지 못한다. 답답하고 걱정스럽다. 피난 온 사람인 조대충(趙大忠)이 찾아와서 조용히 이야기를 나누었다. 집이 궁해서 점심도 대접하지 못하고 보냈다. 안타깝다.

◎ ― 6월 18일

집사람이 지난밤에 또 이질 증상을 보였고 뱃속이 찌르듯 아프다고 한다. 그러나 전날처럼 아파하지는 않는다. 종일 지쳐 누워 있는 걸보니 분명 더위를 먹은 것이다. 인아의 증세는 여전한데 학질은 떨어졌다. 다만 먹고 마시려고 하지를 않는다. 더위가 극성이라 고단함이 너무 심하여 누워서 졸며 일어나지 못한다.

◎ ― 6월 19일

인아는 날로 점차 회복되어 간다. 다만 먹고 마시는 것이 평상시만 못한데 식욕을 돋우는 음식도 없으니, 이것이 안타깝다. 아침을 먹고 윤겸이 함열에 갔다. 함열 현감이 편지를 보내 불렀기 때문이다. 막정을 데리고 말 2필을 끌고 갔는데, 이참에 태인으로 가서 어머니를 뵐생각이란다. 다만 최근에 더위가 매우 심하여 아무리 빈 당에 편안히앉아서 건을 벗고 옷을 벗어도 오히려 괴로움을 견딜 수 없으니, 오가는 수일간의 여정에 더위로 몸이 상하지는 않을까 걱정이다. 윤함에게편지를 써서 명복을 시켜 대흥에 있는 윤함의 처갓집 사내종 애운(愛雲)에게 보내서 해주로 가는 사람 편에 전해 부치도록 했다.

◎ — 6월 20일

요새 아랫집에 양식이 떨어져서 날마다 와서 도와달라고 한다. 하지만 여기도 바닥나서 일일이 도와주지 못하니 말로 형용할 수 없을 지경이다. 충아는 여기에 와서 먹고 갔다.

◎ — 6월 21일

입추(立秋)이니, 7월의 절기이다. 저녁에 양식이 없어서 아이들이 밀을 빻아서 떡을 만들어 먹었다. 어두울 무렵에 막정이 함열에서 돌아왔다. 함열에서 보리 10말, 벼 10말, 밀가루 1말, 뱅어젓 5되를 보내왔다. 즉시 아랫집에 보리와 벼 1말씩을 보냈다. 굶고 잔다는 말을 들었기 때문이다. 막정이 병을 핑계로 풀을 베어 오지 않았고, 왔을 때는 또 밤이 되어 말이 굶고 잤다. 안타깝다.

◎ — 6월 22일

밀가루로 국수를 만들어 들깨 물을 섞어 먹었다. 음식은 적고 사람은 많아서 모두 배불리 먹지 못하니 안타깝다. 집사람이 아플 때 늘 먹고 싶어 하던 차에, 윤겸이 함열에 가서 깻가루를 얻어 보내왔고 충아 어미도 왔기에 만들게 한 것이다.

◎ — 6월 23일

말복(末伏)이다. 막정은 말을 가지고 다시 함열에 갔다. 생원(오윤해)이 사내종 춘이를 장성으로 보내면서 돌아오는 길에 태인에 들러 편지를 전하고 안부를 묻도록 한다기에 곧바로 편지를 써서 보냈다. 참봉(오윤겸)이 일전에 가서 어머니를 뵈려고 했는데, 마침 더위를 먹었고 데리고 간 두 사내종도 아파서 가지 못했다고 한다. 안타깝다. 요즘은 날씨가 너무 더위서 갈 수 없는 형편이다. 춘이가 갈 때 어머니께 쌀 1말 7되를 부쳐 드렸다.

◎ ─ 6월 24일

이른 아침에 진사 한헌이 태인에서 왔다. 아우의 편지를 전하기에 펴 보니, 어머니께는 별다른 병환이 없고 온 집안이 모두 평안하단다. 다만 굶주림이 날로 심해져 어머니께서 피곤한 나머지 지쳐 자리에 누우셨다고 한다. 애통함을 금치 못하겠다. 연로하신 어머니를 굶주려 자리보전하시게 했으니 불효의 죄를 피하기 어려움을 스스로 잘 안다. 하지만 요새 더위가 너무 심해서 모시고 올 수도 없는 형편이다. 선선한 가을이 오기를 기다려 모셔 올 생각이고, 나도 조만간 찾아뵐 생각이다.

아랫집에 양식이 떨어져서 충아 어미가 두 아이를 데리고 여기에 와서 먹었다. 생원(오윤해)은 어제저녁에 가서 자고 아직 오지 않았다. 듣자니 아침을 짓지 못했는데, 제수씨가 기운이 편치 않다며 누워서 일어나지 않는다고 한다. 하는 수 없이 아침을 지어 보냈다. 저녁에도 굶고 잔다고 하여 쌀 7홉을 내려 보냈더니, 밥을 지어 위아래 사람들이 나누어 먹었다고 한다. 이곳에도 양식이 떨어져서 생각만큼 보내지 못하는데, 제수씨가 항상 불만스러운 마음을 품는다. 형편이 그런 걸 어찌하겠는가. 참으로 안타깝다.

◎ ― 6월 25일

아침을 먹기 전에 임참봉(任參奉, 임면)의 계집종 복금(福今)이 찾아와 소고기 두어 덩어리를 바쳤다. 이 계집종은 임참봉이 죽은 뒤에 떠돌다가 군 안에 우거하면서 형리(刑吏) 남편을 얻어 그 어미와 오빠와 함께 산다. 아침을 먹여 보냈다.

고을 어른인 남궁지평이 별세했다고 한다. 놀라움과 슬픔을 금치 못하겠다. 한 고을의 어른들이 모두 이미 작고하고 유일하게 지평 어른만 생존하여 함열의 농장에 와서 살고 있었다. 연세가 팔순이 넘었는데도 기력이 강건했다. 연전에는 중풍으로 말을 못하여 거의 고칠 수 없을 듯하다가 올봄에 다시 회복되었다. 내가 초봄에 들러 안부를 물었을 때만 해도 곧장 나를 침소로 맞아 후하게 대접했고, 평소에 서로 어울렸던 일과 고을 사람들의 생사 여부에 대해 말하면서 슬픈 감회에 젖기도 했다. 그러나 말하는 것이 어렵고 모습이 수척하여 오래 사시지 못할 것임은 이미 알 수 있었다. 평소에도 나를 매우 후하게 대해 주시고 때로는 급한 사정을 살펴 주시어 항상 감사한 마음을 품고 있었다. 그런데 지금 부음을 듣고도 멀어서 직접 조상(弔喪)하지 못하니 평생의 한으로 남을 것이다. 형편이 이러하니 어찌하겠는가.

저녁에 양식이 없어서 겉보리 가루 두어 되로 죽을 쑤어 10식구가 나누어 먹었다. 모두 반 그릇씩도 못 먹었고 그마저도 종들에게는 차례가 가지 못했다. 안타깝다. 또 대아리(大阿里)의 채장(菜醬)을 얻어 물에 끓여서 나누어 먹었다. 인아와 단녀도 학질을 앓은 뒤에 배를 채우지 못하고, 충아는 끊임없이 먹을 것을 달라고 부르짖는다. 더욱 가련하다. 어찌하겠는가. 하늘에 맡길 뿐이다. 단아는 지쳐 누워서 일어나지 못하니, 말로 형용할 수 없을 지경이다.

◎ ─ 6월 26일

근래에 굶주리고 지친 나머지 무료하고 근심스러우며 괴로운 마음을 풀 수가 없어 늘 바둑판을 마주하여 추자놀이를 했다. 이는 즐기기 위해서가 아니라 굶주림을 잊고 긴긴날을 보내기 위한 것이다.

충아는 요새 여기에 머문다. 노는 것을 보니 이미 기교를 부릴 줄 알아 대나무를 타면서 말이라고 하고 나뭇가지를 꺾어 채찍이라고 하여 꾸짖고 소리치면서 뜰을 도는 놀이를 한다. 혹은 기회를 엿보고 웅크린 채 걸으며 잠자리를 쫓아가 잡기도 한다. 이것도 외롭고 적막한 마음을 해소하고 배고픈 걱정을 잊게 해 줄 만하다. 다만 말이 어눌하여 할아비, 할미를 부르는 것 말고는 쉽게 알 수 있는 음식 이름도 말하지 못한다. 안타깝다.

오늘은 주인집에서 밀 5되를 빌렸다. 빻아서 둘로 나누어 아침저녁으로 죽을 쑤어 위아래 사람들이 함께 먹었다. 아이들이 며칠째 계속 죽 반 그릇씩만 먹었다. 기운이 몹시 쇠약해져서 말하고 일어나 걷는 것도 마음대로 하지 못한다. 인아와 단녀는 뼈만 앙상하여 차마 볼 수가 없다. 병이라도 걸린다면 고칠 수 있겠는가. 답답하고 걱정스럽지만 어찌하겠는가.

참봉(오윤겸)이 함열에 갔다가 지금까지 돌아오지 않는다. 무슨 까닭인지 모르겠다. 전날 막정이 돌아갔을 때 다리에 종기가 나서 겨우 걸어갔다고 하더니, 분명 이 때문에 돌아오지 못하는 것일 게다. 한노도 무릎에 종기가 나서 걷지 못하고 오랫동안 누워 일어나지 못하니,

집에 부릴 사람이 없다. 땔감과 마초가 떨어졌을 뿐 아니라 남에게 빌리지도 못하여 둘러앉아 배고픔을 참고 있다. 답답하고 걱정스럽다.

◎ ─ 6월 27일

아침에 주인집에서 쌀을 빌려 밥을 지어 먹었다. 한산 군수가 군에 들어왔다고 해서 말을 빌려 타고 달려갔는데 헛소문이었다. 그대로 수락헌에 갔다. 군 안에 피난 와서 사는 사람들이 모두 모여서 종정도 놀이를 하거나 바둑을 두면서 긴긴날을 보내고 있었다. 모인 사람은 부장 이홍제, 진사 한겸(韓謙) 형제,* 선전관 심응유(沈應裕) 형제, 이정시와 나이고, 군에 사는 품관(品官)* 임표(林杓)도 왔다. 이홍제가 먼저 돌아가기에, 나도 따라서 돌아왔다.

길에서 들으니, 좌수 조희윤이 이부장(李部將)의 집에 와 있다고 한다. 들어가서 만나 이야기를 나누었는데, 이부장이 물만밥을 지어 대접했다. 오후에 집에 도착하니, 참봉(오윤겸)이 돌아와 있었다. 함열에서 보리 2섬, 백미 2말, 보리쌀 2말, 웅어젓 1두름, 조기 3뭇, 뱅어젓 약간을 보내왔다. 굶주린 터라 곧바로 밥을 지어 여러 아이들과 함께 먹었다.

함열 현감은 부인이 별세한 뒤에 일찍이 우리 집과 혼사를 의논했

....
* 　한겸(韓謙) 형제: 한겸(1554~?)은 1606년 증광 문과에 급제했다. 형들은 한부(韓孚)와 한복(韓復)인데, 여기에서는 누구와 함께 있었는지 알 수 없다.
* 　품관(品官): 향직(鄕職)의 품계를 받은 벼슬아치이다. 주현(州縣)에 유향소(留鄕所)를 설치하고 고을에 사는 유력한 자를 좌수, 별감, 유사에 임명하여 수령을 보좌하며 풍속을 바로잡고 향리를 규찰하고 정령(政令)을 전달하며 민정(民情)을 대표하게 하던 유향품관(留鄕品官)이다.

고 이미 얼굴을 보며 약조를 했다. 만약 기일이 지난 뒤에 혼사를 치른 다면 피차 모두 연로한 부모가 있고 사람의 일은 기약할 수 없으니, 바 야흐로 걱정스럽다. 참봉(오윤겸)이 함열에 있을 때, 지금처럼 어지러 운 세상에 혼례를 올린다면 훗날에 근심이 없다고 장담할 수 없으니 늦가을이나 초겨울에 의논해서 정하는 것이 어떻겠느냐고 했더니, 함 열 현감도 생각을 바꾸었다고 한다. 사람을 통해 함열 현감의 아버지 온양 군수(溫陽郡守)*에게 이 뜻을 전했더니, 온양 군수가 참봉(오윤겸) 에게 편지를 보내 자신의 생각과 꼭 맞으니 다시 자세히 의논해서 알 려 주겠다고 했단다. 몹시 기쁜 일이다. 응당 날을 택해 사람을 보내서 때를 결정할 생각이다.

전라도에 토적(土賊)이 크게 성행하여 곳곳에서 날뛴다고 한다. 얼 마 전에는 무리를 지어 태인의 옥을 포위하여 문과 자물쇠를 때려 부 수고 갇혀 있던 자신들의 무리를 구출했으며, 이산현에서도 이와 같은 변이 있었다고 한다. 몹시 놀랍다. 이제는 또 전주 남문 밖에 있는 도 장(都將)의 집을 대낮에 포위하여 도장을 붙잡아 끌어내서 세 토막으로 베어 죽이고 그 집을 불살랐다고 한다. 통판(通判)이 호각을 불며 군사 를 거느리고 가면 동요하지 않고 천천히 흩어져 산골짜기로 들어가니, 중과부적이라 한 놈도 잡지 못했다고 한다. 이는 근고에 없던 큰 변고 이다.

왜적이 여전히 변방에 웅거하여 호시탐탐 북쪽으로 올라가려는 마

....

* 　온양 군수(溫陽郡守): 신벌(申橃, 1523~1616). 함열 현감 신응구의 아버지이다. 안산 군수, 세자익위사 사어 등을 지냈다.

음을 품고 있는데, 토적이 또 불어나 걱정이다. 달아난 도적과 유랑하는 백성이 모두 그 속으로 들어가고 있다. 국가는 무슨 좋은 방책을 내서 백성을 편안하게 해 줄 것인가. 나는 어디에서 죽게 될지 모르겠다. 비록 탄식한들 어찌하겠는가. 전주에서 피살된 도장은 평소에 토적의 무리를 많이 체포했기 때문에 화를 입었다고 한다. 이 뒤로는 누가 힘써 적을 체포하겠는가. 더욱 근심스럽다.

◎ ― 6월 28일

저녁내 여러 아이들과 함께 이야기를 나누었다. 홍성민(洪聖民),* 윤우신(尹又新),* 남언경(南彦經)*이 모두 역병에 걸려 죽었다고 한다. 매우 불쌍하다. 홍상(洪相)은 국가에서 쓸 만한 어질고 뛰어난 인재이다. 불행히 상을 당해서 시골로 물러났는데, 지금 그의 부음을 들으니 더욱 슬프다.

또 새 군수로 이구순(李久洵)이 임명되었다고 하는데, 꼭 올는지는 모르겠다. 만약 온다면, 이구순은 나와 아는 사이이니 전혀 모르는 사람보다는 낫지 않겠는가.

◎ ― 6월 29일

진사 한겸이 와서 참봉(오윤겸)을 보고 갔다. 정산 현감[김장생(金

─────────

* 홍성민(洪聖民): 1536~1594. 호조참판, 대제학, 호조판서를 지냈다.
* 윤우신(尹又新): ?~1594. 호조참판 등을 지냈다.
* 남언경(南彦經): 1528~1594. 조선시대 최초의 양명학자로 전해진다. 전주 부윤, 공조참의 등의 벼슬을 지냈다.

長生)]이 파면되었다고 한다. 만일 그렇다면 근심을 이루 말할 수 없다. 평소에 그의 도움을 많이 받았고 이번에 참봉(오윤겸)이 돌아갈 때에도 그에게 들러서 구원할 물자를 얻어서 보내려고 했는데, 이제 그가 파면되었다는 말을 들었으니 우리 집의 불행이다. 놀랍고 안타깝다. 요새 윤해의 처자식도 모두 여기에 모여 있어 아무리 죽을 쑤어 먹더라도 하루에 소비하는 양이 너무 많다. 이 뒤로는 양식을 계속 댈 방법이 없다. 더욱 답답하다. 아침에 막정을 함열에 보냈는데 아직 돌아오지 않는다. 어찌된 일인가?

7월 <small>작은달</small>

◎ ─ 7월 1일

아침을 먹기 전에 막정이 돌아왔다. 함열 현감이 백미 2말, 중미 1말, 보리쌀 5되, 메밀 3되, 웅어젓 2두름, 준치식해 3미, 조기 2뭇을 보내왔다. 초사흗날은 할머니의 제삿날인데, 제사상에 차릴 것이 없어서 이것으로 제사를 지내려고 한다. 매우 고맙다. 내가 죽기 전에는 집에 별일이 없는 한 조상님들의 제사를 다는 못 지내더라도 조부모의 제삿날에는 밥이라도 지어 올려서 추모하여 잊지 않는 정성을 보이려고 한다. 그러나 시사(時事)에 어려움이 많아 미리 장담할 수 없다.

윤해에게 이복령(李福齡)*의 집에 가서 길한 날을 받아 오게 했더니, 오는 8월 열사흘과 9월 초나흘, 납채(納采)*는 열여드레가 적기라고 한

....
* 이복령(李福齡): ?~?. 1567년 음양과에 입격했다.
* 납채(納采): 신랑 집에서 신부 집에 혼인을 구하는 일 또는 사주단자의 교환이 끝난 후 정혼이 이루어진 증거로 신랑 집에서 신부 집으로 예물을 보내는 일이다. 납폐(納幣)라고도 한다.

다. 8월이 제일 좋다고 하지만 사세(事勢)가 촉박해서 기한을 맞출 수
없다. 하는 수 없이 9월에 치르려고 하는데, 저쪽 집의 뜻이 어떠할지
모르겠다. 이복령은 곧 관상감 명과관(觀象監命課官)*으로, 떠돌다가 이
곳에 우거하고 있다.

◎ ― 7월 2일

이른 아침에 참봉(오윤겸)이 결성으로 돌아가면서 8월 초에 돌아
오겠다고 했다. 막정이 말을 끌고 따라갔다. 이웃집에 사는 김대성이
지난밤에 역병에 걸려 별세했다고 한다. 놀랍고 슬프기 그지없다. 그는
평소 늘 나를 찾아 주고 아무리 보잘것없는 채소라도 여러 번 뜯어 보
내서 나를 지극히 후하게 대해 주었다. 지난번에 그 집안이 편안하지
않아 처자식과 종들이 모두 앓아누웠고 그 집 큰며느리가 먼저 죽었다
는 말을 듣고 그에게 피해 있게 했는데, 끝내 듣지 않더니 마침내 이 지
경에 이르렀다. 더욱 가련하다. 지난겨울에 날마다 찾아온 사람은 김대
성, 백몽진, 방수간인데, 늦봄에 백몽진이 먼저 갔고 초여름에 방공이
병을 얻어 거의 죽다가 겨우 살아났고 그의 아내는 별세했으며 이제
김대성이 또 별세했다. 반년도 안 되어 사람의 일이 이렇게 되었구나.
참으로 안타깝다.

함열 현감이 사람을 보내서 참봉(오윤겸)에게 편지를 부쳐 날을 택
했는지의 여부를 물었다. 또 그의 어머니에게 병환의 조짐이 있다고 하

....
* 　관상감 명과관(觀象監命課官): 관상감은 천문, 지리, 역수(曆數), 기후 관측, 각루(刻漏) 등에
　　관한 일을 맡아 보던 기관이다. 명과관은 음양학(陰陽學)에 관련된 일을 담당하는 관원이다.

니 걱정스럽다. 생원(오윤해)에게 답장을 써서 보내게 했다.

◎ ─ 7월 3일

새벽에 제사를 지냈다. 제수를 마련할 길이 없어 밥과 국만 올렸다. 종가의 맏며느리는 죽었고 종손 정일이 제사를 받들어 술잔을 올려야 하는데 정처 없이 떠돌고 빈곤하니, 분명 지낼 수 없을 것이다. 그래서 내가 비록 지파(支派)의 자손이지만 이날을 차마 그냥 지낼 수 없어서 잠깐 제수를 진설하여 잔을 올리니, 추모하는 감회가 지극히 일어 견디지 못하겠다.

이른 아침에 윤해에게 온양 군수 신공[申公, 신벌(申機)]에게 보내는 나의 편지를 가지고 가서 친히 올려, 길한 날을 택해 보니 오는 8월 열사흘과 9월 초나흘이고 납채는 열여드레가 적기라고 하는데 다만 8월에는 일이 미처 준비가 안 될 테니 9월에 예식을 치르고자 한다고 전하게 했다. 만약 함열 현감의 어머니의 병환이 오래도록 차도가 없으면, 저쪽 집에서는 분명 빨리 치르려고 할 것이다. 그렇다면 8월로 앞당겨 정해도 거절할 수 없다. 저쪽 집의 의사가 어떠한지 다시 봐야겠다.

낮에 꿈을 꾸었다. 한 연못에서 그물로 붕어를 잡았는데, 크기가 손바닥만 하고 지느러미를 파득거렸다. 꿈에서 깨어 처자식들에게 말했더니, 모두들 맛있는 음식을 얻을 것이라고 한다. 저물녘에 함열 현감이 특별히 사람을 보내서 편지를 부치고, 아울러 소머리를 푹 삶아서 얼음을 채워 보내왔다. 마침 오늘은 할머니의 제삿날이므로, 내일 처자식들과 함께 먹으리라. 고맙기 그지없다.

◎ ― 7월 4일

아침을 먹기 전에 큰딸에게 어제 받은 고기를 썰게 하여 처자식들과 함께 먹었다. 하지만 사람은 많고 고기는 적어서 배불리 먹지 못하니 안타깝다.

한산 군수가 군에 왔다는 말을 듣고 말을 빌려서 달려가 수락헌에서 만났다. 이 군에 와 있는 여러 사람들이 모두 모여서 이야기를 나누었다. 칭송하는 첩장(牒狀)이 모여서 뜰 가득 시끌벅적하니 조용할 수가 없는 형편이다. 사람들은 모두 서헌(西軒)으로 나가고 나 혼자 남아서 환자로 벼 5섬을 청했다. 또 전 군수가 생원(오윤해)에게 서면으로 써서 준 벼 5말, 보리 7말을 아직 내주지 않아서 지금 한산 군수에게 청했더니, 몹시 난색을 표하며 보리 4말을 따로 첩(帖)으로 써서 주었다. 한산 군수가 또 절인 웅어 1두름, 젓국[醢水] 2되를 주었다. 매우 고맙다.

환자로 받은 벼 가운데 2섬은 아랫집에 보냈다. 윤해의 처갓집 사내종 즉동(卽同)의 이름으로 받아서 쓰는 것이다. 또 환자를 받을 때 명노가 포대에 든 것을 훔쳤는데, 마침 한산 군수가 보고 잡아다가 매를 때렸다고 한다. 몹시 기쁘고 통쾌하다. 그러나 날이 저물어 실어 오지 못하고 훔쳐 낸 창고 속에 도로 들여 놓았다. 내일 가져와야 하는데 분명 비는 일이 있을 것이니 안타깝다. 마침 사내종과 말이 없었기 때문이다.

지난달 초부터 비가 내리지 않은 지 한 달 남짓 되었다. 밭이 모두 누렇게 타고 물 없는 논도 모두 쩍쩍 갈라져서 벼가 말라 죽는다. 비를 기다리는 마음이 바야흐로 간절한데, 낮에 소나기가 세차게 내리더니 조금 있다가 그쳤다. 비록 볏모에 흡족할 만큼 내리지는 않았지만, 그루갈이한 데는 거의 살아날 수 있을 것이다. 내가 짓는 둔답은 처음에는 볏모가 드물었는데 세벌매기한 뒤로는 무성해졌다. 비록 남들의 잘된 벼만은 못하더라도 아주 버린 정도는 아니다. 그러나 막 이삭이 패려고 할 때 오랫동안 가물어 비가 오지 않으니, 이것이 안타깝다.

◎ ─ 7월 5일

말이 없어 어제 받은 환자를 실어 오지 못하고 아침에 세 계집종에게 머리에 이어 오게 했다. 다시 되어 보니 1섬은 13말이고, 다른 1섬은 12말, 또다른 1섬은 11말 5되이니, 8말이 넘게 줄었다. 분명 밤사이에 창고지기에게 도둑맞은 것이리라. 매사가 이처럼 심하게 어긋나니, 한탄한들 어찌하겠는가.

충아 어미는 저녁에 제집으로 돌아갔다. 여기 와서 열사흘 동안 머물다가 이제야 돌아간 것이다. 처음에는 곧바로 돌아가려고 했는데, 아랫집에 양식이 떨어졌기 때문에 머물러서 먹게 했다.

◎ ─ 7월 6일

지난밤에 비가 내렸다. 아침에도 여전히 흐리고 바람이 분다. 분명 더 내릴 모양이다. 오랜 가뭄 뒤에 이 비가 내리니, 삼농(三農)*의 바람을 거의 달래 줄 수 있을 것이다. 다만 흡족하게 내리지 않아 안타까울 뿐이다. 느지막이 세차게 내리다가 오후에 비로소 그쳤다. 높고 메마른

....

* 삼농(三農): 평야(平野)와 산간(山間), 택지(澤地)의 농민을 뜻하는데, 일반적으로 농민을 가리킨다. 《주례(周禮)》 〈태재(太宰)〉에 "삼농이 아홉 가지 곡식을 생산한다[三農生九穀]."라고 했는데, 정현(鄭玄)의 주에 "삼농은 평지와 산간과 택지의 농민이다."라고 했다.

곳은 여전히 흡족하게 젖지 않았다.

인아가 어제부터 다시 학질에 걸려 앓더니 오늘도 앓는다. 분명 며느리고금일 게다. 떨어진 지 겨우 열흘 남짓 만에 지금 또 걸렸다. 걱정스럽다.

사내종 막정이 결성에서 돌아왔다. 참봉(오윤겸)은 무사히 집으로 돌아갔다고 한다. 다만 참봉(오윤겸)의 편지와 아울러 보낸 햇기장쌀 2되를 모두 자루에 넣어 두었는데 청양의 숙소에서 잃어버렸다고 한다. 또 풀도 베지 않고 저물녘에 와서는 아프다는 핑계로 누워 일어나지 않아서 말도 밤새도록 굶고 서 있었다. 매우 괘씸하고 얄밉다. 청양현감[靑陽縣監, 임순(任純)]이 준 보리 3말 5되를 가지고 왔다.

◎ ─ 7월 7일

지난밤에 비가 세차게 내려 새벽까지 이어지고 아침에는 물동이로 퍼붓듯이 쏟아져서 새지 않는 곳이 없다. 걱정스럽다. 느지막이 비로소 날이 개었지만 종일 흐리고 비가 오락가락했다. 그루갈이한 늦곡식까지 충분히 적셔 주기는 했지만 과한 듯하다. 주인이 사는 집에 비가 새서 거처할 수가 없다고 한다. 일찍이 나를 다른 곳에 옮겨 살게 하고 자기가 내가 거처하는 집에 들어와 살려고 했는데, 내가 빈집을 얻지 못해서 오랫동안 옮기지 못했다. 오늘 내린 비로 주인집 방 안에 물이 가득 찼다고 하니 더욱 미안하다. 밥솥이 깨지는 바람에 밥을 지을 수 없어서 어쩔 수 없이 어제 장에서 벼 2말 5되를 주고 솥을 사 왔는데, 1말의 밥을 지을 수 있다고 한다.

명노는 본래 성질이 게으르고 미련하다. 평소 집에 있을 때 소소한 일에도 명령을 따르지 않고 억지로 시킨 뒤에야 따르며, 그나마도 힘껏 일하지 않아서 생원(오윤해)이 항상 몹시 미워하면서 매번 그 미련함을 벌주려고 했다. 하지만 정처 없이 떠도는 중에 궁해서 배부르게 먹이지도 못하고 계속 죽만 먹인 것이 불쌍해서 꾸짖어 경계하기만 했다. 지난달에 자기가 흥정하여 팔겠다며 말미를 얻어 나갔다가 이번 달 초에 돌아왔는데, 하나의 물건도 가지고 오지 않았으므로 마음속으로 의심했다. 전날 환자를 도둑질한 일 때문에 스스로 불안한 마음이 있었는지, 그저께 함열에 보냈더니 현감이 편지를 주는데도 돌아오지 않았다. 오히려 어제 선 장에 있었는데, 끗복[흥卜]을 보고서 달아났다고 한다. 분명 이번 기회에 아주 도망친 것이리라. 매우 안타깝다.

한산 군수가 정승의 행차에 필요한 음식과 물품을 바라지하는 일로 군에 당도하여 이곳에 들렀기에, 사람을 시켜 안부를 물었다. 내일 일찍 들어가 만나려고 한다. 한산 군수는 평소 얼굴만 알 뿐 두터운 친분이 없었다. 이곳에 온 뒤에 여러 번 만나고서야 외가의 멀지 않은 일가임을 알았다. 나와는 팔촌 간이며, 이름은 신경행(辛景行)이다. 청안현(淸安縣)에 산다.

◎ ― 7월 8일

아침을 먹기 전에 들어가 한산 군수를 만났다. 부장 이홍제도 와 있었다. 수락헌에서 함께 이야기를 나누면서 내게 추로주 석 잔을 대접하고 이어서 아침밥을 내주었다. 나는 곧바로 먼저 돌아와서 옮기려는 집에 들러 보았다. 비록 비가 새서 허물어지고 누추하지만, 방이 셋이고 사랑채도 붙어 있어 여럿이 살 만하다. 비가 그치면 먼저 더러워진 곳을 손질하고 보름 후에 옮길 계획이다.

얼마 전에 의아가 오른쪽 발을 뜨거운 물에 데었다. 약을 바르려는
데 참기름을 얻지 못하여 한산에 가서 청하여 2홉을 얻어 왔다. 정사과
댁(鄭司果宅) 사내종 귀일(貴一)이 노비의 신공을 거두는 일 때문에 전
라도에 갔다가 지금 비로소 돌아오면서 들렀다. 사과댁은 지금 인천(仁
川)에 있고 아무 병도 없다고 하니 기쁘다.

집사람이 편지를 써서 보냈다. 전에 귀일이 병으로 죽었다는 말을
들었는데 지금 홀연히 왔으니, 전에 들은 말은 헛소문이었던 게다. 하
지만 아산에 있을 때 전염병에 걸려 여러 번 거의 죽을 뻔했다가 겨우
살아났다고 한다.

◎ ― 7월 9일

어제저녁부터 밤새 비가 내렸다. 아침에도 개지 않으니 분명 장마
가 오려나 보다. 지난달 초부터 오랫동안 가물고 비가 오지 않아 더위
가 몹시 심했다. 날이 저문 뒤에는 모기떼가 구름처럼 모여들어 사람을
물어서 위아래 사람들이 괴로움을 참지 못했다. 비가 내린 뒤로 밤기운
이 서늘해지더니 서늘한 바람이 연신 불어 모기떼를 모두 쓸어버려 매
우 드물어졌다. 심지어 이도 예전처럼 극성을 부리지 않는다. 푹푹 찌
던 기운이 많이 풀어졌으니, 이른바 "가을바람에 병이 나으려고 한다."*
는 것이다.

....

* 가을바람에……한다: 당(唐)나라 때의 시인 두보(杜甫)의 시에, "지는 해에 마음 외려 씩씩
해지고, 가을바람에 병이 나으려고 하네[落日心猶壯 秋風病欲蘇]."라고 했다. 《두소릉집(杜少
陵集)》 권30 〈강한(江漢)〉.

생원(오윤해)이 어제 함열에서 왔다. 강기슭에 이르렀는데 강물이 불어 넘쳐 겨우 강을 건너고 나니 날이 이미 저물었다고 한다. 미처 집에 도착하지 못하여 조좌수의 집에서 자고 오늘 아침에 왔단다. 온양 군수의 답장을 보니, 혼인날은 이곳에서 택하자고 한다.

함열 현감이 생원(오윤해) 편에 보리 10말, 정미 5말, 백미 1말, 밀가루 1말, 두(豆) 4되, 소고기 1덩어리를 보내왔다. 생원(오윤해)이 또 송인수를 찾아갔더니, 인수가 햇좁쌀 1말을 주었다. 바로 두(豆)와 좁쌀로 밥을 짓게 하여 처자식들과 함께 먹었다. 두(豆)와 좁쌀을 먹지 못한 지 오래라 모두 지어 먹고 싶어 했기 때문이다.

춘이가 돌아왔다. 어머니께서 손수 쓰신 편지와 아우의 편지를 보니 모두 평안하다고 한다. 다만 먹을 것을 구하기가 몹시 어려워서 미음과 죽도 먹지 못하여 굶는 날이 여전히 많다고 한다. 연로하신 어머니를 이 지경에 이르게 했으니 모두 불효한 죄이다. 더욱 애통하고 눈물이 난다. 다음 달에 바로 모셔 올 생각이다.

◎ ─ 7월 10일

어제 낮부터 가을날이 쾌청하다. 기쁘다.

◎ ─ 7월 11일

아침을 먹기 전에 군에 들어가서 한산 군수를 만나 수락헌에서 이야기를 나누었다. 이어서 나에게 아침밥을 내주었다. 자리를 함께한 사람은 별좌 이우춘(李遇春), 도사 홍사효(洪思斅)*와 그의 아우 생원 홍사고, 부장 이홍제, 진사 한겸이다. 한산 군수는 정승이 오지 않는다고 하여 오늘 돌아갔다. 나는 먼저 일어나서 돌아오다가 윤해의 집에 들러서 충아를 보고 왔다. 느지막이 큰비가 주룩주룩 쏟아졌다.

춘이가 함열에서 돌아왔다. 함열 현감이 간장 1말, 소금 5말, 조기 3뭇, 참기름 2홉을 보내왔다. 비가 하루 종일 그치지 않는다. 혹시라도 많이 내리면 물가의 곡식이 분명 많이 상할 것이다. 안타깝다. 또 평릉수(平陵守)의 집 사내종이 한양에서 홍산으로 내려왔는데, 첨사의 형수가 편지를 보내서 안부를 물었다. 사내종은 비에 막혀서 돌아가지 못했다.

◎ ─ 7월 12일

첨사 형수의 사내종이 오늘 돌아가기에 답장을 써서 보냈다. 그길로 한양 집으로 돌아간다고 한다. 진사 한겸이 편지와 함께 무씨 2홉을 보냈기에, 즉시 답장을 써서 보냈다. 오후에 좌수 조희윤이 와서 보고 갔다. 저녁에 소지가 찾아왔다. 술 두 잔을 대접하고 저녁밥을 내주었다.

◎ ─ 7월 13일

아침부터 비가 내리더니 저녁내 그치지 않고 밤새 내렸다. 올해는 비가 오고 가문 것이 고르지 않아서, 4월부터 5월까지는 큰비가 한 달 내내 그치지 않았고, 6월에는 전혀 비가 오지 않았으며, 7월 초부터 비가 내려 지금까지 그치지 않는다. 낮은 곳에 있는 곡식은 날마다 물에

....

* 　홍사효(洪思斅): 1555~1632. 충주 목사, 춘천 부사 등을 지냈다.

잠겨서 모두 썩어 버렸고, 혹은 모래에 덮인 곳이 많아 그루갈이한 곡식도 여물지 않는다고 한다. 나처럼 정처 없이 떠도는 사람이 얻어먹기가 몹시 어렵다. 더욱 근심스럽다.

생원(오윤해)과 충아는 오늘 학질로 몹시 괴로워했다. 답답하고 걱정스럽다. 요새 한세(漢世)는 발이 아파 누워서 일어나지 못한다. 막정도 배가 부어서 마음대로 몸을 굽혔다 폈다 하지 못하여 땔감과 마초를 베어 오지 못했다. 두 말이 종일 굶고 서 있으니 더욱 걱정스럽다.

◎ ─ 7월 14일

종일 날이 흐리고 비가 내렸다. 생원(오윤해)은 오늘도 역시 학질을 앓는다. 분명 며느리고금인 게다. 걱정스럽다. 주인집에서 날마다 나가라고 독촉하는데, 아직 살 만한 집을 얻지 못했다. 더욱 답답하다.

◎ ─ 7월 15일

아침을 먹고 이부장의 집에 갔다. 이부장이 마침 나가고 없어서 만나지 못하고 윤해의 처자에게 가서 보고 돌아왔다. 돌아올 때 전경색(田景穡)의 집에 들렀는데, 이미 그 부엌을 헐어 버려서 들어가 살 수 없게 했다. 분명 양반이 들어오는 것을 싫어하는 것이다. 괘씸하고 얄밉다. 전경색의 집은 내가 근래에 옮기려던 곳이다.

◎ ─ 7월 16일

새 군수가 관아에 나왔다고 한다. 저녁에 온양 군수 신공이 군에 왔다. 사람을 시켜 맞이하고 곧장 달려 들어갔더니 새 군수와 함께 동헌에 앉아 한창 밥을 먹고 있었다. 밥을 다 먹고 이름을 알리고서야 비로소 만날 수 있었다. 군수가 내게 추로주 석 잔을 대접했다. 떨어져 지내며 쌓인 회포를 풀다 보니 밤이 이미 깊었다. 나와 신공은 먼저 서헌으로 돌아왔다. 군수도 관아로 들어갔다. 신공과 함께 한참 이야기를 나누고 이어서 혼사를 의논하고 돌아왔다. 신공은 이제 세자의 위솔(衛率)*이 되어 한양으로 가는 길에 이곳에 들러 자는 것이다.

◎ ― 7월 17일

아침을 먹기 전에 사내종을 보내서 조민(趙敏)에게 집을 빌렸는데, 들어와 살라고 한다. 밥을 먹고 내가 직접 가서 보니, 이곳과 멀지 않고 안채와 바깥채가 갖추어져 있으며 온돌방이 3개이다. 집 안에는 우물과 다듬잇돌이 있고 사방 이웃에 인가가 있어서 살기에 적당하다. 다만 오랫동안 사람이 살지 않아서 허물어지고 누추한 곳이 자못 있고, 지대가 낮고 습하며, 지붕에는 비가 새는 곳이 많다. 반드시 수리한 뒤에야 들어와 살 수 있겠다. 하지만 20일 뒤에는 옮기려고 한다. 막정을 함열에 보냈다. 양식을 구하기 위해서이다.

◎ ― 7월 18일

아침을 먹고 군에 들어가서 군수를 만났다. 명나라 병사가 많이 들어왔고, 어사도 장차 순시하러 당도할 것이라고 한다. 손님이 너무 많

....
* 세자의 위솔(衛率): 세자익위사 위솔을 말한다. 세자의 시위와 배종을 맡은 벼슬이다. 신벌은 온양 군수를 지내다가 체차되고 나서 얼마 후에 다시 위솔에 임명되었다. 《국역 청음집(淸陰集)》 제31권 〈동지중추부사신공묘갈명(同知中樞府事申公墓碣銘)〉.

아서 조용히 이야기를 나누지 못하고 얼굴만 보고 돌아왔다. 하지만 나에게 점심은 내주었다.

저녁에 막정이 돌아왔다. 함열에서 보리쌀 10말, 벼 1섬, 절인 웅어 2두름, 밀 2말, 참기름 1되를 보내왔다. 막정이 무명 3필을 가지고 장에 가서 명주로 바꾸었는데, 값이 많이 부족해서 함열 현감이 무명 2필과 보리 3말을 더 주어 바꾸게 했다. 명주 2필과 바꿔 온 것을 제하고 보리쌀 9되와 벼 1말 7되가 줄었다. 괘씸하고 얄밉다.

◎ ─ 7월 19일

함열 현감 결성의 별좌(別坐, 오윤겸)에게 사내종을 보냈고 편지도 써서 보냈다. 아침을 먹고 사내종 둘을 데리고 서둘러 한산에 당도했는데, 문지기가 막아서 성안에 들어가지 못했다. 우선 양성정(陽城正)*의 집에 이르러 그에게 이름을 전하게 했다. 그 뒤에 군수가 맞이하여 취읍정(翠挹亭)*에서 만나고 이어서 함께 저녁을 먹었다.

또 관아의 아전을 보내서 내일 새벽에 박반송(朴盤松)을 잡아 오게 했다. 반송은 곧 이 군에 사는 선주(船主)이다. 지난 임진년(1592, 선조 25) 봄에 우리 집의 쌀과 메주 등을 실어 가고서 전하지 않은 자로, 이제 추궁하려는 것이다. 양성정 나으리는 곧 나의 처사촌으로, 떠돌다가

....

* 양성정(陽城正): 이륜(李倫, ?~?). 성종의 왕자인 익양군 이회의 손자이며, 장천군 이수효의 아들이다. 그의 동생은 금성정이다. 오희문의 부인은 이회의 외손녀이니, 이륜과 외사촌 간이다.
* 취읍정(翠挹亭):《국역 여지도서(輿地圖書)》제8권 〈충청도 한산〉 조에 "취읍정은 객관(客館) 앞 연지(蓮池) 위에 있다. 우련당(友蓮堂)이라고도 한다. 이파(李坡)의 기문이 있다."라고 했다.

이 군의 동문 밖에 와서 산다. 그의 아우 금성정은 한양에 가고 집에 없으며, 자당(慈堂, 양성정의 어머니)은 지난해에 병으로 별세하여 이곳에 임시로 장사 지냈다. 곤궁함과 굶주림에 날로 시달려 아침저녁으로 끼니를 잇기도 어렵다고 한다. 공자왕손(公子王孫)도 이렇게 극심한 지경에 이르렀으니 매우 불쌍하다.

군수는 먼저 아문(衙門)으로 돌아갔다. 나도 뒤따라 나서서 성 북쪽 문안에 있는, 우거하는 관인의 집에 이르렀다. 차가운 사랑채에서 자려니 추워서 있을 수가 없다.

◎ ― 7월 20일

새벽부터 비가 내리다가 오후에 비로소 그쳤다. 아침을 먹고 객사에 갔다. 군수도 나와 있어서 마주 앉아 이야기를 나누었다. 이어서 양성정에게 나의 말을 보내서 맞으니, 양성정도 와서 종일 이야기를 나누고 저녁을 같이 먹었다. 군수는 아문으로 들어가고, 나는 양성정과 함께 낭청방(廊廳房)으로 와서 순찰군관(巡察軍官) 김삼변(金三變)을 만났다. 김공은 곧 자미(이빈)의 사촌인 김소(金紹)의 아들로, 어의동(於義洞)에 살고 있다. 그는 나이가 적어 전부터 알던 사이는 아니었지만, 또한 한 고을 사람이면서 친족의 친족이다. 서로 만나니 기쁘고 위로되어 그대로 함께 갔다.

박반송은 임시 파견 관원[差員]을 보내 잡아 왔다. 문초하니 발뺌하며 수긍하지 않는다. 다음날 장에서 다른 물건을 사서 마련하여 바치겠다고 한다.

◎ ─ 7월 21일

군수는 독운어사(督運御史)*가 불러서 새벽에 임천에 갔다가 오후에 돌아왔다. 종일 김공과 낭청의 다락 위에 앉아서 장터 사람들이 모여서 사고파는 모습을 내려다보았다.

박반송이 겉보리 15말, 콩 7말, 모시[苧布] 1필 4새, 무명 1필 반을 마련하여 바쳤다. 그 나머지 받지 못한 것은 오는 가을에 콩 5말을 마련하여 바치기로 약속했다. 절반에도 못 미치지만 전혀 받을 수 없는 물건으로 생각하고 우선 잊어버렸다. 나무바가지 6개 중에 5개는 받았고, 보리 4말 5되를 모시 1필로 바꾸었으며, 또 보리 4말을 푸른 모시 5근으로 바꾸었고, 콩 1말을 미역 5동으로 바꾸었다. 군수가 나에게 벼 5말, 소금 1말, 감장 3되, 젓갈 3되, 조기 2뭇을 주었다.

저녁에 군수가 동헌에 나왔다. 나도 가서 만났고, 별좌 이우춘, 진사 홍영필(洪永弼)*도 와서 같이 이야기를 나누었다. 홍공은 나와 같은 고을 사람으로, 객지에서 만나니 매우 기뻤다. 그는 군수를 만나려고 했지만 이름을 알리지 못한 채 날이 저물었다. 굶고 자려던 차에 나와 함께 저녁을 나누어 먹었고, 내가 먼저 들어가 그의 이름을 전한 뒤에야 군수가 사람을 보내 맞이하여 만났다. 그동안 눈치 보며 머뭇거린 모습이 몹시 구차했다. 떠돌며 걸식하는 사람이 으레 모두 이와 같으니 불쌍하고 안타깝다. 또 김공과 함께 낭청방에서 잤다.

....

*   독운어사(督運御史): 세금이나 곡식, 군량미 등의 수송을 감독하는 어사이다.

*   홍영필(洪永弼): 1554~?. 1590년 진사시에 입격했다.

◎ ─ 7월 22일

군수가 동헌에 나왔다. 내가 가서 만나 보고 아침밥을 같이 들었
다. 정랑 류덕종(柳德種),* 별좌 이우춘, 순찰군관 김삼변도 자리에 있었
다. 나는 먼저 작별하고 나와서 양성정이 사는 집에 들렀다. 마침 금성
정이 어제저녁에 한양에서 내려와 있었다. 함께 이야기를 나누고 잠시
후 돌아왔다. 오는 도중에 또 별좌 이덕후를 만나 말 위에서 이야기를
나누고 돌아왔다. 덕후는 이 군에 사는 품관으로, 살림이 넉넉하여 곡
식을 바치고 직책을 얻었다. 별세한 지사(知事) 변협(邊協)의 매부*이고,
나와는 처가 쪽으로 칠촌이다.

집에 도착해서 들으니, 함열의 물가에 사는 사람이 부탁할 일이 있
어서 커다란 생민어 1마리를 가지고 와서 주었는데 마침 내가 없어서
그냥 돌아갔다고 한다. 그러나 부탁할 일이 무엇인지도 모른 채 처자식
들이 바로 삶고 구워 먹었다고 한다.

윤해의 세 자녀가 매일 학질을 앓는데, 전날보다 곱절이나 더 아파
한다. 매우 걱정스럽다. 인아는 하루걸러 또 앓는다.

◎ ─ 7월 23일

변응익(邊應翼)과 이경익(李慶翼)이 찾아와서 보고 갔다. 이경익은
곧 이시윤의 전 장인인 고(故) 정자 이영익(李英翼)의 아우로, 떠돌다가
이 군에 와서 산다.

....

* 류덕종(柳德種): 1532~?. 1579년 식년 문과에 급제했다.
* 변협(邊協)의 매부: 변협(1528~1590)은 공조판서 등을 지냈다. 을묘왜변 때 공을 세웠다.
  변협의 아버지인 변계윤(邊季胤)의 둘째 사위가 이덕후(李德厚)로, 곧 변협의 매부이다.

인아는 학질을 배나 심하게 앓는다. 답답하고 걱정스럽다. 윤해는 오늘은 조금 앓는다고 하니, 분명 이제부터 떨어지려나 보다.

들자니, 근래 영남의 왜적 세력이 거세져서 유총병이 다음 달 초에 군사를 거두어 올라가려 한다고 한다. 그래서 좌의정 윤공이 머물도록 부탁하기 위해 전날 이미 남원으로 향했고, 만일 들어주지 않는다면 세자께서 친히 가서 억지로라도 머물게 하겠다고 이미 장계를 올리셨기 때문에,[*] 행차가 지나가는 길에 모든 일을 미리 준비해야 한다고 한다.

또 들자니, 투항한 왜적이 끝도 없이 이어져 여러 진영에 퍼져 있고 한양으로 올라가는 자도 많은데, 그들이 지나가는 각 관아에 조금이라도 자기들 뜻에 맞지 않으면 성을 내고 고을 수령에게 욕을 하며 간혹 칼을 뽑아 찌르기도 하여 우리나라 사람이 다치는 일이 매우 많다고 한다. 전날에도 투항한 왜적 7명이 한양으로 올라갈 때 이 군에 들어와서 음식이 좋지 않다는 이유로 군수 앞에서 상을 들어 메치고 공손하지 않은 말을 많이 내뱉었다고 한다. 이는 곧 거짓으로 투항한 것이니, 훗날 반드시 끝없는 근심거리가 될 것이다. 우리나라의 여러 장수들이 분명 그들의 간사한 꾀에 빠질 것이다. 한탄한들 어찌하겠는가.

왜적이 오는 8월과 9월 사이에 군사를 일으켜 곧바로 한양으로 향한다고 한다. 만일 그렇다면 겨우 살아남은 백성이 모두 구렁을 메우는

....

[*] 좌의정……때문에: 좌의정 윤공(尹公)은 윤두수(尹斗壽)이다. 당시 세자의 분조(分朝)가 전주에 내려와 있었고, 윤두수가 무군사를 설치하여 세자를 보필하고 있었다. 유정이 철병한다는 말이 전해지자, 세자가 직접 가서 만류하겠다고 하며 윤두수에게 장계를 올려 대신들의 의견을 묻게 했다. 이에 비변사에서 윤두수를 유정에게 보내 만류하는 쪽으로 의견을 모으자 선조가 이에 따랐다.《국역 선조실록》27년 7월 21일, 22일.

귀신이 될 것이고, 나는 장사 지낼 곳도 없을 것이다. 명나라 병사도 항복한 왜병에게 겁을 먹어 두려워서 피하고 막지 않는다고 하니, 하물며 우리나라 사람은 어떻겠는가. 더욱 한탄스럽다. 내일 이사한 뒤에 남쪽으로 가서 어머니를 모시고 올 작정이다.

◎ ─ 7월 24일

이사할 집을 수리하고 여러 물건들을 옮겼다. 저녁에 거처를 옮길 것이기 때문이다. 저녁에 함열 현감이 사내종을 보내 햅쌀 2말, 소주 6병, 송아지 뒷다리 고기 1짝[隻]을 부쳐 왔다. 내일이 나의 생일이라는 말을 들어서란다. 고맙기 그지없다. 세만도 왔는데, 참봉(오윤겸)의 온 집안이 무탈하다고 한다. 몹시 기쁘다. 햅쌀 5되, 좁쌀 1말, 차좁쌀 2되를 보내왔다.

저물녘에 온 집안 식구들이 서쪽 가 제단 밑에 있는 조대영(趙大英, 조민)의 집으로 이사했다. 두 차례 오갔더니 밤이 이미 깊었다.

◎ ─ 7월 25일

함열 현감의 사내종과 세만이 함께 결성에 갔다. 아침을 먹고 집주인 조민을 불러서 추로주 석 잔을 대접했다. 이웃에 사는 백성 전문(田文)도 불러서 한 잔을 먹여 보냈다.

윤해의 양모와 처자식들이 찾아왔다. 윤해의 처가 술과 떡을 마련해 왔다. 분명 내 생일을 위한 것이리라. 아침저녁으로 끼니도 잇지 못하면서 잊지 않고 마련해 주니, 효성이 극진하다고 하겠지만 한편으로는 마음이 편치 않다.

느지막이 부장 이홍제가 찾아와서 새로 빚은 술을 큰 잔으로 석 잔 대접했다. 이홍제도 내일 그의 집으로 돌아갈 것이기 때문에 찾아와서 본 것이다. 그는 지난봄에 병을 피해서 윤해의 집 앞에 와서 살고 있었다. 관아의 사내종 상근이 소고기 한 덩어리를 갖다 주었다. 윤해의 양모와 처자식들은 집으로 돌아갔다. 막정을 함열에 보냈다.

◎ ─ 7월 26일

막정이 돌아왔다. 마침 함열 현감이 임피에 갔다가 돌아오지 않아서, 전에 얻은 빈 가마니 40닢만 실어 왔다. 또 함열 현감 고을에 사는 양산(梁山)에게 정목 10필을 구해 주면서 우리 집에 전해 주라고 하여 양산이 직접 가져다주었다. 혼사 때 사용할 것이기 때문이다.

이정시가 마침 함열에 갔다가 나에게 편지를 보내서 하는 말이, 유제독(劉提督)이 근래 군사를 거두어 올라가서 왜적이 머지않아 몰려올 근심이 있으니 혼사를 의논하는 일을 빨리 하지 않으면 안 된다고 한다. 아닌 게 아니라 정말 그렇다. 모든 일이 준비가 안 되어 어찌할 방도가 없지만, 다시 왜적의 형세를 보고 내달 열사흗날로 혼삿날을 앞당길 생각이다.

오후에 관아에 들어가 군수를 만났다. 군수가 겉보리 2말, 웅어젓 1두름, 새우젓 1되를 주었다. 전 인제 현감(麟蹄縣監) 박문필(朴文弼)*이 마침 여기에 왔다. 그와는 일찍이 안면이 있던 터라 매우 위로가 되었다. 박문필도 떠돌다가 이 고을에 우거하고 있다. 별좌 이위(李湋)와 부

....
* 　박문필(朴文弼): ?~?. 인제 현감을 지냈다.

장 이홍제도 와 있다가 먼저 돌아갔다.

◎ — 7월 27일

충의(忠義) 류원 씨가 지난 초나흗날에 별세했다고 한다. 놀랍고 슬프기 그지없다. 평소에 나를 극진히 대해 주었는데 뜻밖에 부음을 들으니 더욱 몹시 슬프다. 내일 남쪽으로 가려는데 사내종과 말에 여유가 없어 조문하러 가지 못한다. 못 가서 안타깝지만 어찌하겠는가.

인아는 오늘도 학질을 앓는데 갑절이나 더 심하다. 근심스럽다. 집사람도 어제부터 학질에 걸려서 오늘도 앓으니 더욱 걱정스럽다. 두 사내종에게 말을 타고 가서 울타리를 만들 나무 2바리를 베어 오게 했다.

◎ — 7월 28일

아침에 울타리와 뒷간을 만들었다. 아침을 먹고 출발하여 배를 타고 남당진을 건너서 날이 저물 무렵 함열에 도착했다. 현감이 곧장 사람을 보내 맞아 주었다. 상동헌으로 나갔더니, 현감이 봉사 김경, 봉사 이신성 형제, 이정시와 함께 이야기를 나누고 있었다. 이어서 함께 저녁을 먹고 저물녘에 각자 흩어졌다.

나는 이정시 공과 상방에서 함께 잤다. 이공이 나에게 하는 말이, 현감의 모친께서 혼삿날이 아직도 멀었는데 그전에 만일 왜적이 들이닥친다면 일을 이룰 수 없을 것이니 혼사 때에 갖출 물품을 억지로 마련할 필요 없이 초례(醮禮)*만 올리는 식으로 해서 날을 앞당겨 정했으면 한다고 하셨단다. 나도 그렇게 생각하여 혼삿날을 내달 열사흗날로 정하고, 곧바로 임천에 편지를 보내서 침구만 준비하게 했다.

나는 태인에 이르러 형편을 보고 곧장 돌아와 혼례를 치른 뒤에 다시 가서 어머니를 모시고 올 것이다. 만약 어머니께서 오고 싶어 하시면 모시고 올 계획이다.

◎ ─ 7월 29일

밤새 이공과 이야기를 나누었다. 아침에 이공이 동헌에 들어가서 현감을 만나 내 생각을 전해 주었다. 현감과 이공이 같이 나왔다. 김봉사도 와서 함께 이야기를 나누고 아침밥도 같이 먹었다. 현감이 나에게 노자로 백미 3말, 중미 2말, 보리쌀 2말, 콩 3말, 새우젓 3되, 조기 3뭇, 미역 4동, 감장 1말, 간장 1되를 주었다.

느지막이 출발하여 석탄을 건너 김제 땅 돌소리(乭所里)에 이르러 이감찰댁(李監察宅) 농막에 갔다. 감찰댁 처남 남용 희괄(南容希适)*도 그곳에 있다가 내가 왔다는 말을 듣고 즉시 맞아 주었다. 뜻밖에 만나니 기쁨을 금할 수 없다. 그가 나에게 저녁을 대접했다. 그 사위 이현경(李顯慶)*과 감찰댁 큰아들 이한(李漢)도 있었다. 이현경은 의성도정(義城都正)의 큰아들이고, 또 나와 같은 고을 사람이다. 이한도 나의 육촌이다. 그의 아버지인 감찰이 한양에 있었을 때 매우 가깝게 지냈다. 전란이 있기 전에 병으로 별세했을 때 널 앞에서 곡 한 번 못하여 항상 한스럽

....

* 초례(醮禮): 신랑과 신부가 혼례복을 입고 초례상을 마주하여 절을 하고 술잔을 서로 나누는 예식이다.
* 남용 희괄(南容希适): 1543~1603. 자는 희괄이다. 남용의 사위가 이현경(李顯慶)이다.
* 이현경(李顯慶): 1569~?. 아버지는 의성군(義城君) 이적(李樀)이다.

게 여겼는데, 지금 이렇게 만나니 슬픔과 기쁨이 한데 밀려온다. 이한의 아우는 전란 초기에 왜적의 손에 죽었다고 한다. 매우 불쌍하다.

8월 큰달

◎ ― 8월 1일

새벽부터 비가 내리더니 아침까지도 그치지 않았다. 아침은 감찰
댁이 지어 대접했다. 희괄이 나에게 비가 이렇게 내리니 그친 뒤에 떠
나라고 했다. 하지만 우리 집의 혼사가 임박하여 더 이상 머물 수가 없
었다. 느지막이 출발했는데, 중도에 큰비가 물동이로 퍼붓듯이 내리고
자욱한 안개가 사방을 덮었다. 길을 잘못 들어 이리저리 가 보았지만
정확한 길을 찾을 수 없었다. 도롱이마저 비가 새어 옷이 모두 젖었으
니, 그 사이의 고초를 이루 다 말할 수 있겠는가.

금구(金溝) 땅에 이르러 또 작은 길로 들어섰는데, 말이 자빠져서
실은 짐이 엎어졌다. 다 젖어 버린 짐을 물속에서 겨우 건져 냈다. 낙양
리(洛陽里)에 이르러 불어난 물 때문에 건널 수가 없어서, 냇가에 사는
백성 모리금(毛里金)의 집에 투숙했다. 젖은 물건을 말리고 있으려니 희
괄의 말을 안 듣고 제멋대로 출발한 것이 후회스럽다. 임경흠의 옷만은

젖지 않아 매우 다행스럽다. 경흠의 옷은 지난봄에 딸들에게 짓게 했는데, 이번에 가져다가 영암으로 보내려고 한다.

◎ ─ 8월 2일

새벽에 출발하여 금구 땅 종정원(從政院)*에 이르렀다. 아침을 먹고 길을 떠나 태인 땅에 이르러 지름길로 들어섰다. 그런데 또 길을 잘못 들어서 밭두둑 사이로 걷다가 말이 자빠져 짐이 또 엎어졌다. 하지만 다 젖지는 않았다. 이것이 이른바 "지름길로 허겁지겁 간다."*는 것이다.

어머니께서 우거하시는 곳에 도착하여 어머니를 뵈었다. 어머니께서 지난달 초열흘께 며느리고금에 걸렸다가 열이틀 만에 비로소 떨어졌고, 그 사이에 또 이질에 걸려서 몹시 괴로워하셨다고 한다. 온 집안이 매우 슬퍼하던 즈음에 겨우 나으시어 이제 열흘 남짓 되었고, 어제부터 진지를 예전처럼 드신다고 한다. 하지만 원기가 다 소진되고 얼굴이 수척해져서 멀리 가실 수 없는 형편이라 지금 모시고 갈 수 없다. 이뿐만이 아니다. 언명의 사내종과 말이 나갔다가 돌아오지 않았고, 가는 길이 빗물에 무너지고 진흙 구덩이도 많아서 어머니를 모시고 길을 나

....

* 종정원(從政院): 금구현 남쪽 16리쯤에 위치한 고을이다. 고려시대에는 종정부곡(從政部曲)이라고 했다.

* 지름길로……간다: 빨리 가려다가 도리어 걸음이 어려워짐을 뜻한다. 전국시대 초(楚)나라 때의 시인 굴원(屈原)의 〈이소경(離騷經)〉에 "저 요순(堯舜)의 밝고 훌륭하심이여! 이미 도를 따라 바른길을 얻으셨는데, 어찌하여 걸주(桀紂)는 허리띠도 매지 않고 지름길로 허겁지겁 걸어가나[彼堯舜之耿介兮 旣遵道而得路 何桀紂之昌披兮 夫唯捷徑以窘步]."라고 한 데서 나왔다.

설 수가 없다. 내가 먼저 돌아가서 초례를 치른 뒤인 모레 곧바로 와서 모시고 돌아갈 생각이다.

언명은 찬바람을 쐬어 감기에 걸려 닷새가 지나도록 차도가 없다. 오늘은 속머리가 몹시 아프다 하고 땀이 비 오듯 한다. 매우 걱정스럽다. 다시 내일까지 지켜보고 다른 집으로 어머니를 모시고 갈 생각이다. 날이 저문 뒤 권좌수의 익랑에 가서 그의 두 아들과 같이 잤다.

◎ ─ 8월 3일

언명의 증세가 새벽부터 나아지더니 아침에는 예전과 같아졌다. 몹시 기쁘다. 다만 입맛이 없다고 한다. 저녁에 언명이 쾌차했다. 더욱 기쁨을 금치 못하겠다. 다만 막정이 어제부터 머리가 아파 먹지 못하고 저녁내 누워서 일어나지 못한다. 내일 떠나려는데 가장 나이가 많은 사내종이 이와 같으니 매우 답답하다. 만일 밤에도 차도가 없으면 떠날 수 없을 텐데, 혼사는 임박하여 더욱 몹시 답답하다. 분명 그저께 종일 내린 빗속에 여러 번 큰 냇물을 건너면서 온몸이 축축이 젖어 거듭 감기에 걸려서일 게다. 내일 돌아갈 것이므로 여기에 와서 잤다.

◎ ─ 8월 4일

밤새 비가 내리다가 새벽이 되어서야 그쳤다. 일찍 아침을 먹은 뒤에 어머니께 작별하고 출발했다. 금구현을 지나 10리 남짓 와서 전에 올 때 잤던 모리금의 집 앞 냇가에서 말을 먹이고 점심을 먹었다. 길을 나서 김제 땅 남용 희괄의 농막에 도착하여 날이 이미 저물어 그대로 그곳에서 잤다. 희괄이 나에게 아침밥과 저녁밥을 주었다. 이웃에 사는 생원 임전(任銓)*이 내가 왔다는 말을 듣고 또 찾아와서 만났다. 함께 이야기를 나누다가 밤이 깊어 헤어졌다. 나는 희괄과 함께 잤다.

유총병이 군사를 거두어 이미 남원을 떠나서 완산에 도착했다고 한다. 남쪽 사람들이 이 군대를 믿고 든든히 여겼는데 이제 거두어 돌아갔으니, 사람들도 굳은 의지가 없어서 짐을 싸매고 기다린다. 만일 왜적이 밀려온다면 누가 막을 수 있겠는가. 나는 죽어서 구렁을 메우게 될 것이다. 탄식한들 어찌하겠는가.

오늘 오는 길에도 말이 진흙에 빠져 또 짐이 엎어지는 바람에 이불 보따리가 다 젖었다. 이번에는 오가는 길에 모두 짐이 엎어져서 젖는 피해를 당했다. 이는 실로 말이 피로하고 사내종이 병든 탓이다. 또 큰비를 만나 길이 진창이다. 어머니를 모시고 왔다면 중도에 분명 오도 가도 못하는 걱정이 많아 위태로울 뻔했다. 임공(任公)도 이곳 농막에 임시로 살고 있다.

◎ ─ 8월 5일

아침밥은 희괄이 지어서 대접했고, 점심밥은 감찰댁이 지어 보냈다. 감찰댁이 나를 불러서 갔더니 우리 집에 부치는 편지를 주었다. 길을 나서 전주 땅 옥야창 길가의 송정(松亭) 아래에 들러 말을 먹이고 점심을 먹었다. 그 참에 어제 젖은 물건을 볕에 말렸다. 날이 저물어 함열에 도착했다. 상동헌으로 들어가 현감을 보니, 현감이 김봉사(김경)

....

* 　임전(任銓): 1559~1611. 임진왜란이 일어나자 강도에 있는 창의사 김천일의 휘하에 종군했다.

와 이봉사(李奉事, 이신성) 두 사람과 이야기를 나누고 있었다. 이어서 함께 저녁을 먹고 어두워진 뒤에 각각 헤어졌다. 나는 홀로 상방에서 잤다.

이어서 들으니, 참봉(오윤겸)이 막 며느리고금을 앓아서 빨리 올 수 없는 형편이란다. 혼사는 다가오는데 준비되지 않은 일이 많아서 참봉(오윤겸)이 오기만 기다렸건만, 지금 또 이와 같으니 제반 도구를 빌릴 방도가 없다. 몹시 답답하다. 하지만 춘이가 말을 가지고 돌아갔다고 하니, 만일 혼사를 앞당겨 정했다는 기별을 듣는다면 심하게 아프지 않은 한 분명 올 것이다.

◎ ─ 8월 6일

현감이 일찍 나와서 자릿조반[早飯]*과 아침을 같이 먹었다. 김봉사도 왔다. 현감이 백미 1섬, 중미 1섬, 누룩 1동, 감장 4말, 간장 4되, 소금 1말, 뱅어젓 1말, 조기젓 3뭇, 웅어젓 3두름, 조기 10뭇을 주면서 혼사 때 쓰라고 했다. 그중에서 백미와 중미 각각 4말과 누룩 1동만 가져오고 그 나머지는 모두 놔두었다가 내일 사내종과 말을 보내서 실어올 계획이다. 남당진에 도착하니 배가 마침 저편에 건너가 있었다. 그쪽 사람들이 모인 뒤에 배가 돌아와서 건넜더니 날이 이미 저물었다.

집에 도착해서 들으니, 신부의 치장을 아직 빌리지 못했고 의상도 준비하지 못했다고 한다. 답답하다. 이는 모두 사내종과 말이 없어서

....
* 자릿조반[早飯]: 아침에 잠에서 깨어난 뒤 그 자리에서 먹는 죽이나 미음 따위의 간단한 식사이다.

생원(오윤해)이 드나들지 못했기 때문이다. 생원(오윤해)과 충아, 인아와 둘째 딸이 모두 학질을 떼지 못했고 집사람도 아프다. 집에 들어와서 보니 모두 누워서 끙끙 앓고 있다. 대사가 목전인데 이와 같이 아프니 몹시 답답하다. 어찌한단 말인가.

세자께서 유총병을 만나려고 지금 공산으로 가시기 때문에 여러 고을 관원들이 이미 모두 그곳으로 갔고, 이 군의 군수도 도로 도차사원(道路都差使員)*으로 나가서 직산에 이르러 행차 물품을 수송한 뒤에 돌아올 것이므로 보름 뒤에나 온다고 한다. 깔개[鋪陳]와 제반 도구를 빌리는 일에 그만 믿고 있었는데, 일이 모두 어긋났다. 매우 답답하다.

◎ ─ 8월 7일

새벽부터 큰비가 쏟아져서 거처하는 집이 모두 젖었다. 아궁이에 물이 가득해서 밥을 짓지도 못한다. 서쪽 방은 또 마르기도 전에 비가 새는 곳이 많으니 이루 말로 형용할 수가 없다. 오늘 우리 부자가 아는 집에 가서 제반 도구를 빌리려고 했는데, 이렇게 비가 내리니 출입을 못하겠다. 하늘도 돕지 않는구나. 한탄한들 어찌하겠는가. 혼사는 닷새 뒤인데 한 가지도 준비하지 못했다. 분명 모양새가 제대로 이루어지지 않을 것이다. 형세가 이러하니 어찌하겠는가. 오후에 비 오는 기세가 조금 덜하더니 저녁에 비로소 그쳤다.

....

* 　도로 도차사원(道路都差使員): 중요한 임무를 띠고 지방에 파견된 차사원의 우두머리이다.

◎ ― 8월 8일

날이 화창하게 개었다. 사내종과 말을 함열에 보내서 전에 얻은 물건을 실어 오게 했다. 밥을 먹고 정랑 조경유(趙景綏)의 집에 갔다. 그의 두 아들을 만나 신부 옷 세 가지를 빌리고 류선각의 집에 들러 조문했다. 또 소지의 집에 갔더니, 소지는 마침 익산(益山)에 갔다고 한다. 일을 맡아 주고 물건을 빌려 쓸 곳으로 그만 믿고 있었는데, 얻을 수 없는 형편이니 답답하다. 돌아올 때 조한림(조희보)을 찾았다. 조좌수(조희윤)도 와서 같이 이야기를 나누었다. 한림이 나에게 콩죽을 대접했다. 조문화(趙文化, 조희철)의 집에 들어갔는데, 나갔다고 하면서 꺼려서 만나지 못했다. 돌아오니 날이 이미 저물었다.

경유의 집에서 빌려 온 신부 옷은 입을 만하다니 기쁘다. 혼사가 임박했는데 모든 일이 준비되지 않아 몹시 답답하다.

◎ ― 8월 9일

하나 남은 사내종 한노가 병을 핑계로 일어나지 않는다. 부릴 일은 많은데 집안에 사내종 하나가 없어서 쭈그려 앉아 아무 일도 못하고 있으니 답답하다.

저녁에 춘이와 세만이 왔다. 참봉(오윤겸)은 며느리고금을 앓아 고통이 심하여 올 수 없다고 한다. 몹시 답답하다. 정목 4필을 주고 이불감 3새 양단(兩端)*으로 바꾸어 왔다. 춘이가 올 때 홍양의 박부여 집에 들러 신부 옷 두 가지를 얻어 왔는데, 또한 입을 만하다. 그래서 조경유

....
* 양단(兩端): 혼인 때 쓰는 붉은빛 채단과 푸른빛 채단의 두 끝이다.

의 집에서 빌려 온 저고리는 바로 돌려보낼 생각이다.

막정이 함열의 관인과 함께 전에 얻은 물건을 실어 왔는데, 함열 현감이 또 두(豆) 5되, 찹쌀 1말, 메밀 5되, 밀가루 5되, 민어 2마리, 문어 3조(條), 전복 2곶[串], 미역 7동을 보내왔다. 다만 메밀은 가져오지 않았다.

생원(오윤해)의 처가에서 사내종과 말을 둘씩 보내왔다. 생원(오윤해)의 처자식을 데려가려는 것이다. 그런데 혼사가 임박하여 즉시 떠날 수 없고 혼인을 치른 뒤 열엿새나 열이레 사이에 온 식구가 진위로 갈 계획이므로, 두 사내종을 우선 머물게 하면서 부리도록 했다. 그편에 최경유가 예빈시 참봉(禮賓寺參奉)에 임명되었다는 말을 들었다. 축하할 일이다.

◎ ― 8월 10일

세만은 결성으로 돌려보냈고, 생원(오윤해)은 함열에 갔다. 이탁의 아내가 죽었다고 한다. 놀랍고 슬프기 그지없다. 넉 달 안에 한집에서 세 초상이 겹쳐서 났다. 참혹한 변고를 어떻게 말로 다할 수 있겠는가. 매우 불쌍하다.

조한림이 벼 4말, 간장, 상과(床果) 1개, 녹두 1되를 보내왔다. 아침을 먹고 군에 들어갔더니 조희윤이 먼저 와서 향사당(鄉社堂)에 있었다. 모이자는 전날의 약속 때문이었다. 별감 이응파(李應葩)와 전 좌수 조광철(趙光哲)도 와 있었다. 조희윤이 호장(戶長)과 이방(吏房) 및 공방(工房) 등을 불러 우리 혼사 때 쓸 깔개와 사기그릇, 거군(炬軍, 횃불을 드는 인부)을 빌려 주라고 하자, 모두 그리하겠다고 하고 물러갔다. 다만 그때 조도어사가 군에 온다고 하니, 만일 일정이 겹친다면 일이 잘 안 될 것이다. 몹시 걱정스럽다. 돌아올 때 신몽겸(申夢謙)의 집에 갔는데, 마침 집에 없어서 그냥 돌아왔다.

◎ ─ 8월 11일

새벽에 윤해의 양모가 왔다. 아침을 먹고 별좌 이덕후의 집에 가서 혼사에 쓸 제반 도구를 빌리려고 했다. 그런데 아무것도 없다고 핑계를 대어 겨우 침실에 두르는 휘장만 얻어 왔다. 나에게 탁주를 대접하고 점심밥을 내주었다. 마침 별좌 민계(閔洎)*가 와서 같이 이야기를 나누었다. 이덕후의 아우 덕수(德秀), 조카 윤응상(尹應祥)이 자리에 있었다.

세만이 돌아올 때 정산의 갯지(㖋知) 집에 들렀는데, 마침 갯지의 어미가 지난밤에 죽어 하는 수 없이 그냥 돌아왔다고 한다. 생원(오윤해)이 돌아왔다. 사흘 뒤로 기약했는데, 오늘 장에서 소고기를 사지 못했고 신부의 머리 장식도 구하지 못했다. 조도어사가 지금 또 이 군에 와서 깔개와 제반 도구를 빌릴 수 없기 때문에 하는 수 없이 나흘 뒤로 물렸는데, 나흘 뒤도 좋다고 한다.

◎ ─ 8월 12일

막정을 함열에 보내서 늦춰서 치르는 일을 알렸다. 또 양산이 소를 잡아서 판다고 하므로, 무명 2필을 가지고 가서 사 오도록 했다. 그러나 사 올 수 있을지 장담할 수 없다. 몹시 걱정스럽다. 함열에서 침석(寢席, 잠자리에 까는 돗자리) 2닢을 마련해 보내왔다. 저녁에 소지가 함

....
* 　민계(閔洎): ?~?. 상의원 별좌를 지냈다.

열에서 와서 함열 현감의 뜻을 전했는데, 예식을 늦추고 싶지 않다고 하여 도로 내일로 정했다.

막정이 돌아왔는데 소고기를 사 오지 못했다. 몹시 답답하다. 막정이 오는 길에 양산이 생민어 1마리를 보내왔다. 기쁘다. 저녁에 참봉(오윤겸)이 혼자 말을 타고 왔다. 마침 학질이 떨어져 기일에 맞추어 달려온 것이다. 함열에서 또 동뢰연(同牢宴)*에 쓸 방석 2개와 깔개와 제반 도구를 보내왔다. 분명 어사가 군에 들어와서 빌려 쓰지 못한다는 말을 들었기 때문일 게다. 육촉(肉燭, 쇠기름으로 만든 초) 한 쌍도 만들어 보내왔다.

◎ ― 8월 13일

날씨가 맑고 화창하여 기분이 좋다. 남당진의 진부(津夫)* 돌손(乭孫)이 건어 1마리, 가지와 생밤을 가져왔다. 분명 이유가 있을 것이다. 조도어사 강첨(姜籤)이 참봉(오윤겸)이 왔다는 말을 듣고 편지를 보냈고, 아울러 술 1병, 닭 1마리, 말린 민어 2마리도 보내왔다. 이 고을의 깔개와 제반 도구는 어사가 나간 뒤에 빌려 왔다.

오후에 함열 현감이 의막(依幕, 임시로 머무는 막사)에 도착하여 참봉(오윤겸)이 가서 보았다. 신부는 예를 미리 익히고 머리 장식도 했다. 마침 명묘[明廟, 명종(明宗)]의 후궁 순빈(順嬪)이 난리 초기에 이 군에 와 있다가 별세하여 궁인이 그대로 시묘살이를 하고 있었으므로, 계집

....
* 　동뢰연(同牢宴): 신랑 신부가 첫날밤에 서로 마주하여 술과 반찬을 나누고 재배(再拜)한 뒤에 신방(新房)에 들던 의식이다.
* 　진부(津夫): 관아에 딸린 나룻배를 모는 사공이다.

종을 보내서 장식을 구해 왔다. 소지가 신부의 모든 장식품을 익산에서 구해 왔는데, 쓸 만한 것을 제외하고 나머지는 돌려보냈다. 큰 횃불은 관에서 공방의 서리(胥吏)를 보내 마련해 왔다. 저녁에 모든 일이 준비되어 사람을 보내서 맞기를 청했다. 새 사내종은 양쪽이 모두 쓰지 않았다. 일전에 약속을 했기 때문이다. 사위가 들어올 때 내가 나가서 맞아 데리고 들어와야 하지만, 마침 흑단령(黑團領)*을 구하지 못했기 때문에 소지에게 기러기를 받들어 올리게 하고 잠시 피했다. 신랑과 신부가 맞절하는 예와 동뢰연이 모두 예법에 맞았다.

아침에 서재동(西齋洞)에서 소를 잡았다는 말을 듣고 사내종에게 무명 1필을 가지고 가서 사 오게 했는데, 겨우 천엽과 소머리만 사 왔다. 새벽에 납채를 하려고 저쪽에서 다섯 사람이 왔는데, 대접할 물건이 없어서 겨우 찐 닭과 국수, 술 1동이를 내주었다. 저녁에는 데리고 온 관인들에게 술 3항아리와 과일, 국수, 돼지머리를 대접했다. 정처 없이 떠돈 뒤라 준비할 길이 없어 소략하니 우습다. 그러나 이마저도 모두 함열에서 보낸 것이다. 그러지 않았다면 모양새를 갖추지 못했을 게다.

◎ ─ 8월 14일

아침을 먹은 뒤에 진사 한겸과 이복령, 이광춘이 찾아왔다. 술 석 잔씩을 대접해서 보냈다. 오후에 함열 현감이 그 고을에서 술과 과일을 마련해 와서 크게 한 상 차려 우리 집 식구들을 대접했다. 함열의 장무

....

* 　흑단령(黑團領): 벼슬아치가 입던 검은 빛깔의 깃이 둥근 옷이다.

(掌務)*가 양(臁) 1부, 닭 1마리, 민어 1마리와 잔치에서 남은 음식, 소고기, 생게 등의 물건을 바쳤다.

◎ ─ 8월 15일

아침을 먹고 함열 현감이 돌아갔다. 그의 얼굴을 보니, 그 처를 보고 기뻐하며 흡족해 했다. 매우 기쁘다. 오는 열아흐렛날에 사람과 말을 보내서 데려간다고 한다. 술 1동이를 내어 함열로 돌아가는 사람들을 대접했다.

오늘은 추석이다. 술과 밥을 준비하여 조부모와 죽전 숙부의 제사를 지냈다. 나머지 먼 조상님들까지는 제사를 지내지 못하는 형편이니, 추모하며 슬퍼하는 마음은 있지만 어찌하겠는가. 병조(兵曹)의 낭관(郎官) 이유록(李綏祿)*이 찾아와서 참봉(오윤겸)이 큰 잔으로 찹쌀술 석 잔을 대접했다. 마침 진사 한헌도 왔다. 이웃에 사는 전문의 처가 술과 떡, 과일을 마련하여 한 상 차려 보내오고, 문순(文舜)도 밤과 떡, 과일을 갖추어 보냈다. 곧바로 사내종들에게 빌려 온 제반 도구들을 주인에게 모두 돌려주게 했다.

◎ ─ 8월 16일

이웃에 사는 전문과 이기종(李起宗)을 불러 술을 대접해서 보냈다. 함열에서 특별히 사람을 보내 편지를 전했고, 또 새우젓 3되, 백미 2말,

* 　장무(掌務): 관아의 장관 밑에서 직접 사무를 주관하는 우두머리 관원이다.
* 　이유록(李綏祿): 1564~1620. 당시 이유록은 병조정랑을 맡고 있었다.

소고기 1덩어리도 보내왔다. 대부인(大夫人, 함열 현감의 어머니)도 제사 지낸 고기 23곳을 보내면서 집사람에게 편지를 보내 신부가 아름다워 깊이 감사한다고 했다.

생원(오윤해)의 식구들은 내일 북쪽으로 돌아가려고 행장을 꾸렸다. 양식은 함열에서 얻었다. 함열에서 온 새우젓은 생원(오윤해)의 처에게 보내 그 부모에게 가져다드리게 했다.

◎ — 8월 17일

새벽에 윤해의 식구들이 진위로 돌아갔다. 난리 초부터 환란을 같이하면서 데리고 산 지 이제 3년, 그동안 어려운 일을 다 겪었는데, 그 장인이 윤해의 식구들이 굶주린다는 말을 듣고 사내종 둘과 말을 보내서 데려가는 것이다. 충손이 눈앞에서 재롱을 부려 그럭저럭 날을 보냈는데, 하루아침에 이별하고 갔다. 더욱 몹시 슬프고 한탄스럽다. 그의 양모는 성질이 본래 불순해서 조금이라도 뜻대로 안 되면 그때마다 성난 말을 내뱉으니, 떠나고 남게 하는 것을 내 뜻대로 할 수 없다. 한탄한들 어찌하겠는가.

오후에 함열에서 특별히 사람을 보내 편지를 전했고, 또 송이 30개를 보내왔다. 마침 참봉(오윤겸)이 조한림의 집에 갔다가 돌아오지 않았기 때문에 즉시 답장을 못했다. 안타깝다. 별좌 이덕후의 집에서 빌려 온 침실에 두르는 휘장은 쓴 뒤에 바로 돌려보내려고 했다. 그런데 막정이 아파서 곧바로 보내지 않았더니, 오늘 그 집에서 사내종을 보내 찾아갔다. 부끄럽다.

계집종 강춘(江春)의 한쪽 발이 종기로 퉁퉁 부어 거의 허리통만

해져서 몸을 움직이지 못한다. 밥을 지을 사람이 없어서 어둔에게 맡겼더니, 훔쳐 먹을 뿐만 아니라 몹시 불결하다. 아무리 여러 번 가르쳐도 끝내 고치지 않는다. 몹시 괘씸하고 얄밉다.

◎ — 8월 18일

아침에 끗산[唜山]을 시켜 큰 송이 6개를 골라서 조한림에게 보냈더니, 조한림의 부인이 찹쌀 1말을 부쳐 보내왔다. 매우 감사하다.

식전에 군에 들어가서 군수를 만나려고 했는데, 군수가 관아에 들어가서 나오지 않아 만나지 못하고 그냥 돌아왔다.

◎ — 8월 19일

새벽부터 날이 흐리고 비가 쏟아졌다. 윤해와 그 처자식은 오늘 어디에서 머무는지 모르겠다. 양식이 적어서 분명 오도 가도 못하는 근심이 있을 것이다. 마음에 걸려 잊히지가 않는다.

그저께 정산과 홍산 두 고을에 사람과 말을 보냈는데, 마침 두 현감이 세자께 음식과 물자를 제공하는 일로 관아에 없어서 편지를 전하지 못하고 그냥 돌아왔다. 이제 양식이 떨어져서 얻어 오기만을 고대했는데, 끝내 빈손으로 돌아왔다. 탄식한들 어찌하겠는가.

이웃에 사는 전문이 술과 과일을 마련하여 친히 와서 대접했다. 후한 뜻에 감사하다. 날이 저물어 함열 현감이 덮개 있는 가마를 빌리고 관아의 사내종 3명, 가마꾼 10여 명, 장리(長吏)와 급창(及唱)* 등 총 20

....

* 급창(及唱): 고을 관아에서 부리는 사내종이다. 명령을 받아 큰 소리로 전달하는 일을 맡아 보

명을 거느리고 왔다.

◎ ─ 8월 20일

날이 밝기 전에 술 2동이를 내다가 하인들에게 먹였다. 날이 밝자 자릿조반으로 죽을 먹고 출발했다. 작별할 때 어머니와 동생과 함께 서로 붙잡고 소리 내어 울었다. 슬프고 안타까운 마음을 금치 못하겠다. 사람의 마음이 어찌 그렇지 않겠는가. 슬하에 여러 해 두었다가 하루아침에 아주 가 버리니, 연연하는 마음이 어찌 없을 수 있겠는가. 다만 거리가 멀지 않아서 소식이 끊길 날은 없을 것이니 그나마 위로가 된다. 나도 따라가서 남당진에 이르렀다. 배 위에서 잠시 쉬다가 도로 배에서 내리니, 배가 떠나 강 한가운데를 지나 남쪽으로 내려갔다.

윤겸이 홀로 데리고 가고, 나는 높은 언덕에 올라 멀리서 가는 배를 바라보았다. 배가 점점 멀어져 간다. 남쪽 물가를 한껏 바라보니 더욱 슬퍼 눈물이 소매를 적신다. 관아에서 준비한 배가 세 척인데, 한 척은 크기가 크고 해를 가리는 장막과 깔개가 설치되어 있고, 다른 한 척에는 음식과 물품을, 또 다른 한 척에는 사람과 말을 실었다. 세 척의 배가 일시에 떠간다. 아침은 배 안에서 준비한다고 한다.

나는 홀로 말을 타고 사내종 하나만 데리고서 말이 가는 대로 몸을 맡겨 우거하는 곳으로 돌아왔다. 해가 이미 중천이다. 들어와 딸이 앉았던 곳을 보니 더욱 슬퍼 눈물이 흐른다. 그 어미와 두 딸이 둘러앉아서 울고 있다. 형편이 그러하니 어찌하겠는가. 그끄저께 윤해의 식구들

....
왔다.

이 진위로 돌아갔고 지금 또 이 딸이 떠나가니, 더욱 마음을 가눌 수가 없다. 윤해가 돌아가는 여정을 따져 보면 오늘 진위의 집에 들어갔어야 하는데, 어제 비가 내렸으니 분명 중도에 머물렀을 게다. 저녁에는 양식이 없어서 죽을 쑤어 나누어 먹었다.

사람을 시켜 이기종을 불러다가 강비(江婢)의 종기를 침으로 째게 하고 술 한 대접을 대접했다. 또 기종과 함께 진사 이중영이 우거하는 집을 찾아서 조용히 이야기를 나누고 돌아왔다. 중영은 고인이 된 지사(知事) 이린(李遴)*의 아들이다. 평소 부호(富豪)라고 일컬어졌는데, 지금 난리를 만나 떠돌다가 이곳에 머물고 있다. 그의 모친은 지난여름에 전염병에 걸려 별세했는데, 아직도 장례를 치르지 못하고 있다. 마침 나와 이웃에 거처하고 있기 때문에 찾아간 것이다. 전에 일면식이 있었고, 자식들과도 서로 아는 사이이다. 기종은 술을 못 마시기 때문에 한잔 술에 취해서 먼저 갔다. 우습다.

◎ ─ 8월 21일

한노를 함열에 보내서 여정이 어떠했는지 물었다. 새벽에 아침도 먹이지 않고 보내서 오늘 돌아오게 했다. 저녁에 막정이 분개와 함열에서 문안 온 사람을 데리고 왔다. 그를 통해 들으니, 대부인께서 신부를 보고 매우 기뻐했고 온 집안 식구들이 모두 아름다운 신부를 얻었다고 한다니 위로가 되었다. 다만 그 끝이 어떠할지 모르겠다. 무릇 혼인이란 모두 하늘이 정해 주는 법이니, 이번 혼사로 더욱 잘 알 수 있었다.

....

* 　이린(李遴): ?~?. 충청도 관찰사, 호조판서 등을 지냈다. 이중영(李重榮)의 아버지이다.

난리 초기에 함열 현감의 식구들과 같이 강원도로 피난하면서 산 넘고 물 건너 어려움을 같이 겪었다. 사흘을 연이어 밤에 걸어서 적진 밖으로 몰래 빠져나와 진위 땅에 이르러, 그는 전라도로 가고 나는 충청도로 와서 각각 살 곳으로 돌아갔다. 그 뒤에도 인연을 아주 끊지 않고 여러 번 서로 안부를 물었지만, 어찌 오늘의 일이 있을 줄 알았겠는가. 이는 또한 하늘의 뜻이니, 아무리 부모라도 그 사이에 이러쿵저러쿵할 수 없다.

막정이 왔다. 함열에서 백미 3말, 중미 3말, 소고기 1덩이, 조개젓 3 되를 보내왔다. 딸이 또 어제 받은 물품, 떡과 과일, 자반[佐飯] 등을 조금 보내와서 즉시 아이들과 같이 먹었다. 답장을 써서 함열에서 온 사람에게 주어 돌려보냈다.

◎ ─ 8월 22일

막정을 시켜 관아에서 빌려 온 사기그릇, 소반(小盤), 족상(足床) 등을 실어 보냈다. 전날에는 사내종과 말을 보낼 틈이 없어서 오늘에야 보냈다. 다만 사기그릇 4개가 깨져 안타깝다. 인아는 학질이 떨어진 지 겨우 사나흘 되었는데, 그저께부터 날마다 다시 앓는다. 답답하다.

◎ ─ 8월 23일

이른 아침에 막정을 함열에 보내면서 그 길에 익산의 이충의(李忠義) 집에도 들르게 했다. 장에서 물건을 사 오게 하기 위해서이다. 어제 한노가 오지 않았으니, 분명 오늘 별좌(오윤겸)가 데리고 오려는 것이리라. 저녁에 한노가 혼자 왔는데, 별좌(오윤겸)는 내일 오려 한다고 한다. 딸이 홍시 15개와 송이 30개를 보내왔다. 홍시는 바로 처자식들과 함께 먹었다. 인아는 한창 학질을 앓고 있는데, 이것을 먹고 몹시 시원하다고 한다. 집사람도 학질에 걸려 앓고 있지만, 잠깐씩 추웠다 더웠다 할 뿐 심하지는 않다.

◎ — 8월 24일

저녁에 별좌(오윤겸)가 함열에서 왔다. 그편에 자방[子方, 신응구(申應榘)]이 그 아내의 뜻을 매우 소중히 여긴다는 말을 들었다. 몹시 기쁘다. 그러나 끝까지 그러할는지는 모르겠다. 날이 저물어 아이들과 둘러앉아 이야기를 나누었다.

야심하기 전에 서쪽 이웃 전문의 집 사내종이 쌀을 도둑맞았는데, 흔적을 찾아보니 쌀알이 우리 집으로 가는 길에 흩어져 떨어져 있다고 한다. 즉시 불을 밝혀 계집종 어둔의 방을 수색하게 했는데 쌀이 없었다. 분명 다른 놈이 훔쳐 가고 일부러 여기에 뿌려 둔 것이리라. 그게 아니라면 계집종 어둔이 몰래 훔쳐다가 숲속에 감춰 둔 것인가. 저쪽 집에서 어둔을 깊이 의심하기에 내가 엄히 다스리려고 했지만, 지금은 누구의 짓인지 모르겠다. 그래서 우선 내버려두었다가 다시 훗날에 발각되기를 기다려 크게 징계할 생각이다. 이 계집종은 평소에 하는 짓이 수상했기 때문에 사람들이 모두 의심했다. 괘씸하고 얄밉다. 함열에서 절인 게 50마리를 보내왔다. 딸도 자반과 두 가지 떡을 조금 보내왔다.

◎ — 8월 25일

별좌(오윤겸)가 결성으로 돌아가려고 한다. 이미 김봉사와 이봉사와 함께 가기로 약속했는데, 오지 않아서 떠나지 못하고 있다. 오후에 옥춘이 함열에서 돌아왔다. 딸이 백미 2말, 절인 게 20마리, 조개젓 2되를 보내왔다.

저녁에 김봉사와 이봉사가 왔다. 저녁을 대접하고 별좌(오윤겸)와 함께 재웠다. 기대수가 아들을 데리고 짐을 지고서 왔다. 처음에는 걸인인 줄 알았다가 이름을 물어본 뒤에야 알았다. 다 해져 누덕누덕 기운 옷이 양반의 모습 같지 않았다. 비참한 마음을 금치 못하겠다. 아침밥과 저녁밥을 대접하고 그 아내와 딸을 함께 재웠다. 지금 공주 땅에 있다고 한다.

◎ ─ 8월 26일

날이 밝기 전에 김봉사와 이봉사가 떠나려고 하여 죽과 막걸리 두 잔을 대접했다. 별좌(오윤겸)와 같이 출발하여 홍산현에 가서 아침을 먹고 간다고 한다. 별좌(오윤겸)는 내 말을 타고 한노를 데리고 갔다. 기대수는 아침을 먹고 한산으로 가서 한산 군수에게서 먹을 것을 구하겠다고 하기에, 돌아올 때 다시 오라고 했다.

아침에 전라 조도어사 박홍로(朴弘老)* 공이 이 도의 아사(亞使)*를 시켜 나의 거처에 문안하게 했다. 잊지 않고 찾아 준 뜻이 매우 고맙다. 그러나 어디에서 부탁했는지는 모르겠다. 저녁에 천린(天麟)과 덕린(德麟) 형제가 수원에서 한산으로 가는 길에 이곳에 들렀다. 그를 통해 윤

....

* 　박홍로(朴弘老): 1552~1624. 나중에 이름을 박홍구(朴弘耉)로 바꾸었다. 1594년에 각 도의 군사 훈련을 권장하고 수령의 폐단을 막기 위해 암행어사로 하삼도(下三道)에 파견되었으며, 군량미 조달을 하는 전라 조도어사를 지냈다.
* 　아사(亞使): 각 도의 관찰사를 보좌하면서 행정 업무를 총괄하는 종4품의 경력(經歷)과 종5품의 도사(都事)를 말한다.

해의 식구들이 진위에 무사히 도착했다는 말을 들었다. 기쁘다. 저녁을 대접하고 재웠다.

막정이 함열에서 돌아왔다. 함열에서 메주 10말, 소금 3말, 생게 30마리, 송이 17개, 참기름 1되, 좋은 술 6병을 보내왔다. 메주는 다시 되어 보니 8말이다.

◎ ─ 8월 27일

막정을 시켜 별좌(오윤겸)가 얻어 온 보리 종자를 결성으로 실어 보냈다. 별좌(오윤겸)가 어제 돌아갈 때 사내종과 말이 없어서 실어 가지 못했기 때문에 이제야 보내는 것이다.

저녁에 함열에서 특별히 사람을 시켜 편지와 생붕어 50마리, 비늘 없는 물고기 10마리를 보냈다. 바로 쪄서 처자식들과 함께 먹었다. 비늘 없는 물고기는 배를 갈라 소금에 절여서 말려 자반으로 먹으려고 한다. 저녁에 양식이 떨어져서 콩죽을 쑤어 먹었다.

◎ ─ 8월 28일

지난밤에 비가 내려서 처마에서 낙숫물 소리가 많이 났다. 아침까지도 날이 흐리고 바람이 불면서 때때로 비도 내렸다. 나는 새벽에 배가 아프고 설사를 두 번 했다. 또 토하고 싶은데도 못하고 속머리가 조금 아픈 것이 분명 곽란인 게다. 정화수(井華水)를 마셨더니 아침 늦게 조금 나아졌다. 그러나 머리가 아픈 것은 아직 완전히 낫지 않았다.

저녁에 함열에서 사람이 왔다. 딸이 백미 2말과 날바닷물고기 1마리, 붕어 8마리를 쪄서 국물을 부어 그릇에 담아 보내왔다. 즉시 밥을 지어 나누어 먹었다. 다만 나는 기운이 편치 않고 구역질이 나서 먹지 못했다. 안타깝다.

◎ — 8월 29일

지난밤에 바람이 불고 춥더니, 아침에 일어나서 보니 된서리가 벌써 내렸다. 지붕이 온통 하얀 것이 겨울날 같다. 자는 방이 몹시 차고 위아래 옷도 얇으니, 형편이 말할 수 없을 지경이다.

계집종 옥춘을 함열에서 온 사람과 같이 보내면서, 혼서함(婚書函)과 딸의 장옷[長衣]을 보냈다. 옷은 여기에서 지은 것이다. 저녁에 함열로 시집간 딸이 관아의 사내종을 시켜 편지를 보내 안부를 물었고, 또 남은 떡과 과일, 고기구이와 자반 등의 물건을 보내왔다. 즉시 아이들과 같이 먹고 답장을 써서 그 사람 편에 보냈다. 소지의 아내가 절인 게 10마리를 보내와서 메주 1말로 보답했다.

◎ — 8월 30일

오늘은 함열에서 사람이 오지 않았고, 막정도 돌아오지 않았다. 분명 별좌(오윤겸)가 중도에 길이 막힌 것이리라. 관찰사*가 어제 군에 들어와서 사흘을 머문다고 한다. 저녁에 김정(金井)이 왔다 갔다. 정은 김대성의 아들이다. 대성이 지난여름에 병으로 별세하여 지금 상중이다.

....

* 　관찰사: 당시 충청도 관찰사는 윤승훈(尹承勳)이었다.

9월 작은달

◎ — 9월 1일

밥을 먹은 뒤에 무료해서 인아, 단녀와 함께 제단 위에 올라갔다. 마침 이웃 늙은이를 만났는데, 거기에서 풀을 베고 있었다. 함께 한나절 동안 이야기를 나누고 돌아왔다. 이경익이 와서 보고 갔다.

오늘도 함열에서 사람이 오지 않았다. 분명 이유가 있을 것이다. 어제부터 양식이 떨어져서 죽을 쑤어 먹으며 지낸다. 전에 오늘 양식을 보낸다는 말을 들어서 저녁까지 기다렸건만, 끝내 오지 않고 날이 또 저물었다. 달리 빌릴 곳도 없어서 무를 캐다가 탕을 끓여 아이들과 함께 먹고 나니 밤이 이미 깊었다. 그대로 굶고 자려니 잠이 오지 않는다.

인아는 날마다 학질을 앓아 먹지도 못하니 더욱 안타깝다. 막정 등도 오지 않는다. 무슨 일인가. 사내종과 말이 나갔는데, 아직도 이렇게 보내오지 않아서 굶고 자게 되었다. 전에도 이런 근심이 있었지만, 오늘처럼 전혀 먹지 못한 적은 없었다.

◎ ― 9월 2일

쌀 2되 반을 빌려서 아침을 지어 나누어 먹었다. 아침을 먹은 뒤에 함열에서 사람이 왔다. 백미 2말, 중미 2말, 생게 20마리를 지고 왔고, 딸이 또 자반, 떡, 과일 조금씩을 보내왔다. 이 사람이 어제 나룻가에 이르러 건너지 못하고 오늘 아침에야 비로소 건너왔다고 한다. 그편에 들으니, 함열 현감이 임시 파견 관원이 되어 어제 떠났다고 한다.

아침부터 비가 내리다가 오후에 비로소 그쳤다. 그러나 하루 종일 날이 흐렸다. 밤이 깊어서야 막정 등이 돌아왔다. 어제 홍양 광석리에서 잤는데, 비 때문에 길이 험해서 일찍 출발하지 못하는 바람에 날이 저물었다고 한다. 별좌(오윤겸)는 무사히 집에 돌아갔다. 돌아갈 때 홍양의 생원 이익빈(李翼賓)*의 집에서 이틀을 묵었기 때문에 사내종과 말이 오늘에야 돌아온 것이다.

《언해소학(諺解小學)》 네 권을 구해서 보내왔다. 딸들이 간절히 보고 싶어 해서 별좌(오윤겸)가 돌아갈 때 구해 달라고 했더니, 별좌(오윤겸)가 이생원에게서 얻어 보냈다. 들깨 1말, 찹쌀 4되, 차조 5되, 닭 1마리도 보내왔다. 전에 전문에게 빌려 쓴 닭을 이것으로 갚아야겠다. 막정 등이 밤에 오는 바람에 풀을 베지 않아서 두 말이 굶고 서 있다. 몹시 괘씸하다. 단아는 오늘도 앓는다. 분명 이틀거리[二日瘧]인 게다.

◎ ― 9월 3일

새벽부터 비가 내리더니 종일 그치지 않았다. 한밤중 꿈속에 나타

---

* 　이익빈(李翼賓): 1556~1637. 본관은 전주(全州), 자는 응수(應壽)이다. 1582년 생원시에 입격했으며, 1596년에 역적 이몽학(李夢鶴)과 결탁한 김팽종(金彭從)을 사살하는 공을 세웠다.

난 경여(이지)가 완연히 평소 모습 같았다. 깨고 나니 슬픔을 견디지 못하겠다. 저녁에 비가 그쳐 곧바로 군으로 들어갔다. 관찰사는 어제 이미 나갔는데, 군수가 관청에 나가서 공사를 보기 때문에 문지기가 문을 막아 이름을 알리지 못하고 그냥 돌아왔다. 안타깝다.

◎ ― 9월 4일

진사 이중영에게 가서 조용히 이야기를 나누고 날이 저물어 돌아왔다. 저녁에 옥춘이 함열에서 왔다. 그 관인과 함께 왔는데, 함열에서 백미 2말, 벼 1섬, 절인 게 20마리를 보내왔다. 방이 차서 다른 집으로 옮기려는데 빌릴 수가 없다. 답답하다.

◎ ― 9월 5일

함열에서 사람이 왔다. 함열 현감이 어제 관아로 돌아와서 보내온 편지에, 전주에 가서 재실(災實) 등급*을 재심사하는 일을 아뢰고 갑자기 돌아왔기 때문에 태인에 못 가 보고 안부를 물을 사람과 함께 절인 게 20마리, 술 1병, 닭 2마리를 보냈다고 했다. 고맙기 그지없다. 이곳으로도 지금 큰 생붕어 5마리, 새우젓 5되, 추로주 2병, 생생강 13뿌리와 절인 생강 1항아리를 보내왔다. 붕어는 쪄서 먹어 보니 그 맛이 일품이었다. 어머니께서 멀리 계시어 이렇게 좋은 음식을 올리지 못하니, 밥상을 마주하고 한동안 차마 수저를 들 수 없었다. 이래서 더욱 빨리

....
* 　재실(災實) 등급: 재해를 입은 실태를 나타내는 등급이다. 각 고을을 우심재읍(尤甚災邑), 지차읍(之次邑), 초실읍(稍實邑)으로 구분했다.

모셔 오고 싶지만 일이 자꾸 틀어져 안타깝다.

단아는 학질을 앓는다. 걱정스럽다. 보리 종자로 쓸 환자를 내주는 일로 군수에게 단자를 올렸지만, 저장해 놓은 것이 없다며 주지 않았다. 한탄스럽다.

◎ ─ 9월 6일

이른 아침에 집을 빌리는 일로 최인복(崔仁福)에게 갔는데, 나갔다는 핑계로 피하고 나오지 않았다. 욕이 나왔다. 밥을 먹은 뒤에 최인복이 와서 하는 말이, 아침에 일이 있어 출타하여 나가 뵙지 못했기에 지금 와서 뵙는다고 했다. 아침에 만나지 못한 것은 정말 그가 출타했기 때문인가 보다. 큰 잔으로 추로주 두 잔을 대접했다. 그 집을 빌려 주기로 하니 기쁘다.

어제 함열에서 자리 4닢을 먼저 짜서 보내왔고, 그 나머지 4닢은 아직 짜지 못했다고 한다. 저녁에 시증(時曾)*이 익산에서 와서 만났다. 뜻밖의 일이라 기쁨을 금치 못하겠다. 그를 통해 장수*의 온 집안이 무탈하다는 말을 들었다. 더욱 기쁘다. 경여의 딸은 일찍 죽었고 외손자 원룡(元龍)* 하나만 남아 있다. 그래서 경여의 부인이 시증을 후사로 삼아 경여의 발인과 장례의 일을 맡게 하려고 데려온 것이다.

....

* 시증(時曾): 이시증(李時曾, 1572~1666). 오희문의 처조카이다. 오희문의 처남인 이빈의 둘째 아들이다.
* 장수: 장수 현감을 지냈던, 오희문의 처남 이빈이다.
* 원룡(元龍): 이원룡(李元龍, 1588~?). 이지의 사위인 이탁의 막내아들이다.

◎ ― 9월 7일

시증이 익산으로 돌아갔다. 막정과 옥춘도 함열로 돌아갔다. 어제 어머니와 아우의 편지를 받았는데, 모두 병이 없다고 한다. 매우 기쁘다. 어머니께서 함열에서 보내온 물건을 받고 고맙고 기쁘셨다고 한다. 더욱 위로가 된다.

저녁에 별감 신몽겸이 와서 보고 갔다. 그가 군수의 뜻을 전하기를, 전날 내가 재차 군에 들어갔다가 문지기에게 막혀 못 만나고 그냥 돌아왔는데 군수가 이 소식을 듣고 미안한 뜻을 보이면서 다시 들어오라고 했단다.

◎ ― 9월 8일

함열에서 사람이 왔는데, 딸이 백미 2말, 중미 2말, 감장 2말, 미역 5동을 보내왔다. 아침을 먹고 군에 들어갔다. 군수가 관청에 나왔다가 나를 맞아 들어오게 했다. 마침 전 대흥 현감 신괄 공과 전 판관 상시손(尚蓍孫)* 공이 자리에 있어서 같이 이야기를 나누었다. 군수가 물만밥을 대접했다. 날이 저물어 돌아왔다. 올 때 최인복의 집에 들러서 살 만한지 살펴보았다. 저녁에 천린이 한산에서 찾아와서 그대로 여기에서 잤다. 기대수 부자도 따라 들어왔다. 저녁을 대접하고 재웠다.

◎ ― 9월 9일

천린이 한산으로 돌아갔다. 일찍 출발했기 때문에 흰죽을 쑤어 먹

....

* 　상시손(尚蓍孫): 1537~1599. 군자감 판관을 지냈고 사복시 정에 추증되었다.

여 보냈다. 기대수에게 아침을 대접했지만 줄 만한 물건이 없어서 벼 1말, 감장과 미역 조금씩을 주어 보냈다. 그 부자가 짐을 지고 가는 걸 보려니 차마 볼 수가 없었다. 천린이 금방 수원으로 돌아간다고 해서 윤해에게 편지를 써서 보냈다.

막정이 함열에서 보낸 사람과 함께 왔다. 함열에서 술 3병, 떡 1상 자, 갖가지 과일 1상자, 갖가지 절육(切肉)* 1상자, 갖가지 구운 고기 1상 자, 천엽 반쪽, 날바닷물고기 1마리, 소고기 2덩어리, 중미 2말, 콩 3말 을 보내왔다. 딸도 백미 1말을 보내와서 바로 처자식들과 함께 먹었다. 후의에 매우 감사하다. 오늘이 중양절(重陽節)이기 때문에 마련해서 보 낸 것이다. 맛있는 음식을 보고도 어머니가 멀리 계시어 올리지 못하고 윤해도 여기에 없어서 같이 먹지 못하니, 밥상을 마주하고도 먹을 수가 없다. 충손은 더욱 잊을 수가 없다.

◎ ─ 9월 10일

최인복과 전문을 불러서 술을 먹여 보냈다. 저녁에 소지가 찾아와 서 큰 잔으로 술 두 잔을 대접하고 이어서 저녁을 먹여 보냈다. 또 누룩 1덩어리도 주었다. 그가 누룩을 찾았기 때문이다. 최인복은 큰 잔으로 여섯 잔을, 전문은 두 잔을 마시고 돌아갔다.

◎ ─ 9월 11일

인아와 단녀의 학질이 배나 심하여 걱정스럽다. 저녁에 함열에서

....
* 절육(切肉): 얄팍하게 썰어 양념장에 재워서 익힌 고기이다.

사람이 왔다. 중미 2말, 백미 1말, 절인 게 20마리를 보내왔다.

◎ ― 9월 12일

이른 아침에 사내종과 계집종 넷에게 둔답의 벼를 베어 말리게 했다. 아침에 체찰사(體察使)의 종사관인 직강(直講) 조존성(趙存性)*이 이 군에 이르렀다. 쌀 2말과 웅어젓 4되를 보내왔고, 생원(오윤해)에게서 편지를 가져다주었다. 즉시 답장을 써서 보냈다.

저녁에 함열의 사내종이 한양에 올라가는 길에 이곳에 와서 잤다. 편지를 써서 진위의 생원(오윤해) 집에 전해 달라고 했다. 향비는 일이 있어 돌아갔다.

◎ ― 9월 13일

밥을 먹고 군에 들어가서 군수를 만났다. 군수는 마침 축성 감독 군관(築城監督軍官)과 함께 동헌에 앉아 이야기를 나누고 있었다. 잠시 후 군관 등과 진사 한겸의 집으로 가서 모여 활을 쏘았다. 전날 이미 약속을 했기 때문이다. 군수가 나에게 같이 가자고 했지만, 일이 있어서 가지 않고 돌아왔다.

올 때 신몽겸을 만나 학질 떼는 방법을 가르쳐 달라고 했다. 예전에 신몽겸의 부적술에 신통한 효험이 있다고 들었기 때문에, 두 아이의

....
* 체찰사(體察使)의……조존성(趙存性): 체찰사는 좌의정 윤두수였다. 조존성(1554~1628)은 1590년 증광 문과에 급제했다. 당시 체찰사였던 윤두수가 조존성에게 종사관이 되어 주기를 청하여 종사관이 되었다. 《국역 청음집》 제27권 〈증의정부영의정소민조공신도비명(贈議政府領議政昭敏趙公神道碑銘)〉.

병을 고치기 위하여 직접 구하는 것이다.

◎ ─ 9월 14일

둔답의 벼를 거두어 보니 196뭇이다. 함열에서 사람이 왔다. 백미 1말, 중미 2말, 절인 게 20마리, 술 1병 반, 생닭 1마리를 지고 왔다.

신공의 부적술법을 두 아이에게 시험해 보았지만 효험이 없고 전보다 배나 더 아프다고 한다. 안타깝다.

◎ ─ 9월 15일

한복(漢卜)을 불러 방과 아궁이를 고쳤다. 한복은 정처 없이 떠도는 사람으로, 이웃에 와서 산다.

◎ ─ 9월 16일

어제 방의 굴뚝을 파지 않고 고쳐서 아궁이의 불이 들여지지 않는다. 그래서 오늘 아침에 막정을 시켜 굴뚝을 헐고 막힌 흙을 파내서 다시 고치게 했다. 어제 한 일이 도로 헛일이 되었다. 우습다. 하지만 종일 불을 때도 여전히 불이 잘 들여지지 않아 방 안이 아직도 따뜻하지 않고 고친 곳도 마르지 않는다. 어머니를 모셔 와서 이 방을 쓰시게 하려고 했는데 이 모양이다. 매우 답답하다.

◎ ─ 9월 17일

아침을 먹고 두 사내종과 말을 데리고 출발하여 남쪽 길로 향했다. 배를 타고 남당진을 건넜다. 마침 나룻가에서 이정시 공을 만나 한배를 타고 건넜다. 서둘러 함열에 도착하니 날이 이미 저물었다. 현감이 관아에 있다가 나를 맞아 관아로 들였다. 딸을 만나 차를 마시고 저녁도 같이 먹었다. 저물어서 상동헌으로 나와 이유위(李有爲)와 같이 잤다. 유위는 이정시의 자이다. 임계(任誠)도 같이 잤다. 임계는 현감의 친척이다.

◎ — 9월 18일

이른 아침에 신대흥(申大興, 신괄)이 왔다. 현감도 따라 나와서 함께 앉아 아침을 먹었다. 늦은 아침에 김봉사도 들어와 함께 저녁내 이야기를 나누었다. 나는 관아로 들어가 딸을 만났다. 김봉사가 어제 태안(泰安)에서 거처로 돌아왔는데, 올 때 결성에 들러 윤겸을 보았고 윤겸의 편지도 가지고 왔다. 편지를 보니 현재 무탈하다고 한다. 다만 임아가 나가 놀다가 뱀에 물렸는데 겨우 차도가 있다고 한다. 놀랍고 염려스럽다.

또 인아의 혼인 상대는 역시 보령 땅 윤겸의 처족(妻族) 가운데서 정했고, 오조(五條)를 써서 보냈다고 한다. 하지만 일에 아직 여유가 있어서 거처로 돌아간 뒤에 편지를 보낼 생각이다.

◎ — 9월 19일

아침부터 비가 내리고 바람까지 불며 하루 종일 날이 개지 않는다. 저녁에 관아에 들어가 딸을 만나고 현감과 함께 저녁을 먹었다. 저물녘에 동헌에 나와 묵으며 임계, 이정시와 같이 잤다. 현감은 처음에 여러 공들과 함께 웅포(熊浦)*에서 고기잡이 구경을 하려고 했는데, 비 때문에 그만두었다.

◎ — 9월 20일

비가 그쳤다. 현감이 나오자 신대흥도 와서 연포(軟泡)[*]를 만들어
여러 공들과 함께 먹었다. 느지막이 여러 공들과 같이 현 서쪽 웅포에
가서 고기잡이를 구경했다. 그런데 마침 바람이 어지러이 불어서 물고
기는 잡지 못하고 여러 공들과 함께 배에 올라 강 한가운데에 닻을 내
리고 술을 마셨다. 자리를 함께한 사람은 신대흥, 김봉사, 이정시 공,
이천황(李天貺) 공, 신응규(申應規),[*] 찰방 홍요좌, 그리고 현감과 나이고,
세 향소(鄕所)[*]도 참석했다. 세 향소가 각각 술과 안주를 듬뿍 차려 내
왔다.

저녁에 배를 띄워 조수를 따라 올라갔다. 구창진(舊倉津) 가에 이르
러 안사눌(안민중)과 남궁니(南宮柅)[*]를 불러 술을 대접하고 저녁을 먹
은 뒤 날이 저물어 각자 돌아왔다. 횃불을 밝히고 왔는데, 현에 들어오
니 밤이 이미 깊었다. 이유위는 뒤처져서 나룻가에서 자고 내일 한산으

....

*   웅포(熊浦): 전북 익산시 웅포면에 있던 포구이다. 황해에서 금강으로 거슬러 올라오는 뱃길
      가운데 가장 번창했던 곳이다. 우리말로는 곰개라고 했다. 본래 10개 군현의 세곡을 실어 내
      던 곳으로, 세곡 창고인 덕성창(德成倉)이 있었다.
*   연포(軟泡): 얇게 썬 두부 꼬치를 기름에 지진 다음 닭국에 넣어 끓인 음식이다.
*   신응규(申應規): ?~?. 신괄(申栝)의 아들이다.
*   향소(鄕所): 유향소(留鄕所)와 같은 말이다. 조선 초기에 악질 향리를 규찰하고 향풍을 바로
      잡기 위해 지방의 품관(品官)들이 조직한 자치기구이다. 조선 후기에 와서 현에서는 1인을
      늘려 3인이었으며, 좌수 1인과 별감 2인의 3인을 삼향소(三鄕所)라고 했다. 유향소와 삼향소
      는 모두 사람을 가리키는 말인 동시에 청사(廳舍)를 의미하기도 했다.
*   남궁니(南宮柅): 1558~?. 1606년 생원시에 입격했다.

로 돌아가려고 한단다.

◎ — 9월 21일

처음에는 일찍 떠나서 태인으로 가려고 했는데 늦어서 가지 못했다. 현감이 노자로 백미 1말, 중미 2말, 콩 2말, 조기 1뭇, 육포 5조, 절인 게 15개, 생게 10개, 생붕어 30마리, 간장 1되를 주었다. 또 보리 종자 7말을 받아 무명 1필 반으로 바꾸었다. 종일 관아 안에서 딸과 이야기를 나누었다.

◎ — 9월 22일

날이 밝기 전에 밥을 먹고 관아에 들어가 현감과 딸을 만났다. 마침 현감 선조의 제삿날이었다. 관아 안에서 제사를 지냈기 때문에 술과 안주를 내어 나를 대접했고, 또 관인 한 사람을 데리고 떠나게 했다. 신창진에 이르러 배를 타고 건너는데, 건너편의 인가가 모두 헐려 하나도 남아 있지 않았다. 까닭을 물었더니, 지난달에 임피에 갇혀 있던 적들이 이곳에 사는 사람들에게 죄목을 끌어다 댔기 때문에 군사들이 수색하고 잡아가기에 도망쳐 흩어지고 한 사람도 돌아와 사는 사람이 없다고 한다. 헐린 집 한 채가 남아 있어서 들어가 말을 먹이고 점심을 먹었다.

잠시 후 비바람이 크게 일어 바로 떠나지 못하고 조금 잦아들기를 기다려 우의를 입고 출발했다. 발길을 재촉하여 김제군에 이르러 홍살문 밖 인가에 들어갔다. 그 집에 어떤 선비가 먼저 와서 우거하고 있어 들어오지 못하게 했다. 그러나 비의 기세가 종일 그치지 않고 달리 갈 곳도 없어서 억지로 들어가 빈 마루에 앉았다. 선비가 나와 보기에 그의 성명을 물었다. 그는 조형원(趙馨遠)으로, 작고한 지례 현감(知禮縣監) 조추(趙摮)의 손자이고 조존경(趙存慶)의 아들이니 나에게는 팔촌 손자 항렬이 된다. 매우 다행스러운 일이다.

그에게 조도어사 박홍로 공이 군에 왔다는 말을 들었다. 막정을 시켜서 이름을 통하게 하고 또 관인으로 하여금 함열 현감의 편지를 이곳 군수에게 올리게 했다. 군수가 즉시 사람을 보내 안부를 물었다. 어사도 따르는 아이를 시켜 나를 맞았다. 즉시 상동헌으로 나갔더니 응소(應邵)와 군수, 족인(族人) 두어 명이 마주 앉아 이야기를 나누고 있었다. 뜻밖에 서로 만나니 매우 기쁘고 위로가 되었다. 군수가 나간 뒤에 응소와 밤이 깊도록 이야기를 나누고 그대로 같이 잤다. 응소는 박공의 자이다. 군수가 일행의 음식을 제공했다.

◎ ─ 9월 23일

날이 개었다. 군수가 들어와 어사를 뵙고 같이 자릿조반을 들었다. 생원 류표도 왔다. 류표는 난리를 피해 이 군에 와서 우거하는데, 어사와 동년우이다. 함께 아침을 먹고 술을 두 대접 마셨다. 날이 차고 바람이 불었기 때문이다.

응소 및 여러 공들과 작별하고 출발했다. 큰 들을 지나는데 어제 내린 비로 물이 길에 가득하고 진창길이어서 걷기 어려웠다. 간신히 마른 길을 찾아서 태인 칠전리에 도착하니 날이 이미 저물었다. 들어가 어머니를 뵈었다. 온 집안의 위아래 사람들이 모두 예전 그대로였다. 다만 덕경이 말을 끌고 영암에 갔는데 기일이 지나도 돌아오지 않는다. 그 이유를 모르겠다. 만약 도망치지 않았다면 아마도 도적을 만났을 게다. 다시 수일을 기다려 보아야 하겠지만, 그래도 오지 않으면 어머니께서 가실 때 사내종과 말이 부족할 것이다. 답답하고 걱정스럽다.

어머니를 모시고 이야기를 나누다가 밤이 깊어 별감 권서의 사랑방에 가서 그의 아들과 같이 잤다. 아침에 어사에게서 금구와 익산 두 고을에 들어갈 수 있는 사통(私通)*을 받아 왔다. 갈 때 들러서 묵으려고 한다.

◎ ─ 9월 24일

언명에게 사내종이 없어서 논에서 벼를 수확하지 못한 지 오래라고 한다. 그래서 나의 사내종 둘과 관인을 시켜 베게 하고 말 2마리에 실어 오게 했다. 그런데 마침 찬바람이 세차게 불고 날이 너무 추워 사람들이 모두 오슬오슬 떨다가 다 베지도 못하고 돌아왔다. 공연히 양식과 반찬만 허비했다. 곤궁한 집의 일이 매번 이와 같구나. 탄식한들 어쩌겠는가.

별감 권서가 집에 왔다고 해서 누대 위에 가서 만났다. 전에도 여러 번 여기 왔었지만, 그때마다 서로 절묘하게 어긋나 한 번도 만나서 회포를 풀지 못했는데 이제야 만났다. 먼저 우리 어머니를 보살펴 준 후의에 감사를 표하고 만남이 늦은 것을 한탄했다. 그는 평소에 나의 어머니께서 편찮으시면 맛있는 음식을 구해서 계속 보내 주었고, 양식이 떨어졌다는 말을 들으면 백방으로 구해서 보내 주어 굶지 않으시게 해 주었으며, 새로운 물건을 얻으면 반드시 먼저 보내 주었다. 나의 아

....

* 　사통(私通): 공사(公事)에 관하여 사사로이 연락하는 편지이다.

우에게도 후하게 대해 주었다. 아무리 친척이나 친구라도 이러한 때에
는 오히려 보살펴 주지 않는데, 하물며 이처럼 전에 전혀 일면식도 없
었던 사람은 어떻겠는가. 아우의 장인과 장모, 처남도 울타리 하나 너
머에 살면서 사소한 물건도 빌려 주지 않았는데, 하물며 감히 구원해
주기를 바랄 수 있겠는가. 사람의 품성이 어찌 이다지 차이가 나는가.

저녁에 권서의 사랑에 가서 권서의 둘째 아들 극정(克正)과 같이 잤
다. 권서의 두 아들*은 젊지만 모두 순수하고 신중하다.

◎ ─ 9월 25일

어제 못다 벤 벼를 사내종 둘에게 다시 베어 실어 오게 했는데, 겨
우 3바리뿐이다. 아침을 먹고 권서의 누대 위에 올라가서 권서와 종일
이야기를 나누었다. 날이 저물어 또 권서의 사랑에서 그의 아들과 같이
잤다. 처음에는 내일 어머니를 모시고 출발하려고 했는데, 일이 있어
그러지 못하고 모레 출발하기로 했다.

◎ ─ 9월 26일

아침밥은 권서의 집에서 준비하여 우리 형제와 어머니께 보내 주
었다. 권서의 부인이 와서 어머니를 뵈었다. 내일 떠나기 때문이다. 종
일 권서의 누대 위에서 마을 사람 네댓 명과 함께 이야기를 나누었다.
주인은 일이 있어 나갔다가 저녁에 돌아왔다.

....

*   권서의 두 아들: 큰아들은 권극평(權克平, ?~?)이다. 임진왜란이 일어났을 때 최경회(崔慶會)
     와 함께 의병을 모집하여 진주에서 싸웠다. 둘째 아들은 권극정이다.

또 권서의 사랑에서 그의 아들과 같이 잤다. 덕경이 오지 않아서 사내종과 말이 부족하다. 어머니를 모시고 돌아갈 적에 분명 어려운 일이 많을 텐데 이루 말로 다할 수 없다. 언명도 어머니를 모시고 돌아갈 수 없다. 더욱 답답하다. 사내종과 말이 없기 때문이다.

◎ ─ 9월 27일

일찍 밥을 먹고 어머니를 모시고 출발했다. 언명이 걸어서 마을 어귀까지 따라왔다가 돌아갔다. 어머니께서도 함께 가지 못해서 마음이 아파 눈물을 흘리시니, 더욱 지극히 슬프다. 가다가 종정원 앞에 이르러 말을 먹이고 점심을 먹었다. 날이 저물어 금구현에 이르러 어사의 사통과 함열 현감의 편지를 주었더니 우리 일행에게 밥을 대접했다. 밥을 먹고 들어가서 현감 김복억(金福億)* 공을 만났다. 전에 서로 일면식은 없지만 명망을 들은 지 오래라며 후하게 대우해 주었고, 노자로 쌀 1말, 콩 1말, 조기 1뭇, 절인 게 10마리, 감장 3되, 간장 반 되, 소금 1되를 주었다. 고마움을 금치 못하겠다.

날이 저물 무렵에 이 도의 도사 황극중(黃克中)* 공이 한양에서 이곳에 막 도착했다. 일찍이 알던 사이라 곧바로 이름을 전했더니 나를 맞아 주었다. 조용히 이야기를 나누다 보니 밤이 이미 깊었다.

....

* 김복억(金福億): 1524~1600. 김제 군수, 사옹원 판관 등을 지냈다. 당시에는 금구 현감을 맡고 있었다.

* 황극중(黃克中): 1552~1604. 사헌부 지평, 안동 부사 등을 지냈다.

◎ ─ 9월 28일

일찍 밥을 먹은 뒤에 현감이 사람을 보내서 나를 보기를 청했다. 곧바로 서헌으로 들어가서 보니, 현감이 나에게 술 석 잔을 대접했다. 잠시 후 도사도 사람을 보내 나를 보기를 청했다. 방 안으로 들어가서 보니, 마찬가지로 나에게 술 석 잔을 대접했다. 그편에 편지를 써서 영암의 누이에게 전해 달라고 하고, 또 아우를 부탁한 뒤에 나왔다.

어머니를 모시고 출발하여 삼례(參禮)의 역관에 이르러 말을 먹이고 점심을 먹었다. 계집종 열금(悅今)이 뒤처졌는데 기다려도 오지 않았다. 계집종 복이[福只]에게 남아서 기다리게 하고 먼저 출발해서 익산에 도착하니 날이 이미 저물었다. 곧바로 어사의 사통과 함열 현감의 편지를 올렸다. 군수가 사창에 있다가 사람을 보내서 나를 보기를 청했다. 바로 가서 만나 옛이야기를 나누고 나니 나에게 술을 대접했다. 객관으로 돌아와 잤는데, 우리 일행에게 음식을 대접했다.

◎ ─ 9월 29일

이른 아침에 군수에게 청하여 술과 안주를 얻어서, 이 고을의 탄곡(炭谷)에 사는 경여의 부인을 찾아 경여를 초장한 곳에 잔을 올리고 한 번 곡했다. 예전의 일을 추억하니 슬픔을 이기지 못하겠다. 경여의 부인이 나를 보더니 매우 애통해 한다. 매우 불쌍하다. 사람도 없는 골짜기 속에서 홀로 어린 외손자와 살고 있으니 더욱 몹시 애처롭고 가련하다. 마침 한욱(韓頊)*이 와서 잠시 이야기를 나누고 돌아왔다. 해가 이

....

* 한욱(韓頊): ?~1624. 1620년에 진사시에 입격했고, 예조의 추천으로 시학교관이 되었다.

미 중천이다.

사창에 가서 군수를 만났다. 군수가 나에게 중미 2말, 정미 2말, 벼 5말, 감장 5되, 조기 2뭇, 누룩 3덩어리, 콩 2말을 주었다. 매우 고맙다. 군수의 성명은 고성후(高成厚)*로, 전부터 알던 사람이다. 도사 황공(黃公)도 먹을 것을 지급해 주는 일로 사사로이 통지했다.

정오에 어머니를 모시고 출발했다. 함열에 도착하니 해가 아직 지지 않았다. 마침 함열 현감이 그의 숙부인 신대흥이 한양으로 가게 되어 상동방(上東房)에서 송별연을 열고 있어서 나도 참석했다. 자리를 함께한 사람은 대흥과 김봉사, 전 신계 현감(新溪縣監) 조희안(趙希顔), 이경춘(李慶春), 그리고 대흥의 아들 신응규이다. 술잔을 나누다가 밤이 깊어 각자 헤어졌다. 오늘 아침에 익산 군수가 준 벼 5말, 감장 5되, 조기 5마리, 절인 게 6개, 누룩 1덩어리, 소고기 1덩어리, 콩 1말을 경여의 부인에게 보냈다.

조신계(趙新溪)는 옥구(沃溝) 땅에 와서 우거하다가 이제 한양에 가려고 하면서 이곳에 들러 갔는데, 그는 한마을에서 서로 알고 지내던 어른이다. 뜻밖에 서로 만나니 매우 기쁘고 위로가 되었다. 그에게 들으니, 두 아들이 모두 죽어 의탁할 곳이 없어서 옥구에 사는 첩의 농막에 와 있다고 한다. 가련하다. 이경춘도 난을 피해서 이 고을에 와서 산다. 저물녘에 현감이 와서 어머니를 뵈었다.

....

*   고성후(高成厚): 1549~?. 선산 현감, 익산 군수 등을 지냈다.

10월 _{큰달}

◎ ─ 10월 1일

이른 아침에 관아로 들어가서 딸을 보고 함께 아침을 먹었다. 한참 뒤 현감이 임시 파견 관원으로서 우도(右道)의 여러 고을을 차례로 순회하기 위해 출발하려는 때에, 신대흥, 김봉사, 이봉사, 민주부(閔主簿), 신응규와 내가 함께 관청에 앉아 작은 술자리를 마련하여 조용히 이야기를 나누었다. 그러다 보니 이미 정오가 지났다. 이로 인해 현감이 출발을 멈추었다. 신대흥과 김봉사는 주량이 차지 않아서 더 마시기로 했다. 이 고을에 사는 생원 안극인(安克仁)의 집에 술이 있다는 말을 듣고 곧장 달려가서 크게 취하고 돌아왔다.

저물녘에 딸이 와서 어머니를 뵙고 밤이 깊어 돌아갔다. 현감이 어머니께 그대로 여기 머무시다가 자신이 돌아온 뒤에 떠나라고 했다. 요 며칠은 이곳에 머물러야겠다.

◎ ─ 10월 2일

이른 아침에 들어가 딸을 만났는데 현감도 자리에 있었다. 마주하여 이야기를 나누는데, 잠시 후 김봉사가 밖에 왔다고 했다. 곧바로 현감과 함께 아문 밖으로 나가서 평상에 앉아 이야기를 나누다가 한참 뒤에 각자 돌아갔다. 현감은 아침을 먹고 익산으로 떠날 예정이어서, 밖에서 돌아왔을 때 어머니를 뵙고 갔다. 태인에 들러서 잘 것이라고 하기에 아우에게 쓴 편지를 전해 달라고 부탁했다. 아울러 조기 1뭇, 자반 1상자도 부쳤다. 어머니의 뜻에 따른 것이다. 낮에 행과(行果)*와 찰떡을 마련하여 어머니께 올렸다. 현감이 올리라고 했기 때문이다.

◎ ─ 10월 3일

딸이 오늘 막정에게 정목 1필과 백미 5말을 주면서 장에서 안감으로 쓸 명주로 바꾸어 오게 했다. 나도 정목 2필 반과 중미 2말을 주고 겉감으로 쓸 명주로 바꾸어 오게 했다. 인아가 장가들 때 쓰려는 것이다. 이 때문에 늦게 출발하여 남당진 나룻가에 도착하니, 배가 마침 건너편 언덕에 정박해 있었다. 조수가 사납고 급한데다 건너는 사람도 없어서 쉽게 건너오지 못했다. 해가 기울어 겨우 나루를 건너니, 날이 이미 저물었다. 마침 진사 이중영의 아들과 같이 왔다. 밤이 깊어 우거하는 곳으로 돌아왔다.

....

*   행과(行果): 명절이나 잔치 때 별도로 과일만 진설해 놓은 상이다. 별행과(別行果)라고도 한다.

◎ — 10월 4일

이곳에 와서 들으니, 별좌(오윤겸)의 사내종 세만이 그저께 들어왔다고 한다. 인아의 혼사를 이번 달로 기약했는데, 저쪽 집에서 오조를 보내 달라고 재촉하여 별좌(오윤겸)가 사람을 시켜 써 가게 했단다. 만약 이번 달로 정한다면 의복을 마련하지 못할 형편이다. 답답하다.

윤함의 처갓집 사내종 옥지(玉只)가 황해도에서 윤함의 편지를 가지고 왔다. 윤함의 편지를 보니, 별 탈 없이 편안히 지낸다고 했다. 매우 기쁘다. 다만 들으니, 오정일이 지난 8월에 적에게 죽었고 유일도 병으로 죽었다고 한다. 형제가 모두 죽었으니 매우 불쌍하다.

정일은 종갓집 종손인데, 뒤를 이을 아들도 없이 적의 손에 죽었다고 하니 더욱 몹시 슬픈 일이다. 성질이 본래 불순해서 고향에 살면서 패륜을 많이 저질렀는데, 가는 곳마다 모두 그러해서 승려나 속인들이 모두 원망했다고 한다. 화를 당한 것은 분명 이 때문일 게다. 종갓집 선조의 신주는 난리 뒤에 해주에 있는 그의 집으로 모시고 돌아갔다고 했는데, 정일이 화를 당한 뒤로는 어느 곳에 모셔 두었는지 모르겠다. 의탁할 사람이 없으니 상서롭지 못하다. 하지만 비록 살아 있다고 해도 미덥지는 못했으리라. 오직 막내아우 끗남[㖙男]만 살아 있다고 한다. 옥지가 어제 돌아가는 바람에 미처 답장을 써서 보내지 못했다. 몹시 안타깝다.

◎ — 10월 5일

할아버지의 제삿날이다. 떡과 밥, 과일, 포, 식해 등을 차려 잔을 올렸다. 종손이 모두 죽어서 제사를 지낼 사람이 없고, 또 다음 항렬에도 지낼 사람이 없다. 그래서 아득한 끝자락 지손(支孫)이지만 차마 그냥 지나갈 수가 없어서 차린 대로 정성을 올린 것이다. 지극한 슬픔을 견딜 수가 없다.

최인복이 찾아와서 큰 잔으로 술 다섯 잔을 대접해서 보냈다. 오후에 진사 이중영과 소지가 찾아와서 또 술을 대접했다. 소지에게는 저녁밥까지 내주고 조용히 이야기를 나누다가 헤어졌다. 함열에서 사람이 왔는데, 백미 2말을 보내왔다.

◎ ─ 10월 6일

그저께부터 둔답의 벼를 거두기 시작했다. 오늘 노비 5명에게 일을 맡겨 내일 안으로 다 거두기를 기약했다. 모레 동쪽으로 거처를 옮기려고 하기 때문이다. 어제 거둔 40뭇은 정조 30말이니, 이것은 관에 바치려고 한다.

오후에 신대흥이 함열에서 한양으로 가는 중에 들렀다. 그편에 들으니, 함열 현감이 어제 돌아왔다고 한다. 신대흥에게 큰 잔으로 술 두 잔을 대접했다. 또 신대흥과 함께 군에 갔더니, 군수가 병으로 나오지 않아서 이름을 전할 수 없었다. 신대흥과 함께 낭청방에서 이야기를 나누다가 저녁에 우거하는 곳으로 돌아오니 날이 이미 저물었다. 신대흥은 겨우 이름을 전하고 그곳에서 잤다.

◎ ─ 10월 7일

아침에 집주인 최인복이 와서, "홍주서(洪注書)*가 먼저 들어가고자 하여 이미 계집종을 보내서 그 집을 지키고 있으며 저에게 묻지도 않고 먼저 짐을 옮겨 오늘 들어간다고 하니, 무슨 까닭인지 모르겠습니다."라고 했다. 나는 "분명 빈집이라서 내가 이미 빌린 줄 몰랐기 때문에 들어가려는 것일 게요."라고 하고 큰 잔으로 술 두 잔을 대접하여 보냈다.

밥을 먹고 또 홍주서에게 막정을 보내서, 내가 이미 집주인에게 집을 빌려 내일 거처를 옮길 것이라고 말해 주었다. 홍주서가, "나는 그런 줄도 모르고 이부장(이홍제)의 말만 듣고 들어가려고 했네. 이제 어르신께서 이미 빌려서 들어간다고 하시니 다툴 수가 없네. 나는 다시 다른 집을 구해서 들어가겠네."라고 하더란다. 내일 먼저 침구 등 여러 물건을 옮기고 저녁때 온 가족이 이사할 작정이다.

홍주서의 이름은 준(遵)으로, 한양에 있을 때 한마을에 살아서 전부터 알던 사이이다. 윤겸의 어릴 적 친구이기도 하다. 지금은 어머니 상중이다. 지난달에 그의 장인인 판관 상시손의 집에 와서 살다가 도적이 무서워서 관가 근처로 옮기려는 것이다. 나는 또 최인복의 집에 가서 이광춘을 불러 그 까닭을 말해 주었다. 최인복의 직비(直婢)*가 불순한 말을 많이 했다. 괘씸하다. 함열에서 사람이 왔다. 백미 2말을 보내왔다.

---

* 홍주서(洪注書): 홍준(洪遵, 1557~1616). 교리, 사간, 동부승지 등을 지냈다.《국역 선조실록》26년 11월 10일 기사에 홍준이 주서에 임명된 일이 보인다.
* 직비(直婢): 어떤 사정으로 인해 계집종이 일을 할 수 없을 때 임시로 계집종의 임무를 대신하도록 한 여자이다.

◎ ─ 10월 8일

여러 물건을 동쪽 가 최인복의 집으로 운반하고 저녁때 온 가족이 거처를 옮겼다. 전문의 부인이 술과 과일을 차려 와서 집사람을 보았다. 소지도 찾아왔다. 큰 대접으로 술 한 대접을 주고 그의 말을 빌려 타고 왔다. 별좌(오윤겸)는 오지 않았다. 그 이유를 모르겠다.

◎ ─ 10월 9일

별좌(오윤겸)가 만약 별시(別試)를 보려면 어제 반드시 와서 나를 본 뒤에 부여의 도회소(都會所)*에 갔어야 했다. 지금까지 그림자도 보이지 않으니 분명 오지 않으려는 게다. 함열 현감의 사내종이 한양에서 내려올 때 길에서 생원(오윤해)을 만났는데, 생원(오윤해)이 하는 말이 별시를 보기 위해 한양으로 가는데 가는 도중이라 편지를 못 썼고 그 처자식도 수원의 사내종 집에 왔다고 하더란다.

아침을 먹고 조대영의 집에 가서 어제 옮겨 오지 못한 물건을 다시 실어 보내게 했다. 그길로 진사 이중영을 찾아갔다가 돌아왔다. 전문도 와서 보았다.

◎ ─ 10월 10일

사내종 둘에게 뒷간을 만들게 했다. 천린이 한산에서 찾아왔다. 지난달에 이미 수원으로 돌아갔으려니 했는데, 도망간 사내종의 전답을

....
* 도회소(都會所): 각 도에 설치한 임시 관아이다. 지방 유생의 학업을 장려하기 위하여 도 내 향교의 유생들에게 강론(講論) 또는 제술(製述)로 시험을 치게 해서 우수한 자에게 생원시와 진사시의 복시에 응시할 수 있는 자격을 주는 일 등을 했다.

찾아내어 가져오는 일로 오랫동안 이곳에 머물고 있기 때문에 찾아왔다고 한다. 어머니께서 쓰실 방을 수리하고 비질한 뒤에 종이가 찢어진 창과 벽을 발랐다.

◎ ─ 10월 11일

처음에는 오늘 함열에 가서 어머니를 모셔 오려고 했다. 하지만 집에 땔나무가 없어서 어쩔 수 없이 사내종 둘에게 말을 끌고 가서 나무를 베어 실어 오게 했다. 어머니께서 오랫동안 관아 안에 계시어 함열 현감이 다른 방으로 피해서 잔다고 하니 미안하다. 오늘 아침에 주인집 계집종이 다락의 자물쇠를 열어 주어 그 안에 신주를 모셨다.

별좌(오윤겸)가 부여에서 별시를 본 뒤에 왔다. 안 올 거라고 생각하다가 지금 홀연히 보니 매우 기쁘고 위로가 된다. 함께 이야기를 나누다가 밤이 깊어 잠자리에 들었다. 별좌(오윤겸)의 사내종이 결성에서 뒤미처 이르렀다. 찹쌀떡 1상자, 엿 1상자를 가지고 왔다. 갯지도 석성에서 보낸 쌀 2말, 콩 2말을 가지고 왔다. 함열에서도 사람이 왔는데, 백미 2말을 보내왔다.

◎ ─ 10월 12일

아침에 소지가 먼저 술과 과일을 보내오고 자기도 뒤미처 왔다. 오늘이 별좌(오윤겸)의 생일이기 때문이다. 밥을 먹고 별좌(오윤겸)와 함께 함열에 왔다. 떡 1상자를 쪄서 함열 현감의 어머니께 가져다 드리고 이어서 어머니께 나아가 뵈었는데 편안하시다. 현감이 관아에 들어와 윤겸과 함께 이야기를 나누고 밤이 깊어 파하고 나왔다. 나와 윤겸, 임계는 관청의 새 방에서 함께 잤다.

아침에 이유(李愉)가 왔는데, 출발하려던 참이라 잠깐 이야기를 나누고 술 석 잔을 대접하여 보냈다. 소지도 참석했다. 이유는 조우 자옥(趙瑀子玉)의 사위이다. 그는 지난여름에 아내와 아들을 잃었다. 그래서 자옥이 황해도의 송화(松禾)에서 옮겨 와서 해미(海美) 땅에 임시로 거처하고 있었는데, 이유가 모시고 온 것이다. 그는 이 고을 현감과 가까운 친척이다. 그래서 이곳에 와서 현감을 만났는데, 내가 떠돌다가 여기에 우거한다는 말을 듣고 찾아왔다.

◎ ─ 10월 13일

현감이 관아에 나간 뒤 윤겸과 함께 딸의 방으로 가서 어머니를 모시고 종일 이야기를 나누었다. 계집종 열금이 이곳에 온 뒤로 허리 아래가 몹시 부어 몸을 움직이지 못하고 대소변도 가리지 못한다. 불쌍하다. 죽으려나 보다. 내일 어머니를 모시고 임천의 거처로 돌아갈 것이다. 열금은 여염집에 데려다 놓았다가 추후에 사내종과 말을 보내서 데려올 생각이다. 저물녘에 현감이 떡과 국수, 한 소반의 과일을 차려 어머니께 올렸다. 우리들도 같이 먹었다.

◎ ─ 10월 14일

현감이 중미 4말, 콩 3말, 벼 1섬, 누룩 5덩어리, 절인 게 15마리, 조기 2뭇, 기름 1되, 소금 4되를 주었다. 밥을 먹은 뒤에 어머니를 모시고 남당진 가에 이르니, 마침 송노가 말을 끌고 와서 맞았다. 그래서 빌려 온 말과 관인을 돌려보냈다.

이 도의 별시 방목(榜目, 합격자 명부)을 보니, 윤겸만 낙방했고 같이 참여한 사람들은 모두 합격했다. 운명이 그런 걸 어찌하겠는가. 장원은 권수기(權守己)*이고, 시제(試題)는 "오왕(五王)이 무후(武后)를 폐하지 않은 일에 대한 논(論)"*과 "활과 화살을 다스리는 방도에 비유한 부(賦)"*이다.

방목을 윤겸에게 보냈다. 윤겸은 지금 함열에 있다. 오는 열이렛날이 경여를 장사 지내는 날이기 때문에, 내일 익산에 가서 보고 뒤따라오게 하려고 한다. 강을 건너 우거하는 곳에 도착했다. 해는 아직도 중천이다.

송노가 지난 3월에 말미를 얻어 갔다가 지금까지 돌아오지 않아

....

* 권수기(權守己): 1550~1624. 1582년 진사시에 입격했다. 한성부 서윤, 은진 현감 등을 지냈다. 권수기가 장원을 차지한 시험이 어떤 시험인지는 알 수 없다. 그의 묘지명이나 방목에는 문과에 급제한 기록이 없다. 《탄옹집(炭翁集)》 권12 〈백부서윤부군묘갈명(伯父庶尹府君墓碣銘)〉.

* 오왕(五王)이……논(論): 오왕은 당나라 측천무후(則天武后) 때 평양군왕에 봉해진 경휘(敬暉), 부양군왕에 봉해진 환언범(桓彦範), 한양군왕에 봉해진 장간지(張柬之), 남양군왕에 봉해진 원서기(袁恕己), 박릉군왕에 봉해진 최원위(崔元暐)를 말한다. 이들은 측천무후가 병이 들자 몰래 반역을 도모하고자 했던 장이지(張易之)와 창종(昌宗) 등의 역모를 미리 알아채고 진압하여 중종(中宗)을 복위시켰다. 하지만 측천무후의 이복 오빠 무원경(武元慶)의 아들인 무삼사(武三思) 등을 처형하지 않아 끝내 이들에게 모함을 받아 귀양을 갔다가 처형되었다. 이 일에 대한 논을 말한다. 《신당서(新唐書)》 권120 〈오왕열전(五王列傳)〉.

* 활과……부(賦): 당나라 고조(高祖)가 태자소부 소우(蕭瑀)에게 "짐이 젊어서부터 활과 화살을 좋아하여 좋은 활 10여 개를 얻고는 스스로 이보다 더 좋은 것이 없다고 여겼는데, 근래 활을 만드는 공인(工人)에게 보였더니 그가 마침내 말하기를 '모두 좋은 재목이 아닙니다.'라고 했다. 짐이 그 까닭을 물었더니, 공인이 대답하기를 '나무의 심이 곧지 않으면 나뭇결이 모두 휘니, 활이 아무리 강하더라도 화살을 발사하면 곧게 나가지 않습니다.'라고 했다. 짐이 그제야 비로소 이전에 활과 화살을 분별함이 정밀하지 못했음을 깨닫게 되었다. 짐은 활과 화살로써 사방을 평정했는데도 활과 화살을 식별함이 오히려 지극하지 못한데 하물며 천하의 사무를 어찌 두루 알 수 있겠는가."라고 한 고사로 지은 부를 말한다.

병에 걸려 죽었나 의심했는데 뜻밖에 돌아왔다. 밉기는 하지만 집안에 부릴 사내종이 없는 터라 한편으로는 기쁘다. 오지 않은 이유를 묻자 송노가 하는 말이, 자기 아비가 병들어 죽고 자신도 전염병에 걸려서 바로 오지 못했으며 가을에 그 아비를 매장한 뒤에 와서 뵙는 것이라고 한다. 분명 거짓말일 텐데 그럴듯하게 속이니 그렇게 여길 수밖에 없다. 애당초 달아난 것도 아니었으니, 그 게으름을 징계하지 않고 좋게 봐주었다.

◎ ─ 10월 15일

사내종 셋에게 말을 끌고 가서 움집에 쓸 나무를 베어 오게 했다. 오후에는 비가 내렸다. 한노를 익산에 보냈다. 술과 과일을 마련하여 경여의 제사를 지내기 위해서이다.

◎ ─ 10월 16일

움집 두 곳을 지었다. 하나는 계집종들이 거처할 곳이다. 기대수와 전계남(全繼南)이 영동에서 한산으로 가는 길에 지나다가 들렀다. 남자순 형이 편지를 보내 주어 두세 번 펼쳐 읽으니 완연하게 얼굴을 보는 듯했다. 백원[남경효(南景孝)] 형도 영동 자순의 거처에 와 있단다. 황간에는 의탁할 곳이 없고 굶주림에 날로 시달렸기 때문에 자순 형이 모셔 왔다고 한다. 황산(黃山)의 친구들은 모두 이미 병들거나 굶어 죽었고, 외갓집의 옛터에는 쑥대만 눈에 가득하여 쳐다보면 참혹함을 금할 수 없다고 한다. 탄식한들 어찌하겠는가. 계남은 자순의 외손자이다.*

함열에 사는 막정의 주인과 그 아들이 찐 떡 1상자, 좋은 술 2병, 과일 및 안주 3상자를 가지고 함께 와서 바쳤다. 일전에 권농(勸農)*을 바꿔 주기를 청했기 때문에 와서 사례하는 것이다. 그러나 마음속으로 몹시 미안하여 저녁밥을 먹여 보냈다.

영암의 임경흠 집의 사내종이 한양으로 가다가 내가 여기에 있다는 말을 듣고 들어왔다. 그에게서 누이의 안부를 들었다. 또 해주 박참판의 거처로 간다고 하기에 편지를 써서 윤함에게 전하게 했다. 이유가 내일 황해도로 돌아간다고 하여 저물녘에 들어가서 보고 이야기를 나누다가 돌아오니 밤이 이미 깊었다.

◎ ─ 10월 17일

꿈에서 심열을 보았는데, 완연히 평소의 모습과 같았다. 딸들도 여러 번 꿈에서 보았다고 한다. 분명 어머니께 사람을 보내서 안부를 여쭈려고 하는가 보다. 이유에게 편지를 써서 주어 황해도로 가는 길에 윤함에게 전하게 했다. 어제 비록 경흠의 사내종 편에 편지를 부치기는 했지만, 혹시라도 잃어버려서 전하지 못할까봐 지금 다시 보내는 것이다.

집주인 최인복 부자가 왔다. 마침 술이 없어서 찰떡만 대접해서 보냈다. 송노와 향비가 함열에 갔다. 별좌(오윤겸)의 사내종 갯지가 어제 말을 가지고 이곳으로 왔기에, 오늘 아침에 그 집으로 돌려보냈다.

....

* 계남은……외손자이다: 남자순은 오희문의 셋째 외삼촌인 남지원의 아들로 보인다. 『남씨대동보』를 살펴보면 전계남은 오희문의 큰외삼촌인 남지언의 외손자로 추정된다. 남지언의 사위인 전세업(全世業)이 바로 전계남의 아버지일 가능성이 높다. 남지언은 당시 이미 별세했으므로 남자순은 남지언이 될 수 없으니, 자순의 외손자라는 것은 오기로 보인다. 남씨대종회, 『남씨대동보』 권16, 남씨대동보편찬위원회, 1993.

* 권농(勸農): 지방의 면(面)에 속하여 농사를 장려하던 담당자이다.

작고한 구례 현감(溝禮縣監) 조사겸(趙思謙)의 첩이 계집종 둘을 샀다가 도로 내놓았으므로 내가 무명 13필을 주기로 약속했다. 본래는 큰 복마(卜馬, 짐 싣는 말) 1필을 주면 되는데, 값이 무명 11필로 정해져서 2필이 부족하니 전섬[全石][*]으로 벼 1섬을 더 주었다. 그 집의 사내종 쇠똥이[金同]와 그의 숙부 끗산이 일이 성사되도록 양쪽에 말을 전해 주었기 때문에, 또 벼 13말을 주어 두 사람이 나누어 먹게 했다. 이광춘을 불러 문기(文記, 권리를 증명하는 문서)를 쓰게 하고, 증인은 그 외숙의 사노(私奴)인 끗산과 소지가 섰다.

◎ ─ 10월 18일

새로 산 계집종 삼작질개(三作叱介)가 와서 나를 보기에 일을 시켰다. 생원 허용(許容)이 와서 보고 돌아갔다. 저물녘에 별좌(오윤겸)가 함열에서 왔다. 계집종 열금이 몸을 움직이지 못하여 어렵게 말에 태우고 두 사람이 부축해서야 겨우 올 수 있었다. 함열 현감이 쌀 6말, 절인 조기 20마리를 보내왔다. 별좌(오윤겸)는 어제 경여의 장례를 본 뒤에 함열에 가서 자고 이제야 비로소 돌아왔다고 한다.

◎ ─ 10월 19일

아침을 먹고 사창에 가서 군수를 만나 둔답의 정조 2섬을 바쳤다. 또 계집종을 산 일을 기록한 문기를 소매 속에 지니고 가서 군수에게 보였다. 군수가 본 문기에 대한 전준(傳准)[*]을 공증하고 도로 쇠똥이에

....

*   전섬[全石]: 전섬은 1섬이 20말, 평섬[平石]은 1섬이 15말이다.

게 주어 보냈다. 군수가 나에게 화보시기[畵保兒]에 술 한 잔을 주었는데 시어서 마실 수가 없었다. 나에게 그대로 머물러 있으라고 하여 이야기를 나누다가 저녁을 대접했다. 또 새우젓 3되, 누룩 2덩어리, 젓국 1사발을 주었다.

올 때 주서 홍준(洪遵)에게 갔다가 돌아왔다. 홍준은 군 안에 와서 사는, 상중인 사람이다. 저녁에 선비 이유립(李惟立)이 와서 별좌(오윤겸)를 만나고 나에게 이름을 전하기에 나도 나가서 만났다. 그는 난을 피해 이곳에 와서 우거하고 있다. 저물녘에 진사 한겸과 생원 홍사고가 별좌(오윤겸)를 찾아왔다. 나도 나가서 보고 이야기를 나누다가 돌아왔다. 지난밤에 눈이 내리더니 햇빛을 보자마자 녹아 버렸다. 오후에는 비로 바뀌었다. 계집종 열금의 병세는 조금 나아져서 부기가 내린 듯하다.

◎ ─ 10월 20일

밤에 비가 내리더니 아침까지도 날이 흐렸다. 별좌(오윤겸)가 송노와 말을 데리고 결성으로 떠나 정산에 들러서 자고 내일 사내종과 말은 돌려보내고 갯지와 그 말을 데리고 갈 것이라고 한다.

오후에 조대득(趙大得)이 찾아왔다. 별좌(오윤겸)의 낙방 시권(試券, 과거시험 답안지)을 소매 속에 가지고 왔다. 도사 김익복(金益福)*의 편지

....

* 　전준(傳准): 관아에서 개인 재산에 대한 소유권을 공증해 주는 증서이다.
* 　김익복(金益福): 1551~1598. 충청 도사, 영광 군수 등을 지냈다. 임진왜란이 일어나자 영광 군수로서 현감 임계영(任啓英)과 함께 인근의 여러 고을에 격문을 돌려 의병을 모아 여러 차례 전공을 세웠다.

와 낙방 시권을 이산 현감(김가기)에게 보냈는데, 이산 현감이 또 편지를 써서 조공이 오는 편에 전한 것이다.

이청(李淸)이 마침 군에 왔다가 내가 여기에 우거한다는 말을 듣고 따르는 아이를 보내서 편지로 안부를 물었다. 곧바로 답장을 쓰고 내일 찾아가겠다고 했다. 이공은 본래 죽산에 살았다. 나와는 동향 사람으로, 전부터 본래 알던 사이이다. 군수와는 칠촌 친척이기 때문에 찾아온 것이다. 그 가족들은 지금 진위 땅에 있다고 한다.

◎ ─ 10월 21일

아침을 먹고 군 안의 여염집으로 가서 이청을 보고 조용히 이야기를 나누었다. 마침 상중인 한의(韓檥)가 뒤미처 왔다. 그는 작고한 첨지(僉知) 한성원(韓性源)*의 아들이다. 추수를 하려고 농막에 왔다가 이공과 서로 알기 때문에 와서 본 것이다. 한공(韓公)에게 들으니, 김한림[金翰林, 김지남(金止男)]의 막내아들 가응이(加應伊)가 지난 8월에 병으로 죽었다고 한다. 애통함을 금할 수 없다. 한림은 어머니의 상을 당해 아직 장사도 못 지냈는데, 또 아들의 초상을 당했다. 궁박하여 의지할 곳이 없다고 하니 더욱 몹시 가련하다. 전에 큰아들과 딸 하나가 같이 죽었고 내 누이도 역병에 걸려 죽었으니, 1년 동안의 화가 참혹해서 이루 말할 수 없다.

저녁에 함열에서 사람이 왔다. 쌀 2말, 미역 4동, 연못에서 잡은 물고기 1사발을 보내왔다. 딸도 좋은 술 1병을 보내왔다. 바로 한 잔을 마

....

*   한성원(韓性源): ?~?. 1553년 별시 문과에 급제했다.

시니 시원했다.

◎ ― 10월 22일

어제저녁에 한노에게 두부콩 7되를 들려서 대조사(大朝寺)*에 보내
두부를 만들게 했는데, 오늘 아침에 왔다. 오늘은 외할아버지의 제삿
날이므로 어머니를 위하여 반찬을 마련한 것이다. 소지가 와서 보았다.
환자 모조(耗租)* 7말 5되와 소지의 모조를 합하여 총 1섬을 관청에 바
쳤다.

저녁에 송노가 돌아왔다. 별좌(오윤겸)가 정산에 이르러 말을 빌려
타고 가고 송노는 돌려보낸 것이다. 또 거친 벼 10말, 쌀 1말, 콩 1말,
감장 5되, 간장 1되, 홍시 30개, 두 가지 소금 조금을 보내왔다. 또 한양
의 방목을 보니, 윤해도 낙방이다. 탄식한들 어찌하겠는가.

조정이 조용하지 못하고 풍랑이 또 일어 자기 의견과 다른 사람은
배척한다고 한다. 매우 한탄스럽다. 흉악한 왜적이 여전히 변방 지역을
점거하고서 호시탐탐 북으로 공격할 마음을 가지고 있으니, 신하와 백
성은 와신상담(臥薪嘗膽)하며 불공대천(不共戴天)의 원수를 갚을 생각을
해야 한다. 그런데 오히려 원통함을 푼다는 핑계로 몰래 보복할 계획을

....

* 대조사(大朝寺): 현재 충남 부여군 임천면에 있는 절이다. 한 노승이 바위 밑에서 수도하다
  가 어느 날 큰 새가 바위 위에 앉는 것을 보고 깜박 잠이 들었는데 깨어나 보니 바위가 미륵
  보살상으로 변해 있었다. 그래서 그 절을 대조사라고 부르게 되었다.《국역 여지도서》제8권
  〈충청도 임천군 사찰〉 조에 따르면, "관아의 동쪽 2리에 있다. 큰 석불(石佛)이 있는데, 관촉
  사(灌燭寺) 미륵과 서로 대등하다고 한다."라고 했다.
* 모조(耗租): 환자를 받을 때 곡식을 쌓아 둘 동안 축날 것을 미리 셈하여 1섬에 몇 되씩 덧붙
  이던 곡식이다.

꾸민다. 분명 나라가 망한 뒤에야 그만둘 것이다. 이 또한 하늘의 뜻이니 어찌하겠는가.

◎ — 10월 23일

새로 산 계집종 삼작질개를 함열에 보내면서 한노도 말을 끌고 함께 가게 했다. 박부여(박동도)의 사위 이양(李陽)이 노비를 찾아내는 일로 이 군에 왔다가 출입을 금해서 이름을 전하지 못하고 나의 거처로 찾아왔다. 저녁을 대접하고 군수에게 편지를 보내서 접견할 수 있게 했다. 이양이 이를 통해 군으로 들어갔다. 삼작질개는 덕개(德介)로, 아작개(阿作介)는 눌은개(訥隱介)로 이름을 고쳤다.

◎ — 10월 24일

덕린이 한산에서 찾아와서 그대로 묵었다. 한노는 지금까지 오지 않는다. 이유를 모르겠다.

◎ — 10월 25일

덕린이 한산으로 돌아갔다. 한노와 관인이 함께 왔다. 함열 현감이 벼 3섬, 쌀 2말을 보내왔다. 벼는 이 군의 환자를 바치기 위해 청했기 때문에 보내온 것이다. 한노가 2섬만 실어 오고 1섬은 양산의 집에 두었다고 한다. 장수(이귀)의 편지와 익산의 경여 부인의 편지를 가지고 왔다. 경여의 부인은 분개의 문기를 써서 보냈고 모레 수원으로 돌아간다고 했다. 그래서 곧바로 편지를 쓰고 한노를 익산으로 보내 그대로 모시고 가게 했다. 제 아비를 찾아보게 하기 위해서이다. 처음에는 경여의 부인이 올라갈 때 막정에게 말을 끌고 모시고 가게 하려고 했는데, 집에 피치 못할 사정이 생겼다. 막정의 정강이 아래에 부종이 생겨서 걸을 수 없고 말도 계집종과 바꾸는 바람에 약속을 어기고 한노만 보냈다. 형편이 그러하니 어찌하겠는가.

군수가 사람을 보내 나를 보기를 청하기에 저물녘에 만나기로 약속했다. 아헌(衙軒)*에서 이야기를 나누다가, 마침 환자 5섬을 마련하여 직접 사창에 가서 바쳤다. 생원 이청도 와서 같이 이야기를 나누었다. 군수가 나에게 저녁을 대접하고 그대로 남아 있게 하면서 퇴근한 뒤에 이야기를 나누자고 했다. 마침 지평 윤유기(尹惟幾)*와 그의 형 윤유심(尹惟深)*이 군에 들어왔는데, 일이 많아서 다시 뒷날 만나기로 기약했다. 날이 저물 무렵에 집으로 돌아왔다. 어제부터 찬바람을 맞아 감기에 걸려 콧물이 쏟아지더니, 지금은 속머리가 조금 아프다. 밤새 뒤척여도 여전히 땀이 나지 않는다. 답답하다.

◎ ─ 10월 26일

기운이 몹시 편치 않아서 두꺼운 이불을 덮고 종일 방에 누워 있었더니 먹고 마시는 것도 달지 않다. 양쪽 관자놀이 쪽이 조금 아픈데 아직도 땀이 흠뻑 나지 않는다. 걱정이다. 오후에 비가 내렸다.

....
* 아헌(衙軒): 지방 수령이 공무를 처리하는 곳이다. 동헌(東軒)이라고도 한다.
* 윤유기(尹惟幾): 1554~?. 경주 부윤, 남원 부사 등을 지냈다.
* 윤유심(尹惟深): 1551~?. 윤유기의 형이다. 예빈시 부정 등을 지냈다.

◎ ─ 10월 27일

밤새 비가 그치지 않고 내렸다. 아침에도 여전히 날이 흐리다. 소지가 부득이한 일로 찾아와서 이산 현감에게 편지를 써 달라고 청했다. 곧바로 편지를 써서 부치고, 아침밥과 술 두 그릇을 대접했다.

지난밤에 잠시 땀이 났다. 그래서인지 아침에는 어제처럼 아프지 않았다. 하지만 여전히 쾌차하지 못했다.

◎ ─ 10월 28일

밤새 땀을 냈는데도 오히려 충분하지 않았다. 아침에 일어나니 속머리가 조금 아팠고 아직 완전히 가시지 않았다. 걱정스럽다. 기대수와 전계남이 한산에서 오는 길에 들렀다. 내가 편치 않아서 나가 보지 못하고 누워 있는 방으로 맞아들여 보았다. 저녁을 대접하여 재웠고, 편지를 써서 자순 형에게 부쳤다.

저녁에 한노가 돌아왔다고 한다. 익산댁(경여의 부인)은 지난 초닷샛날에 이미 수원으로 떠나서 만나지 못했다고 한다. 올 때 함열에 들러서 잤는데, 함열 현감이 편지와 함께 새우젓 3되, 쌀 2말, 수탉 1마리를 보내왔다. 우는 닭을 구하려고 했는데, 닭이 어려서 울지 못한다. 안타깝다. 또 감찰 한즙(韓濈)이 찾아왔는데, 마침 몸이 편치 않아서 나가 보지 못했다.

◎ ─ 10월 29일

막정을 홍산에 보내 별좌(오윤겸)의 편지를 가지고 가서 공채(公債)를 얻게 했다. 또 송노를 함열에 보내 새벽에 떠나는 기대수와 전계남

두 사람에게 죽을 쑤어 먹여 보내게 했다.

　나는 지난밤에 땀을 흠씬 냈더니 아침에 나아졌다. 다만 양쪽 관자놀이 쪽의 통증은 여전히 다 가시지 않았다. 진사 남일원(南一元)*이 찾아왔는데, 아파서 나가 보지 못하여 누워 있는 방으로 맞아 옛이야기를 나누었다. 함열의 고약한 계집종을 추문하여 죄를 다스리는 일로 나의 편지를 요구하기에, 바로 편지를 써서 주고 저녁을 대접해서 보냈다. 일원은 작고한 죽산 현감(竹山縣監) 남대임(南大任)의 둘째 아들이다. 본래 한마을에 살았고, 별좌(오윤겸)와는 어릴 적부터 친한 친구이다. 못 본 지 5, 6년 만에 우연히 만나니 매우 기쁘고 위로가 된다. 그도 떠돌다가 이 군에 우거한다고 한다.

　저녁에 막정이 돌아왔다. 홍산에서 거친 벼 1섬, 누룩 3덩어리를 구해 보냈다. 함열의 딸이 내가 편치 않다는 말을 듣고 곧바로 사람을 보내서 안부를 묻기에 편지를 써서 돌려보냈다.

◎ ─ 10월 30일

　함열의 딸이 안부를 묻기 위해 보낸 관인이 이른 아침에 왔다. 바로 편지를 써서 돌려보냈다. 한노가 그 아비를 찾아보는 일로 말미를 얻어 진위 땅으로 올라갔다. 그편에 편지를 써서 생원(오윤해)에게 부쳤다. 다만 가는 길이 어려우니, 어리석은 놈이 잘 가리라고 어찌 보장하겠는가. 걱정스럽다.

　나는 기운이 조금 편안해졌지만, 평상시만은 못하다. 속머리도 때

....
*　　남일원(南一元): 1557~?. 1588년 생원시에 입격했다.

때로 조금씩 아프다. 단녀는 요 근래 앓지 않는다. 분명 떨어졌나 보다. 인아가 여전히 아파 걱정스럽다. 집사람도 오슬오슬 떨고 머리를 아파하다가 한밤중이 되어 비로소 나아졌다. 분명 학질인 게다. 걱정스럽다. 저녁에 송노가 돌아왔다. 함열에서 쌀 3말, 두(苧) 3되, 기름 1되, 꿀 5홉, 정어리 1사발을 보내왔다.

11월 작은달

◎ — 11월 1일

기운이 점점 회복되고 있지만 아주 좋지는 않다.

◎ — 11월 2일

아침에 일어났더니 평상시처럼 좋아졌다. 기쁘다. 함열에서 사람이 왔다. 백미 2말, 메밀 3되, 간장 2되를 가져다주었다. 곧바로 편지를 써서 돌려보냈다. 사내종 둘에게 말을 끌고 동송동에 가서 울타리를 만들 때 쓸 나무를 베어 오게 했는데, 조김포[조희식(趙希軾)]의 사내종이 낫 2자루를 빼앗아 갔다고 한다.

사과(司果) 이사온(李士溫)과 허용이 찾아와서 조용히 이야기를 나누고 헤어졌다. 이사온은 한양에 있을 때 서로 알던 사이인데, 전주 양정포(良正浦)에 와서 머문다고 한다. 저녁에 방수간이 찾아왔다. 지난봄에 앓은 뒤로 못 본 지 오래이다. 지금은 한산으로 옮겨 사는데, 아내와 아들을 잃었다고 한다.

◎ ― 11월 3일

사내종 둘에게 나무를 베어 오게 했다. 또 어제 빼앗긴 낫을 찾아다가 울타리를 만들게 했는데 끝내지 못했다. 양지에 사는 선비 김익형(金益炯)이 추수하는 일로 앞쪽 이웃 사내종의 집에 왔다가 내가 여기에 거처한다는 말을 듣고 바로 찾아왔다. 그에게 들으니, 양지의 농촌에는 돌아와 사는 사람이 하나도 없어서 옛터에 쑥대만 눈에 가득하고 오효기(吳孝機) 등도 모두 굶어 죽었다고 한다. 참혹하고 슬프기 그지없다. 정자 이지강(李之綱)* 형제만 옛집에 들어와 살지만 오래 머물지 못할 형편이라고 한다.

저물녘에 군수를 만나려고 군에 들어가다가 길에서 좌수 조윤공(趙允恭)과 조광철(趙光哲)을 만났다. 그들에게 들으니, 군수가 정자 정사신(鄭思愼)의 초대에 응하여 갔다고 하기에 거처로 돌아왔다. 계집종 옥춘이 함열에서 왔다. 함열 현감이 보낸 편지에, 근래 올빼미가 관아에 들어와 어지러이 울기에 이복령에게 그 길흉을 점쳐서 알려 달라고 했단다.

◎ ― 11월 4일

이른 아침에 군에 들어갔다. 군수가 관아 안에서 아직 나오지 않아서 이름도 전하지 못하고 그냥 돌아왔다. 아침을 먹고 이복령의 집으로

....
* 　이지강(李之綱): 1553~?. 1583년 별시 문과에 급제했다.

가다가 마침 도중에 그를 만났다. 수레를 같이 타고 군에 들어가 사창에서 태수를 만나고, 소지를 대신하여 벌을 받는 하인을 방면해 주도록 청하고 돌아왔다. 군수가 나를 청하여 진사 한겸의 생일잔치에 가자고 했다. 나는 초대받은 사람이 아니므로 다른 일이 있다고 핑계를 대고 돌아왔다.

함열에서 사람이 왔다. 쌀 2말, 두 가지 젓 1항아리, 미역 2동을 보내왔다. 저물녘에 김익형을 불러 이야기를 나누었다. 그는 밤이 깊어 돌아갔다.

◎ ─ 11월 5일

한산에 가려고 했는데 비 때문에 가지 못했다. 하루 종일 날이 개지 않고 밤새 비가 그치지 않았다. 이 집은 비가 새는 곳이 많아 걱정이다.

◎ ─ 11월 6일

아침에 김익형이 찾아왔다. 그의 자는 광후(光厚)인데, 내가 한산에 간다는 말을 듣고 미련한 사내종을 돌봐 달라고 부탁했다. 아침을 먹고 출발하여 한산의 문밖에 이르렀지만, 문을 단속함이 너무 엄해서 들어가지 못했다. 물러나와 금성정[이의(李儀)]이 거처하는 곳을 찾았는데, 마침 출타하고 집에 없었다. 홀로 빈 마루에 앉아 있었더니 금성정의 부인이 나에게 저녁밥을 내주었다. 저물녘에 금성정이 돌아와서 조용히 옛일을 이야기하다가 그곳에서 잤다. 사내종과 말은 모두 굶고 잤다. 안타깝다.

◎ — 11월 7일

금성정이 또 아침을 지어 대접했다. 막정을 박반송에게 보냈다. 지난가을에 받지 못한 콩을 받아 오게 하기 위해서이다. 송노는 남긴 밥을 먹었을 뿐 또 얻어먹지 못했다. 안타깝다. 금성정이 나를 위해서 먼저 들어가 군수를 보고 내가 왔다는 말을 전했다. 군수가 곧바로 나를 청해 들어오게 했다. 아헌으로 가서 만나니, 나에게 큰 잔으로 술 두 잔을 대접하고 윗사람과 아랫사람이 먹을 음식을 내주었다. 천린이 마침 들어와 주인집에서 서로 만나고 그대로 같이 잤다.

저녁에 군수가 나를 관아의 방으로 불러 저녁을 같이 먹었다. 나에게 벼 1섬, 기름 5홉, 찹쌀 3되, 조기 1뭇, 뱅어젓 2되, 생어 2마리, 감장 3되, 미역 1동을 주었다. 뱅어젓은 천린에게 주었다. 박반송에게서 콩 4말을 받아 왔다. 1말은 주지 않았다고 한다. 괘씸하고 얄밉다.

◎ — 11월 8일

이른 아침에 출발하여 금성정의 집에 이르렀다. 먼저 먹을거리를 보냈다. 아침을 짓게 하기 위해서이다. 또 천린의 사내종과 말을 빌려서 짐을 실었다. 밥을 먹고 길을 나서서 절반쯤 왔을 때 천린의 사내종과 말을 돌려보내고 두 사내종이 짐을 지고 왔다. 그 전에 말이 자빠져서 싣고 오던 물건이 모두 젖었다. 안타깝다.

◎ — 11월 9일

막정을 함열에 보냈다. 제수를 구하는 일 때문이었다. 오는 열하룻날이 동지(冬至)라서 신주 앞에 제사를 지내려는데 제수를 마련할 길이 없기 때문에 사내종과 말을 보낸 것이다. 저녁에 함열에서 사람이 왔다. 쌀 2말, 작은 숭어 5마리, 홍어 반 짝, 정어리 5두름을 보내왔다. 제사 지낼 때 써야겠다. 매우 기쁘다. 곧바로 답장을 써서 돌려보냈다.

◎ — 11월 10일

이른 아침에 김익형이 찾아왔다. 아침부터 날이 흐리고 바람이 불며 눈까지 내렸다. 저녁에 막정이 왔다. 백미 1말, 찹쌀 5되, 두(豆) 1말, 조기 2뭇, 정어리 5두름을 구해 왔다. 전에 두고 왔던 벼 1섬도 실어 왔다. 내일 제사를 지내려는데 찬거리가 마침 떨어졌고 얻어 올 데도 없다. 한탄한들 어찌하겠는가.

◎ — 11월 11일

새벽에 인아와 함께 제사를 지내고 아울러 죽전 숙부 내외의 신위에도 잔을 올렸다. 다만 소고기가 빠졌는데, 시골에서는 마련할 방법이 없다. 매우 안타깝다. 아침을 먹은 뒤에 좌수 조희윤과 조한림 형제를 찾아가서 만나고 그들에게 마초를 구했다. 조희윤이 나에게 술 석 잔을 대접했다.

◎ — 11월 12일

아침에 사내종과 말을 조좌수의 집에 보내서 마초 21뭇을 구하여 실어 왔다. 또 막정을 수다해(水多海)에 보냈다. 얻어 온 마초를 한 곳에 옮겨 쌓는 일 때문이다. 조문화와 이사과(李司果, 이사온)도 각각 30뭇을 주었는데, 모두 수다해에 있기 때문에 사내종을 보내서 옮겨 왔다.

아침에 김익형이 찾아왔다. 큰 잔으로 술 두 잔을 대접해서 보냈다. 저녁에 함열에서 사람이 왔다. 콩 2말, 쌀 2말과 딸이 보낸 제사떡과 과일, 구운 고기를 지고 왔다. 곧바로 답장을 써서 쥐어 보냈다.

오후에 영암의 진사 임현이 지금 전시에 가면서 이곳을 지나다가 내가 가까운 곳에 우거한다는 말을 듣고 찾아 주었다. 참으로 뜻밖이라 매우 기쁘고 위로가 되었다. 그편에 누이가 평안하다는 말을 들으니 더욱 기쁘다. 저녁을 대접했다. 임현이 말린 생선 2뭇을 주었다.

저녁에 윤해가 왔다. 오랜 기다림 끝에 왔으니 큰 기쁨을 말로 다할 수 있겠는가. 처자식들도 모두 무탈하다고 한다. 사내종과 말이 없어서 진작 와서 보지 못하다가 처남의 사내종과 말을 빌려서 온 것이다.

◎ ─ 11월 13일

연기 현감(燕岐縣監) 임태 소열(任兌少說)*이 전라도에서 오는 길에 들렀다가 갔다. 뜻밖에 서로 만나니 매우 기쁘고 위로가 되었다. 그의 형이 이 군에 부임하여 여러 달 있었는데,* 한 번도 찾아오지 않았을 뿐 아니라 사람을 보내 안부를 묻지도 않았고 파면되어 돌아갈 때에도 여전히 그러했다. 형제의 마음이 어찌 이리도 다르단 말인가. 정종경(鄭宗慶)이 지난여름에 전염병에 걸려 아산에서 죽었다고 한다. 가련하다.

....

* 임태 소열(任兌少說): 임태(任兌, 1542~?). 자는 소열이다. 오희문의 처사촌 여동생의 남편이다. 영유 현감, 연기 현감 등을 지냈다.
* 그의……있었는데: 임태의 형은 임극(任克, 1537~?)이다. 1568년 진사시에 입격했다. 《쇄미록》〈계사일록〉 8월 26일 일기에 임극이 임천 군수로 부임했다고 했는데, 부임한 지 5개월 만에 파면되었다.

◎ ─ 11월 14일

이른 아침에 소지가 찾아왔기에 아침을 내주었다. 하루 종일 머물러 있는데, 이는 나에게 군에 들어가 달라고 청하기 위해서이다. 듣자니, 군수가 숙부의 상을 당해서 아문에 들어가 나오지 않는다고 한다. 나는 사창에 가서 감관(監官) 임붕(林鵬)을 만나 아직 납부하지 않은 환자의 수량을 알아보고 이어 아문에 가서 군수에게 이름을 전했다. 군수는 성복(成服)* 전이라며 나와서 보려고 하지 않고 그 아들에게 나가서 접견하게 했다. 조문하여 그의 숙부가 별세한 이유를 물은 뒤에 거처로 돌아왔다. 군수의 숙부는 개천 군수(价川郡守) 이갱 전로(李鏗鑆老)*로, 나와는 사촌 동서 간이다. 서로 매우 친했는데 지금 그의 부음을 들으니 슬픔을 금치 못하겠다. 또 소지에게 저녁을 먹여 보냈다. 소지가 무료했는지 방망이[方亇赤] 3개와 홍두깨[紅薑大] 1개를 만들어 주고 돌아갔다.

◎ ─ 11월 15일

김익형이 찾아왔다. 사내종 둘을 시켜 서북쪽 울타리를 만들게 했다. 저녁에 류선각이 사내종을 보내 안부를 물었다. 가까운 이웃에 사는 경작하는 사람에게 쑥을 실어다 주는 일로 패자(牌字)*를 작성해 보냈다. 내일 소지와 함께 이산에 가기로 약속했다.

....

* 성복(成服): 상례(喪禮)에서 대렴(大殮)을 한 다음날 상제들이 복제(服制)에 따라 상복(喪服)을 입는 절차이다. 죽은 날로부터 4일째에 행한다.
* 이갱 전로(李鏗鑆老): 1538~1594. 자는 전로이다. 개천 군수를 지냈다.
* 패자(牌字): 지위가 높은 기관이나 사람이 자신의 권위를 근거로 상대에게 어떤 사항에 대한 이행을 지시하거나 통보하는 성격의 문서이다.

◎ — 11월 16일

이른 아침에 출발하여 도중에 소지를 만났다. 나란히 같이 가서 고성진을 건너 석성 땅에서 말을 먹였다. 소지는 먼저 이산현 천동(泉洞)에 사는 매부의 집으로 들어갔다. 날이 저물어 나는 홀로 이산현에 도착했다. 현감이 사창에 나가 있다고 하여 사내종에게 이름을 전하게 했다. 현감이 곧바로 사람을 보내 나를 맞았다. 잠시 인사를 나눈 뒤 현감은 선전관을 접대하는 일로 먼저 나갔다. 객사에 마침 생원 홍사고가 먼저 와 있었다. 서로 잠시 이야기를 나누다가 각자 여염집으로 돌아가서 잤다.

이 고을의 좌수 홍이서가 있는 곳이 마침 나의 거처와 가까워서, 그가 저물녘에 와서 조용히 이야기를 나누다가 밤이 깊어 돌아갔다. 홍공은 전에 이곳에 왔을 때 서로 알았기 때문에 찾아온 것이다.

◎ — 11월 17일

아침에 현감이 아헌으로 나를 초대했다. 생원 홍사고와 두세 명의 손님도 와서 같이 식사를 했다. 현감의 매부 성이현(成而顯)이 뒤미처 와서 같이 이야기를 나누었다. 현감은 환자를 받는 일로 사창에 가고, 이현이 술 1병을 구해 나에게 대접했다. 나도 느지막이 떠나서 연산에 이르렀다. 곧장 아헌으로 들어가니, 마침 현감의 숙부 안회(安繪)와 사위 변흡(邊洽)이 자리에 있었다. 안공(安公)은 내가 온 것을 보고 크게 기뻐하면서 곧바로 현감에게 이름을 전했다. 현감이 사람을 보내 안부를 물었다. 밤이 깊은 뒤에 아문으로 들어가서 이야기를 나누었다. 좋은 술을 각자 두 잔씩 마신 뒤에 파하고 여염집으로 돌아와서 잤다.

◎ ─ 11월 18일

일찍 아헌으로 들어갔다. 현감이 아문 안으로 맞아 아침을 같이 먹었다. 벼 1섬, 찹쌀 1말, 참기름 1되, 꿀 5홉, 말린 밤 3되, 두(豆) 5되, 흰 닥 1뭇을 얻었다. 우선 송노를 시켜 이산에 있는 소지에게 실어 보냈다가 내일 우리 집으로 보내도록 했다. 원래 오늘 돌아가려고 했는데 현감이 만류하여 우선 머물러 있다가 송노가 돌아온 뒤인 모레 돌아갈 생각이다.

오늘은 현감의 숙부 안공의 생일이다. 작은 술자리를 마련하여 각각 한 순배를 돌고 파했다. 현감은 사창에 가서 일을 보았다. 나는 안공과 여러 젊은이들과 함께 종일 이야기를 나누었다. 저녁에 현감의 매부 좌랑(佐郞) 김원록(金元祿)*이 한양에서 내려왔다. 전부터 아는 사람이라 인사를 나누었다. 잠시 후 현감도 들어왔다. 나를 아문 안으로 맞아 이야기를 나누었다. 밤이 깊어서 각자 주인집으로 돌아와서 잤다. 현감의 성명은 원식(元埴)이고 자는 중성(仲成)이다. 나와 사촌 동서 사이로 친분이 매우 두터웠으며, 지난 난리 초에 장천(長川, 장수)으로 같이 피난하여 어려움을 함께 겪었다.

◎ ─ 11월 19일

이른 아침에 아문에 들어갔다. 현감이 나를 아문 안에서 맞아 같이 아침을 먹었다. 현감은 환곡을 받는 일로 사창에 나갔고, 나는 안충의

....

*   김원록(金元祿): 1546~1627. 《국역 선조실록》 27년 10월 26일 기사에 병조좌랑을 맡고 있다가 파직된 일이 보인다. 강원도 도사, 예조정랑 등을 지냈다.

(安忠義), 김좌랑(金佐郎)과 현감의 육촌인 안효인(安孝仁),* 그리고 사위 변흡과 함께 종일 헌방에서 이야기를 나누었다. 저물녘에 현감도 돌아와서 같이 이야기를 나누다가 밤이 깊어 각자 헤어졌다. 저녁에 송노가 돌아왔다. 내일은 돌아갈 생각이다.

◎ ─ 11월 20일

이른 아침에 아문에 들어가서 쌀 2말, 콩 1말, 감장 5되, 피목(皮木, 도정하지 않은 메밀) 3말, 미투리와 짚신 각 2켤레를 얻어 두 사내종에게 지워 느지막이 출발했다. 도중에 눈보라를 만나 간신히 이산에 이르렀다. 현감이 마침 감기에 걸려 사람을 시켜 안부를 물어 왔다. 아문에 들어가서도 만나지 못하고 여염집에 와서 자는데, 공주 유성현(儒城縣)에 사는 품관 윤효명(尹孝鳴)이 뒤미처 들어와 한방에서 같이 잤다. 좌수 홍이서가 밤중에 와서 이야기를 나누다가 새벽닭이 운 뒤에 갔다. 밤새 잠을 못 잤어도 마음을 달랠 만했다.

◎ ─ 11월 21일

현감이 사람을 보내 안부를 묻고 아헌으로 나를 맞았다. 곧바로 가서 만나니, 나에게 좋은 술을 큰 잔으로 한 잔 대접했다. 현감이 느지막이 사창에 나갔는데, 또 나를 출근한 곳으로 청하여 쌀과 콩을 각각 2말씩 주고 점심을 대접했다. 아침을 일찍 먹었기 때문이다.

오후에 출발하여 이산현 천동에 사는 소지의 매부 양사유(梁思裕)

*　안효인(安孝仁): 1544~?. 1568년 생원시에 입격했다.

의 집에 가서 묵었다. 양사유는 나를 온돌방에 재우고 같이 밤새 이야기를 나누었다. 전에 알던 사이는 아니지만, 말하는 것을 들어 보니 역시 좋은 사람이다.

◎ ─ 11월 22일

새벽에 밥을 먹고 전날 놓아둔 벼를 지고 오게 했다. 고성 나룻가에 이르러 배를 타고 강을 건너 말을 먹이고 발길을 재촉해서 집에 도착했다. 해는 아직 중천이다. 어머니를 뵈러 들어가니, 마침 아우 언명이 어제저녁에 어머니를 뵈러 와 있었다. 뜻밖에 만나니 기쁨을 이루 말할 수 없다.

함열에서 보낸 사람이 뒤이어 왔다. 쌀 4말, 벼 1섬, 정어리 10두름, 절인 생선 5두름, 새우젓 4되를 싣고 왔다. 집사람이 어제저녁부터 머리가 아프고 오한과 발열로 밤새 끊임없이 뒤척이며 전혀 먹고 마시지 못하더니 오늘밤에는 더욱 몹시 아파한다. 답답하고 걱정스럽다.

소지가 와서 보고 돌아갔다. 별좌(오윤겸)의 서얼 처남 경복(慶福)이 일이 있어 지나다가 들어와서 묵기에 저녁밥을 내주었다. 그에게 들으니, 별좌(오윤겸)는 잘 있다고 한다. 연산에서 얻은 벼는 송노가 양사유의 집에 실어다 두었을 때는 13말이라고 하더니, 오늘 지고 와서 다시 되어 보니 10말 5되이다. 분명 그 집 사내종들이 훔쳐 먹은 것이다. 괘씸하고 얄밉다.

근래 관아나 사가나 할 것 없이 모두 곡식이 고갈되어 연산 현감처럼 친하고 가까운 사람도 남은 것이 없다며 주는 양이 이렇게 소략하니, 이산에 와서는 감히 말도 못하고 왔다. 이후로는 돌아봐도 얻을 만한 곳이 없다. 내 집뿐만 아니라 어머니를 봉양할 길도 없으니, 근심을 이루 말할 수 없다. 이 군의 환자를 절반도 갚지 못했는데 마련하기는 더 어렵다. 더욱 걱정스럽다.

◎ ─ 11월 23일

집사람의 증세가 아침에는 좀 덜한 듯하더니 느지막이 도로 아프다고 한다. 가슴이 답답하고 팔다리가 찌르는 듯이 아프다며 먹을 생각을 조금도 안 한다. 입이 쓰고 가슴에 열이 나는 것이 더하다 덜하다 하며 일정하지 않아 밤새 뒤척인다. 몹시 걱정스럽다.

오후에 생원(오윤해)의 처갓집 사내종이 함열에서 왔다. 딸이 양 1조각과 찰떡 1보자기를 얻어 보냈다. 이 군에 사는 품관 조광필(趙光弼)이 와서 보고 배와 밤 1상자를 주었다. 아무 이유도 없이 주는 것이 몹시 이상하여 천천히 그 이유를 물었더니, 도망친 사내종을 찾아달라고 함열 현감에게 말해 주기를 부탁한다.

전에 정목(政目)*을 보니, 박여룡(朴汝龍)*이 청양 현감에 제수되었다. 윤함이 분명 이로 인해 와서 볼 것이니 몹시 기쁘다. 박공은 윤함의 처의 외할아버지의 아우이다. 집이 해주이고 윤함의 처갓집과 이웃이니, 분명 왕래했을 것이다.

....

* 정목(政目): 관원의 임명 또는 해임 등의 사실을 기록한 문서이다.
* 박여룡(朴汝龍): 1541~1611. 임진왜란이 일어나 선조가 의주로 파천했다는 소식을 듣고 해주에서 의병 5백 명을 모아 어가를 호위해 사옹원 직장으로 특진되었다.

◎ ─ 11월 24일

집사람의 증세가 여전하고 한기가 왕래하여 온몸의 통증이 전보다 배나 된다고 한다. 답답하고 걱정스럽다. 오후에 생원(오윤해)이 어미가 편찮다는 말을 듣고 함열에서 달려왔다. 저녁에 이시열(李時說)이 와서 묵기에 아침과 저녁으로 밥을 대접했다. 다만 양식이 떨어져서 데리고 온 사내종에게는 밥을 주지 못했다. 안타깝다.

◎ ─ 11월 25일

이른 아침에 이시열이 신공을 거두는 일 때문에 함열에 갔다. 생원(오윤해)을 시켜 함열 현감에게 편지를 보내서, 도망간 사내종을 추문하여 다스려 돌려보내게 하고 이시열에게 양식을 구해 주게 했다. 나도 쌀 2되와 간장 1그릇을 주었다. 중도에 오도 가도 못할까 걱정되었기 때문이다.

집사람의 증세가 여전하고 조금도 나아지는 기미가 없다. 매우 답답하다. 다시 오늘 밤 지켜보고 사내종과 말을 결성에 있는 별좌(오윤겸)에게 보내려고 한다. 함열에서 안부를 묻는 사람이 왔기에 곧장 답장을 써서 보냈다. 날꿩 반 짝, 방어 1조, 간장 1그릇을 가지고 왔다.

◎ ─ 11월 26일

집사람의 증세가 여전하다. 그런데 지난밤에 새벽까지 뒤척이는 것이 아마도 발열 증세가 있나 보다. 정화수로 입을 헹궈도 그치지 않고, 때때로 얼음조각을 씹어 뱉을 뿐 죽도 전혀 먹지 못한다. 몹시 걱정스럽다. 이른 아침에 송노를 결성의 별좌(오윤겸)에게 보내서 그를 속히 오게 했다. 막정이 함열에 갔다. 약을 구해 오기 위해서이다. 타향을 떠돌며 날로 굶주림에 시달리는데 이처럼 아프기까지 하니, 시절 탓인 가 아니면 운명 탓인가. 크게 탄식한들 어찌하겠는가. 하늘의 명에 맡 길 뿐이다.

저녁에 함열에서 안부를 묻는 사람이 왔다. 백미 2말, 거친 쌀 2말, 녹두 2되를 지고 왔다. 저물녘에 막정이 돌아왔다. 약을 구해 왔고 녹 두 2되도 얻어 왔다.

◎ ─ 11월 27일

집사람의 증세가 여전한데, 열은 내린 듯하다. 성질이 찬 약을 두 차례 녹두죽에 섞어서 썼다. 아침을 먹기 전에 양덕 현감(陽德縣監) 심 열 조카가 안부를 묻기 위해 보낸 사람이 비로소 도착했다. 험난한 천 리 길에 두 사람을 보내서 멀리 찾아 주었다. 어머니께는 흰 명주로 지 은 짧은 옷 1벌, 안감으로 쓸 명주 1필, 날꿩 3마리, 돼지고기 포 2접, 약과 1상자를 보내왔고, 나에게도 검푸른 빛 행의(行衣)* 묵은 것, 안감 으로 쓸 명주 1필, 날꿩, 돼지고기 포, 약과 등을 보내왔다. 마침 절망하 던 차에 온 집안이 매우 기뻐했다. 꿩 1마리를 바로 구워서 나누어 먹 었다. 다만 집사람은 병으로 괴로워하며 한 점도 맛보지 못했다. 매우 안타깝다.

오후에 선전관 류형이 찾아왔다. 그는 이 고을 군수의 사위이다. 마침 여기에 왔다가 내가 이 군에 거처한다는 말을 듣고는 와서 보고

....
* 행의(行衣): 유생이 입던 옷으로, 소매가 넓고 검은 천으로 가장자리를 꾸민 두루마기이다.

돌아갔다. 저녁에 소지가 찾아왔다. 저녁을 먹여 보냈다.

◎ ─ 11월 28일

집사람의 증세가 조금도 변함이 없고 앓는 소리가 끊이지 않는다. 매우 걱정스럽다. 밤에 녹두죽에 월경수(月經水)*를 섞어 세 번 먹였다. 아침에는 땀 기운이 있는 듯해서 두꺼운 이불을 덮고 뜨거운 물을 항아리에 담아 껴안고 있게 했는데도 여전히 땀을 쭉 빼지 못했다. 안타깝다. 이른 아침에 양덕에서 온 사람에게 답장을 써서 도로 보냈다. 소금과 장, 쌀과 콩을 각각 2되씩 주었다. 집에 저장해 둔 것이 떨어져서 넉넉히 주어 보내지 못했다. 한탄한들 어찌하겠는가.

아침을 먹고 관청에 가서 군수를 만나고 가지와 오이, 김치를 얻어서 왔다. 갈림길에서 진사 김종남(金終男)*을 우연히 만나 말 위에서 잠시 회포를 풀었다. 그에게 들으니, 자정이 옥구 땅의 사내종 집으로 갔는데 그의 아들 무적(無赤)이 병으로 위태롭다고 한다. 매우 놀랍고 걱정스럽다. 돌아갈 때 분명 우리 어머니를 뵙고 갈 것이다. 종남은 자정의 아우이다.

저녁에 함열에서 안부를 묻는 사람이 와서 곧바로 답장을 써서 보냈다. 딸이 내일 와서 그 어미의 병을 보려고 한단다. 녹두와 죽력(竹瀝)*을 가지고 왔다. 저물녘에 이시열이 함열에서 왔다. 계집종과 사내

....

* 월경수(月經水): 여인의 생리혈을 말한다. 생리혈이 묻은 천을 물에 풀어 약으로 사용하는데, 음열(陰熱)을 치료하는 데 가장 좋다고 한다.《동의보감(東醫寶鑑)》〈탕액편(湯液篇)〉권 1 "인부(人部) 부인월수(婦人月水)".
* 김종남(金終男): 1563~1618. 오희문의 매부인 김지남의 동생이다. 병조좌랑 등을 지냈다.
* 죽력(竹瀝): 왕대류의 줄기를 불에 쪼일 때 흘러내리는 즙액이다. 열을 내리고 가래를 삭이

종들이 죽었거나 도망쳐서 신공을 거두지 못하고 그냥 돌아간다고 했다. 함열 현감이 양식으로 쌀 2말, 콩 1말을 주었다고 했다. 그러지 않았다면 반드시 굶어 죽는 근심이 있었을 것이다. 기쁘다. 어머니는 이웃집으로 피하여 거처하고 계신다.

◎ ─ 11월 29일

시열이 이른 아침에 그의 집으로 돌아가기에 아침과 저녁에 먹을 밥을 주어 보냈다. 집사람의 증세가 변함이 없다. 한밤중에 향소산(香蘇散)*을 끓여 복용하게 했지만, 별로 땀이 나지도 않고 구토만 곱절이나 심하며 곡기를 더욱 싫어하여 원기가 날로 점점 쇠약해진다. 매우 걱정스럽다. 어머니가 거처하시는 곳에 가서 뵙고, 언명을 보내 도중에 딸을 마중하게 했다. 오늘 출발했다고 하는데, 잘 보호해서 데려올 만한 가까운 사람이 없기 때문이다.

오후에 딸이 왔다. 먼저 어머니가 계신 곳으로 가서 휴식한 뒤에 날이 밝기를 기다려 병든 어미를 보게 했다. 데리고 온 여러 사람을 곧바로 돌려보냈는데, 집에 쌓아 둔 것이 마침 떨어져서 밥을 내주지 못하고 술 2병만 먹여 보냈다. 한탄한들 어찌하겠는가.

저물녘에 어머니께 가서 뵙고 딸과 이야기를 나누고 돌아왔다. 잠자리에 들고 얼마 지나지 않아 집사람이 인사불성이라고 하여 허겁지겁 들어가 보았다. 즉시 생원(오윤해)의 주머니 속에서 오래 묵은 청심

....

는 데 쓰는 약재이다. 죽즙(竹汁) 또는 담죽력(淡竹瀝)이라고도 한다.
* 향소산(香蘇散): 오슬오슬 춥고 열이 나며 머리와 온몸이 아프고 땀은 나지 않는 데 쓰는 약재이다. 《동의보감》〈외형편(外形篇)〉권2 "경항(頸項) 향소산".

환(淸心丸) 반 알과 용소(龍蘇) 두 알을 찾아 월경수와 죽력을 섞어서 갈아 서너 숟가락 떠 넣었더니 기운이 조금 안정되었다. 딸을 불러와서 보게 하니, 뒤척이다가 새벽닭이 울 무렵에 깨어나서 말하는 것이 어제와 같다. 계집종들은 양덕에서 온 물건을 내다 놓고 뜰에서 기도를 올렸다. 헛된 일인 줄은 알면서도 어쩌지 못하는 상황이라 보고도 금하지 않았다. 슬픈 일이다.

별좌(오윤겸)가 오늘 왔어야 하는데 오지 않는다. 분명 말을 구하지 못해서 그럴 것이다. 아픈 어미를 만나지 못할까 걱정되어 애타게 기다리고 있다. 상서롭지 못하다.

12월 큰달

아침에는 집사람의 증세가 크게 좋아져서 눈을 뜨고 말을 하며 웃기도 한다. 집사람이 하는 말이, 밤에 와서 구원해 주지 않았다면 거의 죽었을 것이라고 한다. 다만 원기가 몹시 약하고 식음을 전폐했던 터라 아침에도 미음만 두 차례 조금 넘겼을 뿐 곡기를 더욱 싫어한다. 반드시 병을 낫게 할 수 있으리라고 어떻게 보장하겠는가. 그저 하늘의 뜻만 기다릴 뿐이다. 발열 증세는 그저께부터 대체로 꺾인 듯하고 때때로 입이 말라 물로 헹굴 뿐이다.

함열에서 안부를 묻는 사람이 왔다. 딸이 양식으로 쓸 쌀 2말, 새우젓 조금과 병든 집사람에게 먹일 수박[西果] 1개, 껍질 있는 생전복 10개, 모주(母酒)와 죽력 등의 물건을 내주어 지고 왔다. 아픈 집사람에게 곧바로 생전복 3개를 회 쳐서 먹이고 수박 두어 숟가락을 먹였다. 이것은 집사람이 가장 먹고 싶어 하던 음식이다. 하지만 과식하면 도리어 몸이 상할까 걱정스러워 그만 먹었다. 근래 병 때문에 드나든 일이 매우 많아 소비가 너무 많았다. 이제 양식이 끊겨 함열에서 오기만 기다렸는데, 보내온 물건이 지극히 소략하다. 근심스럽다. 하지만 으레 보내오는 물건이 있으니, 오늘과 내일 사이에 분명히 올 것이다. 수박은 있는 곳을 널리 수소문해서 임피 땅에서 구하여 쌀 2말과 바꾸어서 보냈다고 한다.

집사람이 오후부터 증세가 크게 좋아져서 저녁내 딸과 이야기를 나누었다. 웃으며 말하는 것이 평소와 같고 때때로 죽을 먹기도 한다. 밤이 깊어진 뒤에 딸은 어머니께서 계신 곳에 가서 잤다. 새벽에 돌아올 것이다.

◎ ─ 12월 2일

한밤중에 집사람이 가위눌리는 것 같더니 한참 뒤에야 깨어났다. 이는 분명 원기가 지극히 약하고 오랫동안 먹고 마시지 못했기 때문일게다. 아침에 기운이 평상시와 같았지만 피곤하여 먹을 생각을 하지 않는다. 억지로 모주에 밥을 말아 조금 먹이고 꿩고기를 구워서 먹었다.

아침을 먹은 뒤에 별좌(오윤겸)가 왔다. 도적이 두려워 온 가족이 보령에 가서 거처했으므로 송노가 곧장 결성으로 갔다가 다시 보령으로 갔는데, 다른 곳에서 사내종과 말을 빌려서 어제 새벽에 출발하여 도천사(道泉寺)*에 이르러 자고 이제 막 달려왔다고 한다.

....

* 도천사(道泉寺): 부여군 은산면 대양리에 있던 절이다. 《국역 신증동국여지승람》 제18권 〈충청도 부여현〉에는 "취령산(鷲靈山)에 있다."라고 기록되어 있다. 1754년에 정언충(鄭彦忠)이 지은 〈도천사사적비(道泉寺事蹟婢)〉를 보면, 백제 의자왕(義慈王)의 동생인 도천군(道泉君)

저녁에 함열에서 사람이 왔다. 쌀 2말, 거친 쌀 3말, 두 가지 젓 1항 아리, 조기 2뭇, 감장 1말, 간장 2되, 작은 미역 4동, 작은 생숭어 1마리, 생전복 5개, 유자 5개를 가져왔다. 요새 집사람의 병 때문에 소비가 너무 많았다. 그저께부터 양식이 떨어져서 어쩔 수 없이 생원(오윤해)이 마련한 공채 벼 1섬을 빌려 썼는데, 마침 이러한 때에 보내 주니 위로가 된다.

함열 현감 집의 사내종이 신공을 거두는 일로 지난달에 영암에 갔다가 이제야 돌아왔다. 임매의 편지를 보니 무탈하다고 한다. 기쁘다. 누이가 어머니께 말린 숭어 2마리를 보내오고, 우리 집에는 감태 10주지를 보내왔다.

김한림(김지남)의 사내종 감희(甘希)도 전라도 노비들의 신공을 거두는 일로 가다가 여기에 들러서 잤다. 한림이 어머니와 내게 편지를 보내왔다. 편지를 보니 슬픔을 견딜 수 없어 눈물이 옷소매를 적신다. 저녁을 먹여 보냈다.

◎ ─ 12월 3일

집사람이 밤에 정신이 흐릿하고 몸에 힘이 없고 맥이 풀려 나른함이 곱절이나 심하더니 아침에는 쾌차했다. 때때로 끓인 물에 밥을 말아서 반 보시기를 먹고 말하고 웃는 것이 평소와 같다. 이로부터 아주 쾌차할 듯싶다. 기쁨을 어찌 말로 다할 수 있겠는가. 이른 아침에 막정을

....
의 원당(願堂)으로 건립되었다고 한다. 임진왜란 중에 일어난 이몽학(李夢鶴)의 난에 적극 가담했던 승려 능운(凌雲)이 거처하던 곳이다. 지금은 사적비만 남아 있다.

함열에 보냈다.

◎ ― 12월 4일

집사람의 증세가 어제보다 더 좋아졌다. 다만 심기가 허약해서 정신이 흐릿하고 몸이 피곤할 때가 많아 먹고 마시는 양이 늘지 않는다. 걱정스럽다.

저녁에 막정이 돌아왔다. 함열에서 벼 1섬, 콩 2말, 보리 5말을 보내면서 별좌(오윤겸)에게 편지를 보내서 하는 말이, 일의 형편이 좋지 않아 이후로는 보내 주기 어려울 것 같다고 한다. 한집의 생계가 말로 다할 수 없을 지경이다.

◎ ― 12월 5일

집사람의 증세가 더욱 좋아진 듯한데, 정신이 흐릿하고 몸의 노작지근함은 여전하다. 생원(오윤해)이 환자 3섬을 마련하여 오늘 바치려고 하므로 내가 밥을 먹고 군에 들어갔다. 군수가 이미 사창에 나와 있었다. 공사로 몹시 바쁜데다 손님이 많아서 만나지 못하고 돌아왔다. 그길로 선전관 류형을 찾아갔다. 또 생원 권학(權鶴)을 찾아가서 이야기를 나누고 돌아왔다. 류형은 군수의 사위이고, 권학은 군 안에 와서 거처하는, 윤해 양모의 사촌 동생이다.

집에 도착하니 생원 허용이 와서 별좌(오윤겸) 형제를 만나고 있었다. 나도 나가서 만나 이야기를 나눈 뒤 보냈다. 소지의 부인이 찾아와서 함열의 딸을 만나고 두 가지 떡과 두부탕, 고사리나물을 차려 올렸다. 아무리 성의라지만 집이 본래 가난하여 분명 마련하기 어려운 형편이었을 테니, 한편으로는 미안하다. 우리 집의 딸들과 함께 집사람이 앓아누운 방에 모여 이야기를 나누었다. 이어 저녁을 먹여 보냈다.

◎ ─ 12월 6일

집사람의 증세가 대체로 좋아졌지만, 온몸이 혼미하고 피곤하며 가슴과 목이 답답하여 숨이 가쁘다고 한다. 이 때문에 먹고 마실 수는 있지만 더 먹지도 못하고 피곤해서 조는 때가 많다. 걱정이다.

함열에서 사람이 왔다. 백미 2말, 거친 쌀 2말, 두 가지 젓 각 2되, 작은 숭어 1마리, 정어리 4두름을 지고 왔다. 곧바로 답장을 써서 보냈다. 환자 3섬을 막정에게 실어다 납부하게 했다. 이것은 동호(同戶)인 생원(오윤해)의 이름으로 납부하는 것이다. 저녁에 들으니, 함열 현감이 내일 집사람의 문병을 온다고 한다.

◎ ─ 12월 7일

집사람의 증세에 별다른 변화가 없다. 아침에 함열 현감이 달려왔다. 아우와 세 아들과 함께 한방에 모여서 종일 이야기를 나누고 저녁 때 돌아갔다.

함열에 사는 양윤근(梁允斤)이 조기 1뭇, 흰 새우 1항아리, 병어 1마리를 바쳤다. 아무런 까닭 없이 와서 바치는 걸 보면 분명 이유가 있을 것이다. 저녁에 소지가 왔는데, 함열 현감이 와 있을 때에는 미처 오지 못했다.

◎ ― 12월 8일

집사람의 증세가 여전하다. 함열에서 안부를 묻는 사람이 왔다. 달인 모과와 모주를 가지고 왔기에, 곧바로 답장을 써서 보냈다.

◎ ― 12월 9일

이른 아침에 황간에 사는 남수일(南守一)*과 전계남이 한산에 가는 길에 이곳에 들렀다. 그들에게 들으니, 남경효 형이 지난 10월에 별세했다고 한다. 애통함을 금할 수 없다. 남형은 나의 외사촌으로, 어린 시절에 외할아버지 밑에서 같이 자라 정분이 가장 두터웠다. 지금 그의 부음을 들으니, 더욱 몹시 슬프다. 남경제 형이 편지를 부쳐 오고 배 30여 개를 보내왔다. 수일은 곧 경효 형의 막내아들이다. 그들에게 아침을 먹여 보냈다.

아우 언명이 막정을 데리고 내 말을 타고서 태인으로 갔다. 지난달 스무하룻날에 여기에 와서 열아흐레 동안 머물다가 이제야 돌아가는 것이다. 정처 없이 떠돌고 곤궁하게 지내면서 굶주림에 날로 시달려 아우 하나도 같이 살지 못하고 타향에서 입에 풀칠하게 하니, 이 비통함을 어찌하리오. 스스로 눈물을 흘리며 울 뿐이다. 하지만 거리가 그리 멀지 않아서 설을 쇤 뒤에도 와서 볼 수는 있다. 다만 사내종과 말이 없어서 장담하지 못한다.

집주인 최인복이 와서 보고 돌아갔다. 마침 아우가 떠날 때라 문밖

....

* 남수일(南守一): 1562~1626. 남경효의 막내아들이다. 임진왜란 때 의병을 일으킨 공으로 판관에 올랐다.

에 나가 있었기 때문에 잠시 서서 이야기를 나누었다. 저물녘에 함열에서 사람과 말이 왔다. 내일 새벽에 딸이 돌아가기 때문이다.

소지가 갇혔다는 말을 들었다. 곧바로 편지를 써서 계집종에게 주어 군수에게 보냈는데, 문지기가 막아서 들이지도 못하고 물러나왔다. 안타깝다. 오후부터 눈이 내려 종일 그치지 않았다. 만일 녹지 않는다면 쌓인 높이가 거의 반 자는 되리라. 이렇게 험한 날씨에 언명이 길을 나선데다 눈을 막을 도구도 가지고 있지 않았다. 아마도 도중에 말이 지치고 눈에 막혀 가지 못할 것이니, 분명 고생이 많을 것이다. 매우 걱정스럽다.

오늘 언명이 돌아간 뒤로는 내가 어머니가 계신 곳에 가서 모시고 자려 한다. 모실 사람이 아무도 없기 때문이다. 생원(오윤해)의 사내종 춘이가 진위에서 왔는데, 온 집안이 평안하다고 한다.

◎ ─ 12월 10일

일찍 밥을 먹은 뒤에 딸이 함열로 돌아갔는데, 윤겸이 데리고 갔다. 이곳에 머문 열흘 남짓 동안 마침 그 어미가 앓아누워서 이야기도 나누지 못했다. 이별할 때 모녀가 서로 하염없이 슬피 울었다. 가련한 마음이 들었다. 늘 보고 싶은데 보고 나서는 또 그 마음을 다 표현하지 못하고 보내니 더욱 안타깝다. 저녁에 소지가 찾아왔다. 어제 갇혔다가 오늘 간신히 장형(杖刑)을 면하고 석방되었다고 한다.

◎ ─ 12월 11일

집사람이 어제에 비해 기운이 매우 편치 못하고 피곤함이 여전하다고 한다. 분명 밤에 바람을 쐬어 그런 것이리라. 이번 달 초부터 병이 대체로 나아져서 먹고 마시는 것은 조금 늘었다. 하지만 원기가 허약해서 말하기를 몹시 싫어하고 앉으면 고개를 떨구고 눈을 감은 채 뜨지 않는다. 어제는 기운이 자못 살아나서 평소처럼 눈을 뜨고 이야기도 나누더니, 오늘은 도로 이와 같다. 답답하고 걱정스럽다. 병을 얻은 지 이제 스무날 남짓 되었는데도 아직까지 쾌차하지 못하고 이처럼 오랫동안 아프니 더욱 답답하다. 저녁에 함열에서 사람이 왔다. 중미 2말, 조기 2뭇, 절인 게 10마리를 지고 왔다.

◎ ─ 12월 12일

집사람의 증세가 어제보다 나아졌다. 일어나 앉아 눈을 뜨고 평상시처럼 말도 한다. 아침을 먹은 뒤에 생원 권학이 와서 보았다. 권학은 윤해 양모의 사촌 동생으로, 이 군에 우거하는 사람이다. 저녁에 별좌(오윤겸)가 함열에서 돌아왔다.

어두워질 무렵에 계집종 열금이 태인에서 왔다. 전에 부종에 걸렸는데, 이곳에 온 뒤에 병세가 매우 심해져서 온몸이 다 부었다. 흙집에 들어가 살면서도 먹고 마시는 것만은 평소와 다름없어 늘 술과 고기를 찾고 조금만 여의치 않으면 번번이 성난 말을 내뱉으니, 하는 짓이 이루 말할 수 없을 지경이다. 아침저녁으로 죽을 끓여 끼니를 잇기도 어려운 마당에, 하물며 감히 술과 고기를 마련하여 다 죽어 가는 늙은 계집종에게 날마다 먹여 줄 수 있겠는가. 병이 비록 위중하지만 빨리 안 죽으면 우리 집에 곤욕을 끼치는 일이 많을 것이니, 한편으로는 괘씸하고 얄밉다.

저물녘에 별좌(오윤겸)의 사내종 금손(守孫)이 결성에서 말을 끌고 들어왔다. 별좌(오윤겸)가 내일 돌아가려고 해서이다. 송인수가 쌀 1말을 보내왔다.

◎ ─ 12월 13일

집사람의 증세가 어제와 같고 별도로 더 아픈 곳은 없다. 별좌(오윤겸)가 밥을 먹은 뒤에 떠났다. 도천사에서 자려고 한단다. 가는 동안 먹을 양식을 마련하기가 매우 어려워서, 이른 아침에 조한림에게 사내종을 보내서 구했다. 조한림이 바로 쌀 1말 5되를 보내 주었다. 가는 동안 먹을 양식을 마련하지 못했을 뿐만 아니라 이곳에도 양식이 떨어져서 근심스럽던 차에, 조한림이 마침 은혜를 베풀어 주었다. 가는 동안 먹을 양식을 싸 주고 남은 것으로 며칠 동안은 먹을 수 있을 것이다. 위로가 된다.

요사이 계속 큰 눈이 내려서 오랫동안 나무를 베어 오지 않았다. 위아래 집이 아침저녁으로 밥을 짓기가 몹시 어렵고 방도 차서 어머니와 병든 아내가 편안히 자지 못한다. 게다가 굶주릴 근심도 날로 심해지니 답답하고 걱정스럽다.

들으니, 함열 현감이 보름 뒤에 부모를 뵈러 한양에 간다고 한다. 그러면 올해를 마칠 대책이 없다. 더욱 답답하다. 송노가 별좌(오윤겸)의 편지를 가지고 왔다. 석성과 이산 두 고을에 가서 양식을 구했다고 한다. 단아는 아직까지도 학질이 떨어지지 않아 이틀 걸러 통증이 배나 심해지고 먹고 마시는 양도 줄었다고 한다. 걱정스럽다.

◎ ─ 12월 14일

집사람의 증세가 여전하다. 근래 먹을거리가 모두 떨어져 어머니와 병든 아내에게 맛있는 음식을 해 줄 수 없다. 답답하다. 이른 아침에 어머니께서 우거하는 집의 주인이 떡과 밥, 반찬거리와 술 1사발을 가져다주어 바로 함께 먹었다. 오늘이 그의 아버지의 제삿날이라고 한다.

저녁에 막정이 태인에서 돌아왔다. 아우는 무사히 돌아갔는데, 다만 도중에 눈을 만나서 옷이 모두 젖었다고 한다. 안타깝다. 양식으로 쓸 콩은 함열 현감이 넉넉히 주었다고 하니, 이 점은 기쁘다. 막정이 올 때 함열에 들러서 잤는데, 함열에서 쌀 2말, 정어리 3두름을 보내 주어 가지고 왔다. 양식이 떨어져서 바야흐로 걱정스러운 이때에 이 쌀을 얻었으니 며칠 동안은 연명할 수 있으리라. 하지만 며칠 뒤에는 또 어떻게 끼니를 이을 것인가. 한탄한들 어찌하겠는가.

저물녘에 송노가 석성에서 돌아왔다. 석성 현감이 중미 2말, 조기젓 5마리를 보내왔다. 이것으로 며칠은 끼니를 이을 수 있겠다. 기쁘다.

◎ ─ 12월 15일

집사람의 증세가 여전하다. 별달리 나아지지 않고 혼미하고 피곤함이 이와 같으니 걱정스럽다. 지난밤에 늙은 계집종 열금이 죽었다. 병세가 너무 심해서 구원할 수 없는 형편이었다. 그러나 차디찬 곳에서 오래 거처했고, 배불리 먹고 마시지도 못했으며, 먹고 싶은 음식이 있어도 구할 길이 없어 하나도 먹지 못하고 죽었다. 불쌍하다. 성질이 본래 험악하여 조금만 여의치 않으면 번번이 성내며 욕을 해 대고 심지어 상전 앞에서도 공손치 않은 말을 많이 하여 사람들이 모두 싫어하고 미워했다. 비록 죽어도 아까울 것이 없지만, 어렸을 때 잡혀 와서 심부름을 하면서 칠순이 넘도록 한 번도 도망치지 않았고, 또 길쌈을 잘하며 집안일에 부지런하고 단속을 잘했으며 조금도 속이는 일이 없었으니, 이 점은 취할 만했다. 타향으로 정처 없이 떠돌다가 죽어서는 관에 들어가지도 못했으니, 더욱 슬프고 안타깝다. 저녁에 군수가 사람을 보내서 안부를 물어 주었다.

◎ ─ 12월 16일

두 사내종과 이웃집의 피난민 한복을 시켜 새벽에 열금의 시체를 지고 가서 5리 떨어진 한산의 길가 양지바른 곳에 묻어 주게 했다. 불쌍하다. 작년 가을에 막내 계집종 동을비(冬乙非)가 소지의 집에서 죽었고 지금 열금이 또 여기에서 죽어 모두 이곳에 묻혔다. 평소 한양에 있었을 때에는 임천에서 죽어 묻힐 줄을 어찌 알았으랴. 사람의 일이 참으로 한탄스럽다.

집사람의 증세가 여전하여 아직까지 쾌차하지 못했다. 또 입에 맞는 음식이 없어서 먹는 양이 늘지 않는다. 걱정스럽다. 단아는 오늘도 앓았다. 가련하다.

저물녘에 춘이가 함열에서 왔다. 함열 현감이 생원(오윤해)에게 양식은 보내지 않고 편지를 보내서, 오는 열아흐렛날에 한양에 가려는데 마침 말 1필이 비어서 한 번에 실어 갈 수 있기에 먹을거리를 이곳에서 마련해 갈 것이니 양쪽에서 마련하는 번거로움이 없도록 하라고 했다고 한다.

전에 설날 아침에 쓸 제수와 포와 식해를 구해 두었는데, 춘이가 와서 조기 1뭇, 뱅어젓 2되, 중미 2말을 주어 보냈다. 이것은 생원(오윤해)이 갈 적에 주어서 광주(廣州)의 묘소에 직접 가서 국과 밥을 지어 성묘하게 하려는 것이다. 전란이 있은 지 3년 동안 한 번도 친히 제사를 지내지 못해서 늘 슬픈 마음이 있었다. 하지만 사내종과 말이 준비되지 않았을 뿐 아니라 양식을 마련하기도 너무 어려워 한 번도 지내지 못했다. 형편이 이러하니 어찌하겠는가.

별좌(오윤겸)의 계집종이 바친 무명이 마침 함열에서 왔다. 그래서 반 필은 생원(오윤해)에게 주어 고기로 바꾸어 반찬을 마련하게 했다. 너무 소략하여 안타깝다. 모레 함열 현감이 한양에 갈 때 여기에 들러서 자고 간다고 한다.

◎ ─ 12월 17일

집사람은 점점 나아 간다. 다만 근래 먹을거리가 떨어져서 아침저녁으로 겨우 죽만 마시고 있으니, 평소처럼 될 수 있겠는가. 답답하다.

저녁에 태인에 피난하여 사는 선비 한용(韓鏞)이 이곳에 들러서 잤다. 마침 양식이 떨어져서 밥을 대접하지 못했다. 안타깝다. 어머니께서 지난봄에 아우의 집에 머물고 계실 때 이웃에 살았기 때문에, 나도 어머니를 뵈러 갔을 때 그를 알게 되었다. 그편에 들으니, 언명이 지난 열닷샛날에 좌수 권서와 함께 금성(錦城)에 갔다가 그길로 영암 누이(임매)의 집으로 갔다고 한다.

◎ ─ 12월 18일

아침에 막정을 함열에 보내서 말먹이 콩을 구해 오게 했다. 집사람의 증세는 여전하다. 저녁에 좌수 조윤공이 와서 보고 갔다.

◎ — 12월 19일

한밤중 꿈속에서 홍응추[홍인서(洪仁恕)] 영공을 만났는데, 완연히 평소의 모습과 같았다. 꿈에서 깨고 나니 지극한 슬픔을 견딜 수 없다. 오후에 권학과 성민복(成敏復)*이 와서 보고 돌아갔다. 오충일(吳忠一)도 와서 그대로 묵었다.

막정이 돌아왔다. 함열에서 백미 2말, 중미 2말, 뱅어젓 3되, 콩 3말, 정어리 4두름을 보내왔다. 저물녘에 함열 현감이 부모를 뵙기 위해 한양으로 가다가 여기에 들러서 잤다.

◎ — 12월 20일

함열 현감이 김백온(金伯縕, 김경)이 오기를 기다리며 그대로 머물다가 내일 윤해와 함께 가려고 한다. 윤해는 말이 없어서 함열 현감의 말을 빌려 타고 진위의 집으로 갈 것이고, 백온 또한 한양에 함께 간다고 한다. 이복령을 불러서 길흉을 점치게 하고 보냈다. 함열 현감이 한양에 다녀오는 동안 어떠한가를 알고 싶어서이다.

저녁에 소지가 와서 함열 현감을 만나고 돌아갔다. 저물녘에 함열 현감을 침방으로 맞아 온 가족들과 모여 이야기를 나누다가 밤이 깊어 파했다. 함열 현감이 행차할 때 가지고 온 엿[甘䭔] 1되, 약과 5립(立),

---

....

* 성민복(成敏復): 원문의 성민복(成敏福)은 《쇄미록》에 모두 성민복(成敏復)으로 되어 있는 점과 《국역 한수재집(寒水齋集)》〈구산처사성공묘표(龜山處士成公墓表)〉에 근거하여 성민복(成敏復)으로 수정하여 번역했다.

돼지고기 수육 3그릇, 술 1병을 들여와 서로 나누어 먹었다. 함열 현감이 조총을 쏘게 했는데, 두 차례 쏘는 소리에 마을 사람들이 모두 놀랐다. 우습다.

◎ ─ 12월 21일

아침을 일찍 먹은 뒤에 함열 현감이 떠났고 윤해도 함께 갔다. 윤해에게 설날에 광주의 선산에 가서 성묘하라고 했다. 윤해가 부득이한 일로 올라가서 집에 장성한 사내가 없으니, 만약 병이나 다급한 일이 생기면 의지하고 힘입을 곳이 없다. 탄식한들 어찌하겠는가.

송노도 말미를 얻어 따라갔다. 오는 정월 초열흘 전에 돌아오라고 일러 보냈다. 전에도 두 번이나 말미를 얻어 갔다가 모두 기한이 지나도록 돌아오지 않아서 항상 괘씸하게 여기던 터라 처음에는 보내 주지 않으려고 했다. 하지만 제 아비의 무덤에 제사를 지내고자 한다며 끝없이 간청하는 걸 보면 꼭 그렇지는 않은가 보다. 사람의 자식 된 심정은 위아래가 모두 똑같으니, 우선 보내 주고 다시 빨리 돌아오라고 일렀다.

계집종 어둔도 올라갔다. 그 아들 한노가 지난달에 제 아비를 찾겠다고 진위와 안성(安城) 등에 간 뒤로 오랫동안 돌아오지 않기 때문에 찾아 나서는 것이다. 그길로 광주의 옛 집터에 들어가 살려고 한단다.

소지도 와서 함열 현감을 보고 갔다. 계집종 어둔은 지난해 동짓달에 찾아왔는데 이제 비로소 돌아가는 것이다. 성질이 본래 부끄러워할 줄을 몰라서 온 집안의 물건이 조금이라도 눈에 보이면 번번이 몰래 훔쳐 갔다. 심지어 이웃 마을에서는 못된 손버릇 때문에 잡혔는데도 조금도 부끄러워하는 마음이 없었다. 또 자기들끼리 있을 때에는 매번 서로 다투고 욕지거리를 해 대어 누차 엄하게 가르쳐도 봤지만 조금도 고치지 않았다. 성질이 그러하니 어찌하겠는가. 항상 꾸짖으려고 하다가도 본래 오래 두고 부리려던 것도 아니고 또 멀리서 뒤따라왔기에 정상이 불쌍하여 참고 내버려두었다.

◎ ─ 12월 22일

어제부터 찬 기운이 배나 매섭고 게다가 바람까지 요란하다. 윤해가 돌아갈 때 옷도 얇고 이불도 없었으니, 분명 견디지 못하리라. 걱정스러운 마음이 조금도 풀리지 않는다. 스스로 한탄할 뿐이다.

어제부터 먹을거리가 모두 떨어져서 두어 되의 쌀로 위아래 사람들이 죽을 끓여 나누어 먹었다. 함열 현감도 한 해를 마칠 물품을 주지 않고 지금 이미 한양에 갔기에, 설날은 임박했는데 죽마저도 분명 끊길 것이다. 우리 한집만 그런 것이 아니라, 어머니를 봉양할 물품을 구할 방도도 없다. 답답함을 이루 말할 수 없다. 집사람은 큰 병을 앓은 뒤에 죽도 배불리 먹지 못하여 여전히 굶주린 기색이 있다. 더욱 걱정스럽다.

◎ ─ 12월 23일

아침에 들으니, 군수가 파직되었다고 한다. 사내종과 말이 없어서 곧바로 가 보지 못하고 있는데, 마침 소지가 왔다. 곧바로 소지의 말을 타고 아방(衙房)으로 가서 위로했는데, 이부장과 품관들이 모두 모여 이야기를 나누고 있었다. 군수에게 생원(오윤해)이 먹은 환자 1섬과 집주인이 바치는 시초(柴草, 땔나무로 쓰는 풀)와 볏짚[穀草] 각각 8결(結)을 감해 달라고 청했고, 또 누룩 1덩어리를 얻었다.

돌아오려고 할 즈음에 한산 군수가 봉고(封庫)*하는 일 때문에 달려왔다. 가서 만나 회포를 풀고 술 석 잔을 마신 뒤 돌아왔다. 나는 연전 7월에 이곳에 와서 우거했다. 그사이 겨우 1년이 지났는데 계속해서 네 사람이 바뀌었으니, 관고가 탕진되는 것이 참으로 당연하다. 군수와는 아는 사이였기 때문에 평소 나에게 후하게 대해 주었는데, 이제 파면되어 가니 서운함을 금치 못하겠다.

조보(朝報)*를 보니, 심열이 거토(居土)*했다고 한다. 그 이유를 알 수가 없다. 내년 봄 2월 스무아흐렛날에 등준시(登俊試)*를 베풀어 통정대부(通政大夫) 이하의 인재를 뽑는다고 한다. 명나라 사신도 내년 봄에 나온다고 한다. 또 무슨 이유로 오는지 알 수 없다. 좌의정 유홍(兪泓)이 막 대간(臺諫)*의 논핵을 당했는데 아직 윤허를 얻지 못했다고 한다. 이는 탐욕스럽고 더러운 일을 했기 때문이다.*

....

* 봉고(封庫): 수령이 파면된 후 물품의 출납을 못하도록 창고를 봉하여 잠그는 일이다.
* 조보(朝報): 승정원에서 재결 사항을 기록하고 서사(書寫)하여 반포하던 관보(官報)이다. 왕명, 장주(章奏), 조정의 결정사항, 관리 임면, 지방관의 장계 등이 모두 포함되었다.
* 거토(居土): 관리들의 성과를 평가할 때 중(中)의 성적을 차지한 것을 말한다.
* 등준시(登俊試): 현직 관리, 종실(宗室), 부마(駙馬) 등을 대상으로 실시했던 임시 과거이다.
* 대간(臺諫): 간언(諫言)을 맡아 보던 관리이다.
* 좌의정……때문이다: 유홍(兪泓, 1524~1594)은 1587년에 명(明)나라에 사신으로 가서 조선의 시조가 고려의 권신 이인임(李仁任)의 아들로 잘못된 것을 바로잡았으며, 1589년에는 정여립(鄭汝立)의 역옥(逆獄)을 다스렸다. 《국역 선조실록》 27년 11월 6일 기사에 좌의정에 제수된 일이 보인다. 12월 14일에 사헌부에서 탐욕스럽고 자신의 배만 불렸다는 이유 등을 들어 체직을 청했고, 그 이후로 사헌부 및 사간원에서 끊임없이 체직을 청하여 결국 12월 26일에 체직되었다.

◎ ─ 12월 24일

지난밤 꿈자리가 지극히 흉했다. 무슨 조짐인가. 근래 추위가 몹시 심하니, 생원(오윤해)이 돌아갈 때 어떻게 견딜지 걱정스러움을 금치 못하겠다. 돌아가는 여정을 따져 보면 내일은 마땅히 집에 들어가야 한다.

어제 아침에 함열에서 사람이 왔다. 백미 1말, 거친 쌀 1말을 지고 왔고, 딸이 만든 절편[切餠] 1상자를 보내왔다. 스무이튿날이 딸의 생일이므로 마련해 보낸 것이다. 사랑스럽다. 곧바로 장물[醬水]에 삶아서 나누어 먹었다. 마침 소지도 들어와서 함께 먹었다.

군수가 모레쯤 떠나서 자신의 집으로 돌아간다고 한다. 저녁을 먹고 들어가서 잠시 이야기를 나누고 작별했다. 사내종과 말이 내일 함열에 가야 하므로 다시 만나서 작별할 수가 없기에 찾아가서 만나고 돌아온 것이다. 그 군수의 말과 행동거지를 보니 안색이 멍하여 마치 넋이 나간 사람 같았다. 분명 오래 살지 못하리라. 지난해에 임맹길[任孟吉, 임극(任克)]이 이 고을에 와서 다스릴 때에도 행동하고 일하는 것이 또한 이와 같아서 몹시 의심했는데, 부임한 지 겨우 다섯 달 만에 순찰사의 보고에 의하여 파면되었고 오래지 않아 죽었다. 지금 이 이군수(李郡守, 이구순)는 지난 7월에 부임하여 겨우 여섯 달 만에 순찰사의 계문(啓聞)*에 의해 파직되었으니, 모든 일이 바로 임극과 같다. 매우 걱정스럽다.

하지만 세력이 없는 음관(蔭官)이 길가의 고을 수령이 되었는데, 사람됨이 가볍고 천박해서 오가는 공적인 관원만이 아니라 정처 없이 떠

....
* 　계문(啓聞): 관찰사, 어사, 절도사 등이 임금에게 글로 상주하던 일을 말한다.

도는 사대부들까지도 침해하는 일이 많았다. 응접에 시달려 관청의 저축이 다 고갈되었는데도 아무런 계책이 없었다. 거느린 가족도 많은데, 관청에는 1항아리의 간장이나 1되의 쌀과 콩도 없어 날마다 방아를 찧어도 오히려 양식을 댈 수가 없어서 빌려다 썼다. 관아의 운영비로 하루에 마련하는 양이 5말이라고 하니, 오래 보존할 수 없었음을 또한 알 만하다.

이 군은 누차 그릇된 사람이 맡아서 거의 버려지는 고을이 되려고 한다. 뒤에 부임하는 사람이 만약 대간이면서 시종(侍從)하는 사람으로서 몸가짐을 검소하게 하고 강하고 포악한 사람을 두려워하지 않으며 손님을 접대하지도 않아서 백성을 사랑하고 비용을 아끼면서 오랫동안 이 직임을 맡지 않는다면, 거의 수습할 수 없을 것이다.

◎ ─ 12월 25일

밤에 큰 눈이 내렸다. 아침까지도 그치지 않아 거의 반 자나 쌓였다. 눈길도 아랑곳하지 않고 사내종과 말을 함열로 보냈다. 함열 현감이 한양에 가면서 한 해를 보낼 물자를 내주도록 써 두었다고 하여 그것을 얻기 위해서이다. 다만 나루터가 반쯤 얼어서 건너지 못할까 걱정이다. 내일도 돌아오지 않는다면 위아래 사람들이 분명 굶게 될 게다. 걱정스럽다.

저물녘에 계집종 향춘이 함열에서 왔다. 설날에 그 아비에게 제사를 지내려고 말미를 얻어 온 것이다.

◎ — 12월 26일

근래 날씨가 몹시 추운데 먹을거리가 모두 떨어졌을 뿐만 아니라 땔나무도 해 오지 못했다. 아침저녁으로 밥을 짓는 것 외에는 방을 따뜻하게 할 수도 없어 아이들이 편안히 자지 못한다. 걱정스럽다.

저녁에 막정이 함열에서 왔다. 백미 3말, 거친 쌀 3말과 별도로 내준 백미 2말, 거친 쌀 2말을 합해서 모두 10말과 찹쌀 1말, 누룩 2덩어리, 참기름 1되, 흑태(黑太) 5되를 실어 왔다. 별도로 내준 곡식은 함열 현감이 한양에 가면서 한 해를 보내도록 마련해 준 물자이다. 딸이 보낸 찬거리는 조기 2뭇, 뱅어젓 작은 1항아리이다. 저물녘에 바람이 불고 비가 내리더니 밤에는 눈이 내렸다. 이튿날 아침에는 크게 내려 산천이 모두 하얘지리라.

◎ — 12월 27일

아침에 이웃에 사는 숙돌[叔石]에게서 감해진 나무 40뭇을 실어 왔다. 눈발이 날리고 바람이 세차서 날이 몹시 추운데 이 나무를 얻었으니, 며칠 동안은 불을 땔 수 있겠다. 내일 새벽에는 어머니를 모시고 집으로 들어갈 작정이다. 오늘은 입춘(立春)이다.

저녁에 전주의 송지평[宋持平, 송영구(宋英耈)]이 특별히 사람을 보내서 안부를 묻고, 아울러 찹쌀 1말, 흑태(黑太) 5되, 날꿩 1마리를 보내 왔다. 뜻밖에 얻었으니, 후한 뜻에 매우 감사하다. 이튿날 아침에 답장을 써서 보낼 작정이다.

◎ ─ 12월 28일

지난밤에 큰 눈이 내려 반 자나 쌓였다. 아침을 먹기 전에 어머니를 모시고 옛 거처로 돌아왔다. 지난달 스무여드렛날에 병을 피해 나갔다가 오늘 돌아오시는 것이다.

◎ ─ 12월 29일

큰 눈이 내린 후로 날이 몹시 춥다. 땔나무도 없고 양식도 없어서 한 해를 마칠 수가 없다. 더구나 냉방이라 잘 수가 없어서 어머니도 편히 주무시지 못한다. 매우 걱정스럽지만 어찌하겠는가. 겨우 쌀 1말을 빻아 가루를 내어 떡을 쪄서 선친의 신주 앞에 제사를 올리려고 한다. 탄식한들 어찌하겠는가. 전에 반 필의 무명으로 바꿔 온 소고기 몇 덩어리와 송인수가 보내온 꿩고기를 제수로 쓰고 또 쌀 5되로 술을 빚어 차례에 쓸 생각이다. 달리 제수 찬거리로 보탤 물품이 없으니 안타깝다. 이처럼 극심한 추위에 생원(오윤해)은 한양에 가면서 선산에 성묘를 어떻게 하겠는가. 아마도 하지 못할 것이다. 별좌(오윤겸)도 떠난 뒤에 소식이 없다. 밤낮으로 끊임없이 애가 탄다. 저녁에 또 큰 눈이 내리다가 밤이 되어 비로소 그쳤다.

◎ ─ 12월 30일

아침을 먹고 군에 들어가 순찰사 군관 김순종(金順宗)을 만나 이웃에 사는 상좌(上佐) 전차지(田次知)를 풀어 달라고 청했다. 마침 두 향소가 술과 과일을 가지고 와서 군관을 뵙기에, 나도 참석해서 술 넉 잔을 마시고 돌아왔다. 김순종은 관동(館洞) 아래 사섬시(司贍寺) 어구에 살았다. 전에는 모르는 사이였지만 한마을에 살았다는 말을 듣고 나니 옛날부터 알던 사이 같았다. 그래서 상좌를 위해 간청한 것이다. 들어가 만났을 때 새 군수로 누가 임명되었는지는 듣지 못했다.

김순종에게 들으니, 청양 현감 박여룡이 부임한 지 오래되지 않아 갈리어 갔다고 한다.* 처음에는 청양 현감을 통해서 황해도에 있는 윤함의 소식을 들으려고 했는데, 뜻하지 않게 갈리어 갔으니 다시 들을 길이 없다. 서운함을 금치 못하겠다.

저녁에 전 상좌와 복남(福男) 두 집에서 술과 떡, 안주와 과일을 차려 보내서 바로 처자식들과 같이 먹었다.

──────────
* 청양 현감……한다: 앞의 11월 23일 일기에 박여룡이 청양 현감에 임명된 일이 보인다. 《송애집(松崖集)》권4 부록 〈연보(年譜)〉에 따르면, 1594년 11월에 청양 현감에 임명되었다가 1595년 8월에 갈리어 고향으로 돌아왔다고 했다. 어느 기록이 맞는지 분명하지 않다.

영남에 보내는 격문

-생원 김존경(金存敬)[*]-

—

아, 하늘은 화를 내린 일을 후회하는 때가 있고 나라에 항상 막히는 운수는 없습니다. 올바른 도를 따르면 아무리 위태로워도 반드시 부지할 수 있고 순리를 거스르면 처음에는 강해도 결국에는 멸망하니, 이치가 본래 그렇고 형세가 그러한 것입니다. 이 때문에 비수(淝水) 가의 작은 부대로 부견(符堅)의 대군을 무찌를 수 있었고,[*] 독부(督府)의 수군(水軍)으로 역량(逆亮)의 기세를 꺾을 수 있었습니다.[*] 이 사실이 모두 역사에 실려 있고, 때는 예나 지금이나 다르지 않습니다.

어리석은 저 섬나라 오랑캐가 이역(異域)에 군대를 몰고 와서 두 해 동안 흉한 화염이 더욱 거세져 들판을 태우는 불처럼 화가 극심합니다. 당당하던 나라의 형세는 알을 포개 놓은 듯 위태롭고 백성은 벌벌 떨며 오랑캐가 되는 치욕을 당하니, 사람의 노여움이 이미 극에 달했고 귀신의 처벌이 더해지려고 합니다.

덕령은 일개 어리석은 자로 궁벽한 고을에서 나고 자랐으며 글 읽는 데에 뜻을 두었고 무예를 일삼지 않았습니다. 중간에 그릇되게 헛된 명성을

....

* 김존경(金存敬): 1569~1631. 본관은 광산(光山), 자(字)는 수오(守吾), 호는 죽계(竹溪)이다. 1599년(선조 32) 별시 문과에 병과로 급제하였다. 인조반정 이후에는 대북의 몰락과 함께 주요 관직에서 밀려났다.

* 비수(淝水)……있었고: 전진(前秦)의 부견(符堅)이 남하하여 진(晉)나라에 쳐들어오자, 동진(東晉)의 사현(謝玄)이 8만의 군사로 부견의 1백만 대군을 비수 가에서 크게 물리친 고사가 전한다. 《진서(晉書)》 권79 〈사현열전(謝玄列傳)〉.

* 독부(督府)의……있었습니다: 역량(逆亮)은 금(金)나라의 황제 완안량(完顔亮)이다. 희종(熙宗)을 시해하고 스스로 왕위에 올랐기 때문에 역량이라고 했다. 완안량이 대군을 이끌고 채석진(采石鎭)에서 양자강을 도강하려고 할 적에 참모군사(參謀軍事)로 이 지역을 순시하던 우윤문(虞允文)이 장병을 지휘하여 적의 도강을 막아 나라를 구한 고사가 있다. 《송사(宋史)》 권382 〈우윤문열전(虞允文列傳)〉.

훔쳐 도원수(권율)의 막하에 종사했습니다. 하지만 어머니는 이미 노령이고 형은 또 전사하여 모실 사람이 없어서, 전쟁에 차마 따라나서지 못하고 잠깐 군대의 대오에 있다가 이내 그만두고 돌아왔습니다. 그러나 위로는 나라의 치욕을 생각하며 한밤중에 몇 번이나 칼을 어루만졌고, 아래로는 형의 원수를 분하게 여기며 밥을 먹다가도 늘 눈물로 밥을 적셨습니다.

집안의 화가 그치지 않아 이제 어머니께서 돌아가셨습니다. 장례를 대강 마치고 목숨을 바칠 수 있는 몸이 되어 종군하는 청을 올리려는데 아직 중엄(仲淹)의 글*을 올리지 못했습니다. 마침 담양 부사(潭陽府使)*가 본도의 순찰사에게 저를 천거했습니다. 대의(大義)로 회유하면서 저의 상례를 그만두게 하고, 제가 수없이 싸움에 시달리고 남은 군사를 수습하여 무딘 칼을 한 번 휘두르기를 바랐습니다.

다만 생각건대, 닭 한 마리를 잡을 힘이 없고 수레에 재빨리 올라탈 만한 용맹도 없어 부끄럽습니다. 사람은 보잘것없는데 책임은 무거워 기둥이 흔들릴까 걱정스럽습니다. 또 어찌 이리도 감당하기 어려운 일이 저처럼 초야에 묻힌 천한 몸에 갑자기 주어졌다는 말입니까. 조금의 은혜도 아직 갚지 못했는데, 은혜로운 명령이 먼저 내려졌습니다.

아, 군부(君父)께서 이미 어려움을 구제하라고 맡기셨으니, 신자(臣子)가 감히 목숨 바치기를 사양하겠습니까. 제가 듣건대, 의(義)를 등지고 살기를 탐하면 용맹한 전사도 겁쟁이가 되고 충성을 발휘하고 자신을 잊으면

....

* 중엄(仲淹)의 글: 중엄은 송(宋)나라의 명재상 범중엄(范仲淹)이다. 범중엄이 어머니의 상중(喪中)에 재상에게 1만여 자의 편지를 써서 조정의 득실과 민간의 이해를 말했는데, 왕증(王曾)이 이를 훌륭하게 생각하여 안수(晏殊)에게 범중엄을 추천했고 이로 말미암아 마침내 관직을 얻었다는 고사가 전한다.《송명신언행록(宋名臣言行錄)》전집(前集) 〈범중엄문정공(范仲淹文正公)〉.
* 담양 부사(潭陽府使): 이경린(李景麟, 1533~?). 임진왜란 중에 김덕령에게 종군을 권유하고 자신의 녹봉을 털어서 전투에 필요한 제반 기구를 마련하는 등 의병 활동을 적극적으로 지원했다.

나약한 사람도 굳세어진다고 했습니다. 윗사람을 친히 하고 장관을 위해서 죽는 의리*는 용맹이 될 수 있고, 죄 있는 자를 치고 역적을 토벌하는 정의는 기개가 될 수 있습니다. 어찌 반드시 구구한 혈기의 용맹만이 이 왜적을 제압할 수 있겠습니까.

이로써 노둔한 저 자신을 채찍질하여 전장에 몸을 내달리기로 하고 멀고 가까운 곳에 격문을 보내 굳세고 날랜 군사를 불러 모았습니다. 용처럼 날아오르고 범처럼 뛰는 사람들과 적장을 베고 적의 깃발을 꺾을 사람들이 모두 양식을 싸 들고 따르기를 원하여 물과 불에 뛰어드는 것도 사양하지 않습니다. 팔을 걷어붙이고 애통함을 품으며 전날 세 번 패한 것*을 부끄러워하고 손에 침을 뱉으며 기운을 돋우어 앞으로 아홉 번 정벌할 것*을 계획하니, 오직 겨우 명줄만 잇고 있는 저 잔당을 머지않아 거의 소탕할 수 있을 것입니다.

이에 이번 달 모일(某日)로 군대를 동원하는 길일을 삼아 기치를 동쪽으로 향하니, 중황(中黃)*이 좌우에 있고 오확(烏獲)*이 앞뒤에 있습니다. 용

....

*　윗사람을……의리: 위정자를 친애하고 그를 위해 목숨을 바치는 의리를 뜻한다.《맹자》〈양혜왕 하(梁惠王下)〉에 "임금께서 어진 정치를 행하신다면, 이 백성이 윗사람을 친근하게 여기고 윗사람을 위해서 죽을 것입니다[君行仁政 斯民親其上 死其長矣]."라고 한 데서 나왔다.

*　세 번 패한 것: 춘추시대 노(魯)나라의 장수인 조말(曹沫)이 제(齊)나라와 세 번 싸워 세 번 패배를 당하여 그 원한을 풀 기회를 엿보다가, 제나라와 노나라의 두 임금이 강화하기 위해 가(柯)라는 곳에서 회합할 때 노나라 임금을 모시고 가서 제나라 임금을 만난 자리에서 칼을 들이대며 빼앗아 간 땅을 도로 내놓으라고 협박한 고사가 전한다.《사기(史記)》권86 〈조말열전(曹沫列傳)〉.

*　아홉 번 정벌할 것: 천자가 제후의 죄악을 징벌하는 아홉 가지를 말한다.《주례(周禮)》〈대사마(大司馬)〉에 "약자를 침범하면 재앙을 주고, 어진 이를 해치면 성토하고, 폭정을 하거나 침릉(侵凌)을 자행하면 내쫓고, 땅이 황폐하고 백성이 흩어지면 봉지(封地)를 깎고, 지형의 험난함을 믿고 복종하지 않으면 치고, 친척을 해치면 그 죄를 다스리고, 그 임금을 시해하면 죽이고, 영(令)을 범하고 법을 무시하면 인국(隣國)과 교제를 끊게 만들고, 내외의 분수가 금수 같으면 주멸(誅滅)한다."라고 했다.

*　중황(中黃): 중황은 중황백(中黃伯)이라고도 하며, 고대의 용사(勇士)를 말한다.

맹한 기병이 바람처럼 달리고 긴 창은 번개처럼 빠릅니다. 군사는 정예하고 병기는 날카로우며 명분은 곧고 기운은 씩씩하니, 이로써 적을 제압하면 누가 감히 우리를 당하겠습니까.

병법에 나를 알고 적을 알면 백 번 싸워 백 번 이긴다고 했습니다. 왜적의 무리는 천 리 길을 넘어와서 객지에서 이슬을 맞은 지 두어 해가 되었습니다. 춥고 더운 것이 다르고 수토(水土)에 의해 병이 나서 날카로운 기세가 이미 평양(平壤)에서 꺾였고,* 간담은 또 행주(幸州)에서 찢겨,* 옛날에 정예병이라고 일컬어진 것이 이제는 말세(末勢)*가 되었습니다. 또 그 아래에 가족이 포로로 잡혀 억지로 끌려온 무리도 많으니, 어찌 부모와 처자식 생각이 없겠습니까. 원망이 이미 극에 달했고 수심과 탄식이 장차 깊어질 것이니, 하상(河上)의 변*이 조만간에 생길 것이며 솥 안의 물고기가 어찌 오래 버틸 수 있겠습니까. 때가 무르익었으니, 섬멸을 늦춰서는 안 됩니다.

아, 왜적이 쳐들어온 뒤에 전라도가 참혹한 화를 홀로 면했고 7개의 도가 모두 화를 입었지만, 그중에 영남이 입은 피해는 다른 도보다 심합니

....

* 오확(烏獲): 원문의 오확(烏攫)은 《맹자》〈고자하(告子下)〉에 의거하여 오확(烏獲)으로 수정하여 번역했다. 오확은 전국시대 진(秦)나라의 역사(力士)이다.

* 평양(平壤)에서 꺾였고: 평양성 전투를 말한다. 1592년 6월에 평양성이 함락되었다가 12월에 명나라 장군 이여송(李如松)이 참전하여 1593년 1월 초에 협공으로 평양성을 탈환했다. 이 전투의 승리로 전쟁 국면의 주도권을 장악하게 되었다.

* 행주(幸州)에서 찢겨: 1593년 2월에 전라도 관찰사 권율이 행주산성에서 왜군을 크게 무찌른 행주대첩을 말한다.

* 말세(末勢): 강한 쇠뇌가 끝에 가서는 힘이 떨어짐을 뜻한다. 《삼국지(三國志)》 권35 〈촉지(蜀志) 제갈량전(諸葛亮傳)〉에 "강한 쇠뇌의 말세는 노나라 비단도 뚫지 못한다."라고 했다.

* 하상(河上)의 변: 군사들이 하는 일 없이 세월만 보내다가 흩어지는 변을 말한다. 춘추시대에 정문공(鄭文公)이 대부 고극(高克)을 미워하여 그로 하여금 군사를 거느리고 경계에서 적(狄)을 막게 하고서 적이 물러간 뒤에도 그를 부르지 않으니, 군사들이 날마다 하는 일 없이 하상에서 소요하다가 끝내는 다 흩어져 스스로 궤멸된 고사에서 유래했다. 《시경(詩經)》〈정풍(鄭風)·청인(淸人)〉.

다. 문무(文武)의 사대부와 남녀 노약자 할 것 없이 아무 죄 없이 해를 당한 사람을 어찌 셀 수 있겠습니까. 아비가 죽어 자식은 고아가 되고 남편이 죽어 아내는 과부가 되었습니다. 그 집을 불태우고 그 고향을 떠나서흰 갈대와 누른 띠풀*에 타 버린 재만 눈에 가득합니다. 낙동강 동쪽 진양(晉陽, 진주)의 남쪽에 밥 짓는 연기가 다시는 보이지 않으니, 춥고 굶주림이 이미 극도에 달해 사람들이 서로 잡아먹습니다. 굶어 죽은 시체가 길거리에 쌓였고 원통해서 우는 소리가 하늘까지 닿으니, 온갖 원망의 소리가 차마 말로 할 수 없을 지경입니다.

이로써 본다면 파리한 아이와 수척한 아낙도 몽둥이를 쥐고 적을 치게 할 수 있는데, 씩씩하고 건장한 남아가 어찌 칼을 거두고 편안히 앉아 있을 수 있겠습니까. 이는 바로 충의지사가 목숨을 바칠 때이고 호걸지사가 치욕을 씻을 기회이니, 각각 공사(公私)의 원수를 생각하여 함께 도적*을 베야 합니다. 하물며 명나라 장수가 그 군사를 거두어 돌아가는 바람에 늙은 도적이 수시로 몰래 나오고 있습니다. 만약 이번 기회에 빨리 쓸어버리지 않는다면, 예전의 화가 다시 조만간에 일어나 아무리 뉘우쳐도 소용없을 것입니다. 때는 잃어서는 안 되고, 일은 두 번 하기 어렵습니다. 선비와 서인(庶人)들이여, 힘써 주십시오.

....

* 흰……띠풀: 거친 황무지를 뜻한다. 송나라 학자 소식(蘇軾)의 〈장문잠에게 답한 글[答張文潛書]〉에 "다만 척박한 황무지를 보면 눈에 보이는 것이 온통 누런 띠풀과 하얀 갈대뿐이다[惟荒瘠斥鹵之地 彌望皆黃茅白葦]."라고 한 데서 나왔다. 《동파전집(東坡全集)》 권74 〈답장문잠서(答張文潛書)〉.

* 도적: 원문의 경예(鯨鯢)는 흉악한 역적의 괴수를 말한다. 《춘추좌씨전》 〈선공(宣公) 12년〉 조에 "옛날에 명왕(明王)이 불경한 자들을 정벌하여 그 경예를 잡아다가 죽여서 무덤처럼 쌓아 두어 크게 치욕을 주었다."라고 했다.

도내의 여러 고을에 보내는 통문

-생원 김존경-

一

만력(萬曆) 21년 10월 29일에 광주의 상인(喪人) 김덕령이 도내 여러 고을의 군자들에게 공손히 고합니다. 요사이 보건대, 흉악한 적이 이미 우리나라에 쳐들어와서 벌떼처럼 영남에 주둔하고 멧돼지처럼 변방의 보루를 들이받으며 호시탐탐 날로 으르렁거립니다. 그런데 관군은 패배하고 의병도 움츠려 진군을 멈추고 둘러서서 보기만 하며 무찔러 섬멸하려는 뜻이 없으니, 위엄을 잃고 적의 기를 살려 줌이 이보다 심한 것이 없습니다. 안으로는 임금을 모시는 일을 모두 게을리 하고 밖으로는 자신을 잊는 충성스럽고 뜻있는 사람이 몇이나 됩니까. 가만히 오늘날의 일을 보건대, 진실로 슬프기만 합니다.

덕령은 일찍부터 얽매이지 않음을 자부했고 밧줄을 청하는 뜻*이 간절했으니, 변란이 일어난 처음에 군대의 대오에 끼어 감히 미력이나마 바칠 생각이 매우 깊었습니다. 다만 노모에게 병환이 있어 돌아가실 날이 임박했기 때문에 봉양을 마치고픈 간절한 마음에 차마 소매를 뿌리치고 떠나지 못하여 두 해 동안 몸을 감추고 칼을 어루만지면서 동쪽을 바라볼 뿐이었습니다. 이제는 어머니께서 돌아가시어 자식이 믿을 곳이 없어졌고 나랏일이 많아 신하로서 절의(節義)를 다해야 합니다.

다행히 담양 부사 이경린(李景麟) 공을 만났는데, 그는 종실의 후예로서 항상 적과 맞서 싸우려는 뜻을 품고 있다가 나의 허명을 듣고 전투 물자를 마련해 주면서 국난에 달려가도록 권했습니다. 두 번이나 사양했지만

....

* 밧줄을 청하는 뜻: 결박할 밧줄을 청한다는 말로, 전쟁터에 나가 적을 격파하여 나라의 은혜에 보답하겠다는 뜻이다. 한(漢)나라의 간의대부 종군(終軍)이 긴 밧줄 하나만 주면 남월(南越)에 가서 그 임금을 묶어 와서 대궐 아래에 바치겠다고 청한 고사에서 유래했다.《한서(漢書)》권64하 〈종군전(終軍傳)〉.

결국 마지못해 사사로운 정을 끊어 상복을 벗고 나라의 변고에 따라 갑옷을 입었습니다. 계책은 비록 표요(嫖姚)*에 비해 부끄럽지만, 의기는 사아(士雅)*를 흠모했습니다. 손에 긴 칼을 쥐고 몸에는 갑옷을 걸치며 위엄을 기르고 예리함을 쌓아 곧장 호랑이굴을 찾아가서 백성의 분함을 조금이나마 위로하고 종묘의 치욕을 말끔히 씻으려고 합니다. 바라건대, 멀고 가까운 곳의 군자들은 마음을 합하여 위태로움을 붙드는 지극한 계책을 함께 정하도록 하십시다. 이제 널리 고하여 나의 간곡한 마음을 밝히노니, 여러 고을의 선비들은 혹 나를 따르겠습니까.

아, 2백 년 동안 기르고 이루었으니, 어찌 비분강개하며 나라를 위해서 죽는 하나의 선비가 없겠습니까. 목숨을 바쳐 어려움을 구제할 때가 바로 지금이니, 옷깃을 떨치고 단(壇)에 오르는 일*을 어찌 늦출 수 있겠습니까. 덕령의 힘은 솥을 들어올리기 어렵고 용맹은 만 명의 적을 대적하지 못합니다.* 다만 생각건대, 임금이 치욕을 당하면 신하는 죽어야 하기에 재주와 지혜가 보잘것없음을 헤아리지 않고 뜻이 맞는 선비들을 불러 모아 함

....

* 표요(嫖姚): 한나라 무제(武帝) 때 표요교위(嫖姚校尉)를 지냈던 대장군 곽거병(霍去病)이다. 흉노(匈奴)에 맞서 여섯 차례 출전하여 절란(折蘭), 노(盧) 등의 왕을 베어 죽이고 혼야(渾邪), 둔두(屯頭) 등의 왕에게 항복을 받는 등 용맹을 크게 떨쳤다. 《한서》권55 〈곽거병전(霍去病傳)〉.

* 사아(士雅): 진(晉)나라의 명장 조적(祖逖)이다. 사아는 그의 자이다. 원제(元帝) 때 군대를 거느리고 장강(長江)을 건너면서 "중원을 깨끗하게 하지 못한다면 이 강물에 빠져 죽겠다."라고 맹세했는데, 마침내 석륵(石勒)을 격파하고 황하 이남의 땅을 회복했다. 《진서》권62 〈조적열전(祖逖列傳)〉.

* 단(壇)에 오르는 일: 대장(大將)에 임명하는 일을 말한다. 옛날에 장수의 권위를 높여 주기 위해 단을 쌓고 예식을 행했던 고사에서 유래했다. 《사기》권92 〈회음후열전(淮陰侯列傳)〉.

* 힘은……못합니다: 《사기》권7 〈항우본기(項羽本紀)〉에, 항우는 힘이 세어서 세 발 달린 솥을 두 손으로 불끈 들 만했다고 했다. 또 항우가 소싯적에 글과 검술을 제대로 익히지 못하여 숙부 항량(項梁)이 노여워하자, 항우가 "글은 이름을 쓸 줄만 알면 충분하고, 검은 한 사람만을 상대하는 것이니 배울 가치가 없습니다. 나는 만인을 상대하는 법을 배우고 싶습니다."라고 말하고는 병법을 배웠다는 기록이 있다.

께 충성스러운 마음으로 공업을 이루고자 합니다. 기회를 타고 변화에 대응하는 데에 비록 좋은 계책을 내서 적을 제압하지는 못하더라도, 칼날에 맞서야 할 곳에서는 맹세코 사졸들의 선봉에 서겠습니다.

지금 7개의 도가 전쟁의 화를 입지 않은 곳이 없는데 우리 전라도만 홀로 도륙을 면했으니, 한 줄기 맥을 회복하는 것이 여기에 있습니다. 그런데 근래 군사를 징발하고 양식을 운반하면서 물력(物力)이 고갈되고 민생이 곤궁하여 난리를 겪은 것과 다름이 없습니다. 이러한 때에 적이 오면 누가 다시 막아낼 수 있겠습니까. 부모와 처자식이 없는 사람이 없고 뽕나무와 소나무와 잣나무도 기르지 않는 집이 없으니, 하루아침에 살육당하고 불태워지는 것을 누가 원하겠습니까. 진실로 사람들이 노여움을 품고 사사로운 원수를 갚듯이 한다면 이 적을 섬멸하지 못할 리가 없습니다. 만약 눈앞의 안위만을 지키며 용감하게 목숨을 바치는 거사에 나아가지 않는다면, 이는 자기 부모를 적에게 버리고 자기 스스로 소나무와 잣나무를 베는 것입니다. 이것이 어찌 옳은 이치이겠습니까.

바라건대, 여러 고을의 선비들은 혹시라도 마음에 주저하지 말고 떨쳐 일어나려는 기운을 배로 발휘하십시오. 서릿발 같은 창과 기병으로 우레와 바람처럼 몰아친다면, 간신히 명줄만 이은 채 떠도는 저 잔당들이 반드시 토붕와해(土崩瓦解)될 것이며 칼에 피를 묻히지 않아도 달려와 죽기를 기다릴 것입니다. 비수의 공*이 오늘에 절로 이루어지고, 전연(澶淵)의 승첩*을 불시에 얻게 될 것입니다. 어찌 다행한 일이 아니겠습니까.

아, 명나라의 군대가 오히려 적의 엄습에 곤욕을 당했고 우리 강토가

....
* 비수의 공: 전진(前秦)이 동진(東晉)을 침략하여 비수에서 싸웠는데, 중국 전쟁사에 있어 적은 군사로 대승을 거둔 전쟁을 대표한다.
* 전연(澶淵)의 승첩: 송나라 때 거란의 침입이 있자 구준(寇準)이 중론을 물리치고 진종(眞宗)에게 친정(親征)을 청하여 전연까지 가게 해서 사기를 높이고 적의 기세를 꺾어 화의를 맺고 돌아온 일을 말한다. 《송사》 권281 〈구준열전(寇準列傳)〉.

오랫동안 비린내 나는 오랑캐에게 더럽혀졌습니다. 그런데도 수레바퀴 빗장이 빠지는 소리에 죽는 거우(車右)가 나오지 않으며,* 지경에 나가 목을 찔러 죽은 옹문적(雍門狄)*은 또 누구입니까? 거사(巨事)의 조례(條例)가 아래와 같으니, 이 글이 도착하면 자세히 생각하여 힘씁시다.

승의병 팔도도대장에게 보내는 글

-생원 김준경-

—

세상에서 "불자(佛者)는 성인(聖人)의 죄인이다."라고 하는 이유가 무엇입니까. 떳떳한 윤리를 버리고 인의(仁義)에서 도망쳤기 때문입니다. 떳떳한 윤리 중에 큰 것이 두 가지이니, 부자(父子)와 군신(君臣)의 윤리입니다. 인의의 도는 두 가지이니, 물에 빠진 이를 건져 주고 어려운 일에 달려가는 것입니다. 성인의 도를 배우고서 떳떳한 윤리와 인의를 다하지 않는다면, 이는 유자(儒者)의 이름을 가지고 묵자(墨者)*의 행동을 하는 것입니다. 불자의 무리라도 떳떳한 윤리와 인의를 다한다면, 이는 묵자의 이름을 가

....

* 수레바퀴……않으며: 임금이 위험에 처했을 때 목숨을 바치는 것을 말한다. 거우(車右)는 옛날 전쟁용 수레에서 오른쪽에 태우는 용사이다.《설원(說苑)》〈입절(立節)〉에 "옛날 왕이 사냥을 할 때 왼쪽 수레바퀴의 빗장이 소리를 내며 빠져나가자 거우가 죽기를 청했다. 왕이 말하기를 '그대가 왜 죽으려고 하는가?' 하니, 거우가 대답하기를 '빗장이 빠져 우리 임금을 놀라게 했기 때문입니다.'라고 했다. 왕이 말하기를 '왼쪽 수레바퀴 빗장이 빠진 것은 장인의 죄이다. 그대가 죽을 것이 뭐가 있는가?' 하니, 거우가 말하기를 '신은 그 장인이 만든 것은 보지 못하고 그 빗장이 빠지면서 우리 임금을 놀라게 한 것만 보았기 때문입니다.' 하고 이내 스스로 자결했다."라고 한 고사에서 유래했다.

* 지경에……옹문적(雍門狄): 전국시대 월(越)나라 군사가 제(齊)나라를 침략하자 제나라 열사인 옹문적이 스스로 목을 찔러 죽으니, 월나라 사람들이 그 의분에 감동하여 70리를 후퇴했다는 고사가 전한다.《설원》〈입절〉.

* 묵자(墨者): 전국시대 초기의 사상가 묵자(墨子)를 계승하는 학파인 묵가(墨家)를 따르는 사람들을 말한다.

지고도 유자의 행동을 하는 것입니다. 그 이름을 유자라고 하면서 그 행동을 묵자처럼 한다면, 성인의 죄인이 될 뿐만 아니라 또한 불자의 죄인이 되는 것입니다. 그 이름을 묵자라고 하면서도 그 행동을 유자처럼 하는 사람은 성인이 죄 주지 못할 뿐만 아니라 담장 안에 있어도 내치지 않고, 내치지 않을 뿐만 아니라 반드시 데려다가 가르쳐서 더불어 함께하는 것을 기뻐할 것입니다.

아, 묵자의 이름을 가지고 유자의 행동을 하는 사람으로, 나는 오늘날 대장 한 사람을 보았을 뿐입니다. 바야흐로 왜구가 쳐들어와서 여러 고을이 모두 무너지고, 겹겹의 산과 관문이 토붕와해되었으며, 굳센 장수와 정예병이 새처럼 달아나고 쥐처럼 숨어 버렸습니다. 마침내 삼경(三京)*이 함락되어 임금의 수레가 멀리 피난길에 올라 당당하던 나라의 명맥이 거의 끊어질 지경이었습니다. 3백 개의 고을 내에 임금이 내려 주신 밥을 먹고 옷을 입으면서 평소에 떳떳한 윤리와 인의를 다한다고 스스로 말하던 사람들도, 누구 하나 임금을 위해서 앞장서고 목숨을 바쳐 의리를 위해 죽는 사람이 없었습니다.

유독 대장만이 깊은 숲속에서 옷깃을 떨치고 나와 도총섭(都摠攝) 대선사(大禪師)*와 함께 의병을 일으켜 하루아침에 부처에게서 하직하고 적을 토벌하는 데에 따라나섰습니다. 이것이 어찌 조정의 명령에서 나왔겠습니까. 또 어찌 한 터럭만큼이라도 바라는 바가 있어서 그런 것이겠습니까. 진실로 대장이 도를 아는 경지가 이미 높아서 의리상 임금을 버릴 수

....
* 삼경(三京): 남경(南京)인 한양, 중경(中京)인 개성(開城), 서경(西京)인 평양(平壤)을 말한다.
* 도총섭(都摠攝) 대선사(大禪師): 서산대사(西山大師) 휴정(休靜)이다. 임진왜란이 일어나자 각처의 승려들에게 격문을 보내 나라를 구하도록 창도했다. 이에 제자 처영(處英)은 지리산에서 궐기하여 권율의 휘하에서, 유정은 금강산에서 1천여 명의 승군을 모아 평양으로 왔다. 휴정은 스스로 의승군을 통솔하여 명나라 군사와 함께 평양성을 탈환했다. 이에 선조가 팔도선교도총섭(八道禪敎都摠攝)이라는 직함을 내렸는데, 나이가 많음을 이유로 군직을 제자인 유정에게 물려주고 묘향산으로 돌아갔다.

없었기 때문입니다. 소문이 미치는 곳마다 감동하지 않는 사람이 없으니, 이로 말미암아 군용(軍容)이 한 번 떨쳐져 사방의 의로운 승려들이 구름처럼 모이고 그림자처럼 따랐습니다. 강원도에서 군사를 일으켜 서쪽으로 평양에서 협공하면서 요해처에 매복하여 적의 돌진을 막거나 첩병을 보내서 적을 정탐하여 흉악한 계책을 모두 살피기도 하여 적이 지경을 넘지 못하고 군대를 거두어 한 해를 마치게 했습니다.

또 고립된 군대로 수락산(水落山)에서 적병 수천 명을 막고, 패하여 퇴각하는 적을 추격하여 공을 세웠습니다. 적이 삼도(三都)에서 물러났을 때에도 여전히 군대를 해산하지 않고 군사들을 권면하여 남쪽으로 와서 다시 영외(嶺外)에서 싸웠으니, 대장의 충정은 한결같이 어찌 이리도 굳은 것입니까. 물에 빠진 이를 건져 주는 인과 어려움에 달려가는 의가 누군들 이보다 크겠습니까. 떳떳한 윤리를 중시하고 인의를 행하는 것은 오직 대장뿐입니다. 성인의 도를 배운 사람도 오히려 그렇게 못하기도 합니다. 그런데 대장은 불자의 무리로서 입정(入定)하여 일삼는 것이 오직 적멸(寂滅)에 있을 뿐이고 국가에서 조그만 은혜도 받지 못했는데도, 전란에 임해 적과 싸우려는 의기는 고기를 먹는 사람들*보다도 더 굳세었습니다. 대장은 성인에게 배척을 당하지 않을 뿐만 아니라 성인이 반드시 함께할 무리인 것입니다.

덕령은 세상 물정 모르는 남쪽 고을의 일개 유자로, 여러 번 대장의 명성을 익히 듣고 일찍이 대장의 군문(軍門)에 가까이 가서 묘책을 얻고자 한 지 오래였습니다. 지금 장성 현감 이귀 공에게서 전에 못 들었던 얘기를 더 들었는데, 대장께서 일찍이 이공과 생사를 서로 의탁하며 함께 나

....

* 고기를 먹는 사람들: 벼슬아치들을 뜻한다. 《춘추좌씨전》〈장공(莊公) 10년〉 조에, 조귀(曹劌)에게 사람들이 묻기를, "고기를 먹는 자들이 잘 알아서 할 텐데 또 무엇하러 끼어드는가[肉食者謀之 又何間焉]."라고 하자, 대답하기를, "고기를 먹는 분들은 식견이 낮아서 큰 계책을 내지 못한다[肉食者鄙 未能遠謀]."라고 한 데서 나왔다.

라의 어려움을 구원하기로 했다고 했습니다. 덕령도 그와 더불어 시종 일을 함께하기로 약속했으니, 또한 비루한 사람을 버리지 않으시리라 생각됩니다. 이것이 이른바 "기운이 같아서 서로 구한다."*는 것이니, 몹시 다행스럽습니다.

덕령은 한 번 전란이 터진 처음부터 목숨을 바치는 데에 뜻을 두었으므로, 작은 공이라도 세우려는 생각이 진실로 간절했습니다. 다만 집에 계시는 노모께서 돌아가실 날이 얼마 남지 않아 차마 옷자락을 끊어 척호(陟岵)의 마음을 상하게 하지 못했는데,* 이제는 부모가 모두 돌아가셨으니 충성을 다해야 할 곳은 오직 임금뿐입니다. 마침 담양 부사 이경린 공이 일찍이 덕령의 헛된 명성을 들은데다 덕령이 군대를 일으키고자 한다는 말을 듣고는 전투 물자를 마련해 주면서 국난에 달려가라고 권유하고 이어서 순찰사에게 보고했습니다. 순찰사가 또 기복출사(起復出仕)*하라는 글을 내려 주었는데, 글 속의 두어 줄 말이 하나하나 임금에게 충성하고 나라를 근심하는 지극한 정성에서 나왔습니다. 그 글을 읽은 사람이라면 누가 강개한 마음으로 오늘날에 스스로 시험해 보고자 하지 않겠습니까.

덕령은 비록 담양 부사와 순찰사의 권유가 아니었더라도 위태롭고 불

....
* 기운이⋯⋯구한다: 의기투합(意氣投合)한다는 뜻이다. 《주역(周易)》〈건괘(乾卦) 문언(文言)〉에 "같은 소리끼리는 서로 응하고, 같은 기운끼리는 서로 찾게 마련이다[同聲相應 同氣相求]."라고 한 말을 인용했다.
* 차마⋯⋯못했는데: 차마 어머니의 곁을 떠나지 못함을 말한 것이다. 동진(東晉) 사람 온교(溫嶠)가 명제(明帝) 때 강주 자사가 되었는데, 소준(蘇峻)이 반란을 일으켜 수도를 함락시키자 도간(陶侃)에게 청하여 왕을 근위하고 석두(石頭)를 격파했다. 온교가 유곤(劉琨)의 권유를 받고 벼슬에 나가려 할 때에 어머니가 만류하니 어머니가 붙든 옷자락을 끊고서 갔다는 고사에서 유래했다. 《진서》 권67〈온교열전(溫嶠列傳)〉. 척호(陟岵)는 보통 효자가 부모를 그리워하는 마음을 뜻하는데, 여기에서는 부모가 자식을 걱정하는 마음을 말한다. 《시경》〈척호(陟岵)〉에 "저 민둥산에 올라가서 아버지를 바라보노라. (⋯) 저 푸른 산에 올라가서 어머니를 바라보노라[陟彼岵兮 瞻望父兮 (⋯) 陟彼屺兮 瞻望母兮]."라고 한 말에서 나왔다.
* 기복출사(起復出仕): 상중에는 벼슬하지 않는 것이 관례로 되어 있으나 국가의 필요에 의하여 상중의 몸으로 벼슬자리에 나오게 하는 것이다.

안한 때에 진실로 절개를 다해야 합니다. 하물며 저분들이 이미 대의로 이끌었으니, 어찌 구구한 정과 예법에 얽매여 임금의 깊은 원수를 생각하지 않을 수 있겠습니까. 드디어 궤연(几筵)*을 떠나서 군대를 따랐으니, 열흘을 달려야 하는 둔한 말을 채찍질하여 무딘 칼로 한 번 베기를 바랐습니다.* 의지할 바는 대장뿐이니, 일을 일으킨 지 이미 오래여서 형세를 두루 알고, 군대를 움직이는 것이 타당하고 계획이 절도에 꼭 맞으며, 도모할 때 지혜로운 사람을 빠뜨리지 않고 거행할 때 계책을 잃지 않으십니다. 한마음으로 힘을 다하여 나라 안의 왜적을 깨끗이 소탕하는 일을 대장과 함께하지 않고 다시 누구와 하겠습니까.

아, 같은 하늘 아래 살 수 없는 원수는 누구나 복수할 수 있습니다. 도탄에 빠진 백성을 구원하는 일에 유자와 묵자가 무슨 차이가 있겠습니까. 흉악한 칼날이 향하는 곳의 참혹한 화가 사찰에도 미쳐 2백 년을 흘러온 소상(塑像)*이 모두 잿더미가 되었으니, 대장의 복수는 나라를 위해서만이 아닙니다. 협동하여 서로 호응하며 회복을 함께 도모하려면 그 기회는 지금입니다. 바라건대, 대장께서는 힘쓰십시오. 두어 가지 청하는 일을 별지(別紙)에 기록했으니, 채택하여 시행해 주시기 바랍니다.

....
* 궤연(几筵): 죽은 사람의 영궤(靈几)와 그에 딸린 모든 것을 차려 놓은 곳이다.
* 열흘을……바랐습니다: 자신의 미천한 재주를 바쳐 작은 공로라도 세우기를 바란다는 뜻이다. 《순자(荀子)》〈수신(修身)〉에 "천리마가 하루에 천 리를 달리는데, 둔한 말도 열흘을 달리면 따라잡을 수 있다."라고 한 고사와, 후한(後漢)의 반초(班超)가 "옛날에 위강(魏絳)은 열국의 대부였는데도 여러 융족들을 안정시킬 수 있었는데, 더구나 위대한 한나라의 위엄을 받들고 가는 내가 무딘 칼이나마 한 번 베어 보지 못하겠는가."라고 한 고사에서 유래했다. 《후한서(後漢書)》권47〈반초열전(班超列傳)〉.
* 소상(塑像): 흙으로 빚은 신(神)의 형상이나 사람의 형상으로, 여기에서는 불상을 가리킨다.

도원수에게 올리는 편지

-김존경-

—

전라도 광주의 상인 김덕령은 삼가 이마를 조아리고 백 번 절하며 도원수 상국(相國) 합하께 글을 올립니다. 삼가 생각건대, 임금과 아버지의 원수는 맹세코 한 하늘 아래 살 수 없습니다. 혈기가 있는 사람이라면 누구나 절치부심하며 팔을 걷어붙이고 이 적을 다 섬멸한 뒤에야 그만두겠다고 생각할 것입니다.

덕령은 상중이지만 마음속에 목숨을 바치고자 하는 청이 간절하여 항상 강개한 마음을 품은 지 오래입니다. 근래 평소 친분이 두터웠던 도내의 장사(壯士)가 와서 덕령에게 말하기를, "왜적이 날로 날뛰어 깨끗이 소탕할 기약이 없으니, 지금이 바로 충신과 의사(義士)가 떨쳐 일어나 공을 세울 때이네. 감히 힘쓰지 않을 수 있겠는가."라고 했습니다. 덕령도 그렇게 생각했지만, 상복을 입은 사람이라 군대에 들어가기 어려운 형편이므로 다만 경감(耿弇)의 뜻*만 떨칠 뿐 중엄의 글을 아직 올리지 못했습니다. 마침 담양 부사 이경린 공이 이미 덕령의 헛된 명성을 들은데다 덕령이 군사를 일으키고자 한다는 말을 듣고 곧바로 전투 물자를 마련해 주면서 지극한 뜻으로 권유하고 이어서 순찰사에게 보고했습니다. 순찰사가 또 나라의 어려움에 달려가는 의리로 저를 일으키기에, 마침내 마지못해 나라를 위해서 한 번 목숨을 바치는 것을 저의 분수로 여겼습니다.

덕령은 외람되이 재주도 없으면서 연전에 도원수를 모시고 군대의 대열에 끼어 전투에 참여한 지 오래입니다. 당시에 한 부대의 책임을 맡아

....

* 경감(耿弇)의 뜻: 후한(後漢)의 대장군 경감이 축아(祝阿)를 공격하여 성공을 거두자, 광무제(光武帝)가 그에게 "장군이 앞서 남양(南陽)에서 이 대책을 세웠을 때 항상 고원하여 납득하기 어렵더니, 뜻이 있는 사람은 일을 끝내 이루는구려."라고 한 고사를 인용했다.《후한서》권49 〈경감열전(耿弇列傳)〉.

작은 공이나마 바치려는 마음이 있지도 않았고 지금도 이와 같았던 것은, 진실로 집에 계시는 팔순의 노모가 항상 경계하여 말하기를, "네 형이 이미 전장에 가서 죽어 돌아오지 않았으니 내가 의지할 데는 오직 너뿐이다. 그런데 네가 다시 전장에 오래 나가 있으면 내가 살아 있을 때는 누가 봉양하며 내가 죽으면 누가 장사를 지내겠느냐? 아, 내 아들아. 전장에 가서 부디 몸조심해서 죽지 말고 살아서 돌아오기만 해라."라고 하셨기 때문입니다. 그러므로 까마귀의 사사로운 정*에 차마 어머니를 상심하시게 할 수 없어서 용인에서 싸울 때*와 이치(梨峙)에서 지킬 때*도 대오를 따라 다닐 뿐 감히 나서지 못하여 항상 스스로 마음이 편치 않았습니다.

이제는 어머니께서 돌아가시고 장사도 이미 다 지냈습니다. 이 한 몸 돌이켜 생각해 보면 비록 상복을 입고 있더라도 사세의 변화에 따라 군대에 들어가는 것을 옛사람도 피하지 않았습니다. 어찌 구구한 정과 예법에 얽매여 나라의 어려움을 생각하지 않을 수 있겠습니까. 하물며 겨울도 거의 다 지나서 점점 따뜻해지는데, 만약 흉악한 왜적이 이 도로 몰려온다면 부모의 집과 묘소가 모두 더러운 오랑캐의 고장이 되어 저들 마음대로 나무를 베고 불태울 것이니, 그 화의 참혹함을 차마 말할 수 있겠습니까.

....

* 까마귀의 사사로운 정: 까마귀 새끼는 자란 다음에 어미에게 먹이를 먹여 주어 은혜를 갚는다고 한다. 여기서는 노모에게 효도하려는 마음을 비유한 것이다. 이밀(李密)의 〈진정표(陳情表)〉에 "까마귀의 사사로운 정이 끝까지 봉양하기를 원합니다[烏鳥私情 願乞終養]."라고 한 말에서 유래했다. 《진서》권88 〈이밀열전(李密列傳)〉.
* 용인(龍仁)에서 싸울 때: 1592년 6월에 이광(李洸), 이시지(李詩之) 등이 용인 광교산에서 왜군과 싸운 전투이다. 전라도 방어사 이광, 경상도 관찰사 김수(金晬), 충청도 관찰사 윤선각(尹先覺)이 군대를 이끌고 와서 삼도(三道)의 관군이 집결하여 싸운 전투였는데, 왜군의 기습으로 패배하고 권율만이 휘하를 이끌고 광주로 퇴각했다.
* 이치(梨峙)에서 지킬 때: 1592년 7월 8일에 전라도 도절제사 권율 등이 금산 서평의 이치에서 왜군과 싸운 전투이다. 이 전투에서 끝내 왜군을 격파함으로써 왜군의 전라도 진출을 저지하는 계기가 되었다. 《국역 선조수정실록(宣祖修正實錄)》25년 7월 1일 기사에 이 전투에 대해 "왜적들이 조선의 3대 전투를 일컬을 때에 이치의 전투를 첫째로 쳤다."라고 한 평이 보인다.

위로는 나라를 위해서 의리상 나아가지 않을 수 없고 아래로는 저 자신을 위해서 도리상 일어나지 않을 수 없어서, 드디어 뜻이 같은 선비들과 함께 충심으로 침략당한 치욕을 씻어 신령과 사람의 분함을 조금이나마 풀어 주려고 했습니다. 거사한 뒤로는 밤낮으로 근심하고 두려워하여 창을 베고 아침을 기다리고 흐느껴 울며 밥 먹는 것도 잊은 채 스스로 '지금 도원수 상국께서 임금의 근심을 나눠 곤외(閫外)에 나와* 중대한 사명을 맡으셨는데, 백성은 도탄에서 건져 주기를 바라고 대궐은 바야흐로 굳게 잠그려고 한다. 용감한 한 사람을 얻어 적의 칼날에 맞서 공을 거두는 것은 상국이 바라면서도 할 수 없는 일이다.'라고 생각했습니다.

덕령은 비록 보잘것없지만 일찍이 막하(幕下)에서 따르던 사람이니, 은혜가 이미 무겁고 의리 또한 깊습니다. 한마음으로 힘을 다하여 어려움을 구제하려고 한다면, 상국에게 의지하지 않고 누구에게 의지하겠습니까. 진실로 성난 무리 수백 명을 거느리고 곧장 호랑이 굴을 쳐서 하나의 추악한 무리를 섬멸한다면, 이는 모두 상국의 은혜를 입은 것입니다. 어찌 다행스럽지 않겠습니까.

아, 상중에 겨우 목숨을 부지하고 있는 제가 궤연을 버려두고 하루아침의 명령에 떨쳐 일어나 나라의 어려움에 목숨을 바치는 것은 진실로 명분과 절의에 죄를 얻고 교화에 도움이 되지 못할 것임을 압니다. 그러나 너른 곳에 임해 발돋움하는 것은 혹 길을 알기 때문이고, 음악을 듣고 즐거워하는 사람은 분명 그 소리를 음미했기 때문입니다. 스스로 생각건대, 재주와 힘이 적을 토벌하기에 부족하다면 분명 잘못된 줄도 모르고 억지

* 임금의……나와: 임금의 근심을 나눈다는 것은 보통 지방관을 맡는 것을 뜻한다. 여기에서는 장수의 직임을 맡았음을 말한다. 곤외(閫外)는 도성 밖을 말하니, 또한 장수의 직임을 가리키는 말이다. 옛날에 출정하는 장수를 전송할 때 임금이 무릎을 꿇고 수레바퀴를 손수 밀면서 말하기를 "곤내(閫內)는 과인이 다스릴 테니 곤외는 장군이 알아서 하라."라고 한 고사에서 유래했다. 《사기》 권102 〈풍당열전(馮唐列傳)〉.

로 일어나서 거듭 상국께 부끄러움을 끼치게 되는 것입니다. 그러나 성패와 이해는 미리 헤아릴 수 없으니 죽은 뒤에나 그만두어 초심을 어기지 않으려 합니다. 상국께서는 어떻게 생각하실지 모르겠습니다.

친히 나아가서 뵙고 말씀드려야 인정과 예의에 모두 맞겠지만 지금 군사를 훈련하는 중이라 곧바로 자리를 비울 수가 없습니다. 삼가 족인 김극제(金克悌)를 보내서 저의 심정을 전해 드리고 아울러 약간의 여쭐 조목을 막하에 공손히 아룁니다. 바라건대, 상국께서는 실정과 멀다고 여기지 마시고 곡진하게 살펴 채택하여 주십시오. 엄한 위엄을 범했으니, 지극한 두려움을 견디지 못하겠습니다.

성종조(成宗朝)의 정비(正妃) 공혜왕후(恭惠王后)가 승하하자 숙의(淑儀) 윤씨(尹氏)*를 올려 왕비로 삼았다. 성화(成化) 병신년(1476, 성종 7)에 연산군(燕山君)을 낳아 총애가 두터워 오만방자했으며, 여러 숙원(淑媛)―정씨(鄭氏)와 엄씨(嚴氏)―을 시기질투하고 임금에게도 불손했다.

하루는 임금의 얼굴에 손톱으로 긁은 흉터가 있었다. 인수대비(仁粹大妃)―성종의 어머니―가 크게 노하여 임금의 위엄을 움직여 외정(外庭)*에 내보이니, 대신(大臣) 윤필상(尹弼商)* 등이 그 뜻에 영합하여 의견을 올려서 사가로 내쫓았다. 윤씨는 밤낮으로 울부짖으며 피눈물을 흘리고 궁중에 대해 날로 더 심하게 비방했다. 임금이 내관을 보내서 염탐하게 했는데, 인수대비가 그 내관에게 윤씨가 머리를 빗고 세수도 하며 예쁘게 단

....

* 숙의(淑儀) 윤씨(尹氏): 1473년 성종의 후궁으로 간택되어 숙의의 지위에 있다가 공혜왕후가 죽자 왕비로 책봉되었다. 그러나 성종의 용안에 상처를 내어 폐비(廢妃)되고 사사되었다. 아들 연산군의 즉위 후 제헌왕후(齊獻王后)로 추존되었으나 중종반정 이후 다시 삭탈되었다.
* 외정(外庭): 임금의 일가가 거처하는 곳을 내정(內廷)이라고 하고 신하들과 정사를 살피는 조정을 외정이라고 한다.
* 윤필상(尹弼商): 1427~1504. 영의정을 지냈다.

장하여 조금도 뉘우치는 기색이 없더라고 거짓으로 보고하게 하니, 마침내 임금이 그 비방하는 말을 믿고 벌을 더했다. 윤씨는 피눈물로 물든 수건을 그 어머니 신씨(申氏)에게 주면서 말하기를, "내 아이가 다행히 살아 있게 된다면 이것을 가지고 저의 슬픔과 원통함을 고해 주세요. 또 저를 임금이 다니시는 길가에 장사 지내서 어가(御駕)를 볼 수 있게 해 주세요. 이것이 저의 소원입니다."라고 했다. 마침내 건원릉(健元陵)*가는 길 왼편에 장사 지냈다.

인수대비가 승하하자 신씨가 나인과 통하여 연산군의 생모 윤씨가 비명에 죽은 원통함을 호소하고 또 피 묻은 수건을 바쳤다. 연산군은 일찍이 자순대비(慈順大妃)—중종의 어머니 정현왕후(貞顯王后)—를 친모로 알고 있었는데, 이 말을 듣고 깜짝 놀라며 슬퍼했다. 시정기(時政記)*를 보고 당시 의견을 올린 대신과 명을 받든 사람들을 괘씸하게 여겨 모두 부관참시(剖棺斬屍)하고 뼈를 부수어 바람에 날렸다. 연좌해서 죽여야 하는데 먼저 죽은 사람도 모두 시신을 베게 했다.—정씨와 두 아들인 안양군(安陽君)과 봉안군(鳳安君)이 모두 제명에 죽지 못했다.—

효사묘(孝思廟)—지금은 종부시(宗簿寺)이다—를 세워 제사를 원묘(原廟)*와 똑같이 지내고 묘의 존호를 높여 회릉(懷陵)—지금은 헐리고 돌난간만 남아 있다—이라고 했다.

옥당부수(玉堂副守)*가 전에 말하기를, "윤씨는 다만 임금의 총애를 믿고 무례하게 군 잘못을 저질렀을 뿐이다. 그런데 모후(母后)가 시기하고 미워하여 임금의 노여움을 움직였고 대신들은 임금에게 아첨하고 순종

* 건원릉(健元陵): 태조 이성계(李成桂)의 능이다. 현재 경기도 구리시 인창동 동구릉 안에 있다.
* 시정기(時政記): 사관이 각 관청의 공문서를 종합 정리하여 만든 역사 편찬 자료이다. 사초(史草)와 함께 실록 편찬의 중요한 자료로 활용했다.
* 원묘(原廟): 종묘(宗廟) 외에 따로 세운 별묘(別廟)이다.
* 옥당부수(玉堂副守): ?~1533. 종실(宗室)로 이름은 이수장(李壽長)이다.

하여 조금도 구원해 주지 않아 마침내 죄를 받게 되었다."라고 했다. 경상도 관찰사 손순효(孫舜孝)가 이 말을 듣고 비 오듯 눈물을 흘리며 상소를 올려 지극히 간했지만,* 훗날의 폐해를 이미 구제할 수 없었다. 연산군의 부당한 형벌은 모두 임사홍(任士洪)이 사심을 품고 몰래 유도한 것이라고 한다.*

성묘(成廟, 성종)가 폐비 윤씨를 사사(賜死)하면서 전지(傳旨)*를 내려 다음과 같이 말했다.

폐비 윤씨는 성질이 본래 흉험하고 인륜에 어긋난 행실이 많았다. 지난번 궁중에 있었을 때 포악함이 날로 심해져서 이미 삼전(三殿)*에게 순종하지 않았고 과인의 몸에도 흉악한 짓을 벌였다. 과인의 몸을 업신여겨 노복을 대하듯 하고 심지어 족적을 모두 지워 없애겠다고까지 했다. 이것은 사소한 일이라 족히 의논할 것도 없지만, 일전에 역대 모후가 어린 아들을 끼고 정치를 농단한 일들을 보고 스스로 기뻐하며 항상 독약을 품속

....

*　경상도 관찰사……간했지만: 손순효(孫舜孝)가 올린 상소는 《성종실록(成宗實錄)》에 보이지 않는다. 다만 《국역 인조실록(仁祖實錄)》 24년 2월 25일 기사에 이 일에 대해 언급한 일이 보인다.

*　연산군의……한다: 《국역 연려실기술(練藜室記述)》 제6권 〈연산조고사본말(燕山朝故事本末)〉의 갑자사화(甲子士禍) 조에 "임사홍(任士洪)의 아들 광재(光載)는 예종(睿宗)의 딸에게 장가들고, 숭재(崇載)는 성종의 딸에게 장가들었다. 숭재는 성질이 음흉하고 간사하기가 그 아버지의 배나 더했다. 남의 첩을 빼앗아 임금에게 바치니 임금이 그를 매우 총애하여 그의 집에 자주 행차했다. 이에 사홍은 임금을 뵈옵고 울면서, '폐비는 엄숙의(嚴淑儀)와 정숙의(鄭淑儀) 두 사람의 참소로 사약을 받게 되었습니다.'라고 하니, 임금이 드디어 두 사람을 죽이고 무도한 짓을 마음대로 행하여 조정에 있는 신하 백여 명을 죽였다. 지위가 높고 행동이 점잖은 사람과 명분과 절의를 지키는 선비 중에 죽음을 면한 이가 드물었다. 이 일은 모두 임사홍이 사적인 감정을 품고 임금을 유도한 것이다."라고 하면서 임사홍에 대한 평을 실었다.

*　전지(傳旨): 승정원의 담당 승지를 통하여 전달되는 왕명서(王命書)이다.

*　삼전(三殿): 세조(世祖)의 비인 정희왕후(貞熹王后), 성종의 어머니인 소혜왕후(昭惠王后), 예종의 계비인 안순왕후(安順王后)이다.

에 품기도 하고 상자 속에 감춰 두기도 했다. 이는 거리끼는 사람을 없애려는 것일 뿐만 아니라 장차 과인의 몸에도 해를 끼치려는 것이다.

항상 스스로 말하기를 "내가 오래 살면 장차 할 일이 있을 것이다."라고 했으니, 이것은 종묘사직과도 관계되는 무도한 죄이다. 그래도 대의로 처단하는 것은 차마 못하고 다만 폐하여 서인으로 삼아 사가에 있게 했다. 지금 밖의 사람들은 원자(元子)가 점점 자라는 것을 보고 전후로 분분하게 이 일에 대해 말한다. 당시에는 깊이 걱정할 일이 아니더라도 훗날의 화를 어찌 말로 다할 수 있겠는가. 만약 그 흉험한 성품으로 위엄과 복을 제멋대로 하는 권한을 얻게 된다면, 원자가 아무리 어질고 밝더라도 분명 그사이에서 어찌하지 못하여 함부로 날뛰는 뜻이 날로 더욱 방자해지리니, 한(漢)나라 여후(呂后)와 당(唐)나라 무후(武后)의 화*가 머잖아 이르게 될 것이다. 내 생각이 이에 이르니 매우 두렵다.

이제 느긋하게 여겨 대계(大計)를 일찍 정하지 않아서 나랏일이 구제하지 못하는 지경에 이르게 되면 후회해도 소용없을 것이며, 나는 진실로 종묘사직의 죄인이 될 것이다. 옛날에 구익(鉤弋)이 죄가 없는데도 한 무제(漢武帝)는 오히려 만대의 계책을 세웠는데,* 하물며 이렇게 흉험하고 또 용서하기 어려운 죄가 있는 데랴. 이에 이번 달 16일에 그 집에서 사사하노니, 종묘사직의 대계를 위해 그리하지 않을 수 없다.

....

* 한(漢)나라……화: 한나라 고조(高祖)의 황후인 여태후(呂太后)는 고조가 죽고 혜제(惠帝)가 즉위하자 실권을 잡고 여씨 집안을 고위 고관에 등용시켜 여씨 정권을 수립하려고 했고, 당나라의 측천무후(則天武后)는 고종(高宗)의 황후였지만 690년에 국호를 주(周)로 고치고 스스로 황제가 되어 15년 동안 중국을 통치했다. 모두 유약한 왕을 등에 업고 섭정하여 화를 불러왔다.

* 구익(鉤弋)이……세웠는데: 구익은 한나라 때의 궁궐 이름으로, 무제의 총비인 조씨(趙氏), 즉 구익 부인(鉤弋夫人)이 살던 곳이다. 무제는 여태자(戾太子)가 모함을 받고 자살하여 장성한 아들이 없자 구익 부인이 늦게 낳은 아들 불릉(弗陵)을 후계로 정하고 후일에 구익 부인이 황제의 모친이 되어 정권에 간여할까 염려하여 사약을 내려 죽였다.《사기》권49 〈외척세가(外戚世家)〉.

대원수(大元帥) 김주옹(金酒翁)*이 오리(梧里)
이방백(李方伯),* 이절사(李節使), 윤홍문관학사(尹弘文館學士)와
함께 처소에 들렀기에 술을 내오라 하다

－풍중영(馮仲纓)－*

—

나그네 시국 근심하며 한낮에도 문을 닫았는데	旅客憂時日掩廬
원수가 수레 타고 와서 외로운 나 위로하네	元戎命駕慰離居
하늘에 치솟은 채색 구름은 나부끼는 깃발이요	排空雲彩旌旗動
햇빛에 반짝이는 서리꽃은 늘어선 창과 검이로다	耀日霜華劍戟舒
군무 통솔함은 명성 높은 주나라 상보* 같고	專閫名高周尙父
글 지음은 값비싼 한나라 상여* 같구나	擒詞價重漢相如
여러 공들 이리 모인 건 삼생*의 다행한 일이니	諸公此會三生幸
진중하게 한 편의 편지 잊지 말고 보내 주오	珍重毋忘尺素書

....

* 김주옹(金酒翁): 김명원(金命元, 1534~1602). 좌의정을 지냈다. 임진왜란 때 팔도도원수에
  임명되었다.
* 오리(梧里) 이방백(李方伯): 이원익(李元翼, 1547~1634). 영의정을 지냈다. 임진왜란이 일어
  나서 평양성이 함락된 뒤에 평안도 관찰사 겸 순찰사가 되어 1593년 1월 명나라의 이여송
  과 합세해 평양을 탈환하는 데 기여했다.
* 풍중영(馮仲纓): 명나라의 장수이다.
* 상보: 강태공(姜太公), 태공망(太公望), 여상(呂尙), 사상보(師尙父)라고도 한다. 주(周)나라
  문왕(文王)의 스승이 되어 무왕(武王)을 도와 은(殷)나라의 주왕(紂王)을 치고 나라를 세웠
  다. 그 공으로 제(齊)나라에 봉작(封爵)되었다.
* 상여: 사마상여(司馬相如). 사부(辭賦)에 매우 능하여 무제에게 〈상림부(上林賦)〉를 지어 바
  치자, 무제가 그 재능을 아껴 등용했다. 《한서》 권57 〈사마상여열전(司馬相如列傳)〉.
* 삼생: 불교에서 말하는 전생(前生), 현생(現生), 후생(後生)을 말한다.

중추(仲秋)에 매월정(梅月亭)*에 올라

—

세월 흘러 하늘 위에 달이 꽉 찼는데	光陰天上氷輪滿
바람 앞에 수척하게 비친 옥 줄기 푸르구나	影瘦風前玉幹蒼
유루*의 천 년 승경 문득 추억하니	却憶庾樓千載勝
하서*의 백 년 꽃다움이 문득 생각나네	猶懷何暑百年芳
피리 불어 전쟁 나간 사람 불쌍히 여기지 마오*	莫敎吹篴憐征戌
재촉하는 다듬이질 소리에 먼 고향 생각 매우 슬퍼라	最是催砧悲遠鄕
봉화 피어오른 뒤엔 올라와 감상할 수 없었으니	登賞不堪烽火後
술잔 들어도 근심과 즐거움 모두 잊기 어려워라	持杯憂樂兩難忘

....

* 매월정(梅月亭): 전주 객관의 동북쪽 구석에 있다. 1483년에 이봉(李封)이 세웠다. 《국역 신증동국여지승람》 제33권 〈전라도 전주부〉.

* 유루: 유공루(庾公樓)라고도 한다. 진(晉)나라의 유량(庾亮)이 무창(武昌)을 다스리면서 관료인 은호(殷浩), 왕호지(王胡之)와 함께 남루(南樓)에 올라가 달을 구경하며 날이 새도록 시를 읊고 노닐었다. 《세설신어(世說新語)》 〈용지(容止)〉.

* 하서: 남조(南朝) 양(梁)나라의 하손(何遜)이 건안왕(建安王)의 수조관으로 양주(揚州)에 있을 때 매일 관청의 매화나무 아래에서 시를 읊었는데, 뒤에 낙양(洛陽)으로 돌아갔다가 매화가 생각나서 간청하여 다시 양주로 부임했다. 두보가 〈배적(裵迪)이 촉주(蜀州)의 동쪽 정자에 올라 나그네를 전송하다가 일찍 핀 매화를 보고 그리워하며 부쳐 준 시에 화답하다[和裵迪登蜀州東亭送客逢早梅相憶見記]〉에 "동각의 관청 매화가 시흥을 일으키니, 도리어 하손이 양주에 있을 때 같구나[東閣官梅動詩興 還如何遜在揚州]."라고 한 고사를 인용했다. 《보주두시(補註杜詩)》 권21. 고사의 내용으로 볼 때 '하서(何暑)'의 '서(暑)'는 '서(署)'의 오기로 보이나 분명하지 않다.

* 피리……마오: 두보의 〈취적(吹笛)〉에 "가을 산에서 젓대 부니 바람과 달빛 맑은데, 뉘 집에서 공교로이 애끊는 소리를 짓는고. 율려 소리는 바람에 날려 서로 섞이어 처절하고, 달빛은 관산에 가까워라 몇 곳에 밝았는고. 호기(胡騎)는 한밤중에 북으로 도망칠 만했고, 〈무릉심〉 한 곡조엔 남쪽 정벌을 상상하겠네. 옛 동산의 버들이 지금은 이미 다 떨어졌으니, 어찌하면 시름 속에 도로 다 나게 할 수 있을까[吹笛秋山風月淸 誰家巧作斷腸聲 風飄律呂相和切 月傍關山幾處明 胡騎中宵堪北走 武陵一曲想南征 故園楊柳今搖落 何得愁中却盡生]."라고 했다. 전란을 걱정하는 뜻을 표현했다. 《두소릉시집》 권17 〈취적〉.

전라도의 여러 군에 왜적이 침범하지 않았다기에
기뻐서 우연히 읊고 판촌(板村)의 홍선생(洪先生)께 올려
웃으면서 보시게 하다

—

동쪽으로 오니 봉화가 도성에 가득했는데	東來烽火漫都城
이곳에서 오직 옛날의 태평함을 보는구나	獨此唯看舊治平
가장 좋은 건 어진 관리가 방비를 오롯이 하여	最是循良專保障
맹수들 제멋대로 날뛰는 걸 피한 거라오	能令豺虎避縱橫
온 산의 초목엔 채색 깃발 솟았건만	千山草木生旌彩
한 도엔 현가* 읊는 소리 들리는구나	一道絃歌有訟聲
부끄러워라 나 군대 거느리고 바다 반을 두루 다님이	愧我提師遍海半
달려온 게 무슨 보탬 되기에 이리 수고로이 맞아 주나	馳驅何補勞逢迎

이제독(李提督)*에게 올리다

- 총병(總兵) 유정(劉綎) -

—

한 장수가 군대 이끄니 일만 기병 따르는데	一將提兵萬騎從
푸른 휘장의 수레 빛나고 비단 도포 붉구나	碧油幢暎錦袍紅
진평의 여섯 가지 기이한 계책*은 내지도 않았건만	六奇未出陳平計

....

* 현가: 거문고를 타며 시가를 읊조리는 것이다. 백성을 예악(禮樂)으로 다스린다는 뜻이다.
  공자가 일찍이 무성(武城)에 가서 현가 소리를 듣고 빙그레 웃으면서 당시 무성의 원님이었
  던 자유(子游)에게 농담으로 이르기를, "닭 잡는 데에 어찌 소 잡는 칼을 쓰겠는가."라고 하
  며 흡족해 한 데서 유래했다.《논어》〈양화(陽貨)〉.
* 이제독(李提督): 명나라의 장수 이여송을 가리킨다. 임진왜란 때 제독으로 군사 4만여 명을
  인솔하고 조선에 들어와 우리 군사와 연합하여 평양성을 회복했다.
* 진평의……계책: 진평(陳平)은 한나라 고조의 책사이다. 진평이 고조를 위해 모획(謀畫)한
  여섯 가지 기이한 계책으로, 승리를 보장하는 뛰어난 작전을 뜻한다.《사기》권56〈진승상세

위강의 다섯 가지 이로움*으로 화의를 할 만하네   五利堪和魏絳戎

추악한 무리들 바닷가에서 거칠고 사나운데   髡醜海邊憑桀驁

사군은 천하에서 영웅으로 꼽는다네   使君天下算英雄

원래 담소 나누며 쉬이 봉후를 얻는다고도 하지만*   由來談笑封侯易

타고난 기골에 공로도 따질 필요 없구나   奇骨生成不問功

우연히 읊다
－ 무엇을 비유했는지 알 수 없다, 총병 유정 －

一

늙은 조개가 햇볕을 쬠은 추위가 두려워서인데   老蚌親陽爲怕寒

들새는 무슨 일로 괴롭게 관여하나   野禽何事苦相干

몸이 구멍을 벗어나니 진주 구슬 상하고   身離窟穴珠胎損

모래 여울에서 용을 쓰니 푸른 날개 다치네   力盡沙灘翠羽殘

입 닫을 땐 열기 쉬울 거라 어찌 알겠으며   閉口豈知開口易

머리 넣을 땐 빼기 어려울 거라 누가 생각했으랴   入頭誰料出頭難

어부 손에 같이 잡힐 걸 일찍 알았다면   早知幷落漁人手

구름 속에 날고 물에 잠겨 각자 편안할 것을   雲水飛潛各自安

....

가(陳丞相世家)〉.

* 위강의……이로움: 진(晉)나라의 대부 위강(魏絳)이 도공(悼公)에게 "융족과 화친하면 다섯 가지 유리함이 있다."라고 한 고사가 전한다.《춘추좌씨전》〈양공(襄公) 4년〉.

* 담소……하지만: 양웅(揚雄)의 〈해조(解嘲)〉에 "혹은 70이 되도록 유세를 해도 의기투합한 군주를 만나지 못하고, 혹은 잠깐 담론한 끝에 봉후가 되기도 한다."라고 한 데서 온 말이다. 공명을 아주 수월하게 성취함을 뜻한다.《한서》권87하 〈양웅전하(揚雄傳下)〉.

꿈속에서 우연히 읊다

-임전-

오랑캐 왕의 머리 바치는 이 있으니	有獻戎王首
그 사람 세상에 드문 영웅일세	伊人曠世英
명성은 산악을 뒤흔들고	名搖山岳動
위엄은 바다 물결 잔잔하게 하네	威鎭海波平
관문 밖에 호성*이 떨어지고	關外胡星落
중천에 한나라 해가 밝도다	天中漢日明
신하와 백성 덩실덩실 춤추니	臣民蹈且舞
천 리에 감탄하는 소리 넘치네	千里溢歎聲

적벽도(赤壁圖)에 써서 명나라 장수에게 올리다*

-이덕형(李德馨)*-

승패는 분명 한 판의 바둑이니	勝敗分明一局碁
병가에서 가장 꺼리는 건 바로 의심이라오	兵家最忌是持疑
당년 적벽에서의 전례 없는 공적은	當年赤壁無前績

....

* 호성: 28수(宿)의 하나인 묘성(昴星)이다. 이 별이 환하게 빛나면 홍수가 지고 호병(胡兵)이 전쟁을 일으킨다고 한다. 《사기》 권27 〈천관서(天官書)〉.

* 적벽도(赤壁圖)에……올리다: 이덕형(李德馨)이 이여송의 접반관으로 있을 때, 명나라의 장수가 적이 거짓으로 화친을 청한다는 말을 듣고 머뭇거리며 결정하지 못하고 날짜를 미루어 기회를 놓치게 되었다. 이때 이여송이 이덕형에게 적벽도를 보여 주자 이덕형이 풍자하는 뜻을 담아 지은 시이다. 《한음문고(漢陰文藁)》 부록 권1 〈한음선생연보(漢陰先生年譜)〉.

* 이덕형(李德馨): 1561~1613. 임진왜란 때 정주까지 왕을 호종했고, 청원사로 명나라에 파견되어 파병을 성취시켰다. 한성부 판윤으로서 명나라 장수 이여송의 접반관이 되어 전란 중 줄곧 같이 행동했다. 형조판서, 영의정 등을 지냈다.

장군이 탁자를 찍을 때에 있었도다[*]　　　　　　只在將軍斫案時

한가로이 거처하며[*]

-송익필(宋翼弼)[*] -

—

한가로이 걸으며 앉는 걸 잊고 앉아서는 가는 걸 잊어	閑行忘坐坐忘行
소나무 그늘에서 말을 먹이며 물소릴 듣는다	抹馬松陰聽水聲
내 뒤에 있던 사람 몇이나 날 앞질러 갔는가	後我幾人先我去
각자 갈 곳 찾아가는데 또 무얼 다투리	各求其止又何爭

가벼운 도롱이에 짧은 삿갓 쓴 태평한 사람	輕簑短笠大平人
손수 거친 동산 가꾼 지 사십 년일세	手理荒園四十春
슬픈 눈물 두어 줄기 이별 임해 흐르니	悲淚數行臨別意
소부와 허유[*]도 요임금 백성인 줄 알겠구나	是知巢許亦堯民.

....

* 　당년……있었도다: 삼국시대에 조조(曹操)가 80만 군사를 거느리고 오(吳)나라에 침입하여
　　손권(孫權)에게 항복하라고 위협하자, 손권의 신하들 사이에 의견이 분분했다. 이때 손권이
　　용단을 내려 칼로 탁자를 찍으면서, "감히 또다시 조조를 맞아들이자고 말하는 장리(將吏)
　　가 있으면 이 탁자처럼 될 것이다."라고 하고는 조조와 전쟁하여 적벽에서 대승을 거둔 고사
　　가 전한다.《삼국지》권47〈오지(吳志) 오주권전(吳主權傳)〉.

* 　한가로이 거처하며: 두 번째 시는 송찬(宋贊)이 진위사로 중국에 갈 때 이별하며 지어 준 시
　　이다. 잘못 기록했거나 제목이 누락된 것으로 추정된다.《구봉집(龜峯集)》권1〈송진위사(送
　　陳慰使)〉.

* 　송익필(宋翼弼): 1534~1599. 어려서 문장에 출중했지만 서출(庶出)이라는 신분의 제약으로
　　벼슬길에는 나아가지 못했다. 아버지 송사련(宋祀連)의 후광으로 당대 최고의 문장가들과
　　어울렸으며, 당대 문장가로 꼽혔다.

* 　소부와 허유: 요(堯)임금 때의 은사(隱士)이다. 요임금이 허유(許由)에게 천하를 물려주려고
　　하자 허유는 추잡한 소리를 들었다고 하며 영수(潁水)에서 귀를 씻었고, 소부(巢父)는 소에
　　게 영수의 냇물을 먹이려고 하다가 허유가 귀를 씻었다는 말을 듣고는 물이 더러워졌다고
　　하며 소를 상류로 끌고 가서 먹였다는 고사가 전한다.《고사전(高士傳)》권상(卷上).

－최경창(崔慶昌)*－

一

봄바람이 저물녘 근심스런 집에 불어와	東風吹入莫愁家
발 친 장막 천천히 걷으니 제비 그림자 비낀다	簾幕徐開燕影斜
졸다 일어나 거문고 연주하매 향기로운 안개 자욱한데	睡起調琴香霧濕
뜰 가득 복숭아 꽃 떨어지누나	滿庭零落碧桃花

제오교* 끝에 푸른 버들 늘어지니	第五橋頭煙柳斜
느지막이 바람과 해는 더욱 맑고 따사롭네	晚來風日轉淸和
열두 난간 발 드리운 곳에 옥 같은 미녀 있어	緗簾十二人如玉
대궐 안의 시인들 말 가는 대로 찾아드네	靑瑣詞臣信馬過

산사를 노닐며*

一

낙엽이 산골짜기에 떨어지니	落葉下山谿
가을 소리 말발굽에서 나네	秋聲生馬蹄
안개 너머로 들리는 경쇠와 목탁 소리	隔煙聞磬鐸

....

* 규방의 원망: 두 번째 시는 신종호(申從濩)가 지었다. 중종 때 상림춘(上林春)이라는 이름난 기생이 있었는데 거문고를 잘 탔다. 신종호가 돌봐주어 종루(鍾樓) 곁에 살고 있었다. 어느 날 신종호가 그 집에 들러 지은 즉흥시이다. 《국역 대동야승(大東野乘)》〈견한잡록(遣閑雜錄)〉.
* 최경창(崔慶昌): 1539~1583. 종성 부사 등을 지냈다.
* 제오교(第五橋): 장안 남쪽 위곡(韋曲) 부근의 명승으로, 송별하는 곳으로 유명하다. 여기에 서는 신종호가 실제로 그곳에 간 것이 아니라 단지 이름을 빌려 쓴 것으로 보인다.
* 산사를 노닐며: 두 번째 시는 조정(趙靖)의 《검간집(黔澗集)》 권1 〈물가에 임한 옛집[臨河舊居]〉이라는 시이다.

달을 짝하여 절간에서 잔다	伴月宿招提
학은 이슬 젖은 삼경에 울고	鶴唳三更露
언덕엔 만 길 무지개 걸렸네	崖懸萬丈霓
정신이 또렷해 밤새 잠 못 들더니	魂淸無一夢
생각이 희미한 수운에 드네	思入水雲迷

옛집이 물가에 임해 있는데	舊屋臨河上
떠난 지 이미 육 년이 지났구나	相離已六年
대나무는 두서없이 나고	竹生無次第
등나무는 서로 뒤엉켰어라	藤掛有夤緣
끼니로 이웃집 나물을 삶고	飯煮隣家菜
옷엔 쥐구멍 연기 스민다	衣薰鼠穴煙
아이들은 내 백발에 놀라며	兒童驚白髮
밤 등잔불 앞에서 뚫어지게 바라보네	諦視夜燈前

규방의 원망
-허씨(許氏)*-

―

| 비단 띠 비단 치마에 눈물 자욱 홍건하니 | 錦帶羅裙積淚痕 |
| 한 해의 꽃다운 풀 왕손을 원망하네* | 一年芳草怨王孫 |

....

* 허씨(許氏): 허초희(許楚姬, 1563~1589). 호는 난설헌(蘭雪軒), 허균(許筠)의 누나이다. 문학
에 매우 뛰어났고, 허균의 스승인 이달(李達)에게 한시(漢詩)를 배웠다.

* 한 해의……원망하네: 떠나간 임이 돌아오지 않음을 원망한다는 뜻이다.《초사장구(楚辭章
句)》권12 〈초은사(招隱士)〉에 "왕손(王孫)이 떠나가 돌아오지 않는데, 봄풀은 자라서 무성
하네[王孫遊兮不歸 春草生兮萋萋]."라고 했다.

요쟁으로 〈강남곡〉*다 타고 나니　　　　　　　瑤箏彈罷江南曲

비는 배꽃을 적시는데 낮에도 문을 걸었어라　　雨打梨花晝掩門

제비가 비낀 처마 스치며 짝지어 나는데　　　　燕掠斜簷兩兩飛

떨어지는 꽃이 어지러이 비단옷에 닿는다　　　落花撩亂撲羅衣

규방에 봄날 상심하는 뜻이 끝없건만　　　　　洞房無限傷春意

강남에 풀이 푸른데도 사람은 돌아오지 않누나　草綠江南人未歸

중씨(仲氏)가 부쳐 위로해 준 시에 차운(次韻)*하다

—

수심으로 묵은 병이 배나 깊어지니　　　　　　愁心一倍作沉痾

꽃다운 풀 하늘까지 닿아 이별의 한 많아라　　芳草連天別恨多

〈녹의〉*읊고 나니 도리어 절로 슬퍼지지만　　咏罷綠衣還自惜

근심과 즐거움으로 하늘의 화한 기운 거스르랴　肯將憂樂橫天和

등잔불 아래

—

쇠칼로 베틀 속의 깁을 잘라다가　　　　　　　金刀剪下機中素

겨울옷 지으며 누차 손을 호호 부네　　　　　縫就寒衣手屢呵

....

* 　강남곡: 악부(樂府) 상화가사(相和歌辭)의 곡 이름으로 〈강남채련곡(江南採蓮曲)〉이라고도
　　한다. 멀리 헤어져 있는 부부가 서로 그리워하는 애절한 심경을 노래하는 뜻이 주종을 이루
　　고 있다.

* 　차운(次韻): 남의 시운(詩韻)을 써서 시를 짓는 것이다.

* 　녹의:《시경》의 편명이다. 임이 내 마음을 알아줄 날을 기다린다는 뜻이다.《시경》〈패풍(邶
　　風)·녹의〉에 "고운 갈포며 굵은 갈포여, 바람이 싸늘하게 불어오도다. 내가 옛사람을 생각하노
　　니, 정말 내 마음을 알아주도다[絺兮綌兮 凄其以風 我思古人 實獲我心]."라고 한 데서 나왔다.

아른거리는 등잔불 가에서 옥비녀 비스듬히 뽑아　　　　斜拔玉釵燈影畔

발간 불꽃 잘라 나는 나비를 구해 준다　　　　　　　　剔開紅焰救飛蛾

중씨가 좌천되어 회령(會寧)의 수령이 되었다는 말을 듣고

—

병중에 임명장이 궁궐에서 내려와　　　　　　　　　病裏除書下九天

한 관원 아득히 장기 어린 구름 가로 가네　　　　　　一官迢遞瘴雲邊

한 문제는 회왕과는 같지 않은데　　　　　　　　　　漢文不是懷王比

무슨 일로 상강에 젊은 사람을 귀양 보냈나*　　　　　何事湘江謫少年

수령이면 오히려 편친을 봉양할 수 있으니　　　　　　專城猶可養偏親

작별의 눈물 도성 떠나는 새벽에 흘리지 마오　　　　別淚休揮去國晨

이제부터 옥당에 약석*이 없으니　　　　　　　　　　從此玉堂無藥石

밤중에 자리 당길 사람* 다시 누구려나　　　　　　　夜中前席更何人

....

* 　한 문제는……보냈나: 한나라의 문제(文帝)가 초나라 회왕(懷王)에 비해 뛰어난 임금임에도
　　불구하고 충신인 가의(賈誼)를 귀양 보낸 것이 의아하다는 뜻이다. 회왕 때 굴원(屈原)이 삼
　　려대부가 되었다가 간신들의 모함을 받아 유배된 후 자신의 억울한 심정을 읊은 〈이소(離
　　騷)〉를 짓고 상강(湘江)에 투신하여 자살한 고사가 있다. 또한 문제 때 가의가 중용되었다가
　　대신들의 질투로 인해 장사왕 태부로 좌천된 후 남으로 가서 상수(湘水)를 건너다가 그곳에
　　빠져 죽은 굴원을 조상한 고사가 전한다.《사기》권84〈굴원열전(屈原列傳)〉,〈가의열전(賈
　　誼列傳)〉. 여기에서는 중씨를 회령으로 좌천시킨 일을 비유했다.
* 　약석: 병을 치료하는 데 쓰는 약과 침이다. 충성스러운 말을 뜻한다.
* 　밤중에……사람: 임금이 신하의 이야기를 더 잘 들으려고 앞으로 나와 바짝 다가앉는다는
　　말이다. 임금과 신하가 의기투합함을 뜻한다. 한나라 문제가 가의와 얘기하다가 의기가 투
　　합하여 자기도 모르게 자리를 앞으로 당겨 가의 가까이로 다가왔다는 고사에서 유래했다.
　　《사기》권84〈가의열전〉.

산방에서 글을 읽는 단보(端甫)*에게 부치다

—

구름이 높은 산마루에 일어 연꽃을 적시고	雲生高頂濕芙蓉
옥 나무 붉은 언덕엔 이슬 기운 짙구나	琪樹丹崖露氣濃
판각에 불경 소리 잦아드니 스님들 입정하고	板閣梵殘僧入定
강당에서 재를 파하니 학은 소나무로 돌아간다	講堂齋罷鶴歸松
담쟁이넝쿨 얽힌 옛 벽엔 산 귀신 울어 대고	蘿縈古壁啼山鬼
안개 덮인 가을 못엔 촉룡*이 누워 있네	霧鎖秋潭臥燭龍
밤 깊어 감에 향등이 석탑을 밝히는데	向夜香燈明石榻
동쪽 숲 어둠 속에 성긴 종소리 들린다	東林月黑有疎鍾

중씨가 함경도에서 부쳐온 시에 차운하다

—

한 기둥 층진 누대 높다랗게 솟았는데	層臺一柱壓嵯峨
서북쪽엔 뜬 구름이 변방 접해 자욱하네	西北浮雲接塞多
철령에서 패업 도모한 용*은 이미 떠나갔고	鐵峽伯圖龍已去
목릉*에는 가을이라 기러기 막 찾아왔도다	穆陵秋色雁初過
대륙에 연접한 산엔 세 고을 서려 있고	山連大陸蟠三郡
평원을 가르는 물은 구하로 들어가네	水割平原納九河
만 리 길 오르니 해는 저무는데	萬里登臨日將暮
취해서 긴 검에 기대어 홀로 슬픈 노래 부른다	醉憑長劒獨悲歌

....

* 단보(端甫): 허균(許筠, 1569~1618). 허난설헌의 동생이다. 좌참찬 등을 지냈다.
* 촉룡: 촛불을 머금어 환하게 비춘다는 전설상의 신이다.
* 철령에서……용: 이성계가 조선을 건국한 일을 말한다.
* 목릉(穆陵): 이성계의 고조부인 목조(穆祖) 이안사(李安社)의 능이다. 함경도에 있다.

까마득히 높다란 길 구름 속에 끊어지고	寵嵸危棧切雲霄
봉우리의 기세 하늘 찔러 은하수에 꽂혔네	峰勢侵天揷漢標
산맥은 북쪽으로 뻗어 삼수가 끊어지고	山脈北臨三水絶
지형은 서쪽을 누르니 구하가 아득하네	地形西壓九河遙
저녁나절 안개 걷혀 외로운 성을 나서니	煙塵晚捲孤城出
가을이라 거여목 여물어 온갖 말이 날뛴다	首蓿秋肥萬馬驕
동쪽으로 바라본 수루엔 북소리 다급하니	東望戍樓鼙鼓急
변방엔 어느 날에나 오랑캐 기운 사라질까	塞垣何日虜氛消

산사에서 학업을 닦는 단보에게 지어 부치다

—

달이 동쪽 숲에 새로이 뜨니	新月吐東林
경쇠 소리 산속 전각의 그늘에서 들린다	磬聲山殿陰
높은 바람에 막 잎이 떨어지고	高風初落葉
많은 비에 돌아갈 마음 아니 품네	多雨未歸心
산과 바다로 떨어져 만날 기약이 머니	海岳幽期遠
강호에서 술병만 깊어지누나	江湖酒病深
함경도에서 돌아오는 기러기 적으니	咸關歸鴈少
어디에서 회답을 들을 수 있을까	何處得回音

중씨가 갑산(甲山)으로 귀양 간다는 말을 듣고

—

멀리 갑산으로 귀양 가는 나그네	遠謫甲山客
함경도 가는 행장이 바쁘구나	咸關行色忙
신하는 가태부*와 같은데	臣同賈太傅
임금은 어찌 초 회왕인가	主豈楚懷王

하수는 가을 언덕에 잔잔하고	河水平秋岸
관문엔 석양이 지려 하네	關門欲夕陽
서릿바람이 가는 기러기에 부니	霜風吹雁去
중간에 끊어져 대열을 못 맞추네	中斷不成行

황제의 칙서(勅書)*

—

황제가 행인사 행인(行人司行人) 설번(薛藩)을 보내서 조선 국왕 아무개에게 칙서를 내려 다음과 같이 유시(諭示)했다.

"그대 나라는 대대로 동쪽 번방(藩邦)을 지키며 본디 공순(恭順)한 도리를 다했고, 의관과 문물이 갖추어져 살기 좋은 곳으로 일컬어졌다. 그런데 근래 왜놈이 창궐하여 함부로 침공해서 왕성(王城)을 공격하여 함락시키고 평양마저 차지했다. 백성은 도탄에 빠지고 멀고 가까운 지역들이 소란스러워져 국왕이 서쪽 바닷가로 피난하여 초야(草野)로 분주히 다닌다고 들었다. 이런 혼란을 생각하니, 짐의 마음이 측은해진다.

위급함을 알리는 소식을 전해 듣고 어제 이미 변방의 신하에게 단단히 타일러서 경계하여 군사를 내어 구원하도록 했고, 오늘 특별히 행인사 행인을 차임하여 칙서를 가지고 가서 너희 국왕에게 유시하게 하노니, 너희 조종(祖宗)이 대대로 전한 기업(基業)을 생각해야 할 것이다. 어찌 차마 하루아침에 가벼이 버릴 수 있겠는가. 속히 치욕을 씻고 흉악한 무리들을 없애서 바로잡아 회복하기를 힘써 도모하라. 그리고 다시 그대 나라의 문무 신민에게 잇따라 유시하노니, 각각 군주에게 보답하는 마음을 견고히

....

* 가태부: B.C 201~169. 가의(賈誼)로 중국 한대(漢代)의 정치개혁자이자 시인이다.

* 황제의 칙서(勅書): 임진왜란이 일어난 지 60일 만인 7월에 평양성이 함락되고 선조가 의주로 피난했는데, 9월에 명나라 황제가 사신 설번(薛藩)을 통해 칙서를 보내 유시(諭示)했다. 《국역 선조실록》 25년 9월 2일.

하고 원수를 갚는 의리를 크게 분발하도록 해야 할 것이다.

짐이 이제 문무 대신 2명에게 요양(遼陽) 각 진(鎭)의 정예병 10만 명을 거느리고 가서 왜적을 토벌하는 것을 돕게 하노니, 그대 나라의 군대와 앞뒤로 협공하여 기어코 흉악한 왜적을 소멸하여 한 놈도 살아남지 못하게 하라.

짐이 하늘의 밝은 명을 받아 중원과 사이(四夷)*의 군주가 되었다. 이제 만국(萬國)이 모두 평안하고 사해(四海)가 안정되었는데, 이 하찮은 흉적들이 꿈틀거려 감히 제멋대로 날뛰고 있다. 다시 동남쪽 해변의 여러 진에 타일러서 경계하고 아울러 유구(琉球)와 섬라(暹羅) 등의 나라에 유시하여 군병 수십만 명을 모아 함께 일본으로 가서 곧장 소굴을 치게 할 것이다. 저 고약한 흉적의 괴수가 머리를 내놓아 바다의 물결이 잔잔해진다면, 성대한 작록(爵祿, 관작과 녹봉)과 은상(恩賞, 임금이 내리는 상)을 짐이 어찌 아끼겠는가.

선대의 강토를 회복하는 것이 크나큰 효도이며, 군부의 환난을 급히 구원하는 것이 지극한 충성이다. 그대 나라의 군신은 본디 예의를 알고 있으니, 반드시 위로 짐의 마음을 잘 헤아려 옛 문물을 회복해서 국왕으로 하여금 개선(凱旋)하여 환도(還都)하게 하고, 종묘사직으로 하여금 길이 번병(藩屏)*을 지킬 수 있게 하라. 부디 먼 소국(小國)을 보살피고 아끼는 짐의 마음을 풀어 주기 바란다. 공경히 할지어다."

명나라 장수와 왜인의 문답

—

명나라 장수가 왜인에게 물었다.

....
* 사이(四夷): 중국의 사방에 있던 이민족인 동이(東夷), 서융(西戎), 남만(南蠻), 북적(北狄)을 통틀어 이르던 말이다.
* 번병(藩屏): 왕실이나 나라를 수호하는 먼 밖의 감영이나 병영이다.

"조선이 무슨 죄가 있기에 일본이 감히 군대를 움직여 토지와 양민을 약탈했는가?"

왜인이 대답했다.

"조선이 지난날에 일찍이 대마도(對馬島)를 정벌했고 또 배신(陪臣)*을 보내서 일본에 들어와 조공하고 반년을 머물더니, 그 뒤로는 조공도 보내지 않고 사람도 역시 오지 않기 때문에 군사를 일으켜 침범한 것이다."

명나라 장수가 말했다.

"대동강(大同江) 동쪽은 모두 조선의 땅이지만, 너희들은 대동강 서쪽까지 침범했다. 의주(義州)의 경우 본래 명나라의 땅으로, 명나라가 이 나라 국왕에게 대신 다스리게 했다. 그러므로 명나라 조정에서 사신을 보내면 국왕이 반드시 평양에 와서 맞았으니, 오는 길의 관사에서 판상(板上)에 적힌 명나라 사신의 시화(詩話)를 너는 보지 못했느냐? 또 양총관(楊總管)이 일찍이 1천의 병마를 보내서 정탐했을 때 너희들은 어찌하여 감히 손을 댔느냐?"

왜인이 대답했다.

"그때는 비가 내렸는데, 요동(遼東)의 군사들이 성을 뚫고 들어와서 문을 지키는 자를 많이 죽였다. 그래서 어쩔 수 없이 이에 응대한 것이지, 정탐하는 군사인지 어찌 알았겠는가."

명나라 장수가 물었다.

"성안에 있는 너희들은 모두 몇 명인가?"

왜인이 대답했다.

"다섯 명이다."

명나라 장수가 말했다.

"너희들의 이름을 쓰라."

....

* 배신(陪臣): 원래 제후의 대부(大夫)가 천자에 대하여 자신을 칭할 때 쓰는 말이다. 여기에서는 명나라에 대하여 조선 국왕의 신하를 배신이라고 했다.

왜인이 대답했다.

"이름은 모른다. 다만 직책의 이름을 말하면, 하나는 고산(高山), 하나는 대촌(大村), 하나는 오도(五島), 하나는 평사송포(平事松浦), 하나는 소서덕시랑(小西德寺郎) 대장이다."

명나라 장수가 물었다.

"도성에 있는 자는 누구인가?"

왜인이 대답했다.

"관백의 손자 전팔랑(田八郎)이니 비록 존귀하지만, 일을 주도하는 것은 오로지 소서행장에게 있다. 근래 흩어져 있는 여러 곳의 병사들을 모아 성을 지키려고 하는데, 성안의 병사들은 의주로 가고자 한다."

명나라 장수가 말했다.

"내가 이제 위에 아뢰어서 양국의 전쟁을 멈추게 할 것이다. 너희들이 종전에 풀을 베던 곳은 어쩔 수 없다고 쳐도 10리 밖으로는 나오지 말라. 나도 우리 군사와 조선의 군사들에게 풀을 베는 왜인은 죽이지 말라고 하고 전지(傳旨)가 내려오기를 기다릴 것이다."

—역관 진효남(秦孝男)이 전한 말이다—

허의후(許儀後)[*]의 진주문(陳奏文)

—

기밀을 아뢰는 사람 허의후는 충성을 다하여 나라에 보답하고자 합니다. 저희들은 신미년(1571, 선조 4)에 광동(廣東)을 지나다가 배들이 모두

....

* 허의후(許儀後): ?~?. 명나라 사람이다. 일본에 포로로 잡혀가 있을 때 사쓰마주(薩摩州)에서 약을 팔면서 떠돌이 생활을 하다가 일본의 상세한 사정과 도요토미 히데요시(豐臣秀吉)가 침공할 정상을 자세히 적어 명나라 조정에 보고한 일이 있다. 《국역 선조실록》 25년 6월 18일 기사에 허의후가 "조선이 일본에 나귀를 바치고 일본과 모의하여 명나라를 침범하려고 하면서 조선이 그의 선봉이 되기로 했다."라는 말을 보고하여 명나라가 조선을 의심하게 한 일이 기록되어 있다.

나포되었습니다. 다행히 작은 기술이 있다는 이유로 일본 살마(薩摩)*의 군주에게 사랑을 받아 구차하게 목숨을 보존했습니다. 하지만 못된 무리들이 왜놈들을 이끌고 우리 대명국의 상선과 어선을 노략질하여 팔아 쓰는 것을 늘 한스럽게 여겨 근심과 괴로움이 이만저만이 아니었습니다.

을유년(1585, 선조 18)에 저희들이 모의하여 살마의 군주에게 애원해서 진화오(陳和吾), 전소봉(錢小峯) 등 10여 괴수를 죽이고 그들의 처자식을 없앴습니다. 나머지 적들은 도망하여 동쪽으로 포채(浦寨), 섬라(暹羅), 여송(呂宋) 등으로 들어가니, 이에 해적선이 사라졌습니다.

정해년(1587, 선조 20)에 관백이 살마, 비전(肥前), 비후(肥後)를 격파하고 또 몰래 해적선을 내놓았는데, 제가 살마의 주군을 따라 들어가 관백을 만난 뒤 죽음을 무릅쓰고 울며 호소했습니다. 관백이 마침내 명령을 내려 해적들의 머리를 베어 서울로 보내게 했고, 달아난 두 괴수는 잡지 못했습니다. 이 때문에 지금까지 바다 위가 편안했습니다.

관백이 또 침입하려고 한다는 말을 들었을 때 저희들은 자나 깨나 마음이 불안했습니다. 다행히 마침 배를 보내서 정탐하게 하시니, 이는 참으로 녹을 먹는 사람의 진실한 모의이고 나라를 위하고 백성을 위하는 사람의 본심입니다. 그러나 일본에 오래 산 명나라 사람들은 모두 왜적의 잔당이니, 한 사람도 진상을 말하려는 사람이 없을 것입니다. 게다가 모두 저잣거리나 시골에 살고 있어서 나라의 사정을 잘 알지 못하니, 또한 진상을 말할 수 있는 사람이 하나도 없을 것입니다.

그러므로 저는 처벌을 피하지 않고 9월 3일에 일본의 사정을 낱낱이 적은 다음 평호도(平戶島)로 보내서 봉증선주(奉曾船主)에게 부쳐 친히 보실 수 있도록 청대(淸臺, 명나라 조정)에 보내 드리게 했는데, 길이 막히고 물길이 멀어서 도착했는지 모르겠습니다. 9월 7일에 또 믿을 만한 소식을

....

* 살마(薩摩): 사쓰마(薩摩州). 규슈(九州) 가고시마(鹿兒島) 현 서반부의 반도이다.

들으니, 내년에 관백이 고려(高麗, 조선)로 건너가서 요동을 정벌하고 북경성(北京城)을 취한다고 했습니다. 그래서 저희들은 다시 조목조목 써서 9월 9일에 새 선주에게 주어 청대에 보내 드리도록 했는데, 도착했는지 알 수 없어서 밤낮으로 근심하고 괴로워하며 하늘을 우러러 깊이 탄식할 뿐이었습니다. 다행히 주균왕(朱均旺)*이 간절한 충정(忠精)과 의로운 마음을 발현하여 스스로 몸을 바쳐 나라에 보답하기를 바라며 이 글을 가져다가 바치겠다고 했습니다. 저희들이 마침내 기뻐서 뛰며 자세히 갖추어 아뢰었습니다.

9월 25일에 여러 나라가 중국을 정벌하러 가고 싶어 하지 않아서 살마의 군신이 비밀리에 일을 모의하고 동해도(東海道)*에 통보하여 함께 대항하기로 했는데, 이루어졌는지 모르겠습니다. 만약 한 나라만이라도 대항한다면, 관백의 침략군이 갈 수 없을 것입니다. 그러나 앞으로의 일은 헤아리기 어려우니, 마땅히 미리 신경을 써서 방어해야 할 것입니다. 엎드려 바라건대, 황제 폐하께 아뢰어 폐하께서 그 폐단을 알아 근심하지 않으시고 신하들이 그 폐단을 알아 미리 방비하게 해 주신다면, 국가에는 크게 다행한 일이고 백성에게도 매우 다행스러운 일일 것입니다. 삼가 황공하여 아래에 모두 아룁니다.

一. 일본국의 자세한 사항을 아룁니다. - 만력 20년 7월 21일에 올린 제 -

일본의 66국은 곧 우리 대명국의 66부(府)와 같습니다. 그러나 그 호구(戶口)와 전량(錢糧, 돈과 곡식)의 총계를 따져 본다면, 우리의 10부보다도 많지 않습니다. 원래 황제가 있어서 대대로 이어졌지만 감히 조금도 정사를 맡지 못하니, 곧 한나라 말기에 열국(列國)이 각자 요충지를 점거하여

....

* 　주균왕(朱均旺): ?~?. 명나라 사람이다. 무역에 종사하다가 일본에 잡혀 왔다. 허의후에게 구출되었다고 한다.
* 　동해도(東海道): 도쿄(東京)에서 교토(京都)까지의 해안선을 따라 있는 15개의 지방이다.

서로 정벌하고 빼앗던 것과 같습니다.

태어나서 열 살이 되면 검술과 활 쏘는 법을 배우고, 우리 명나라의 글인 사서(四書),《주역(周易)》, 고문(古文),《육도(六韜)》와《삼략(三略)》, 당시(唐詩),《통감(通鑑)》, 잡기(雜記) 등을 배웁니다. 그러나 배우기는 하는데 문리(文理)를 통하지는 못합니다. 병으로 죽는 것을 치욕으로 여기고 전장에서 죽는 것을 영화롭게 여겨, 평소에 자제들을 가르치며 말하기를, "열 살에 죽으나 백 살에 죽으나 한 번 죽기는 매한가지니, 차라리 적을 죽이고 죽을지언정 물러나 움츠리며 살아서는 안 된다."라고 합니다.

짧은 옷과 짧은 소매, 맨발에 머리를 깎고, 긴 검과 짧은 비수를 날마다 몸에 지니고 다닙니다. 총과 활로 겨루어서 돈을 따는데 이것을 '도박(賭博)'이라고 하고, 화살을 쏘고 무거운 짐을 지고서 신(神)을 모시는데 이것을 '새원(賽願)'이라고 합니다. 나라를 지킬 때는 높은 산을 성으로 삼고 못을 파서 내와 강물을 만들며, 적이 오면 양식이 있는 자는 성에 올라가서 지키며 막고 양식이 없는 자는 모두 죽여 버리고 돌아보지 않습니다. 싸워서 취한 것을 자기의 군사와 양식으로 삼으며, 장수는 뒤에 서고 병사들이 앞에 섭니다. 군사를 매복하는 계책은 잘 쓰는데, 거짓으로 패하는 꾀는 알지 못합니다. 깃발을 많이 벌여서 적의 기세를 누르는데, 군사 1명이 10개의 깃발을 드는 경우도 있습니다. 복색을 괴이하게 꾸며 적의 마음을 놀라게 하는데, 소머리에 귀신 얼굴을 하는 경우도 있습니다.

이기면 거침없이 달려 돌아보지도 않고 패하면 겁을 집어먹고 어지럽게 달아나서, 이기면 패하는 것을 생각하지 않고 패하면 복수를 생각하지 않습니다. 육전(陸戰)에 능해서 오직 마구잡이로 죽일 줄만 알고, 해전(海戰)에는 약하여 화공(火攻)은 알지 못합니다. 장수에게는 일정한 수의 병사가 없고, 병사들에게는 한 달을 넘길 양식이 없습니다. 나라를 비우고 출병하면서도 뒤에서 습격하는 화를 알지 못하고, 짐을 무겁게 지고 멀리 나가 싸우면서도 앉아서 지친 적을 기다리는 방법은 생각하지 않습니다.

뇌물을 써서 이간시키는 방법을 잘 쓰는데 이기면 그 금품을 도로 빼앗고, 뜻을 같이하고 함께 죽자는 맹약을 잘 맺는데 목적을 달성하면 그 맹약을 잊어버립니다. 거짓 화친과 맹약을 잘 맺어 적국을 격파하고, 성을 쌓고 잘 에워싸서 적의 성을 함락시킵니다. 인의를 빙자하여 끝도 없이 탐욕을 부리고, 법에는 크고 작음이 없어서 작은 죄에도 목을 베어 버립니다. 황금으로 나라를 부유하게 하고, 각박하게 백성을 학대합니다. 급히 공격하는 것을 가장 겁내고 느긋한 싸움을 좋아하여, 급하면 채 손도 못 쓰지만 느긋하면 여유 있게 위세를 기릅니다.

살마와 관동(關東)* 사람은 강직하여 싸움을 잘하고, 서울과 기내(畿內)*의 사람들은 부드럽고 간사하여 모략을 잘합니다. 적이 적으면 더욱 기세등등하고, 적이 많으면 스스로 위태롭게 여깁니다. 전투만 있고 진을 치지 않으며, 살육만 있고 절제는 없습니다. 큰소리치고 허세를 부려 사람들을 놀라게 하지만, 잘 싸우는 병사는 만 명 중에 천 명도 안 됩니다.

그들의 배는 또 매우 불편합니다. 윗면은 넓고 바닥은 뾰족하여 움직이기 어렵고 조금이라도 동요가 있으면 흔들거려 뒤집히려고 하니, 가기도 어렵고 서 있기도 어려워서 공격하기가 매우 쉽습니다.

우리 대명국을 '대당(大唐)'이라고 부르고, 우리나라 사람을 '당인(唐人)'이라고 하며, 오랫동안 왜국에 산 사람을 '구당인(舊唐人)'이라고 합니다. 이는 당나라의 위풍이 본래부터 오랑캐를 눌러 왔기 때문입니다. 요(堯) 임금과 순(舜) 임금, 문왕(文王)과 무왕(武王), 진시황(秦始皇), 한고조(漢高祖)와 항우(項羽), 소하(蕭何)와 진평(陳平), 한신(韓信)과 장량(張良), 번쾌(樊噲)와 주발(周勃)의 고사를 익히지만, 모든 의복과 언어는 허황되어 실상이 없습니다. 전투하기 전에는 모두 큰소리를 치지만 싸움터에 나가서

---

* 관동(關東): 혼슈(本州) 간토 평야 주요부를 차지하는 지방이다.
* 기내(畿內): 일본의 예전 행정구역으로, 교토 근방의 야마시로(山城), 야마토(大和), 가와치(河內), 이즈미(和泉), 셋쓰(攝津) 지방의 총칭이다.

는 각자 무서워서 떨고, 전투하기 전에는 모두 목숨을 버릴 것처럼 하지만 싸움터에 나가서는 각자 살 궁리만 합니다. 우리 대명국에서는 이러한 실정을 밝게 알고 장수들과 군사들에게 일러 주어 천하로 하여금 모두 그 문제를 알아서 방비하게 해야 할 것입니다.

一. 일본이 침략한 이유를 아룁니다.

관백이 열국을 병합하고 오직 관동만 함락하지 못했는데, 지난해 6월 8일에 제후들을 대궐 앞에 모아 놓고 군사 10만 명을 거느려 관동을 정벌하게 하고 말하기를, "성의 사면(四面)을 겹겹이 포위하고 둘레에 작은 성을 쌓아 지켜라. 나는 곧바로 바다를 건너 당나라를 침공하려고 한다."라고 하고는, 드디어 비전의 군주에게 배를 만들라고 명했습니다. 열흘이 지나서 유구에서 승려를 보내고 조공을 바쳤는데, 황금 백 냥을 내려 주며 당부하기를, "내가 멀리 대당을 정벌하고자 하는데, 너희 유구를 인도자로 삼겠다."라고 했습니다.

이윽고 지난날에 왕오봉(汪五峰)의 무리였던 자를 불러 물으니, 그가 대답하기를, "대당에서 오봉을 잡아갔을 때 우리 3백여 명이 남경(南京)에서부터 약탈하면서 복건(福建)으로 내려갔다가 일 년이 지나 전원이 온전히 돌아왔습니다. 당나라는 일본을 범처럼 두려워하니, 대당을 격파하는 것은 손바닥 뒤집듯 쉬울 것입니다."라고 했습니다. 관백이 말하기를, "나의 지혜로 나의 군사를 움직이면 마치 큰물이 모래를 쓸어버리고 날카로운 칼이 대나무를 쪼개듯 할 것이니, 어느 성인들 무너지지 않고 어느 나라인들 망하지 않겠는가. 나는 대당의 황제가 되리라. 다만 수군이 엄밀해서 당나라 땅을 밟지 못할까 두려울 뿐이다."라고 했습니다.

5월에 고려국의 공물 배가 서울에 들어오자 또 유구에 했던 말로 당부하고 금 4백 냥을 주었습니다. 고려가 왜에 조공하는 것은 지난해 5월부터 시작되었습니다. 7월에 광동의 호경(壕境) 모퉁이에 사는 불랑기(佛郎

機)[*]사람이 우리 대명국의 그림 1폭, 지도 1폭, 개 1만 마리, 큰 말 1필, 비단, 향, 보석 등의 물건과 은 5만여 냥을 올렸습니다. 제가 살마로 내려갈 때 길에서 만났는데, 무슨 당부를 했는지 알 수 없었습니다. 저희들은 관백이 이렇게 바다를 건너 대당으로 간다고 크게 떠벌린 것이 군사들의 사기를 돋우고 관동 사람들의 마음을 놀라게 하려는 것이었는지, 아니면 여러 나라를 멀리 나가게 하고는 그때 가서 그 뒤를 습격하여 나라를 없애고 군(郡)으로 만들려는 것이었는지 알 수 없었습니다.

8월에 관동을 평정한 뒤로는 이러한 말을 듣지 못했는데, 이제 그 말을 들으니 침략한다는 일이 사실이었습니다. 올가을 7월 초하루에 고려국에서 사신을 보내 조공하고 인질이 되어 관백에게 속히 가도록 재촉했습니다.[*] 9월 초이렛날에 문서가 살마에 도착했는데, "살마의 정비된 군사 3만명과 대장 2명에게 명하여 고려에 이르러 회합하여 명나라를 취하게 하라. 66국의 군사 50여만 명과 관백이 친히 거느린 군사 50만 명까지 도합백만 명이요, 대장이 1백 50명이고, 전투마가 5만 필이다. 대서도(大鋤刀)5만 자루, 참도(斬刀) 10만 자루, 장창(長槍) 10만 개, 작안도(斫案刀) 10만자루, 쇠도끼 10만 개, 장도(長刀) 50만 자루, 조총(鳥銃) 30만 정, 삼척장검(三尺長劍)을 사람마다 몸에 지니고, 내년 임진년(1592, 선조 25) 봄을 기해일을 시작한다. 관백은 3월 초하루에 출범한다."라고 적혀 있었습니다.

그러나 살마의 군주는 본래 우리 대명국을 따랐고 관백도 그 뜻을 조금은 알아, 살마 주군의 아우 무고(武庫)에게 명하여 군사를 거느리게 했습

....

* 　불랑기(佛郞機): 'Franks'의 음역(音譯)이다. 중국에서 서구인, 특히 포르투갈 사람과 스페인 사람의 호칭으로 사용되었다. 또한 명나라 때에 포르투갈이 전해 준 서양의 대포를 가리키기도 했다. 불랑기(佛狼機)라고도 한다.
* 　올가을……재촉했습니다:《국역 난중잡록》제1권 〈신묘년〉조에 "그때 일본이 우리나라가 사신을 보내어 입공해 왔다고 거짓으로 말하여 나라 안에 퍼뜨렸기 때문에, 허의후가 들은 대로 이렇게 거짓된 상주를 했다. 이것은 천만 년이 지나도 다 씻기지 않는 치욕이다."라고 하여 이 일이 거짓이었음을 밝혔다.

니다. 살마 상(相)의 이름은 행간(幸侃)인데, 역시 본래 대명국을 경외하여
군사를 뽑아 비밀리에 여송과 담수(淡水) 등지로 도망가서 일의 성패를 방
관하려고 했습니다. 그런데 뜻밖에 기밀이 누설되어 일을 이루지 못하고
모두 무고와 함께 가게 되었습니다. 무고의 사람됨은 본래 탐욕스럽고 겁
이 많으며, 살마의 군사들은 본래 결사적인 전쟁에 능하지만 무모하고, 병
기는 있지만 양식이 없습니다. 그들의 문제를 두루 기억하시어 그들을 막
는다면 매우 다행일 것입니다.

一. 적을 막을 방책을 아룁니다.

고려는 작은 나라로, 일본의 대마도에서 3백 리 떨어져 있습니다. 중간
에 큰 바다가 가로막고 있지만 물길은 이틀 거리이고 순풍을 만나면 하루
거리밖에 안 됩니다. 부모이신 대국을 위한 계책이 절실하오니, 마땅히
충의와 지혜가 있는 인사에게 명하여 잘 훈련되고 용맹한 군사를 거느리
게 하고, 2백만 명이나 3백만 명을 모두 고려에 주둔시켜 그 관장(官長)을
모조리 죽이고 따르지 않는 자는 모두 죽여야 할 것입니다. 그리고 대군
을 고려의 좌우 사방에 매복하고 고려사람 가운데 우리나라와 마음을 함
께하는 자에게 명하여 고려의 관원으로 가장해서 거듭 포위한 곳으로 끌
어들이게 한 뒤 사면의 화포를 신호로 공격해서 죽여야 할 것입니다.

산동(山東)과 요동에서 각각 군사 50만 명을 내어 연기를 신호로 왜놈
의 뒤를 쳐서 육지와 바다에서 서로 공격하여 밤낮으로 모두 죽여야 합니
다. 이때에 왜적은 배불리 먹을 겨를이 없고 고려는 왜적과 미처 호응하
지 못하여, 길에는 주객(主客)이 나뉘고 뒤에는 구원병이 없으며 해전에는
익숙지 않아 화공을 당해 내지 못할 것입니다. 왜적은 장도가 있어도 쓸
수가 없고 활이나 총도 쓰지 못할 것이니, 대장을 모두 죽일 수 있고 관백
을 사로잡을 수 있으며 백만 명의 왜적이 한 놈도 살아 돌아가지 못할 것
입니다. 이것이 바로 편안하게 쉬면서 수고로운 적을 기다리고* 주인이

손님을 기다리는 형세입니다. 절대로 적의 예봉(銳鋒)이 날카로워서 급하게 범접할 수 없다고 말하지 마십시오. 이들은 날카로운 것이 아닙니다. 멀리서 고생하며 온 군대가 어찌 날카로울 수 있겠습니까. 만약 그들이 군영(軍營)을 꾸리고 목책(木柵)을 세워 날카로운 군사를 양성하게 한다면 도모하기 어려울 것입니다.

또 훌륭한 장수를 별도로 뽑아서 군사 50만을 거느리고 요동에 들어가 고련하게 하여 구원병을 육성해야 합니다. 또 어금(御金, 하사금)을 청하여 군중에 걸어 놓고 상품으로 내보여 인심이 이익을 보고 목숨을 바치게 해야 합니다. 절대로 맹자(孟子)가 말한 인의에 얽매여서는 안 됩니다.* 지금은 맹자가 살던 시대가 아니고, 경도(經道)와 권도(權道)*를 쓰는 상황도 같지 않습니다.

광서랑(廣西郎) 가문의 군사는 매우 용맹스러워 불러서 쓸 만합니다. 그러나 왜적의 생각이 변덕스러워서 혹시 길을 나누어 진격할지 또한 알 수 없으니, 서경(西京), 산동. 절강(浙江), 복광(福廣, 복건과 광동) 일대 바닷가에서부터 모두 밤낮으로 군사를 조련하고 전선(戰船)을 많이 내보내서 방비하는 것이 바야흐로 만전을 기하는 계책이 될 것입니다.

또 마땅히 물자를 원조하는 화를 엄밀하게 막기 위해 바닷가의 백성을 떠나게 해야 합니다. 물자를 원조하는 화는 도적에게 양식을 가져다주는

....

* 편안하게……기다리고:《손자(孫子)》〈군쟁(軍爭)〉에 "가까운 곳에서 먼 길을 온 적을 기다리고, 편안하게 쉰 군사로 피곤한 적을 기다리며, 배불리 먹인 군사로 굶주린 적을 기다리니, 이것이 전투의 주도권을 장악하는 방법이다."라고 한 말을 인용했다.

* 맹자(孟子)가……됩니다: 송경(宋牼)이라는 사람이 진나라와 초나라의 전쟁을 말리기 위해 진나라와 초나라의 임금을 만나서 전쟁이 이롭지 못하다는 말을 써서 타이르려고 하자, 맹자가 안 된다고 하면서 인의의 말을 써서 타일러야 진실로 감화되어 정말로 전쟁을 종식시킬 수 있다고 한 고사가 전한다.《맹자》〈고자 하〉.

* 경도(經道)와 권도(權道): 유학에서 경도는 도를 구현하는 보편타당한 원칙을 말하고, 권도는 비정상적인 상황을 만났을 때 경도에서 벗어난 임시변통의 방법을 써서 도를 추구하는 것을 말한다.

격이며 바닷가의 백성이 왜적을 도와주는 격입니다. 만일 왜놈들이 우리 중원을 밟는다면 속히 불로 공격하여 잠시도 지체하지 말고 밤낮으로 모두 죽여야 온전히 승리할 수 있습니다. 앉아서 죽기를 기다리며 이리 같은 위세를 길러 주어서는 안 됩니다. 혹시라도 왜적이 성에 다가오면 구원병이 밖에서 토성을 쌓아 겹겹으로 포위하고 성을 쌓고 못을 파서 총으로 공격해야 합니다. 이른바 안팎에서 협공한다는 것으로, 이기지 못할 일이 없습니다. 절대로 가만히 앉아서 지키고만 있어서는 안 되니, 날이 오래되면 위태로워질 것입니다.

선박의 통행을 막아서 양곡을 사들이지 못하게 하는 것은 매우 불가합니다. 선박의 통행을 막아서 양곡을 사들이지 못하게 한다면 백성이 굶어 죽어 우리 스스로 혼란에 빠질 것이니, 하물며 적을 막을 수 있겠습니까. 또 성의 다리를 파고드는 것을 조심해서 방어해야 합니다. 관백은 진영마다 금을 보내서 화합을 추구하고 10리 밖에 군사를 주둔시켜 밤에 흙으로 방책을 쌓고 군사들을 편안히 쉬게 한 뒤에 밤이 되면 성을 쌓아 가까운 곳을 두루 포위하여 에워싸 갑니다. 하루하루 점점 가까워지면 그곳에 높은 방책을 세우고 적의 허실을 보아 높은 곳에서 조총으로 성 아래를 공격하고 땅굴을 뚫어 성의 다리를 파서 적의 성이 저절로 무너지게 합니다. 혹은 많은 황금을 써서 내통할 자를 매수하기도 하고 혹은 온갖 간사한 꾀를 내어 잘 취하기도 하여, 하나를 얻으면 그 돈을 빼앗고 그 사람을 베어 버립니다. 우리 부모의 나라는 이러한 점들을 알아서 잘못하여 그 계략에 빠지는 일이 없어야 하겠습니다.

일본 사람 중에 장수가 된 자들은 모두 부귀한 집의 자제들로 어려운 일을 견디지 못하니, 곧 우리나라의 서생(書生)과 같습니다. 정말로 재주가 있고 능력이 있는 자는 백에 하나도 없으니, 오직 제멋대로 죽일 줄만 알고 두려움이 없을 뿐입니다. 이른바 '군사를 쓰는 데 술을 마시게 하지 말라'는 것도 불가합니다. 장수의 입장에서 말한다면 진실로 마땅하지만, 병사의 입장에서 말한다면 마땅하지 않습니다. 일본은 병사들에게 전부 술을 마시게 해서 담력을 갖게 합니다. 전쟁에 임할 때 한번 취하면 사기가 배나 높아져 살려는 생각을 잊어버리니, 이 방법은 마땅히 써야 합니다.

저희들이 친히 나아가서 고하고 싶지만, 살마 주군의 곁을 떠나지 못하고 또 처자식들이라는 무거운 짐이 있습니다. 우리 부모의 나라가 나라에 보답하려는 저희들의 마음을 살펴 주지 않으시고 갑자기 무거운 죄를 더 하시어 이 한 조각 충성스럽고 의로운 마음이 헛되이 죽어 아무것도 전해지지 않을까 두렵습니다. 저희들은 마침내 감히 가서 고하지 못하오니, 바라건대 청대에서 유념해 주십시오.

一. 관백의 내력을 아룁니다.

관백은 곧 한나라 대장군의 호칭이니,* 천자를 끼고 제후를 업신여기며 제 맘대로 경락(京洛, 서울)을 점거했습니다. 지금의 관백은 처음에는 민가의 종으로 땔나무를 했습니다. 우연히 길에서 정관백(正關白)을 만났는데, 좌우에서 죽이려는 것을 관백이 풀어 주고 등용하여 전부도수(前部刀手)로 삼았습니다. 그가 이웃 나라에 출정하여 드디어 적장의 머리를 베어 공을 세우자, 관백이 기뻐하며 목하(木下)라는 성과 십길차랑(十吉次郎)이라는 이름을 내렸습니다. 그는 늘 아첨하며 관백을 섬겼고, 여러 차례 출정하여 승리를 거두었습니다. 관백이 그를 대장으로 삼아 재상의 일을 겸하게 했고, 다시 우시(羽柴)라는 성과 집전(執前)이라는 이름을 내렸습니

....

* 관백은……호칭이니: 한나라 곽광(霍光)은 후원(後元) 연간부터 국정의 실권을 잡고 대장군 대사마가 되어 어린 소제(昭帝)를 잘 보필했다. 소제가 즉위했을 때 정권을 황제에게 돌리려 고 했는데 황제가 겸양하여 받지 않자, 이에 모든 업무를 먼저 곽광을 거쳐 아뢴 뒤에야 천 자에게 보고했다[諸事皆先關白光然後 奏御天子]는 고사에서 나온 말이다. 《한서》 권68 〈곽광전(霍光傳)〉.

다. 다음 해에 드디어 관백을 죽이고 그 아들을 내쫓고서 스스로 서서 분에 넘치게 관백이라는 칭호를 썼으니, 곧 예전의 십길차랑이 지금의 관백입니다. 동서를 정벌하여 일본의 여러 나라를 병합했지만 일찍이 한 번도 싸워 이긴 적이 없고, 오로지 모두 달콤한 말과 큰소리, 그리고 황금과 속이는 꾀로 얻은 것입니다.

지난해 11월에 그 아우를 죽게 하고, 올 7월에는 그 아들을 죽게 하여 안팎으로 친척이 없이 오직 한 몸뿐입니다. 우리나라가 왜놈을 다 죽이고 곧바로 승리한 50만 명의 병사를 옮겨 왜놈의 땅으로 곧장 진격하여 들어간다면, 왜놈들은 마음이 무너지고 간담이 서늘해져서 손을 묶고 사로잡히기를 기다릴 것입니다. 앞에서 공격하고 뒤에서 손짓하여 부르며 앞에서 손짓하여 부르고 뒤에서 취하면, 두어 달이 안 되어 일본의 여러 나라를 모두 평정할 수 있을 것입니다. 우리나라에서는 유념하시기 바랍니다.

一. 일본 66국의 명칭을 아룁니다. - 잡도(雜島)는 여기에 넣지 않았다 -
잡도에는 각각 소왕(小王)이 있어 이를 다스리는데, 모두 관백에 소속되어 있습니다. 일기도(一岐島)와 대마도는 고려와 가까워서 늘 서로 왕래하고, 장기(長岐), 평호(平戶), 오도(五島), 치자도(稚子島), 칠도(七島)는 유구와 가깝습니다. 대체로 그 사람들의 용맹함은 우리나라와 함께 논할 수 있지만, 그 지혜는 우리나라 사람의 만분의 일에도 미치지 못합니다. 그들의 창과 칼은 우리의 것과 같지만, 쓰는 법은 우리의 만분의 일에도 미치지 못하며, 오직 정밀하게 만들고 항상 갈 뿐입니다. 우리나라 사람들이 두려워하지 않고 막는다면, 항상 이길 수 있고 절대 한 번도 지지 않을 것입니다. 엎드려 바라건대, 더욱 유념하시기를 만 번 기원합니다.

만력 19년(1591, 선조 24) 9월 모일에 실정을 아뢰는 허의후와 곽국수(郭國曳), 나라에 보답하려는 주균왕은 미진한 일을 감히 아뢰어 백성으로

서 나라에 보답하는 정성을 다하려고 합니다. 바위틈과 띠집에 사는 선비와 바닷가에서 물고기를 잡고 소금을 채취하는 사람이 난리를 만난 지 오래되어 두서도 모르고 학문을 그만둔 지 오래되어 문장도 짓지 못합니다. 비록 글로는 폐하께서 보시도록 바치지 못하겠지만, 마음만은 진실로 천지신명께 고할 수 있습니다.

관백은 탐욕스럽고 포악하기가 걸왕(桀王)과 주왕(紂王)*보다 더하고, 갖가지 속임수를 써서 그 진실을 헤아릴 수가 없습니다. 지난해에 여러 나라에 명하여 비전, 일기, 대마 세 곳에 성을 쌓아 도마관역(渡磨館驛)을 만들게 하고, 대마도 태수에게 명하여 상인으로 분장하고 고려에 건너가 지세를 살피게 했습니다. 10월 20일에 돌아와 보고하기를, "고려의 왕이 20일 거리에 군대를 물리고 관백을 기다립니다. 그 나라 안에는 복종하지 않는 자들이 많고, 대마도와 가까운 한 현의 무리만 귀순해 왔을 뿐입니다. 그러나 공격하려고 하면 쉽게 얻을 수 있을 것입니다."라고 했습니다.

11월 18일에 여러 나라에 문서를 두루 보내서, "각각 3년 치의 양식을 마련하여 먼저 고려를 정벌하고 일본 백성을 모두 고려 땅으로 옮겨서 농사를 짓게 하여 당나라에 대적할 터전으로 만들라. 만약 대당의 한 현을 얻는다면, 이는 일본의 소득이며 당나라 천하가 우리 수중에 있는 것이다."라고 했습니다. 왜놈들은 무지해서 우물 속에 앉아 하늘의 크기를 재는 격이니, 참으로 우습습니다.

또 여러 나라 군사들에게 명하기를, "고려의 해안에 이르러 배를 불태우고 솥을 부숴라. 나날이 고려를 빼앗고 밤중에 성을 쌓되 사람을 포로로 잡거나 재물을 빼앗는 것을 허락하지 않는다. 성을 쌓거나 정벌하는 사람에게는 잠시도 멈추거나 지푸라기 하나를 줍는 일도 허락하지 않는다. 아무리 황금이 있더라도 쳐다보는 것을 허락하지 않으며, 전장에 임

─────────

* 걸왕(桀王)과 주왕(紂王): 걸왕은 하(夏)나라의 마지막 왕이고, 주왕은 은(殷)나라의 마지막 왕이다. 모두 탐욕스럽고 포악하여 그 나라를 멸망에 이르게 했다.

해서는 한 사람도 후퇴하는 것을 허락하지 않는다. 산을 만나면 산으로 가고 물을 만나면 물로 가며, 함정을 만나면 함정에 빠질지언정 입을 열거나 진격을 멈추는 것을 허락하지 않는다. 앞으로 나아가다 죽은 자는 그 후사를 남겨 주고, 후퇴하여 살아남은 자는 왕후장상(王侯將相)을 따지지 않고 목을 베어 대중에게 보이고 그 가족을 몰살한다."라고 했으니, 그 법령의 준엄함이 이와 같습니다.

12월에 풍후(豊後)를 강제로 점령하고 그곳 왕의 아내를 첩으로 삼았습니다. 명령을 내려 서해도(西海道)의 아홉 나라를 선봉으로 삼고, 남해도(南海道)의 여섯 나라와 산양도(山陽道)의 여덟 나라를 이에 응하게 했는데, 나라 안의 사람들을 모두 출정시켜 부자 형제 중에 한 사람도 집에 남는 것을 허락하지 않았습니다. 이들 몇 나라가 모두 의심을 품고 말하기를, "이 싸움은 대당을 정벌하는 것이 아니라 우리들의 뒤를 습격하여 우리 족속을 멸하려는 것이다."라고 하며 각각 비밀리에 모반할 것을 의논했는데, 아직은 결행하지 못했습니다. 만약 모반이 일어난다면 침략이 이루어지지 않을 것이니, 그 뒤에 어떻게 될지 모르겠습니다. 우리 대국에서는 충성스럽고 용맹스러운 사람에게 명하여 정예병을 많이 거느리고 먼저 고려에 당도하여 그들을 맞아서 격퇴하게 해야 합니다. 절대로 스스로 간담이 서늘해져 두려워해서는 안 됩니다.

왜놈들은 작은 재주와 능력도 없이 한결같이 용맹만을 지녔을 뿐이니, 곧 범을 맨손으로 때려잡고 하수(河水)를 맨몸으로 건너는 용맹*입니다. 우리 대국에서는 이러한 문제점을 알아서 두려워하지 말고 밤낮으로 협

....
* 범을……용맹: 혈기만 지닌 무모한 용맹을 뜻한다.《논어》〈술이(述而)〉에, 삼군(三軍)을 인솔하고 전쟁터에 나간다면 누구와 함께 가겠느냐는 자로(子路)의 물음에, 공자가 "범을 맨손으로 때려잡고 하수(河水)를 맨몸으로 건너 죽어도 뉘우침이 없는 자와 나는 함께하지 않을 것이니, 반드시 일을 당하면 두려워하고 계책을 내기를 좋아하여 성공하는 자라야 할 것이다[暴虎馮河 死而無悔者 吾不與也 必也臨事而懼 好謀而成者也]."라고 한 말을 인용했다.

공하여 오늘도 내일도 장수와 군사를 보태서 계속하며 황금을 부상으로
보여 주어 구원병이 벌떼처럼 오게 해야 합니다. 이렇게 한다면 우리 군
사의 기세는 강해지고 적병의 기세는 약해질 것입니다. 처음으로 한 진
(陣)을 격파하면 왜놈의 백 개의 진이 다 격파될 것이며 왜놈도 모조리 죽
일 수 있어 한 놈도 살아서 돌아가지 못할 것이니, 아무리 관백이라고 할
지라도 사로잡을 수 있을 것입니다. 엎드려 바라건대, 이 하찮은 말을 굽
어살피시어 신경 써서 더욱 유념해 주신다면 매우 다행이겠습니다. 지극
히 빌고 기원합니다.

일본 66국의 명칭

오기(五畿, 서울을 에워싼 다섯 지방) 안은 경락이라고도 하는데, 소성(小
成), 대화(大和), 하내(河內), 화평(和平), 섭진(攝津)이다.

동해도는 곧 관동이니, 이하(伊河), 이세(伊勢), 지마(志摩), 미장(尾張), 삼
하(三河), 원강(遠江), 준하(駿河), 이두(伊豆), 갑비(甲斐), 상모(相模), 무장(武
莊), 안방(安房), 상총(上總), 하총(下總), 상륙(常六)이다.

산동도(山東道)는 근강(近江), 미농(美濃), 비역(飛驛), 신농(信濃), 상야(上
野), 하야(下野), 육오(陸奧), 출우(出羽)이다.

북육도(北六道)는 약부(若扶), 월전(越前), 가하(加賀), 능등(能登), 월중(越
中), 월후(越後), 좌도(佐渡)이다.

산음도(山陰道)는 주파(舟波), 주후(舟後), 단마(但馬), 인번(因幡), 백기(伯
耆), 출운(出雲), 견석(見石), 음기(陰岐)이다.

산양도(山陽道)는 번마(播磨), 미작(美作), 비전(備前), 비중(備中), 비후(備
後), 안예(安藝), 주방(周防), 장문(長門)이다.

남해도(南海道)는 기이(紀伊), 담하(淡河), 아파(阿波), 잠기(潛岐), 이예(伊
豫), 토좌(土佐)이다.

서해도(西海道)는 축전(筑前), 축후(筑後), 풍전(豊前), 풍후(豊後), 비전, 비후, 일향(日向), 대우(大偶), 살마이다.

조선기(朝鮮記)
-여응종(呂應鍾)*-
―

동방에는 군장(君長)이 없었는데, 신인(神人)이 태백산 박달나무[檀木] 아래에 내려오자 대중이 그를 임금으로 섬기며 단군(檀君)이라고 했다. 요와 같이 일어나서 천 년에 걸쳐 대가 이어졌다. 주(周)나라에서 기자(箕子)를 이곳에 봉했다. 한 번 바뀌어 고려가 되고 두 번 변해서 조선이 되었는데, 우리 대명국의 신하가 되어 오직 중화(中華)의 전장문물(典章文物)을 본받아 소중화(小中華)라고 불린다. 제도는 대부분 옛것을 숭상하고, 백성은 유약하며, 예의라는 두 글자로 나라를 세웠다.

도읍으로는 세 곳이 있다. 평양에서는 정전(井田)*의 터를 들러 기자묘(箕子廟)*에 조상했고, 개성(開城)에서는 만월대(滿月臺)*에 오르고 장춘전

....

* 여응종(呂應鍾): ?~?. 명나라 장수이다. 제독부(提督府) 참군(參軍)으로 제독 이여송의 참모 역할을 수행했다.
* 정전(井田): 기자가 평양에 설치했다고 전해지는 정전이다. 정(井)자 모양으로 구획된 토지이다.
* 기자묘(箕子廟): 이수광(李睟光)의《지봉유설(芝峯類說)》권19〈궁실부(宮室部) 사묘(祠廟)〉에 "기자의 능묘는 평양부 성 북쪽에 있는데, 문을 지키는 사람을 두어 나무꾼과 목동이 들어가는 것을 금지하고 있다. 사당을 세워서 제사를 지내는데, 이를 기자전(箕子殿)이라고 부른다. 여기에 참봉을 두어 봄가을로 향과 폐백을 내려서 관찰사에게 제사를 지내게 하고 있다. 근세에 이르러 비로소 숭인전(崇仁殿)을 세워 후손인 선우씨(鮮于氏)를 전감(殿監)으로 삼아 제사를 주관하게 하되 숭의전(崇義殿)과 똑같이 하도록 했으며, 또 비석을 세워 이를 기록하게 했다."라고 했다.
* 만월대(滿月臺): 개성의 송악산에 있는 고려 시대의 궁궐터이다. 919년 정월에 태조가 송악산 남쪽 기슭에 도읍을 정하고 궁궐을 창건한 이래 1361년 홍건적의 침입으로 소실될 때까지 고려 왕의 주된 거처였다.

(長春殿)*을 찾았으며, 한양에서는 화려한 궁전과 가무를 즐길 수 있는 누대를 실컷 보았다.

도는 8개가 있다. 경기도는 풍속이 화려함을 숭상하고, 평안도는 기름진 들이 평평하고 넓으며, 황해도는 풍속이 부지런하고 검소하고, 충청도는 강산이 맑고 수려하며, 경상도는 산천이 웅장하고, 강원도는 바위와 골짜기와 시내가 팔도에서 가장 기이하며, 함경도는 땅이 북쪽 끝에 닿아서 여름에도 눈이 녹지 않고, 전라도는 땅이 남쪽 끝에 닿아 사람과 물산이 매우 번성하다.

나라에 산과 물이 많다. 예컨대 백악산(白岳山), 목멱산(木覓山), 송악산(松岳山), 구월산(九月山)과 백두산(白頭山), 철령(鐵嶺), 천관산(天冠山), 두류산(頭流山, 지리산), 향산(香山)이 명산 중에서도 더욱 이름나고, 용진(龍津), 백마강(白馬江), 후서강(後西江), 한강(漢江), 금강(錦江), 호수(湖水), 낙수(洛水), 서해(西海), 동해(東海)가 이른바 빼어난 물 중에서도 더욱 빼어나다.

인재로는 《계원필경(桂苑筆耕)》의 최치원(崔致遠), 백운서원(白雲書院)의 안향(安珦), 문곡[文曲, 문곡성(文曲星)]의 강감찬(姜邯贊), 승천한 김유신(金庾信), 〈입학도(入學圖)〉의 권근(權近), 역동서원(易東書院)의 우탁(禹倬), 자질이 순수하고 아름다운 설총(薛聰), 생(生)을 버리고 의(義)를 취한 정몽주(鄭夢周) 및 김굉필(金宏弼), 이언적(李彦迪), 정여창(鄭汝昌), 조광조(趙光祖), 이황(李滉), 조식(曺植)이 모두 몸소 학문을 익혀 동방의 도맥(道脈)이 실추되지 않게 부지한 사람들이다. 근래에는 충성스럽고 강개한 류성룡(柳成龍), 젊고 영민한 이덕형, 고아(古雅)하고 범상치 않은 류근(柳根), 풍모가 볼 만한 한응인(韓應寅), 그 마음이 변치 않은 유홍(兪泓)과 정철(鄭澈), 나라가 있는 것만 알고 자신이 있음은 알지 못한 박진(朴晉), 무예와 문예가 남보다 뛰어난 임흘(任屹), 험난한 곳에 달려간 위덕의(魏德毅), 군

....

*   장춘전(長春殿): 고려 궁궐의 전각 가운데 하나이다.

량을 잘 변통한 김영남(金穎男), 홍인상(洪麟祥), 신경진(申慶晉), 이항복(李恒福), 이산보(李山甫), 윤근수(尹根壽), 신식(申湜) 등 이름이 널리 알려진 인사도 모두 현인(賢人)이다. 이상의 몇 사람은 내가 아는 바를 든 것이고, 뒤에 다시 알게 되면 또 응당 별도로 기록할 것이다. 그 임금은 문장이 빛나며 마음을 비우고 선비를 예우한다.

지형적 이로움이 있는 험준한 지형이 함곡관(函谷關), 장강(長江), 검각(劍閣) 못지않고 임금과 신하들도 어진데, 한 번의 침략에 곧바로 그 나라가 혼란해졌다. 이것을 무엇으로 설명해야 할까? 2백 년 동안 태평하여 문만 숭상하고 무를 폐함으로써 사람들이 전쟁을 알지 못하여 큰 도적이 제멋대로 날뛰자 상하가 놀라 흩어졌으니, 형세가 진실로 그렇게 만든 것이지 그 임금과 신하들의 죄가 아니다. 조선이 일찍이 당나라 군사 10만 명, 수(隋)나라 군사 20만 명, 몽고(蒙固)의 군사 1백만 명을 대적했으니, 어찌 예전에는 용맹했는데 지금은 겁내겠는가.

저 관백이라는 자는 군대를 운용하고 조치하는 것이 또한 한 시대의 영웅이다. 3개의 이름난 도읍을 빼앗고 팔도의 요해처를 점령하여, 산으로 보루를 만들고 시내로 해자를 만들어 죽기로 지키고 대창(大倉), 풍저창(豊儲倉), 용산창(龍山倉), 광흥창(廣興倉) 등을 나누어 점거하여 전쟁의 밑천을 삼았다. 복종하지 않는 백성의 귀를 베고 눈을 파내며, 살을 저미고 가죽을 벗기며, 심장을 가르고 수족을 자르며, 머리와 몸뚱이를 토막 내고 장대에 머리를 매달고 시체를 걸어 두며, 창끝으로 어린아이를 놀려 그 우는 것을 보고 웃으며, 열부(烈婦)를 나무 위에 놓고 쏘아 죽여 욕을 보이니, 해골이 쌓여서 산을 이루고 피가 흘러 바다에 넘쳤다. 복종하는 백성에게는 1필의 베와 1말의 쌀을 주어 사람마다 기쁘게 한 뒤에, 장정은 군사로 삼고 노약자는 부역을 시키며 어린 딸은 계집종으로 삼고 남자아이는 종으로 삼았으며 한 사람도 죽이지 않고 다만 머리를 깎아 버렸다.

또 불러서 오게 하기 위한 방(榜)에, "각 군현의 성문을 닫지 않아 군사들이 싸우거나 공격하지 않아도 저절로 함락되었다. 왕은 또 의주로 달아나서 명나라에 구원을 구걸하고 이어 몸을 의탁할 땅을 빌렸다. 의주로 병사들이 공격해 온다는 소식이 조금만 긴급하면 왕은 곧바로 압록강을 건널 것이니, 요좌(遼左)*의 땅에 장차 조선 왕의 발자국이 있을 것이다." 라고 했다. 이때는 나라 보기를 마치 버리는 물건처럼 한 것이다. 고관대작들이 각자 저 살자고 난을 피했으니, 왕을 따라서 강을 건너려는 자가 몇이나 되겠는가. 그 백성은 적과 함께 장사를 하고, 적을 위하여 양식을 주며, 아니면 전쟁을 도와 난을 일으키고, 심지어 두 왕자를 결박해 바치기까지 했으니, 온 나라의 무리들이 북소리 한 번에 모두 오랑캐가 될 것이다. 나라의 토지와 땅의 소유가 모두 적에게 소속되었으니, 그 백성을 위하여 농사짓기를 원한들 나라가 어떻게 다시 회복될 수 있겠는가.

다행히 산림 아래의 가난하고 비천한 선비로 평소에 임금의 은혜를 받지 못하던 자가 하루아침에 발분하여 하늘에 부르짖고 땅을 치며 서로 약속한 듯이 의병을 일으켰다. 곽재우(郭再祐)는 일개 궁한 선비로서 앞장서서 의병 3백 명을 거느리고 일어났고, 우배선(禹拜善)은 열아홉 살의 젊은 서생으로서 앞장서서 의병 백 명을 거느리고 일어나 온갖 전투에서 분발하여 벤 왜적이 매우 많았다. 고경명(高敬命), 정인홍(鄭仁弘), 김면(金沔)은 일개 휴직한 부사 등의 관원으로서 각각 의병 천여 명을 이끌고 일어나서 적과 혈투를 벌였다. 고경명은 나라를 위해 죽었고, 그 아들 인후(因厚)는 아비를 위해 죽었으며, 그 막료인 류팽로(柳彭老)도 주장을 위해 죽어서, 한 번 싸움에 충신, 효자, 의사가 모두 나왔다. 정인홍과 김면이 양호(兩湖, 전라도와 충청도)를 보존한 뒤에야 임금이 있음을 알고 왜적이 적이라는 것을 알아 이미 흩어졌던 인심이 안정되었다. 지난날 도망쳤던 고관대작들은 이 말을 듣고 역시 땀을 흘렸을 것이다.

....
* 요좌(遼左): 요수(遼水)의 왼쪽으로, 요동 지방을 말한다.

아, 나라가 작록으로 벼슬을 주는 것은 장차 남의 급한 일을 헤아리고 남의 어려운 일을 구제하게 하여 위급한 때에 힘입으려는 것이다. 그런데 벼슬이 높은 자일수록 제 한 몸과 집안을 보존하기에 더욱 절실하여 한 번 일이 터지자 먼저 도망쳐서 백성이 쳐다보게 했다. 나라에서 백성을 사랑하고 기르는 것은 장차 백성을 나라의 근본으로 삼아서 나라와 함께 목숨 바쳐 지키게 하려는 것이다. 그러나 백성은 또 어리석어서 분수와 의리를 모르기에, 각자의 한 마음이 이익으로 꾀면 이끌리고 위엄으로 위협하면 겁을 먹어 마침내 적병에게 도움을 주는 꼴이 된다. 이른바 모진 바람 속의 굳센 풀*과 중류(中流)의 지주(砥柱)*처럼 몸소 2백 년 강상(綱常)*의 무거운 책임을 맡은 자가 구구한 몇몇의 호걸스러운 선비뿐이라면, 선비는 진실로 나라를 저버리지 않았도다. 나라를 다스리는 자는 선비를 저버리는 일을 많이 하지 말아야 할 것이다.

조선이 나라를 세울 때는 예의라는 두 글자에 입각했는데 나라가 위태롭게 되자 예의가 황폐해져서, 선비들이 망하는 것을 붙잡는데도 끝내 예의 두 글자의 효험을 보지 못했다. 비록 성스러운 천자께서 한 번 노하심에 중원의 여러 영웅들이 목숨을 가볍게 여기고 수만 명의 굳센 군사들이 기꺼이 죽으려고 한들, 또한 어찌 없어진 나라를 있게 할 수 있겠는가. 취하는 것은 남에게 힘입더라도 지키는 것은 나에게 있는 것이다. 내가 시 한 편을 지어 그 임금과 신하에게 준다.

....

* 모진……풀: 아무리 어려운 일을 당해도 뜻을 굽히지 않는 사람을 비유하는 말이다. 당나라 태종(太宗)이 소우(蕭瑀)를 칭찬하면서 내려 준 시에 "모진 바람 속에서 굳센 풀을 알게 되고, 난리 속에서 충성스러운 신하를 알게 된다[疾風知勁草 板蕩識誠臣]."라고 한 데서 나왔다.《구당서(舊唐書)》권63〈소우열전(蕭瑀列傳)〉.
* 중류(中流)의 지주(砥柱): 지주는 황하(黃河)의 중류에 우뚝 솟아 있는 바위섬이다. 황하의 세찬 물결에도 꿋꿋하게 서 있는 모습으로 인하여 지조가 굳으며 한 몸에 중책을 지고 난국을 수습할 수 있는 사람을 비유하는 말로 쓰인다.
* 강상(綱常): 삼강(三綱)과 오상(五常)을 아울러 이르는 말이다. 곧 사람이 지켜야 할 도리를 뜻한다.

예의 있는 군신은 통곡하지 말고	禮義君臣勿痛號
이제부터라도 자세히 웅대한 병법서 읽을지니	從今仔細讀雄韜
무딘 창 이미 상했지만 부지런히 날카롭게 갈고	已殘鈍戟勤加利
낮은 성 벌써 무너졌지만 도와서 더욱 높게 쌓으라	旣破卑城助益高
응당 큰 갓을 바꾸어 장수의 모자 만들고	宜易大冠爲武弁
마땅히 넓은 소매 고쳐 군복을 만들어야 하네	當更寬袖作征袍
중흥은 예부터 많은 어려움 말미암는 것이니	中興自古由多難
노력하고 다스려서 수고롭다 탄식하지 말지어다	努力經綸莫歎勞

- 명산 중에 금강산(金剛山)을 빼놓고 의사 중에 조헌(趙憲)을 빠뜨렸으니, 몰라서 그런 것인가. 탄식할 만하다. 또한 잘못된 곳이 많으니, 지시해 준 사람이 말하지 않은 것인가. -

창의사(倡義使) 김천일(金千鎰)* 제문
-오종도(吳宗道)*-

만력 22년 계사년(1593, 선조 26) 9월 임자삭 초열흘 임술에 감독남북제군 병독조선병마 경략 병부참모군사 무거지휘사(監督南北諸軍幷督朝鮮兵馬

....

* 김천일(金千鎰): 1537~1593. 임진왜란이 일어나자 고경명, 박광옥(朴光玉), 최경회 등에게 글을 보내 창의기병(倡義起兵)할 것을 제의했다. 수원 등지에서 의병 활동을 하다가 1592년 8월쯤부터 창의사라고 일컬어졌다. 이후 강화에서 활동하다가 왜군이 한양에서 철수하자 추격하여 경상도로 내려왔다. 제2차 진주성 전투에 참여했다가 아들과 함께 순절했다.

* 오종도(吳宗道): ?~?. 명나라의 장수이다. 계사년(1593) 이후 조선에 오래 머물면서 깊이 알게 된 사정을 매번 상사(上司)에 설명하였으며, 정유년(1597)에는 또 군문(軍門) 형개(邢玠)에 소속되어 잇따라 수군을 이끌고 나왔다. 경자년(1600) 11월에 돌아갔다. 돌아가고 나서도 조선의 경대부와 서신을 통하는 등 시간이 갈수록 더욱 친근한 정을 보여주었다.

經略兵部參謀軍事武擧指揮使) 오종도는 삼가 양과 돼지를 올려 조선국 창의
사 김장군의 영구(靈柩) 앞에 제사를 올립니다.

무릇 사람이 하늘과 땅 사이에 죽어서도 더욱 사는 사람이 있고, 살아
있어도 더욱 죽는 사람이 있습니다. 살아 있어도 더욱 죽는 사람으로는
도도히 흐르는 물처럼 천하 사람이 모두 그러하지만, 죽어서도 더욱 사
는 사람의 경우로는 내가 창의사 김장군에게서 감동한 바가 있습니다. 장
군은 바다 오랑캐가 미쳐 날뛰어 임금께서 초야에 계시고 온 나라 팔도에
견고한 성이 거의 없는 때에 오직 대나무를 들어 깃발로 삼고 나무를 깎
아 무기를 만들어* 팔을 걷어붙이고 한 번 외치니, 호걸들이 메아리처럼
응하여 의사 천여 명이 모였습니다. 서로 이 한강의 물가에 주둔하여 왜
적과는 생사를 같이하지 않겠다고 맹세하니, 장군의 명성이 안팎에 빛났
습니다. 이에 저도 나랏일을 보다가 여가(餘暇)에 가서 읍하고 한 번 뵈었
는데,* 이내 마치 전부터 알던 사이처럼 정성스럽게 대해 주셨습니다.

당시 왜놈들이 장차 강화를 청하려고 하자 장군이 문득 분개하여 언짢
아하면서 늘 "이놈들을 모두 섬멸한 뒤에 아침을 먹고자 한다."라고 했습
니다. 그 뜻과 공을 비록 이루지는 못했지만, 장군의 명성은 이로 인해 더
욱 떨쳐지게 되었습니다. 그러므로 왜놈들은 항상 송(宋)나라의 일과 지
금의 일을 가지고 사사로이 생각하기를, '무목(武穆)이 죽지 않았다면 화

....

* 대나무를……만들어: 한나라 가의의 〈과진론(過秦論)〉에 "나무를 깎아 무기를 만들고 대나
무를 들어 깃발로 삼으니, 천하가 구름처럼 모여들고 메아리처럼 응하여 양식을 싸 들고 그
림자처럼 따랐다."라고 한 말을 인용했다.《문선(文選)》권51 〈과진론〉.
* 한 번 뵈었는데: 원문의 일식대언(一識對焉)은《건재집(健齋集)》에 의거하여 일식형언(一識
荊焉)으로 수정하여 번역했다. 당나라의 한조종(韓朝宗)은 형주 장사(荊州長史)로 명망이 높
아서 한형주(韓荊州)로 일컬어졌다. 이백(李白)의 〈한형주에게 보내는 편지[與韓荊州書]〉에
"태어나서 만호후에 봉해지기보다는 단지 한 번 한형주를 알기를 원합니다[生不用萬戶侯 但
願一識韓荊州]."라고 한 말을 인용했다. 평소 존경하는 인물을 한 번 보고 싶다는 뜻으로 흔
히 쓰인다.

의(和議)가 이루어지지 못했을 것이니,* 김장군이 죽지 않고서는 강화가 결정되지 못하겠다.'라고 여기며, 아침저녁으로 계획하여 오직 기필코 장군을 죽이는 것을 일로 삼았습니다.

흩어져 없어지고 남은 병졸들을 거느리고 진주를 지킬 때 마침 최경회 군도 있었는데, 최군은 왜놈들이 예부터 더욱 꺼리던 사람이었습니다. 그런 까닭에 왜놈들이 대군으로 억누르고 몇 겹으로 거듭 포위하여 참새 한 마리 빠져나가지 못하게 하여 반드시 두 공을 잡은 뒤에야 그만두려고 했습니다.

이때 저는 명령을 받고 전라도에 와서 지키게 되었는데, 가는 도중에 장맛비를 만나서 죽산에 머물러 묵었습니다. 별안간에 바람이 거세게 불고 번개가 치면서 모래가 날리고 나무가 뽑혀 마치 우리의 갈 길을 재촉하듯 했습니다. 저는 빗속을 뚫고 전진하여 남원에서 이틀을 묵었는데, 진주에서 날아온 보고에 화살이 다 떨어지고 먹을 것이 고갈되어 성이 함락된 지 며칠 되었고 장군 부자와 최군이 모두 적을 꾸짖다가 죽었다고 했습니다. 저는 비로소 죽산의 장맛비는 곧 장군 부자의 눈물이고 거센 바람과 천둥 번개는 장군 부자의 편치 않은 기운이었음을 알았습니다.

아, 장군이 어찌 눈물을 흘리시겠습니까. 장군의 명성은 만고에 썩지 않으리니, 장군은 죽지 않은 것입니다. 나라를 위해 성실하게 도모하지 않아서 군부가 파천(播遷)하기에 이르고 군대를 끼고 구원하지 않아서 성읍이 잿더미가 되게 하고도 도리어 뻔뻔하게 얼굴을 들고 조정에서 의관을 갖추고 있는 자들과 비교해 볼 때, 저들이 비록 살아 있다고 한들 어찌 장군의 죽음만 같겠습니까.

아, 어찌하여 하늘은 도와주지 않으시어 장군 부자가 죽게 하셨는가.

....

* 무목(武穆)이······것이니: 무목은 송나라의 충신인 악비(岳飛)의 자이다. 악비는 북송(北宋)을 멸망시킨 금나라와 싸워서 중원을 회복하려고 했으나 간신 진회(秦檜) 등 주화파(主和派)에 의해 반역을 꾀한다는 무고를 당하여 죽임을 당했다.

절의를 모두 이루어 우리의 강상을 세우셨도다. 유명(幽明)을 영원히 달리했지만 꿈속에서도 사모합니다. 좋은 벗과 영원히 작별하며 나의 한 잔 술을 올립니다.

정언(正言) 황신(黃愼)*이 세자 저하께 올리는 소

—

삼가 아룁니다. 지금의 상황을 의논하는 자들이 말하기를, "서경(西京, 평양)의 적은 대적할 수가 없고 명나라 장수와의 약속은 어길 수가 없습니다. 세자 저하께서는 결코 몸소 화살과 돌을 무릅쓸 수 없고 주상 전하의 행차는 결코 평안도에 오래 머물러서는 안 됩니다."라고 합니다. 이는 모두 이해타산을 가지고 의논하여 대의를 알지 못하는 것입니다.

무릇 이로움과 해로움을 대비해서 말한다면, 사람들이 모두 이로운 데로 가고 해로운 데는 피하려고 할 것입니다. 하지만 의리와 이로움을 대비해서 말한다면, 누가 의리를 우선해야 하고 이로움을 뒤로 해야 함을 모르겠습니까. 하물며 이로움을 구하는 사람은 이로움을 꼭 얻을 수 있는 것도 아닌데 해로움이 이미 따르고, 의리를 따르는 사람은 비록 이로움을 구하지 않더라도 저절로 이롭지 않음이 없으니, 이 점은 더욱 살피지 않을 수 없습니다. 이제 소인이 청컨대, 먼저 대의가 있는 바를 말씀드리고 다음으로 이로움과 해로움에 대해서 말씀드리고자 합니다.

아, 군신과 부자의 윤리는 하늘과 땅이 다하도록 바뀌지 않아, 지금과 옛날이 혹 다르거나 중원과 오랑캐에 차이가 있을 수 없습니다. 이 때문에 임금이 있으면 임금을 위하고 아버지가 있으면 아버지를 위하여 오직 계시는 곳에 목숨을 바칠 뿐입니다. 사람이라면 군신이 있음을 누가 알지 못하고 부자가 있음을 누가 알지 못하겠습니까. 그러나 오직 사사로운 뜻

....

* 황신(黃愼): 1560~1617. 임진왜란 때 명나라의 요구에 의해 무군사(撫軍司)가 설치되고 명나라 사신의 재촉을 받아 세자가 불편한 몸을 이끌고 남하했는데, 이때 황신도 동행했다.

에 빠져서 이치를 분명하게 보지 못하기 때문에,* 잠깐 이해관계를 보면 문득 남과 나를 구분하게 되고 순차적으로 임금을 버리고 부모를 뒷전으로 여기는 지경에 이르러 스스로 불의한 지경에 빠지는 줄도 모르게 됩니다. 아, 애통함을 금하지 못하겠습니다.

오늘날의 일로 말하면 나라가 업신여김을 당함이 지극하다고 할 만하며, 추악한 오랑캐가 함부로 모욕함이 심하다고 할 만합니다. 종묘가 망하고 사직이 빈터가 되었습니다. 주상께서 파천하시고 능침(陵寢)이 무너져 버렸으니, 이는 진실로 신하로서 차마 말할 수 없는 원통한 일입니다. 오늘날의 마땅한 계책은 신하로서 차마 말할 수 없는 이 원통함을 생각하여 섶에 눕고 창을 베면서* 나라의 치욕을 씻기를 기약하고 이 적들과는 같은 하늘 아래에서 살지 않겠다고 다짐하는 것입니다. 어찌 일각이라도 편안함을 탐하여 이처럼 큰 원수를 잊을 수 있겠습니까. 그런데도 의논하는 자들은 오히려 "적의 기세가 한창 거세고 우리의 병력은 고립되고 약한데다가 여러 번 패한 뒤에 장수와 병사들이 두려워하고 겁을 먹으니, 결코 쉽게 적에 대항해서는 안 된다. 명나라 군대가 오기를 기다려야만 비로소 적을 소탕할 수 있다."라고 합니다. 아, 이것이 어찌 신하가 복수하는 큰 계책이겠습니까.

전(傳)에 말하기를, "인(仁)하면서 그 어버이를 버리는 사람은 없고, 의

---

* 이치를…… 때문에: 원문의 견리불명(見利不明)은 문맥을 살펴 견리불명(見理不明)으로 수정하여 번역했다.
* 섶에……베면서: 복수하기 위해 치욕을 참고 견딤을 뜻한다. 섶에 눕는다는 말은 춘추시대 오왕(吳王) 부차(夫差)가 복수를 다짐하며 섶에 누워 잤다[臥薪]는 고사에서 유래했다. 창을 벤다는 말은 동진(東晉)의 유곤(劉琨)이 친구인 조적과 함께 북벌을 하여 중원을 회복할 뜻을 지니고 있었는데 조적이 먼저 기용되었다는 말을 듣자, "내가 창을 머리에 베고 아침을 기다리면서 항상 오랑캐를 섬멸할 날만을 기다려 왔는데, 늘 마음에 걸린 것은 나의 벗 조적이 나보다 먼저 채찍을 잡고 중원으로 치달리지 않을까 하는 점이었다."라고 한 고사에서 유래했다. 《동파전집(東坡全集)》 권100 〈의손권답조조서(擬孫權答曹操書)〉, 《진서》 권62 〈유곤열전(劉琨列傳)〉.

로우면서 그 임금을 뒷전으로 여기는 사람은 없다."*라고 했습니다. 무릇
신하와 자식 된 사람이 임금과 부모를 위하여 적을 토벌하고 복수하는 것
은 진실로 하루가 급합니다. 어찌 남에게만 의지하고 자신은 손을 쓰지
않을 수 있단 말입니까. 설사 명나라 군대가 이 적을 모두 섬멸했다고 해
도 우리가 해야 할 도리를 진실로 하지 않는다면, 신하와 자식 된 의리에
오히려 유감이 있을 것입니다. 그런데 하물며 믿을 수 없는 명나라 군대
는 어떻겠습니까? 제 생각에 명나라 군대는 성원(聲援)을 해 줄 수는 있어
도 전적으로 그 힘에 기댈 수는 없을 듯합니다.

심장군(沈將軍)이 왔을 때, 50일을 기한으로 약속하여 스스로 싸움을 늦
출 계책으로 삼았습니다.* 그러나 거짓으로 화친하고 항복하는 것은 저들
이 잘하는 짓입니다. 저들 역시 이것으로 우리를 방심하게 하는 것을 좋
은 계책이라고 여길지 어찌 알겠습니까. 지금 곧이곧대로 약속을 지켜 군
대를 거두어 물러나 지키면서 작은 종기를 길러 악성 종기가 되기를 기다
리듯이 하여 노련하고 숙련된 군사들이 적에게 요충지를 허용하고도 아
무 일이 없는 때인 것처럼 한다면, 50일 안에 얼마나 많은 곡식을 없애고
몇 사람의 생명을 해칠지 알 수 없습니다. 이를 생각하면 기가 막힙니다.

또 이보다 더 염려스러운 점이 있습니다. 명나라 장수가 왜와 서로 만
났을 때 왜적의 말투가 몹시 거만한데도 나무라지 않았고, 묻고 대답할
때는 또 스스로 몸을 낮추기에 겨를이 없었으며, 화친을 약속하는 말도

....

* 인(仁)하면서……없다:《맹자》〈양혜왕 상(梁惠王上)〉에 나오는 말이다.
* 심장군(沈將軍)이……삼았습니다: 심장군은 심유경(沈惟敬, ?~1600?)이다. 명나라 장수 조
  승훈(祖承訓)이 평양성에서 패하고 나자 왜적이 더욱 교만해져 서쪽으로 올라가겠다고 위
  협했다. 이에 명나라 조정에서 심유경을 보내 왜장 고니시 유키나가(小西行長)와 담판을 짓
  게 했다. 심유경이 의주 땅은 명나라 땅이라고 하며 왜군이 머물 수 없다고 하자, 왜장이 우
  선 회보(回報)할 때까지 기다리라며 물러갔다. 이에 심유경이 갔다가 돌아오는 기간을 50일
  로 정한 뒤, 그동안에는 왜군의 무리가 평양의 서북쪽 10리 밖으로 나오지 못하고 조선의 군
  사도 10리 안에는 들어가지 못하게 하는 조건으로 나무를 세워 금표(禁標)를 하고 돌아왔
  다.《국역 선조수정실록》25년 9월 1일.

시종 간곡했다고 합니다. 비록 "병가는 남을 속이는 꾀를 꺼리지 않는다"고는 하나, 결국에는 거짓으로 한 일이 진짜가 될지 어찌 알겠습니까. 만일 명나라 조정의 의논이 이러한 하수(下手)에서 나와서 그들의 통신을 허락하고 조서를 내려 화해하게 하여 두 나라로 하여금 서로 공격하지 말도록 하는 것이라면, 명나라 조정의 명령을 어길 수 없고 군부의 원수는 잊을 수 없으니 싸우고자 하면 천자의 조서(詔書)에 걸리고 싸우지 않으면 이 원수를 갚을 수가 없습니다. 이때에는 아무리 정예병 백만 명과 모사(謀士) 천 명이 있어도 저하를 위하여 계책을 쓸 수 없습니다. 그렇다면 오늘날의 명나라 군사는 믿을 수 없을 뿐만 아니라 훗날의 우환을 열어 줄 뿐입니다. 어찌하여 헛되이 세월을 보내며 앉아서 기회를 잃어 50일의 근심을 군부에게 거듭 끼치고 복수하여 부끄러움을 씻을 생각을 하지 않는단 말입니까.

　의논하는 자들이 또 말하기를, "평안도는 적의 소굴과 매우 가깝고 또 병력이 없으니, 마땅히 양호 근처로 가서 회복을 도모해야 한다."라고 합니다. 이는 오로지 난리를 피하기만 하려는 것은 아닌 듯하지만, 의리에 입각해서 헤아려 보면 또한 안 되는 점이 있습니다. 서경에서 의주까지의 거리는 하루 거리도 안 되는데 의주는 군부께서 계신 곳이니, 서경의 적은 실로 지금 문 앞에 있는 것입니다. 지금 마침내 문 앞의 적을 버리고 멀리 다른 도로 간다면, 서경의 적들이 반드시 뒤를 돌아볼 걱정이 없어서 마음대로 돌진할 것입니다. 가령 순안(順安)이 한 번 무너져 서로(西路, 황해도와 평안도 지역)를 지키지 못하기라도 한다면, 주상께서 머무시는 곳에는 다시 뒷길이 없게 됩니다. 저하께서는 어찌 차마 먼 곳으로 물러나 있으면서 달려가 구원하지 않으실 수 있습니까. 전하께서 계신 곳이 적이 있는 서경과 지극히 가깝고 저하가 머무시는 곳이 매우 먼 상황에서, 만약 갑작스러운 근심이 생기면 아무리 급히 난리에 달려가려고 해도 마구 들이닥치는 환란에 가서 구원할 수 없을 것입니다. 군부에게 적을 남겨

두는 것도 오히려 안 되는데, 하물며 적에게 군부를 남겨 둔단 말입니까.

오늘날 조정에 있는 신하들은 호랑이 같은 서경의 적을 두려워하여 한 사람도 적을 치자고 말하지 않고, 너도나도 달아날 계책을 세우는 것을 상책으로 알고 있습니다. 만약 적이 이 말을 듣게 된다면 삼십육책(三十六策)*의 조소를 면할 수 없을 것입니다. 호전(胡銓)의 말에, "조정에 가득한 사람이 모두 여인네들이다."라고 했는데,* 오늘날 조정의 신하들은 이 말에 가깝지 않겠습니까. 그러나 고량(高凉)의 선씨(洗氏)는 일개 부인인데도 오히려 임금을 위해서 적을 칠 줄 알았으니,* 만일 조금이라도 예의를 아는 부인이 그러한 말을 듣는다면 또한 반드시 원수를 잊고 구차하게 사는 것을 부끄럽게 여겨 나란히 비교되는 것을 수치스러워 할 것입니다.

아, 한양의 적은 곧 서경의 적이고, 훗날 조정에 있을 신하는 곧 오늘날 조정에 있는 신하입니다. 오늘날 이처럼 서경의 적을 두려워하니, 훗날 한양의 적을 본다면 어찌 유독 두려워하지 않겠습니까. 이러한 조정의 신하에게 이 적을 섬멸하는 일을 도모하게 하고 수수방관하며 물러나 앉아서 성천(成川)의 고사를 한결같이 따른다면, 저하께서 비록 다른 도로 멀리 가신다고 하더라도 가시기만 수고롭고 끝내는 피난한 모양새가 되고

....

* 삼십육책(三十六策): 유송(劉宋) 때의 장군 단도제(檀道濟)는 지략이 뛰어나서, 고조를 따라 북벌할 적에 선봉장으로 누차 공을 세워 명장으로 이름이 났다. 나중에 남제(南齊)의 왕경칙(王敬則)이 매우 급한 때를 당하여 어떤 사람에게 고하기를 "단공(檀公)의 삼십육책 가운데 주(走)가 상책이었으니, 너희들은 응당 급히 도주해야 한다."라고 한 데서 유래한 말이다. 달아나는 것이 상책이라는 뜻이다. 《송서(宋書)》 권43 〈단도제열전(檀道濟列傳)〉.

* 호전(胡銓)의……했는데: 원문의 호전(胡詮)은 《송사》에 의거하여 호전(胡銓)으로 수정하여 번역했다. 호전은 송나라 때의 충신이다. 이 말은 《역대명신주의(歷代名臣奏議)》 권349에 실린, 1164년에 호전이 병부시랑을 지내면서 올린 상소에 보인다.

* 고량(高凉)의……알았으니: 선씨(洗氏)는 고량 태수 풍보(馮寶)의 아내이다. 수(隋)나라 초기에 영남에서 선씨를 추대하여 임금으로 삼고 그 경내를 지켰는데, 얼마 지나지 않아 수나라에 항복했다. 번우이(番禺夷)의 왕이 배반했을 때에는 선씨가 쳐서 평정했다. 이로 인해 초국부인(譙國夫人)에까지 이르렀으며, 죽어서는 성경(誠敬)이라는 시호도 받았다. 《수서(隋書)》 권80 〈열녀열전(烈女列傳) 초국부인〉.

말까 걱정스럽습니다. 저하께서 만약 스스로 더욱 힘쓰시고 또 일을 일 삼지 않는 여러 신하들을 독려하여 서로 힘을 다하고 마음을 합쳐 굳세 게 나아가 토벌하신다면, 서경의 적이 아무리 강해도 소탕하기가 어렵지 않을 것입니다. 알지 못하겠습니다. 저하께서는 한양과 서경의 적 가운데 어떻게 선택하셨길래 기필코 이쪽을 버리고 저쪽으로 가시고자 하는 것 입니다까.

　삼가 생각건대, 저하께서는 이미 감무(監撫)*의 명을 받고 오랫동안 회 복하는 책임을 맡아 동쪽으로 오신 지 여러 달이 되었습니다. 그런데 아 직까지 작은 땅이라도 회복하여 조금이나마 군부의 치욕을 씻지 못하시 고, 기력도 없고 나태하시며 한결같이 뒤로 물러나 움츠리고, 잠깐 적이 온다는 소식을 들으면 오직 깊숙이 피신하지 못할까를 두려워하십니다. 저하께서는 훗날 무슨 낯으로 전하를 대하려고 하십니까. 또 저하께서는 장차 두려워 겁을 먹고 달아나는 여러 장수들을 어떻게 꾸짖으려 하십니 까. 하늘에 계신 여러 선왕의 영령께서 기꺼이 나에게 자손이 있다고 말 씀하시겠습니까. 온 나라의 신하와 백성이 기꺼이 우리 임금의 아들이 우 리 임금의 원수를 갚았다고 말하겠습니까. 신령이 위에서 노여워하고 백 성이 아래에서 원망하니, 저하께서 장차 신령과 사람들에게 스스로 해명 하지 못하실까 삼가 걱정스럽습니다.

　기(記)에 말하기를, "군부의 원수와는 같은 하늘 아래 살 수 없다."*라고 했으니, 그자와는 하루도 함께 살 수 없음을 밝힌 것입니다. 오늘날 원수 와 같은 하늘 아래에 산 지 며칠입니까? 저하께서 적을 토벌하는 것이 하 루 늦어지면 하루 동안의 책임을 방기하는 것이고, 한 달이 늦어지면 한 달 동안의 책임을 방기하는 것입니다. 두려워하지 않을 수 있겠습니까.

·········
*　감무(監撫): 왕세자가 임금을 도와서 국사를 감독하고 군사를 순무(巡撫)하던 일을 말한다. 감국무군(監國撫軍)의 준말이다.
*　군부의……없다:《예기》〈곡례상(曲禮上)〉에 나오는 말이다.

그러므로 소인의 어리석은 소견으로 삼가 생각건대, 지금 할 수 있는 일은 나아가서 토벌하는 것 외에는 달리 좋은 대책이 없습니다.

옛날에 만승(萬乘)*의 임금도 오히려 직접 출정한 일이 있습니다. 하물며 저하께서는 이제 비로소 동궁에 드시어 위로 주상이 계십니다. 신하이자 자식이 되신 몸인데, 임금과 아버지의 위태로움을 목격하고도 어찌하여 앉아서 구경만 하고 구원하지 않으며 구차하게 안일함만 찾으십니까. 오늘날 저하께 꼭 맞는 계책으로, 친히 삼군(三軍)을 거느리고 몸소 화살과 돌을 무릅쓰면서 애통해 하는 교서를 내려 인심을 격동시키고, 원수(元帥) 이하로 명을 따르지 않는 자를 효수하여 사기를 돋우시며, 제때에 적을 공격하여 성을 등지고 일전(一戰)을 벌이는 계획을 실행하는 것보다 좋은 것이 없습니다. 그렇게 하신다면, 비록 소인처럼 쓸모없고 용렬한 자라도 오히려 간장(肝腸)과 뇌수를 땅에 쏟아 가며 사졸들보다 앞에서 싸우고자 할 것입니다. 혈기가 있는 사람이라면 누가 피눈물을 흘리며 떨쳐 일어나 물러서지 않고 싸우다 죽을 생각을 하지 않겠습니까.

게다가 오늘날의 형세는 싸워도 위태롭지만 싸우지 않아도 위태롭습니다. 앉아서 망하기를 기다리기보다는 한 번 결전을 벌여 마음에 유감이 없도록 하는 것이 낫지 않겠습니까. 설령 불행한 일을 당하더라도 곧 군신 상하가 사직을 위하여 함께 죽는 것입니다. 수풀 사이에서 살기를 구하고 목구멍 아래에서 숨기운을 얻는 것보다 오히려 낫지 않겠습니까.

또 소인이 듣건대, 서경의 적은 만 명이 채 안 되고 관군과 의병은 족히 배가 된다고 합니다. 저들은 적고 우리는 많으며, 저들은 간사하고 우리는 바르며, 저들은 교만한 군대이고 우리는 의롭게 일어났으며, 저들은 성질이 추위를 견디지 못하고 우리는 활과 화살이 곧고 강합니다. 이렇게

---

* 만승(萬乘): 승(乘)은 병거(兵車)의 대수이니, 고대에는 병거의 대수를 국력으로 평가했다. 병거 1대에는 통상 군마(軍馬) 4필, 갑사(甲士) 3명, 보졸(步卒) 72명, 취사병(炊事兵) 25명이 배속되었다. 만승은 만승의 수레를 낼 수 있는 천자의 나라를 가리킨다.

전란을 싫어하는 인심을 인하여 재앙을 내린 것을 후회하는 하늘의 뜻에 답한다면, 이치와 형세로 따져 볼 때 가서 이기지 못할 리가 없습니다. 만약 명나라 군대의 성원에 힘입어 북을 치며 전진해서 동서로 협공하여 이적을 토벌한다면, 삼군의 사기가 싸우지 않고도 저절로 배가 되어 서경의 적을 하루도 안 되어 섬멸할 수 있을 것입니다. 그러한 뒤에 여러 장수를 나누어 보내서 함께 잔적(殘賊)을 섬멸하고 친히 대군을 거느려 곧은길을 따라 계속 전진한다면, 한양 이북은 다시 싸우지 않고도 회복할 수 있을 것입니다. 어찌 통쾌하지 않겠습니까. 저하께서는 어찌하여 이러한 계책을 꺼려 과감하게 실행하지 않으십니까.

삼가 바라건대, 저하께서는 혁혁히 떨쳐 일어나 이 뜻을 굳게 정하시어 떠다니는 의논에 따라 바꾸지 마시고 이해관계에 흔들리지 마십시오. 밝게 대의를 내걸어 지극한 치욕을 씻어서 위로 군부의 근심을 풀어 드리고 아래로 신하와 백성의 바람을 이루어 주십시오. 그렇게 해 주신다면 종묘사직에 매우 다행스러울 것이며, 국가에도 매우 다행스러울 것입니다.

소인이 또 생각건대, 저하는 충분히 어질고 총명하시지만 웅건하고 군센 자질은 부족하신 듯합니다. 이 때문에 일을 처리할 때 군세고 과감하게 망설임 없이 결단하지 못하시고 우유부단한 기운이 점점 일어 의지가 시들어지십니다. 그러니 명령을 내리고 시행하게 하는 것이 크게 인심을 위로하지 못하며, 상벌이 혹 분명하지 않은 경우가 있고 정령이 혹 행해지지 않는 경우가 있습니다. 초야에서 글을 올리는 사람들은 다만 빈말로 장려를 받을 뿐 달리 실제로 시행됨을 받는 일이 없고, 전쟁에 나가는 사졸들은 한갓 헛글로 위로만 받을 뿐 마음을 써 주시는 은혜를 입지 못합니다. 아침저녁으로 함께 거처하는 사람으로 환관 몇이 있을 뿐 신하와 자주 만나서 시무(時務)를 묻지 않으시고, 경연에서 강론하는 것은 겨우 《소학(小學)》몇 장일 뿐 노련하고 성취한 사람을 가까이해서 의리를 밝히지도 않으십니다.

적을 토벌할 뜻이 독실하지 않은 것은 아닌데 늘 용렬한 사람에 의해 뜻이 무너지고, 난을 평정할 정성이 지극하지 않은 것은 아닌데 볼 만한 실효가 아직도 없습니다. 느긋하게 고식책(姑息策)*으로 구차하게 시일만 보내시어, 순차적으로 은택이 아래에 미치지 못하고 인정이 위로 통하지 못해서 백성이 실망하고 병사들이 흩어지기에 이르렀습니다. 이는 모두 나라를 회복하는 데 크게 꺼려야 할 바이고, 저하께서 마땅히 경계하셔야 할 바입니다.

무릇 일을 할 때에도 모름지기 뜻을 세워야 하는데, 하물며 이처럼 적을 토벌하고 복수하는 것이 어떤 일인데 이 뜻을 -원문 빠짐- 세우시 않을 수 있단 말입니까. 이제 마땅히 전날의 잘못을 통렬히 고치고 다시 더욱 독려하며 크게 결단을 내려 분연히 시행하셔야 합니다. 그렇게 하신다면 중흥의 사업이 반 이상 이루어진 것입니다. 삼가 바라옵건대, 저하께서는 이에 유념하소서. 재결해 주소서. 10월 모일.

공주의 부로(父老)와 군민에게 유시하는 글

-황사숙(黃思叔)*-

—

왕세자는 다음과 같이 말하노라. 내 인생에 이같이 온갖 근심을 만나 많은 어려움을 견디지 못하겠는데, 백성은 노고가 조금은 풀렸을 텐데 어찌하여 일어나야 할 때 일어나서 함께 구제해 주지 않는가. 나의 속마음을 토로하여 너희 부로들과 사서(士庶, 사대부와 서인)에게 고하노라.

지난해에 파천한 일을 생각하면 당시의 어렵고 위태로운 상황을 차마 말할 수 있겠는가. 한의 -원문 빠짐- 모퉁이에 체류하여 부로들의 바람이 얼마나 간절했던가. 전하께서 고국으로 돌아와 다행히 천지의 은혜를 입

---

* 고식책(姑息策): 우선 당장 편한 것만을 택하는 꾀나 방법이다.
* 황사숙(黃思叔): 사숙은 황신의 자이다.

으셨도다. 막힘이 극에 달하면 통하는 때가 오는 법인데, 어찌하여 전쟁이 계속되어 화가 얽히는가. 백성은 지금 위태로운데, 하늘을 바라보면 흐리멍덩하다. 나는 오히려 어디로 돌아가야 하는가. 사방을 돌아보면 근심스럽도다.

생각건대, 난리를 만나 피폐해졌고 너희들의 생계도 막연해졌다. 운송하느라 피로하여 사람은 어깨에 피멍이 들고 말은 등에서 땀이 나는데, 세금을 독촉하여 집마다 포(布)를 거두고 밭에서는 쌀을 거둔다. 게다가 명나라 군사들이 왕래하고 천자의 사신마저 계속 이어지니, 병든 뒤에 볼아붙이고 춥고 굶주린 데에 매질을 하는 격이다. 곡식을 타당하게 거두어 가지 않으니, 성상의 마음을 아는 자가 몇이나 되겠는가. 이웃과 족속에게서 침탈당하여* 괴로움을 호소하니, 백성을 해치는 자들이 실로 많구나. 노고는 연도(沿道, 행차가 지나가는 길목)에서 기인하니, 도탄에 빠진 것이 도리어 적이 지나간 곳보다 심하도다. 하물며 지금 여러 도에서 마련하는 물자는 또한 양호에서 힘입는다. 고혈과 근골을 짜내어 안 가져가는 물건이 없고, 노역에 분주하니 어찌 잠시라도 한가한 때가 있겠는가. 일정한 생계가 있는 부유한 사람이야 괜찮지만, 하소연할 데 없는 이 곤궁한 백성이 애처롭구나.

돌아보건대, 보잘것없는 내가 명령을 받고 오니 관아와 민가에 저장된 것이 하나도 없는데 공억(供億)*의 비용이 가중되고 충청도와 전라도의 힘은 고갈되었는데 다시 이처럼 가혹하게 징발하고 있다. 너희들은 비록 마지못해 노고를 감당하겠지만, 나는 홀로 무슨 마음으로 너희들에게 이렇게 잔인하게 한단 말인가. 생각이 여기에 미칠 때면 마치 몸에 병이 드는 듯하다. 잠도 못 자고 끼니도 거르니, 어찌 감히 잠시라도 게을리하랴. 가

....

* 이웃과……침탈당하여: 인징(隣徵)과 족징(族徵). 군정(軍丁)이 도망쳤거나 해서 군포(軍布)를 징수하지 못할 경우 이웃에게 징수하거나 그 족속에게 징수하는 것을 말한다.

* 공억(供億): 관원이나 사신의 행차에 음식 등 필요한 물자를 공급하는 것을 말한다.

숨과 머리가 아프니, 죽는 것만도 못하구나.

거듭 생각건대, 이 공주는 실로 충청도의 큰 진이다. 토붕와해된 때에는 죽기로 지킬 마음이 굳건하더니, 임금이 욕되면 신하는 죽어야 하는 때에 미쳐서는 어찌 나라의 위급함에 달려가지 않는가. 부디 너희들이 힘써 주기를 바라노니, 지금의 내 괴로운 마음을 알아달라. 한갓 부로들만 괴롭게 했으니, 무슨 혜택을 주어 부응해야 할지 몰라 부끄럽구나. 국가를 저버리지 말아야 하니, 나와 함께 싸워 주기를 바란다. 군신 간은 부자 간의 친함과 같으니, 마음이 신분의 높낮이에 따라 어찌 다르겠는가. 너희들이 괴로워하는 바는 큰일 작은 일 할 것 없이 모두 의논할 수 있고, 백성의 -원문 빠짐- 원망과 탄식은 비록 미치광이 같은 말이라도 또한 죄를 주지 않을 것이다. 지극히 작은 폐단이라고 해도 일일이 조목을 들어 말하는 것을 꺼리지 말라. 일은 -원문 빠짐- 시행할 것이 있으면, 내가 어찌 -원문 빠짐- 고치랴. 명령은 제멋대로 결단 -원문 빠짐- 스스로 응당 여쭈어 재가를 얻으리라.

이미 번(番)을 지난 군사에게 가포(價布)*와 작미(作米)*로 징수하고 이웃과 족속에게서 침탈하는 폐단은 한결같이 조정의 뜻에 의하여 모두 면제하고, 곡식을 거두는 일에도 모두 억지로 정하여 빼앗는 것을 허락하지 않겠다. 그 나머지 일체의 병폐들은 또한 유사(有司)와 상의하여 제거하게 할 것이니, 폐지할 수 없는 것은 군량을 운반하고 군사를 조련해서 원수를 갚아 치욕을 씻기를 기약하는 일뿐이다. 아직 할 수 있는 때에 게을리하지 말고, 부득이한 부역에 원망하지 말라. 윗사람을 친히 하고 어른을 위해서 죽어, 너희들은 진실로 시대의 어려움에 스스로 힘을 내도록 하라. 그렇게 한다면 공로에는 반드시 상을 주고 죄에는 반드시 징계할 것이니, 내가 감히 나라 -원문 빠짐- 혹시라도 사사로운 마음을 가지겠는가.

....

* 가포(價布): 역에 나가지 않은 사람이 그 대신 군포에 준하여 바치던 베이다.
* 작미(作米): 전세(田稅)나 공물(貢物)로 징수한 곡식을 쌀로 환산하여 받는 것이다.

아, 너희들에게 베푸는 것이 어찌 이리도 작으며, 너희들에게 바라는 것은 어찌 이리도 많은가. 2년의 전쟁은 아직도 끝나지 않았으니 옛날에 없던 환란이며, 원수와 같은 하늘 아래에 살고 있으니 나는 곧 임금을 저버린 것이로다. 만약 온 힘을 다하는 충성에 힘입는다면, 난을 평정하는 업적을 바랄 수 있을 것이다. 그래서 이와 같이 유시하노니, 응당 알리라고 생각한다.

발문(跋文)*

어릴 때부터 영의정 공*께서 손수 쓰신 《쇄미록》 7권이 종손의 집에 간직되어 있다는 말을 들었는데, 미처 읽어 보지 못하여 항상 하나의 큰 한으로 여겼다. 마침 지난해에 용인에 사시는 족형 시영(時泳)이 화수회(花樹會)*에 찾아와서 한 번 모였는데, 조상을 추모하는 말이 나와서 이 책을 간행하자는 공론이 일제히 일어났다. 이에 초본(草本) 한 질을 받들어 오는 일을 족형 시영에게 청했다. 족형이 수고로움을 사양하지 않고 친히 종손 화영(和泳)의 집에 찾아가서 일의 본말을 말했더

....

* 발문(跋文): 원문에는 보이지 않지만, 구분을 위해 제목을 붙였다. 그러나 이 발문은 《쇄미록》 전편(全篇)의 맨 뒤에 위치해야 하니, 잘못하여 이곳에 붙어 있는 것으로 보인다.
* 영의정 공: 오희문은 벼슬을 지내지 않았고, 아들인 오윤겸이 높은 벼슬에 오름으로써 영의정에 증직되었다.
* ㆍ화수회(花樹會): 일가친척의 모임을 말한다. 당나라 때 위씨(韋氏) 일가들에게는 종회법(宗會法)이 있어 멀고 가까운 친족들이 자주 한자리에 모여서 혈육의 정을 도탑게 했는데, 잠삼(岑參)의 시에 "그대의 집 형제들을 당할 수 없으니, 여러 경상(卿相)과 어사와 상서랑이 즐비하네. 조회에서 돌아와서는 늘 꽃나무 아래 모이니, 꽃이 옥 항아리에 떨어져 봄 술이 향기롭네[君家兄弟不可當 列卿御史尙書郞 朝回花底恒會客 花撲玉缸春酒香]."라고 한 고사에서 유래했다. 《전당시(全唐詩)》 권199 〈위원외가화수가(韋員外家花樹歌)〉.

니, 화영도 특별히 내주었다. 이것을 행담(行擔)* 속에 넣어 곧바로 돌아왔으니, 족형의 추모하는 정성이 매우 간절하고 돈독하다. 그런데 난리를 당해서 온 나라가 혼란하여 당시 상황이 좋지 않았기에, 곤란한 점이 있을 거라는 생각이 크게 들어 우선 간행을 멈추기로 했다. 그러나 선조가 손수 쓰신 글이 사라질까 두려워 족형과 함께 하루에 걸쳐 표지를 고친 뒤, 여러 종중(宗中)에 분배하여 각각 초본에 부기하고 또 베껴 써서 길이 사모할 수 있게 했다. 종중의 의논이 오늘에 시작되어 훗날에 마칠 수 있으리니, 몹시 다행한 일이다.

조선 개국 518년 기유년(1909, 순종 3) 8월 초 길일에 11대손 봉영(鳳泳)이 삼가 쓴다.

5개월간 베껴 씀.

....

* 　행담(行擔): 길을 가는 데에 가지고 다니는 작은 상자이다. 흔히 싸리나 버들 따위를 걸어 만든다.

〈갑오일록〉 인명록

강첨(姜籤) 1559~1611. 본관은 진주(晉州), 자는 공신(公信), 호는 죽월헌(竹月軒)
이다. 1591년 식년 문과에 급제했다. 병조좌랑으로 재직 중 임진왜란이 일어
나자 충청도 조도어사가 되어 군량 조달에 힘썼다. 이조참의, 경상도 관찰사
등을 지냈다.

경해(慶該) 1544~?. 본관은 청주(淸州), 자는 자화(子和)이다. 1588년 진사시에 입
격했다.

고성후(高成厚) 1549~?. 본관은 장흥(長興), 자는 여관(汝寬), 호는 죽촌(竹村)이다.
1583년 별시 문과에 급제했다. 선산 현감, 익산 군수 등을 지냈다.

고양겸(顧養謙) 1537~1604. 명나라의 관료이다. 호는 충암(沖菴)이고 직례(直隷)
양주부(楊州府) 통주(通州) 사람이다. 계사년(1593년) 11월에 병부시랑 송응
창(宋應昌)을 대신하여 경략이 되었다. 갑오년(1594년)에 조선에서 허욱(許頊)
을 사신으로 보내 "(일본과) 화의(和議)를 믿어서는 안 된다."는 내용으로 주
본(奏本)을 올리려 하였는데, 당시 고양겸이 요동(遼東)에 있으면서 허욱을 제

지하고 가지 못하게 하였다. 또 곧장 참장(參將) 호택(胡澤)을 조선에 파견하여 그 주본의 내용을 고쳐서 우선 강화(講和)를 청하도록 요구하였다. 이에 조선 조정에서 부득이 주본의 내용을 고친 뒤 허욱에게 주어 주문(奏聞)하게 하였다. 주화론(主和論)을 주장하여 중국 조정의 언관들로부터 비판을 받았다. 같은 해 5월에 병부로 돌아가 일을 관장하였으며 손광(孫鑛)이 그의 임무를 대신하였다.

권극정(權克正) 1575~?. 본관은 안동(安東), 자는 정부(正夫)이다. 1606년 식년 무과에 급제했다.

권극평(權克平) ?~?. 본관은 안동(安東), 자는 평보(平甫), 호는 칠송(柒松)이다. 임진왜란이 일어났을 때 최경회(崔慶會)와 함께 의병을 모집하여 진주에서 싸웠다.

권서(權恕) ?~?. 본관은 안동(安東), 자는 사추(士推), 호는 송재(松齋)이다. 예빈시 주부에 제수되었으나 관직에 나가지 않고 시골에서 학문에 전념했다.

권순(權淳) 1564~?. 본관은 안동(安東), 자는 화보(和甫)이다. 1589년 생원시에 입격했다.

김가기(金可幾) 1537~1597. 본관은 경주(慶州), 자는 사원(士元), 호는 일구당(一丘堂)이다. 오희문의 벗이며 사돈이다. 1579년 사마시에 1등으로 입격하여 이산 현감을 지냈다. 김가기의 아들인 김덕민(金德民)은 1600년 3월에 오희문의 둘째 딸을 재취로 맞았다. 1597년 정유재란이 일어나자 마을에 침입한 왜적에 맞서 대항하다가 순절했다.

김경(金璥) 1550~?. 본관은 연안(延安), 자는 백온(伯蘊)이다. 1579년 생원시에 입격했다.

김명원(金命元) 1534~1602. 본관은 경주(慶州), 자는 응순(應順), 호는 주은(酒隱)이다. 이황(李滉)의 문인이다. 임진왜란이 일어나자 순검사에 이어 팔도 도원수가 되어 한강 및 임진강을 방어했으나 중과부적으로 적을 막지 못했다. 평양이 함락된 뒤 순안에 주둔해 행재소 경비에 힘썼다. 1593년에 명나라 원병이 오자 명나라 장수들의 자문에 응했다. 1597년 정유재란 때 병조판서와 유도대장을 겸임했다.

김복억(金福億) 1524~1600. 본관은 도강(道康), 자는 백선(伯善), 호는 율정(栗亭) 또는 사우당(四優堂)이다. 1573년 진사시에 입격했다. 김제 군수, 사옹원 판관 등을 지냈다. 임진왜란 당시에는 금구 현감을 맡고 있었다.

김원록(金元祿) 1546~1627. 본관은 광산(光山), 자는 경수(景受)이다. 1588년 식년 문과에 급제했다.《국역 선조실록(宣祖實錄)》27년 10월 26일 기사에 병조좌랑을 맡고 있다가 파직된 일이 보인다. 강원도 도사, 예조정랑 등을 지냈다.

김익복(金益福) 1551~1598. 본관은 부안(扶安), 자는 계응(季膺), 호는 금릉(金陵)이다. 1580년 별시 문과에 급제했다. 충청 도사, 영광 군수 등을 지냈다. 임진왜란이 일어나자 영광 군수로서 현감 임계영(任啓英)과 함께 인근의 여러 고을에 격문을 돌려 의병을 모아 여러 차례 전공을 세웠다.

김장생(金長生) 1548~1631. 본관은 광산(光山), 자는 희원(希元), 호는 사계(沙溪)이다. 1591년에 정산 현감에 제수되었다.《국역 송자대전(宋子大全)》제208권〈사계김선생행장(沙溪金先生行狀)〉.

김존경(金存敬) 1569~1631. 본관은 광산(光山), 자는 수오(守吾), 호는 죽계(竹溪)이다. 1589년 생원시에 입격했고, 1599년 별시 문과에 급제했다. 경주 부윤 등의 벼슬을 지냈다.

김종남(金終男) 1563~1618. 본관은 광산(光山), 자는 자시(子始), 호는 요산(樂山)

이다. 나중에 이름을 김위남(金偉男)으로 고쳤다. 오희문의 매부인 김지남(金止男)의 동생이다. 1591년 진사시에 입격했고, 1602년 별시 문과에 급제했다. 병조좌랑 등을 지냈다.

김지남(金止男) 1559~1631. 본관은 광산(光山), 자는 자정(子定), 호는 용계(龍溪)이다. 오희문의 매부이다. 1591년 사마시에 입격하고, 같은 해 별시 문과에 급제했다. 1593년에 정자(正字)가 되었다. 임진왜란이 일어나 선조가 서쪽으로 피난했을 때 노모의 병이 위독하여 호종하지 못하고 호남에 머물며 의병을 소집하여 적을 막을 계책을 세웠다. 이후 여러 벼슬을 거쳐 경상도 관찰사에 이르렀다. 저서로《용계유고(龍溪遺稿)》가 있다.

김천일(金千鎰) 1537~1593. 본관은 언양(彦陽), 자는 사중(士重), 호는 건재(健齋)이다. 임진왜란이 일어나자 고경명(高敬命), 박광옥(朴光玉), 최경회 등에게 글을 보내 창의기병(倡義起兵)할 것을 제의했다. 수원 등지에서 의병 활동을 하다가 1592년 8월쯤부터 창의사라고 일컬어졌다. 이후 강화에서 활동하다가 왜군이 한양에서 철수하자 추격하여 경상도로 내려왔다. 진주성 전투에 참여했다가 아들과 함께 순절했다.

남경제(南景悌) ?~?. 본관은 고성(固城)으로, 오희문의 외사촌이다. 오희문의 외삼촌인 남지언(南知言)의 둘째 아들이다. 오희문의 어머니는 고성 남씨(固城南氏)로, 남인(南寅)의 딸이다. 오희문의 아버지 오경민(吳景閔)은 결혼하고 나서 처가인 영동에서 상당 기간 살았는데, 오희문 역시 어린 시절을 그곳에서 보내면서 남경제와도 같이 지낸 것으로 보인다. 박병련, 「제1장 오희문의 생애와《쇄미록》」, 『해주 오씨 추탄 가문을 통해 본 조선 후기 소론의 존재 양상』, 태학사, 2012, 13쪽.

남궁니(南宮柅) 1558~?. 본관은 함열(咸悅), 자는 지숙(止叔)이다. 1606년 생원시에 입격했다.

남상문(南尙文) 1520~1602. 본관은 의령(宜寧), 자는 중소(仲素), 호는 쌍호(雙湖)이다. 오희문의 매부이다. 성리학과 경사를 두루 익혔고, 명나라 경리 양호와 경학을 논하였는데, 양호가 그의 학식에 감동하였다. 고성 군수를 지냈다. 《월사집(月沙集)》 권48 〈첨지남공묘지명(僉知南公墓誌銘)〉.

남수일(南守一) 1562~1626. 본관은 고성(固城), 자는 순보(純甫)이다. 오희문의 외사촌인 남경효(南景孝)의 막내아들이다. 1603년에 무과에 급제했다. 임진왜란 때 의병을 일으킨 공으로 판관에 올랐고, 선무원종공신 2등에 책록되었다.

남언경(南彦經) 1528~1594. 본관은 의령(宜寧), 자는 시보(時甫), 호는 동강(東岡)이다. 서경덕(徐敬德)의 문인으로, 조선시대 최초의 양명학자로 전해진다. 전주 부윤, 공조참의 등을 지냈다.

남일원(南一元) 1557~?. 본관은 의령(宜寧), 자는 선숙(善叔)이다. 1588년 생원시에 입격했다.

류덕종(柳德種) 1532~?. 본관은 문화(文化), 자는 언윤(彦潤), 호는 정암(定庵)이다. 1579년 식년 문과에 급제했다.

류몽익(柳夢翼) 1522~1591. 본관은 문화(文化), 자는 경남(景南)이다. 군자감 첨정, 영덕 현감 등을 지냈다. 《국역 동강유집(東江遺集)》 제11권 〈군자감첨정류공묘지명(軍資監僉正柳公墓誌銘)〉.

류전(柳詮) 1542~?. 본관은 진주(晉州), 자는 사륜(士倫)이다. 1579년 생원시에 입격했다.

류표(柳澎) 1541~?. 본관은 문화(文化), 자는 윤숙(潤叔)이다. 1582년 생원시에 입격했다.

류형(柳珩) 1566~1615. 본관은 진주(晉州), 자는 사온(士溫), 호는 석담(石潭)이다. 임진왜란이 일어나자 창의사 김천일(金千鎰)을 따라 강화에서 활동하다가 의주 행재소에 가서 선전관에 임명되었다. 이순신(李舜臣)의 신망이 두터웠으며 삼도수군통제사 등을 지냈다.

민계(閔洎) ?~?. 본관은 여흥(驪興)이다. 상의원 별좌를 지냈다.

박동도(朴東燾) 1550~1614. 본관은 반남(潘南), 자는 문기(文起)이다. 온양 군수, 고성 군수, 마전 군수 등을 지냈고, 좌승지에 증직되었다. 1592년에 부여 현감을 임시로 맡은 일이 있다.

박동현(朴東賢) 1544~1594. 본관은 반남(潘南), 자는 학기(學起), 호는 활당(活塘)이다. 1588년 문과에 급제했다. 사간원 사간을 지냈다.

박문필(朴文弼) ?~?. 본관은 죽산(竹山)이다. 인제 현감을 지냈다.

박여룡(朴汝龍) 1541~1611. 본관은 면천(沔川), 자는 순경(舜卿), 호는 송애(松厓)이다. 임진왜란이 일어나 선조가 의주로 파천했다는 소식을 듣고 해주에서 의병 5백 명을 모아 어가를 호위해서 사옹원 직장으로 특진되었다. 저서로 《송애집(松厓集)》이 있다.

박홍로(朴弘老) 1552~1624. 본관은 죽산(竹山), 자는 응소(應邵), 호는 이호(梨湖)이다. 나중에 이름을 박홍구(朴弘耉)로 바꾸었다. 1582년 식년 문과에 급제했다. 1594년에 각 도의 군사 훈련을 권장하고 수령의 폐단을 막기 위해 암행어사로 하삼도(下三道)에 파견되었으며, 군량미 조달을 하는 전라 조도어사를 지냈다. 충청·전라도 관찰사를 지내고, 이조판서·좌의정에 올랐다.

방수간(方秀幹) 1551~?. 본관은 태안(泰安)이다. 1588년 생원시에 입격했다. 《사마방목(司馬榜目)》 만력(萬曆) 16년 무자 2월 24일에는 '방수간(房秀幹)'으로 되어 있는데, 효자 정려의 현판과 《국역 여지도서(輿地圖書)》에 의거해 볼 때 '방수간(方秀幹)'이 옳을 듯하다.

백유함(白惟咸) 1546~1618. 본관은 수원(水原), 자는 중열(仲說)이다. 백유항(白惟恒)의 동생이다. 1570년에 사마시에 입격했고, 1576년 식년 문과에 급제했다. 승정원 동부승지를 지냈다. 임진왜란이 일어나자 의주로 왕을 호종했으며 홍문관 직제학이 되었다. 명나라 군사들의 군량을 조달하라는 특수 임무를 부여받고 윤승훈(尹承勳)과 함께 군량미 2만 석을 조달했고, 이어서 정주에서도 많은 군량미를 모았다. 정유재란이 일어나자 호군(護軍)이 되어 명나라 사신 정응태(丁應泰)를 접반했다.

변협(邊協) 1528~1590. 본관은 원주(原州), 자는 화중(和中), 호는 남호(南湖)이다. 1548년 무과에 급제했다. 공조판서 등을 지냈다. 을묘왜변 때 공을 세웠다.

상시손(尙蓍孫) 1537~1599. 본관은 목천(木川)이다. 군자감 판관을 지냈고 사복시 정에 추증되었다.

성문덕(成聞德) ?~?. 본관은 창녕(昌寧)이다. 김가기의 매부이다. 성혼(成渾)을 찾아가 교유했다.

송영구(宋英耈) 1556~1620. 본관은 진천(鎭川), 자는 인수(仁叟), 호는 표옹(瓢翁), 모귀(暮歸), 일표(一瓢), 백련거사(白蓮居士)이다. 1584년 문과에 급제하여 승문원에 배속되었다가 이듬해 승정원 주서에 임명되었다. 임진왜란이 일어나자 도체찰사 정철(鄭澈)의 종사관으로 발탁되었고, 1593년에 군사 1천여 명을 모집하여 행재소로 향했으며, 3월 27일에 사헌부 지평에 임명되었다. 경상도 관찰사, 병조참판 등을 지냈다. 정유재란 때에는 충청도 관찰사의 종사관이 되었다. 《국역 선조실록》 26년 3월 27일.

송응서(宋應瑞) 1530~1608. 본관은 은진(恩津), 자는 서원(瑞元)이다. 임천 군수,

한성부참군 등을 지냈다.

송이창(宋爾昌) 1561~1627. 본관은 은진(恩津), 자는 복여(福汝), 호는 청좌와(清坐窩)이다. 1590년 사마시에 입격했다. 진안 현감, 신녕 현감 등을 지냈다. 1593년 당시 임천 군수를 지내고 있던 송응서(宋應瑞)의 아들이다.

송익필(宋翼弼) 1534~1599. 본관은 여산(礪山), 자는 운장(雲長), 호는 구봉(龜峯), 현승(玄繩)이다. 어려서 문장에 출중했지만 서출(庶出)이라는 신분의 제약으로 벼슬길에는 나아가지 못했다. 아버지 송사련(宋祀連)의 후광으로 당대 최고의 문장가들과 어울렸으며, 이산해(李山海), 최경창(崔慶昌), 백광홍(白光弘), 최립(崔岦), 이순인(李純仁), 윤탁연(尹卓然), 하응림(河應臨) 등과 함께 당대 문장가로 꼽혔다.

신경행(辛景行) 1547~?. 본관은 영산(靈山), 자는 백도(伯道), 호는 조은(釣隱)이다. 1573년 진사시에 입격했고, 1577년 별시 문과에 급제했다. 한산 군수, 충청도 병마절도사 등을 지냈다.

신괄(申栝) 1529~1606. 본관은 고령(高靈)이다. 함열 현감 신응구(申應榘)의 막내 숙부이다. 대흥 현감을 지냈다.

신벌(申橃) 1523~1616. 본관은 고령(高靈), 자는 제백(濟伯)이다. 함열 현감 신응구(申應榘)의 아버지이다. 안산 군수, 세자익위사 사어 등을 지냈다.

신응구(申應榘) 1553~1623. 본관은 고령(高靈), 자는 자방(子方), 호는 만퇴헌(晩退軒)이다. 오희문의 큰사위이다. 1594년에 재취 안동 권씨(安東權氏)가 죽고 난 뒤 오희문의 딸을 다시 부인으로 맞았다. 함열 현감, 충주 목사, 공조참의 등을 지냈다.

심열(沈說) ?~?. 본관은 삼척(三陟)이다. 오희문의 매부인 심수원(沈粹源)의 아들로, 오희문의 생질이다. 양덕 현감 등을 지냈다.《어촌집(漁村集)》권11〈부록·행장(行狀)〉.

심유경(沈惟敬) ?~1600?. 절강(浙江) 가흥(嘉興) 사람으로, 명나라에서 상인 등으로 활동했다. 병부상서 석성(石星)의 천거로 임시 유격장군(游擊將軍)의 칭호를 가지고 임진년(1592) 6월 조선에 나와 왜적의 실상을 정탐하였다. 조승훈이 제1차 평양성 전투에서 패전한 뒤 같은 해 9월 평양성에서 고니시 유키나가(小西行長)와 만나 협상하여 50일 동안 휴전하기로 하였다. 이를 계기로, 유격장군 서도지휘첨사(署都指揮僉事)에 임명되어 경략의 휘하에서 일본과의 강화협상을 전담하게 되었다. 명군의 벽제관 전투 패전 이후 협상을 통해 경성(한양)에 주둔하고 있던 일본군의 철수와 일본군에게 사로잡혔던 임해군·순화군 등 조선의 두 왕자의 석방을 이끌어내는 성과를 거두기도 하였다. 하지만 도요토미 히데요시(豐臣秀吉)를 일본 왕으로 책봉하고 조공무역을 허용하는 등 봉공(封貢)을 전제로 진행되었던 명과 일본의 강화협상이 결렬되고 1597년 정유재란이 발발하자 심유경은 명나라 장수 양원(楊元)에게 체포되어 중국으로 보내졌다. 이후 금의위(錦衣衛) 옥(獄)에 갇혔다가 3년 만에 죄를 논하여 기시(棄市, 죄인의 목을 베어 그 시체를 길거리에 내다버리는 형벌)되었다.

심은(沈訔) 1535~?. 본관은 청송(靑松), 자는 사화(士和)이다. 오희문의 인척이다. 1567년 식년 사마시에 입격했다. 연산 현감, 영월 군수 등을 지냈다. 1591년에 창평 현령이 되었다.

안효인(安孝仁) 1544~?. 본관은 순흥(順興), 자는 수선(秀善)이다. 1568년 생원시에 입격했다.

양사형(楊士衡) 1547~1599. 본관은 남원(南原), 자는 계평(季平), 호는 영하정(暎霞亭), 어은(漁隱)이다. 1588년 식년 문과에 급제했다. 이후 군자감의 봉사, 직장 등을 지냈다. 임진왜란이 일어나자 선조가 피난한 의주 행재소까지 걸어서 가기도 했다. 정유재란 때에는 변사정(邊士貞), 정염(丁焰)과 함께 의병을 모아 왜군을 토벌했다.

양산룡(梁山龍) 1552~1597. 본관은 제주(濟州), 자는 우상(宇翔)이다. 양응정(梁應鼎)의 아들이다. 1579년 생원시에 입격했다. 임진왜란 때 군량미를 모아 의병을 도왔다. 동생 양산숙(梁山璹)은 김천일과 함께 진주성 싸움에서 전사했다. 정유재란 때 피란하다가 삼양포에서 왜적을 만나 어머니와 함께 바다에 투신하여 순절했다.

양응정(梁應鼎) 1519~1581. 본관은 제주(濟州), 자는 공섭(公燮), 호는 송천(松川)이다. 1540년 생원시에 장원으로 입격했고 1552년 식년 문과에 급제했다. 광주, 진주, 의주 등지의 목사를 지냈다. 1578년에 공조참판으로 기용되어 성절사로 명나라에 다녀온 이후 나주의 박산에 조양대(朝陽臺)와 임류정(臨流亭)을 짓고 강학하며 후학을 길렀다. 저서로 《송천집(松川集)》과 《용성창수록(龍城唱酬錄)》이 있다.

여응종(呂應鍾) ?~?. 명나라 장수이다. 제독부(提督府) 참군(參軍)으로 제독 이여송의 참모 역할을 수행했다.

오윤겸(吳允謙) 1559~1636. 본관은 해주(海州), 자는 여익(汝益), 호는 추탄(楸灘), 토당(土塘), 시호는 충정(忠貞)이다. 오희문의 큰아들이며, 성혼의 제자이다. 1582년 사마시에 입격했고 영릉(英陵), 광릉(光陵) 봉선전(奉先殿) 참봉을 지냈다. 임진왜란 때는 충청도·전라도 체찰사 정철의 종사관이 된 뒤 평강 현감으로 부임하여 선정을 펼쳤다. 1597년 대과에 급제하며 동래 부사, 충청도 관찰사, 이조판서 등을 거쳐 1626년에 우의정, 이듬해 정묘호란 때에 왕세자를 배종하고 돌아와 좌의정을 거쳐 영의정에 이르렀다. 저서로 《추탄집(楸灘集)》, 《동사상일록(東槎上日錄)》, 《해사조천일록(海槎朝天日錄)》 등이 있다.

오윤성(吳允誠) 1576~1652. 본관은 해주(海州), 자는 여일(汝一), 호는 서하(西河)이다. 오희문의 넷째 아들이다. 음직으로 벼슬하여 진천 현감을 지냈다.

오윤함(吳允誠) 1570~1635. 본관은 해주(海州), 자는 여침(汝忱), 호는 월곡(月谷)이다. 오희문의 셋째 아들이며, 성혼의 제자이다. 1613년에 사마 양시(兩試)에 입격했고, 산음 현감을 지냈다.

오윤해(吳允諧) 1562~1629. 본관은 해주(海州), 자는 여화(汝和), 호는 만운(晩雲)이다. 오희문의 둘째 아들이다. 숙부 오희인(吳希仁, 1541~1568)의 양아들로 들어갔다. 양어머니는 남원 양씨(南原梁氏, 1545~1622)이고, 아내는 수원 최씨(水原崔氏, 1568~1610)로 세마(洗馬)를 지낸 최형록(崔亨祿)의 딸이다. 1588년 식년시에 생원으로 입격했고, 1610년 별시에 급제했다.

오종도(吳宗道) ?~?. 명나라의 장수이다. 자는 여행(汝行)이고 호는 석루(石樓)로, 절강 소흥부(紹興府) 산음현(山陰縣) 사람이다. 무거(武擧)를 통해 벼슬길에 나섰다. 계사년(1593) 이후 조선에 오래 머물면서 깊이 알게 된 사정을 매번 상사(上司)에 설명하였으며, 정유년(1597)에는 또 군문(軍門) 형개(邢玠)에 소속되어 잇따라 수군을 이끌고 나왔다. 무술년(1598)에 돌아갔다가 기해년(1599)에 또 수병을 이끌고 와 강화(江華)에 오래 머물다가 경자년(1600) 11월에 돌아갔다. 돌아가고 나서도 조선의 경대부와 서신을 통하는 등 시간이 갈수록 더욱 친근한 정을 보여주었다.

오희철(吳希哲) 1556~1642. 본관은 해주(海州), 자는 언명(彦明)이다. 오희문의 남동생이다. 아내는 언양 김씨(彦陽金氏)로 김철(金轍)의 딸이다.

유대경(兪大儆) 1551~1605. 본관은 기계(杞溪), 자는 성오(省吾)이다. 1591년 별시 문과에 급제했다.

유정(劉綎) 1558~1619. 명나라의 장수이다. 자는 자신(子紳)이고 호는 성오(省吾)로, 강서(江西) 남창부(南昌府) 홍도현(洪都縣) 사람이다. 계사년(1593) 2월에 흠차 통령 천귀한토관병 참장(欽差統領川貴漢土官兵參將)으로 보병 5,000명을 이끌고 나왔다가 얼마 뒤에 정왜 부총병(征倭副摠兵)으로 승진하였다. 오래도록 경상도 대구(大丘) 팔거현(八莒縣)에 주둔하였으며, 매우 검약한 생활을 하였다. 갑오년(1594년) 9월에 돌아갔다가 무술년(1598)에 흠차 제독 한토관병어왜 총병관(欽差提督漢土官兵禦倭摠兵官) 후군도독부 도독첨사(後軍都督府都督僉事)로 재차 와서 서로(西路)의 왜적을 정벌하였다. 기해년(1599) 4월에 돌아갔다.

유홍(兪泓) 1524~1594. 본관은 기계(杞溪), 자는 지숙(止叔), 호는 송당(松塘)이다. 1553년 별시 문과에 급제했다. 1587년에 명나라에 사신으로 가서 조선의 시조가 고려의 권신 이인임(李仁任)의 아들로 잘못된 것을 바로잡았으며, 1589년에는 정여립(鄭汝立)의 역옥(逆獄)을 다스렸다. 저서로 《송당집(松塘集)》이 있다.

윤경립(尹敬立) 1561~1611. 본관은 파평(坡平), 자는 존중(存中), 호는 우천(牛川)이다. 1588년 알성 문과에 급제했다.

윤승훈(尹承勳) 1549~1611. 본관은 해평(海平), 자는 자술(子述), 호는 청봉(晴峯)이다. 1573년 식년 문과에 급제했다. 대사헌, 이조판서, 영의정 등을 지냈다.

윤우신(尹又新) ?~1594. 본관은 남원(南原), 자는 선수(善修)이다. 1561년 식년 문과에 급제했다. 호조참판 등을 지냈다.

윤유기(尹惟幾) 1554~?. 본관은 해남(海南), 자는 성보(成甫)이다. 1580년 별시 문과에 급제했다. 경주 부윤, 남원 부사 등을 지냈다.

윤유심(尹惟深) 1551~?. 본관은 해남(海南), 자는 통보(通甫)로, 윤유기의 형이다. 1576년 생원시에 입격했다. 예빈시 부정 등을 지냈다.

윤필상(尹弼商) 1427~1504. 본관은 파평(坡平), 자는 탕좌(湯佐), 양경(陽卿)이다. 도승지, 우참찬, 이조판서, 영의정 등을 지냈다.

이갱(李鏗) 1538~1594. 본관은 전주(全州), 자는 전로(鏆老)이다. 개천 군수를 지냈다.

이경린(李景麟) 1533~?. 본관은 전주(全州), 자는 응성(應聖)이다. 담양 부사를 지냈다. 임진왜란 중에 김덕령(金德齡)에게 종군을 권유하고 자신의 녹봉을 털어서 전투에 필요한 제반 기구를 마련하는 등 의병 활동을 적극적으로 지원했다.

이광춘(李光春) ?~?. 임진왜란 당시 난을 피해서 임천 부근에 살고 있었다.《쇄미록》〈계사일록〉. 1596년에 이몽학(李夢鶴)의 난에 가담했다는 이유로 사로잡혀 한양으로 압송되었다.

이귀(李貴) 1557~1633. 본관은 연안(延安), 자는 옥여(玉汝), 호는 묵재(默齋)이다. 오희문의 처사촌이다. 1592년 강릉 참봉으로 있던 중 왜적이 침입하자 의병을 모집하였다. 이후 삼도소모관에 임명되어 이천으로 가서 세자를 도와 흩어진 민심을 수습했다. 이듬해 다시 삼도선유관에 임명되어 군사 모집과 명나라 군중으로의 군량 수송을 담당했다. 체찰사 류성룡을 도와 군졸을 모집하고 양곡을 운반하여 한양 수복을 도왔다. 그 뒤 장성 현감, 군기시 판관, 김제 군수를 역임하면서 전란 후 수습에 힘썼다. 인조반정의 주역으로 정사공신(靖社功臣) 1등에 책록되었다.

이규빈(李奎賓) ?~?. 본관은 전주(全州)이다. 창녕 현감을 지냈다.

이덕형(李德馨) 1561~1613. 본관은 광주(廣州), 자는 명보(明甫), 호는 한음(漢陰), 쌍송(雙松), 포옹산인(抱雍散人)이다. 1580년 별시 문과에 급제했다. 임진왜란 때 정주까지 왕을 호종했고, 청원사(請援使)로 명나라에 파견되어 파병을 성사시켰다. 한성부 판윤으로서 명나라 장수 이여송(李如松)의 접반관이 되어 전란 중 줄곧 같이 행동했다. 형조판서, 영의정 등을 지냈다.

이뢰(李賚) 1549~1602. 본관은 연안(延安), 자는 양필(良弼)이다. 오희문의 처사촌으로, 이정호(李廷虎)의 큰아들이다. 한성부 참군을 지냈다.

이륜(李倫) ?~?. 본관은 전주(全州)이다. 성종(成宗)의 왕자인 익양군(益陽君) 이회(李懷)의 손자이며, 장천군(長川君) 이수효(李壽鱟)의 아들이다. 오희문의 부인은 이회의 외손녀이니, 이륜과 외사촌 간이다.《선원강요(璿源綱要)》〈제왕자사세일람(帝王子四世一覽)〉.

이린(李遴) ?~?. 본관은 영천(永川), 자는 숙응(叔膺)이다. 1549년 식년 문과에 급제했다. 충청도 관찰사, 호조판서 등을 지냈다. 이중영(李重榮)의 아버지이다.

이복령(李福齡) ?~?. 본관은 전주(全州), 자는 인숙(仁叔)이다. 1567년 음양과에 입격했다.

이복흥(李復興) 1560~?. 본관은 연안(延安)이다. 1618년에 생원시에 입격했다.

이분(李蕡) 1557~1624. 본관은 연안(延安), 자는 여실(汝實)이다. 오희문의 처사촌이다. 아버지는 오희문의 장인인 이정수의 셋째 동생 이정현이고, 어머니는 은진 송씨(恩津宋氏)이다. 1592년 임진왜란이 일어나자 형 이번(李蕃)과 함께 의병을 일으켜 곽재우(郭再祐)의 휘하에 들어가 많은 공을 세우고 화왕산성 수호에 최선을 다했다.

이빈(李賓) 1547~1613. 본관은 연안(延安), 자는 여인(汝寅)이다. 오희문의 처사촌이다. 1579년 사마시에 입격했다. 1591년 청암 찰방에 제수되었으나 임진왜란 후로 벼슬하지 않고 은둔했다. 젊은 시절에 성균관 옆에 살았고, 만년에는 회덕으로 물러나 살았다.《사계유고(沙溪遺稿)》권6〈찰방이공묘갈명(察訪李公墓碣銘)〉.

이빈(李贇) 1537~1592. 본관은 연안(延安), 자는 자미(子美)이다. 오희문의 처남이다. 아버지는 이정수(李廷秀)이다. 임진왜란 당시 장수 현감을 지내고 있었다.

오희문은 1556년에 연안 이씨와 결혼한 뒤 한양의 처가에서 30여 년 동안 처가살이를 하면서 이빈과 함께 생활했다.

이산보(李山甫) 1539~1594. 본관은 한산(韓山), 자는 중거(仲擧), 호는 명곡(鳴谷)이다. 숙부 이지함(李之菡)을 사사했다. 임진왜란이 일어나자 선조를 호종했고, 대사간, 이조참판, 이조판서 등을 지냈다. 명나라 군대가 요양(遼陽)에 머물면서 진군하지 않자, 명나라 장군 이여송을 설득해 명군을 조선으로 들어오게 하는 데 큰 공을 세웠다.

이순수(李順壽) 1530~?. 본관은 전주(全州), 자는 정로(正老)이다. 1560년 별시 문과에 급제했다. 종부시정 등을 지냈다.

이시윤(李時尹) 1561~?. 본관은 연안(延安), 자는 중임(仲任)이다. 오희문의 처조카이다. 오희문의 처남인 이빈의 아들이다. 1606년에 사마시에 입격했고, 동몽교관을 지냈다.

이시증(李時曾) 1572~1666. 본관은 연안(延安), 자는 중로(仲魯)이다. 오희문의 처조카이다. 오희문의 처남인 이빈의 둘째 아들이다.

이신(李賮) 1564~1597. 본관은 연안(延安), 자는 여헌(汝獻)이다. 오희문의 처사촌이다. 아버지는 오희문의 장인인 이정수의 셋째 동생 이정현이고, 어머니는 은진 송씨이다.

이신성(李愼誠) 1552~1596. 본관은 전주(全州), 자는 흠중(欽仲)이다. 천거를 받아 정릉 참봉을 거쳐 사옹원 봉사를 지냈다. 임진왜란이 일어나자 선조를 개성까지 호종했다. 어머니가 별세한 뒤 함열의 강성촌에 은거했다.

이여송(李如松) 1549~1598. 명나라의 장수이다. 자는 자무(子茂)이며 호는 앙성(仰城)으로, 요동(遼東) 철령위(鐵嶺衛) 사람이다. 그의 선조가 조선 이산군(理山

郡) 사람이었다고 전한다. 이여송의 아버지 성량(成樑)은 누차 전공을 세워 광녕 총병(廣寧摠兵)이 되고 영원백(寧遠伯)에 봉해졌다. 여송의 아우인 여백(如栢)·여장(如樟)·여매(如梅) 모두 총병의 관직에 오르고 여정(如楨)은 금의위사(錦衣衛事 근위대장(近衛隊長))가 되었는데, 문호(門戶)의 성대함이 당대에 으뜸이었다. 임진년(1592)에 흠차 제독 계요 보정 산동 등처 방해 어왜 군무(欽差提督薊遼保定山東等處防海禦倭軍務) 총병 중군도독부 도독동지(摠兵中軍都督府都督同知)로 나왔다. 같은 해 12월 25일에 압록강을 건너고, 계사년(1593) 정월에 평양을 공격해 승리하였는데, 경성(한양)을 향해 진격하던 도중 벽제(碧蹄)에서 왜적을 만나 싸우다 불리해지자 마침내 진격해 섬멸할 뜻을 잃었으며 같은 해 10월에 회군하였다. 용모가 걸출하고 도량이 컸으며 행군할 때나 전쟁에 나섰을 때 군사들을 잘 단속하였으므로 지나는 곳마다 모두 편하게 여겼다. 평양에서 승리한 공으로 태자태보(太子太保) 좌도독(左都督)으로 승진하였다.

이원룡(李元龍) 1588~?. 본관은 전주(全州), 자는 운장(雲長)이다. 이지(李贄)의 사위인 이탁(李晫)의 막내아들이다.

이원익(李元翼) 1547~1634. 본관은 전주(全州), 자는 공려(公勵), 호는 오리(梧里)이다. 1569년 별시 문과에 급제했다. 영의정을 지냈다. 임진왜란이 일어나 평양성이 함락된 뒤에 평안도 관찰사 겸 순찰사가 되어 1593년 1월 명나라의 이여송과 합세해 평양을 탈환하는 데 기여했다.

이유록(李綏祿) 1564~1620. 본관은 전주(全州), 자는 유지(綏之), 호는 동고(東皐)이다. 1585년 식년 사마시에 입격했고 1586년 별시 문과에 급제했다. 광주 목사, 봉산 군수, 상주 목사 등을 지냈다.

이응화(李應華) ?~?. 본관은 경주(慶州)이다. 첨정(僉正)을 지냈다.

이의(李儀) ?~?. 본관은 전주(全州)이다. 성종의 왕자인 익양군 이회의 손자이고, 장천군 이수효의 아들이며, 양성정(陽城正) 이륜(李倫)의 동생이다. 오희문의 부인은 이회의 외손녀이니, 이의와 외사촌 간이다.《선원강요》〈제왕자사세일람〉.

이익빈(李翼賓) 1556~1637. 본관은 전주(全州), 자는 응수(應壽)이다. 1582년 생원시에 입격했으며, 1596년에 역적 이몽학(李夢鶴)과 결탁한 김팽종(金彭從)을 사살하는 공을 세웠다.

이자(李資) ?~?. 본관은 연안(延安), 자는 여훈(汝訓)이다. 오희문의 처사촌이다. 오희문의 장인 이정수의 동생 이정화(李廷華)의 셋째 아들이고 이귀의 형이다. 자를 숙훈(叔訓)과 번갈아 쓰고 있다.

이정시(李挺時) 1556~1609. 본관은 한산(韓山), 자는 유위(有爲)이다. 1603년 50의 나이에 비로소 사마시에 입격했다. 시를 좋아하여 일찍이 손곡(蓀谷) 이달(李達)에게 배웠으며, 만당(晩唐)의 풍격이 있었다. 목천(木川)에서 벼슬살이 하면서 어진 정치를 폈는데 돌연 중풍을 얻어 54세에 죽었다. 그가 죽었을 때 고을 사람들 수백 명이 울면서 송별하였다.

이정일(李精一) 1553~?. 본관은 양성(陽城), 자는 택중(擇中)이다. 1573년에 생원시에 입격했다.

이정호(李廷虎) 1529~1597. 본관은 연안(延安), 자는 인경(仁卿)이다. 오희문의 장인인 이정수의 동생이다. 1564년 식년 문과에 급제했다. 장례원 판결사 등을 지냈다.

이중영(李重榮) 1553~?. 본관은 영천(永川), 자는 희인(希仁)이다. 1589년 진사시에 입격했다.

이지(李贄) ?~1594. 본관은 연안(延安), 자는 경여(敬輿)이다. 오희문의 처남이며, 이빈의 동생이다.

이지강(李之綱) 1553~?. 본관은 전주(全州), 자는 여장(汝張)이다. 1583년 별시 문과에 급제했다.

이천(李蕆) 1570~1653. 본관은 연안(延安)이다. 오희문의 처사촌이다. 이정현의 막내아들이다.

이탁(李晫) ?~1594. 본관은 전주(全州)이다. 오희문의 처남인 이지의 사위이다.

이홍제(李弘濟) ?~?. 본관은 한산(韓山)이다. 용양위 부장을 지냈고, 의정부 좌참찬에 추증되었다.

임극(任克) 1537~?. 본관은 풍천(豊川), 자는 맹길(孟吉)이다. 1568년 진사시에 입격했다.

임극신(林克愼) 1550~?. 본관은 선산(善山), 자는 경흠(景欽)이다. 오희문의 매부이다. 1579년 진사시에 입격했다. 임극신 부부는 임진왜란 당시 영암군의 구림촌에 거주하고 있었다.

임면(任免) 1554~1594. 본관은 풍천(豊川), 자는 면부(免夫)이다. 오희문의 동서이다. 1582년 생원시에 입격했다.

임전(任錪) 1560~1611. 본관은 풍천(豊川), 자는 관보(寬甫), 호는 명고(鳴皐)이다. 성혼의 문인이다. 임진왜란이 일어나자 호남 창의사 김천일의 휘하에 종군했다. 권필(權韠)과 쌍벽을 이룰 정도로 시명이 높았다. 저서로《명고집(鳴皐集)》이 있다.

임태(任兌) 1542~?. 본관은 풍천(豊川), 자는 소열(少說)이다. 오희문의 처사촌 여동생의 남편이다. 임진왜란 당시 연기 현감으로 재직 중이었다.

임현(林晛) 1569~1601. 본관은 선산(善山), 자는 자승(子昇)이다. 오희문의 매부인 임극신의 조카이다. 1591년 사마시에 입격했고, 1597년 알성시에 급제했다. 권지 승문원 부정자가 되어 이후 승정원, 세자시강원, 예문관 등에서 벼슬했다. 예조좌랑 등을 지냈다.《국역 성소부부고(惺所覆瓿藁)》제17권 〈문부14·예조좌랑임군묘지명(禮曹佐郎林君墓誌銘)〉.

임환(林懽) 1561~1608. 본관은 나주(羅州), 자는 자중(子中), 호는 습정(習靜), 백화정(百花亭)이다. 임현의 매부이다. 임진왜란이 일어나자 김천일 밑에서 종사관으로 종군했다. 임진왜란과 정유재란 때의 공로를 인정받아 공조좌랑이 되었다.

임회(林檜) 1562~1624. 본관은 평택(平澤), 자는 공직(公直), 호는 관해(觀海)이다. 1611년 별시 문과에 급제했다. 광주 목사를 지냈다.

정문회(鄭文晦) 1563~?. 본관은 해주(海州), 자는 자명(子明)이다. 1589년 생원시에 입격했고, 1616년 별시 문과에 급제했다.

정언지(鄭彦智) 1520~1594. 본관은 동래(東萊), 자는 연부(淵夫), 호는 동곡(東谷)이다. 1558년 식년 문과에 급제했다. 1589년에는 이조참판에 올랐다. 정여립(鄭汝立) 사건에 연루되어 강계로 유배되었다가 풀려나 한성부 좌윤을 지냈다.

정응창(鄭應昌) 1547~1622. 본관은 동래(東萊), 자는 시무(時戊), 호는 유항(柳巷)이다. 1582년 생원시에 입격했다.

정척(鄭惕) 1522~1601. 본관은 해주(海州), 자는 군길(君吉), 호는 행촌(杏村)이다. 1549년 식년 문과에 급제했고, 우승지, 상주 목사를 지냈다.

정현(鄭晛) 1570~1616. 본관은 진양(晉陽), 자는 서승(瑞昇), 호는 초심당(草心堂)이다. 임진왜란이 일어나자 아버지 정준일(鄭遵一)과 함께 의병을 일으켜 여산에서 스승인 고경명의 진에 합류했다.

조유한(趙維韓) 1558~1613. 본관은 한양(漢陽), 자는 지국(持國)이다. 1589년 증광 문과에 급제했다. 예문관 검열, 대교 등을 지내다가 1593년 12월에 세자시강 원 사서에 임명되었다. 평안도 도사, 호조좌랑, 남평 현감 등을 지냈다.

조응록(趙應祿) 1538~1623. 본관은 풍양(豊壤), 자는 경유(景綏), 호는 죽계(竹溪) 이다. 1579년 식년 문과에 급제했다. 사관을 거쳐 전적(典籍)이 되었다. 임진 왜란 때 함경도로 피난 가는 세자를 호종했고, 난이 끝난 뒤 통정대부에 올랐 다. 저서로 《죽계유고(竹溪遺稿)》가 있다.

조익(趙翊) 1556~1613. 본관은 풍양(豊壤), 자는 비중(棐仲), 호는 가휴(可畦)이다. 오희문의 처사촌 이빈의 사위이다. 1588년 알성 문과에 급제했다. 임진왜란 때 호남지방에서 의병을 일으키기도 했다. 승문원 정자, 병조좌랑, 광주 목사 등을 지냈다.

조존성(趙存性) 1554~1628. 본관은 양주(楊州), 자는 수초(守初), 호는 용호(龍湖), 정곡(鼎谷)이다. 성혼과 박지화(朴枝華)의 문인이다. 1590년 증광 문과에 급제 하여 사관(史館)에 들어가서 검열이 되었다. 이듬해 대교로 승진했으나 모함 을 당해 파면되었다. 임진왜란이 일어나자 고향에 있다가 이듬해 의주의 행 재소에 가서 대교로 복직되었고, 이어 전적으로 승진했다. 충주 목사, 호조참 판, 강원도 관찰사, 호조판서 등을 지냈다.

조희보(趙希輔) 1553~1622. 본관은 풍양(豊壤), 자는 백익(伯益)이다. 1582년 진사 가 되었고, 1588년 식년 문과에 급제해 예문관 검열이 되었다가 대교와 봉교 를 거쳤다. 1595년 이후 예조, 형조, 호조의 낭관 등에 임명되었으나 나아가 지 않다가, 1597년 충청도 도사가 되어서는 관찰사 류근(柳根)을 도와 임진왜 란의 뒷바라지에 힘썼다. 《국역 동명집(東溟集)》 제18권 〈분승지증이조판서 조공묘지(分承旨贈吏曹判書趙公墓誌)〉.

조희철(趙希轍) ?~?. 본관은 풍양(豊壤), 자는 백순(伯循)이다. 조희보의 큰형이다. 선조 때 상주 판관으로 재임했으나, 1588년 4월 문경에서 발생한 불미스러운 사고로 인하여 파직을 당했다. 이후 다시 서용되어 고산 현감을 지냈다.

주균왕(朱均旺) ?~?. 명나라 사람이다. 무역에 종사하다가 일본에 잡혀 왔다. 허의 후에게 구출되었다고 한다.

최경창(崔慶昌) 1539~1583. 본관은 해주(海州), 자는 가운(嘉運), 호는 고죽(孤竹)이다. 1568년에 증광 문과에 급제했다. 종성 부사 등을 지냈다. 저서로《고죽유고(孤竹遺稿)》등이 있다.

최경회(崔慶會) 1532~1593. 본관은 해주(海州), 자는 선우(善遇), 호는 삼계(三溪), 일휴당(日休堂), 시호는 충의(忠毅)이다. 1567년 식년 문과에 급제해 영해 군수가 되었다. 임진왜란 때 의병장이 되어 금산, 무주 등지에서 왜병과 싸워 크게 전공을 세우고 이듬해 경상우도 병마절도사로 승진했다. 1593년 6월 제2차 진주성 전투에서 전사했다.

최집(崔潗) 1556~?. 본관은 해주(海州), 자는 심원(深遠)이다. 1579년 생원시에 입격했다.

최형록(崔亨祿) ?~?. 본관은 수원(水原), 자는 경유(景綏)이다. 오윤해의 장인이다. 세마(洗馬)를 지냈으며, 승지에 증직되었다.

한겸(韓謙) 1554~?. 본관은 청주(淸州), 자는 희익(希益)이다. 1585년 식년 사마시에 입격했고, 1606년 증광시 문과에 급제했다.

한성원(韓性源) ?~?. 본관은 청주(淸州), 자는 명숙(明叔)이다. 1553년 별시 문과에 급제했다.

한욱(韓頊) ?~1624. 1620년에 진사시에 입격했다. 예조의 추천으로 시학교관이
되었다.

허균(許筠) 1569~1618. 본관은 양천(陽川), 자는 단보(端甫), 호는 교산(蛟山), 성소
(惺所), 학산(鶴山), 백월거사(白月居士)이다. 허초희(許楚姬)의 동생이다. 1594
년에 정시 문과에 급제했다. 형조정랑, 형조참의, 좌참찬 등을 지냈다. 저서에
《성소부부고(惺所覆瓿藁)》등이 있다.

허의후(許儀後) ?~?. 명나라 사람이다. 일본에 포로로 잡혀가 있을 때 사쓰마주(薩
摩州)에서 약을 팔면서 떠돌이 생활을 하다가 일본의 상세한 사정과 도요토
미 히데요시(豊臣秀吉)가 침공할 정상을 자세히 적어 명나라 조정에 보고한
일이 있다.《국역 선조실록》25년 6월 18일 기사에 허의후가 "조선이 일본에
나귀를 바치고 일본과 모의하여 명나라를 침범하려고 하면서 조선이 그의 선
봉이 되기로 했다."라는 말을 보고하여 명나라가 조선을 의심하게 한 일이 기
록되어 있다.

허초희(許楚姬) 1563~1589. 본관은 양천(陽川), 자는 경번(景樊), 호는 난설헌(蘭雪
軒)이다. 허균의 누나이다. 문학에 매우 뛰어났고, 허균의 스승인 이달(李達)
에게 한시(漢詩)를 배웠다.

홍사고(洪思古) 1560~?. 본관은 남양(南陽), 자는 택정(擇精)이다. 1579년 사마시에
입격했다. 원문에는 홍사고(洪師古)로 되어 있으나 바로잡았다.

홍사효(洪思斅) 1555~1632. 본관은 남양(南陽)이다. 충주 목사, 춘천 부사 등을 지
냈다.

홍성민(洪聖民) 1536~1594. 본관은 남양(南陽), 자는 시가(時可), 호는 졸옹(拙翁)
이다. 1564년 식년 문과에 급제했다. 1575년에 호조참판이 되어 사은사(謝恩
使)로 명나라에 건너가 종계변무(宗系辨誣)에 힘써 명나라 황제의 허락을 받

아 왔다. 대제학과 호조판서를 지냈다.

홍세찬(洪世贊) ?~?. 본관은 남양(南陽), 자는 자첨(子瞻)이다. 군자감정을 지냈다.

홍영필(洪永弼) 1554~?. 본관은 남양(南陽), 자는 여헌(汝憲)이다. 1590년 진사시에 입격했다.

홍요좌(洪堯佐) 1556~?. 본관은 남양(南陽), 자는 여원(汝元)이다. 1579년 생원시에 입격했다. 옥과 현감, 함흥부 판관 등을 지냈다.

홍인서(洪仁恕) 1535~1593. 본관은 남양(南陽), 자는 응추(應推)이다. 1573년 알성 문과에 급제했다. 임진왜란이 일어나 선조가 한양을 버리고 개성으로 피난해 오자, 당시 개성부 유수로서 백성을 효유하여 안정시켰다.

홍준(洪遵) 1557~1616. 본관은 남양(南陽), 자는 사고(師古), 호는 괴음(槐陰)이다. 1590년 증광 문과에 급제했다. 교리, 사간, 동부승지 등을 지냈다. 《국역 선조 실록》 26년 11월 10일 기사에 홍준이 주서에 임명된 일이 보인다.

황극중(黃克中) 1552~1604. 본관은 창원(昌原), 자는 화보(和甫)이다. 1585년 별시 문과에 급제했다. 사헌부 지평, 안동 부사 등을 지냈다.

황신(黃愼) 1560~1617. 본관은 창원(昌原), 자는 사숙(思叔), 호는 추포(秋浦)이다. 1588년 알성 문과에 장원으로 급제했다. 임진왜란 때 명나라의 요구에 의해 무군사(撫軍司)가 설치되고 명나라 사신의 재촉을 받아 세자가 불편한 몸을 이끌고 남하했는데, 이때 황신도 동행했다. 1596년 통신사로 명나라 사신 양 방형(楊邦亨)과 심유경(沈惟敬)을 따라 일본에 다녀왔다. 한성부 우윤, 대사간, 대사헌 등을 지냈다. 저서로 《추포집(秋浦集)》 등이 있다.

찾아보기

[ㄱ]

가등청정(加藤淸正, 가토 기요마사) 7, 115

가응이(加應伊) 227

감희(甘希) 253

〈갑오일록(甲午日錄)〉 13

강원도 83, 192, 242, 281, 323

강진(康津) 20

강첨(姜籤) 25, 185, 343

강춘(江春); 강비(江婢) 188, 191

개령(開寧) 53

개성(開城) 281, 322

갯지(㪟知) 184, 220, 224, 226

건천동(乾川洞) 95

격문(檄文) 72, 226, 272, 274, 281

결성(結城) 53, 63, 82, 87, 101, 104, 142, 155,
        159, 166, 171, 183, 193, 195, 205, 220,
        226, 246, 247, 252, 258

경기 81, 323

경상도 103, 323, 327

경해(慶諧) 60, 343

〈계사일록(癸巳日錄)〉 29, 57, 106, 239

고경명(高敬命) 27, 29, 325, 327

고다진(古多津) 50

고령(高靈) 350

고부(古阜) 6, 47

고성(高城) 127

고성(固城) 73

고성 남씨(固城南氏) 8, 9, 29

고성진(古城津) 132, 141, 241, 244

고성후(高成厚) 213, 343

고양겸(顧養謙); 고시랑(顧侍郎) 103, 343

공주(公州); 공산(公山) 136, 140, 181, 194,
        243, 338, 340

곽란(癨亂) 142, 195

곽재우(郭再祐) 325

관동(館洞) 65, 270

광석리(廣石里) 64

광주(廣州) 261, 264

광주(光州) 6, 16, 46, 277, 284

광해군(光海君); 세자; 동궁 16, 29, 31, 72, 80,

103, 113, 116, 165, 170, 181, 189, 330, 336, 338

교동(喬桐) 63

교서(教書) 336

교하(交河) 128

구림(鳩林) 10, 19, 20, 32, 44

구창진(舊倉津) 206

국립진주박물관 5

국사편찬위원회 5

권극정(權克正) 98, 210, 344

권극평(權克平) 210, 344

권대순(權大詢) 16

권서(權恕); 권좌수(權座首) 47, 48, 98~100, 178, 209~211, 262, 344

권수기(權守己) 222

권순(權淳); 권화보(權和甫) 19~26, 344

권율(權慄) 103, 115, 272, 275, 281, 286

권학(權鶴) 254, 258, 263

귀일(貴一) 161

근이(斤伊) 23, 26, 34, 35, 41, 92, 129, 172

금강(錦江) 281, 323

금강산(金剛山) 327

금구(金溝) 6, 48, 176~178, 209, 211

금성산(錦城山) 44

금손(今孫) 258

기대수(奇大受) 53, 54, 194, 201, 202, 223, 231

김가기(金可幾) 10, 132, 133, 227, 344

김경(金璥); 김백온(金伯縕); 김봉사(金奉事) 9, 94, 101, 173, 174, 179, 180, 193, 194, 205, 206, 213~215, 263, 344

김광필(金光弼) 47

김극제(金克悌) 288

김기명(金基命) 133

김담수(金聃壽) 47

김대성(金大成) 51, 59, 61~63, 66, 67, 69, 72,

75, 77, 94, 105, 106, 155, 196

김덕령(金德齡); 충용장(忠勇將) 16, 38, 46, 72, 73, 106, 272, 273, 277, 278, 282~285, 287

김덕민(金德民) 9, 10, 132

김매(金妹) 9, 10, 82, 96

김면(金沔) 325

김명원(金命元); 김주옹(金酒翁) 292, 345

김복억(金福億) 211, 345

김삼변(金三變) 167, 169

김성헌(金聲憲) 23, 24

김소(金紹) 167

김수(金晬) 286

김순종(金順宗) 270

김언상(金彦祥) 46

김영(金永) 46

김원록(金元祿) 242, 345

김익복(金益福) 226, 345

김익형(金益炯) 235, 236, 238~240

김장생(金長生) 56, 152, 345

김정(金井) 196

김제(金堤) 6, 15, 48, 49, 95, 97, 100, 174, 178, 207

김존경(金存敬) 72, 272, 277, 280, 284, 345

김종남(金終男) 248, 345

김지남(金止男); 김자정(金子定); 김한림(金翰林) 9, 10, 16, 19, 20, 22, 82, 109, 131, 227, 248, 253, 346

김창수(金昌壽) 20

김천수(金千壽) 46

김천일(金千鎰) 21, 29, 179, 327, 346

김철(金轍) 47

끗남[㕙男] 216

끗복[㕙卜] 160

끗산[㕙山] 189, 225

[ㄴ]

나주(羅州); 금성(錦城) 6, 17, 23, 25, 26, 32, 33, 41~44, 262

낙동강 276

낙수(樂守) 27

낙양리(洛陽里) 176

남경제(南景悌) 29, 256, 346

남경효(南景孝); 남백원(南白源) 29, 223, 256

남궁니(南宮柅) 206, 346

남궁지평(南宮砥平) 50, 148

남당진(南塘津) 50, 173, 180, 185, 204, 221

남대임(南大任) 232

남대현(南大俔) 72

남매(南妹); 고성(高城) 누이 9, 10, 62

남상문(南尙文) 9, 10, 62, 347

남수일(南守一) 256, 347

남언경(南彦經) 152, 347

남용(南容); 남희괄(南希适) 174, 176, 178, 179

남원(南原) 7, 38, 73, 170, 179, 329

남인(南寅) 8, 29

남일원(南一元) 232, 347

남자순(南子順) 53, 223, 224, 231

남정지(南庭芝); 남백형(南伯馨) 20~26

남평(南平) 26, 31

내상리(內上里) 26

누에 67, 85, 91, 92, 104, 109

눌은개(訥隱介); 아작개(阿作介) 229

능성(綾城) 22, 26, 27, 43

[ㄷ]

단아(端兒); 단녀(端女); 숙단(淑端) 9, 54, 67, 71, 91, 102, 104, 117~120, 123~125, 131, 148, 149, 197, 198, 200, 202, 233, 259, 261

단자(單字) 71

담양(潭陽) 16

대동강 306

대마도(對馬島) 306, 314, 318, 319

대조사(大朝寺) 228

대흥(大興) 63, 145, 205, 206

덕경(德卿) 96, 208, 211

덕노(德奴) 56, 61, 63, 89, 90, 125, 130

덕세(德世) 69, 80

도천사(道泉寺) 252, 259

도총섭(都摠攝) 281

독운어사(督運御史) 168

돌소리(乭所里) 174

돌손(乭孫) 185

돌장(乭壯) 18

동을비(冬乙非) 261

둔답(屯畓) 55, 61, 66, 69, 70, 88, 91, 104, 112, 142, 158, 203, 204, 217, 225

[ㄹ]

류근(柳根) 51, 323

류덕종(柳德種) 169, 347

류몽익(柳夢翼) 43, 44, 347

류선(柳璇) 21, 52, 87, 94, 182, 240

류성룡(柳成龍) 323

류숙[柳潚, 류속(柳溳)] 43

류원(柳愿) 122, 173

류전(柳詮) 134, 136, 347

류준(柳浚) 43

류춘복(柳春福) 46

류팽로(柳彭老) 325

류표(柳淲) 28, 30, 347

류형(柳珩) 21, 40, 247, 254, 348

[ㅁ]

막정(莫丁) 28, 32, 33, 37, 39, 53, 54, 57~61, 63, 117, 125~127, 130, 131, 135, 136,

142~146, 149, 153~155, 159, 164~166,
172, 178, 183~185, 188, 191, 192,
195~198, 201, 202, 204, 208, 215, 218,
223, 230~232, 237, 238, 247, 253~256,
260, 262, 263, 269

만복(萬卜) 130

만복(萬福) 44

만비(萬非) 130

며느리고금[婦瘧] 69, 71, 118, 159, 164, 177,
180, 182

명나라 병사 134, 136, 140, 165, 171

명노(命奴); 명복(命卜) 69, 79, 81, 82, 92, 94,
106, 108, 109, 119, 145, 157, 159

모리금(毛里金) 176

모산촌(茅山村) 43

무수포(無愁浦) 94, 102

무숭(武崇) 37

문경인(文景仁) 52, 56, 59, 61~63, 72, 106

문순(文舜) 187

문의(文義) 128

민계(閔汨) 184, 348

민여신(閔汝信) 68

민우안(閔友顔) 26

민우중(閔友仲) 21

민유경(閔有慶) 68

[ㅂ]

박경(朴璟) 46

박경인(朴敬仁) 40

박경행(朴敬行) 20, 40

박광옥(朴光玉) 327

박근기(朴謹己) 35, 36, 40

박동도(朴東燾); 박부여(朴扶餘) 64, 68, 182,
229, 348

박동망(朴東望) 68

박동열(朴東說) 68

박동현(朴東賢) 102, 348

박문영(朴文榮) 24

박문필(朴文弼) 172, 348

박반송(朴盤松) 166~168, 237

박사군(朴事君) 30

박여룡(朴汝龍) 245, 270, 271, 348

박원(朴垣) 68

박응복(朴應福) 68

박준(朴濬) 20, 36, 37

박형(朴瀅) 40

박홍로(朴弘老); 박응소(朴應邵); 박홍구
(朴弘耉) 194, 208, 348

방수간(方秀幹) 52, 54, 59, 61, 62, 79, 105,
106, 155, 234, 348

백광엽(白光燁) 75

백몽진(白夢辰) 52, 56, 59, 62, 63, 74, 105,
155

백승지(百乘旨) 123

백유함(白惟咸) 121, 122, 349

변사정(邊士貞) 28

변응익(邊應翼) 169

변협(邊協) 169, 349

변흡(邊洽) 241, 243

보령(保寧) 126, 205, 252

복금(福今) 148

복남(福男) 271

복이[福只] 212

봉제사(奉祭祀) 5

부여(扶餘) 105, 219, 220

분개(粉介) 105, 112, 191, 229

불랑기(佛郞機) 312

비인(庇仁) 105

[ㅅ]

사금(士今) 38

삼례(參禮) 49, 212

삼작질개(三作叱介); 덕개(德介) 225, 229

상근(尙斤) 91

상시손(尙蓍孫) 201, 218, 349

상주(尙州) 17, 137

서극철(徐克哲) 27, 31

서천(舒川) 105

석성(石城) 6, 57, 141, 220, 241, 259, 260

석탄(石灘) 49

선조(宣祖) 20, 40, 103, 130, 166, 170, 216,
    242, 245, 281, 304, 307, 313, 318, 327,
    342

설번(薛藩) 304

성계선(成啓善) 68

성덕린(成德麟) 66, 194, 229

성문덕(成聞德) 133, 136, 137, 349

성민복(成敏復) 263

성수익(成守益) 68

성이현(成而顯) 241

성진선(成晉善) 68

성천린(成天麟) 194, 201, 202, 219, 237

성혼(成渾); 우계(牛溪) 56, 62, 125, 133

세만(世萬) 104, 126, 171, 182~184, 216

세조(世祖) 290

소서행장(小西行長, 고니시 유키나가) 114,
    115, 307, 332

소정리(所井里) 47

소지(蘇騭) 10, 51, 66, 92, 163, 182, 184,
    186, 196, 202, 217, 219~221, 225, 228,
    231, 236, 240~244, 248, 254~257, 261,
    263~265, 267

손순효(孫舜孝) 289

손천종(孫千鍾) 46

송노(宋奴) 17, 33, 42, 51, 53, 56, 58~62,
    66, 67, 69, 70, 73, 80, 84, 85, 92, 104,
    142, 221~224, 226, 228, 231, 233, 237,
    242~244, 246, 252, 259, 260, 264

송대춘(宋大春) 46

송만복(宋萬福) 46

송영구(宋英耉); 송인수(宋仁叟);
    송지평(宋持平) 62, 75~77, 79, 80, 162,
    258, 269, 270, 349

송유진(宋儒眞) 46, 116

송응서(宋應瑞) 15, 349

송응창(宋應昌) 103

송이창(宋爾昌); 송복여(宋福汝);
    송진사(宋進士) 55, 58, 61, 71, 76, 77,
    89, 91, 122, 350

송익필(宋翼弼) 297, 350

송정준(宋廷俊) 30

《쇄미록(瑣尾錄)》 4~6, 341

쇠동이[金同] 225

수다해(水多海) 116, 238

수락산(水落山) 282

수락헌(水樂軒) 58

《수양종첩(首陽宗帖)》 12

수원(水原) 9, 10, 26, 63, 76, 194, 202, 219,
    229, 231

수이(遂伊) 35

숙돌[叔石] 269

순변사(巡邊使) 76

순안(順安) 333

순천(順天) 7, 15, 16, 22, 30

승강수(昇康守) 26

승병(僧兵) 114, 115

신경유(申景裕) 62

신경행(辛景行) 54, 160, 350

신공(身貢) 8, 22, 33, 161, 246, 249, 253

신괄(申栝); 신대흥(申大興) 94, 201, 205, 206,
    213, 214, 217, 350

신녕(新寧) 숙부 129

신덕(申德) 119, 142

신몽겸(申夢謙) 184, 201, 203, 204

신벌(申機); 온양 군수 10, 151, 156, 162, 164, 165, 350

신상절(申尙節) 24

신식(申湜) 323

신안(新安) 44

신완(愼婉) 82

신응구(申應榘); 자방(子方); 함열 현감 6, 9, 10, 53, 54, 56, 60, 67, 73, 78, 82, 94, 96, 102, 105, 106, 108~110, 118, 125, 144, 145, 150, 151, 154~156, 162, 163, 166, 171, 172, 183, 185~189, 192, 193, 198, 199, 208, 211~213, 217, 219, 220, 225, 229, 231, 235, 245, 246, 249, 253, 255, 259~265, 268, 269, 350

신응규(申應規) 206, 213, 214

신창(新倉) 95, 96, 100, 207

심대유(沈大有) 138, 140

심매(沈妹) 9

심수원(沈粹源) 26, 350

심열(沈說) 10, 26, 56, 116, 224, 247, 266, 350

심유경(沈惟敬) 332, 351

심은(沈訔); 주인 형 59, 75, 136, 138~140, 351

심응유(沈應裕) 150

심인보(沈仁補) 138

심인유(沈仁裕) 138

심인정(沈仁禎) 138, 140

심인제(沈仁禔) 138

심인조(沈仁祚) 138

[ㅇ]

아산(牙山) 83, 101, 161, 239

안극인(安克仁) 214

안동(安東) 343, 344

안민중(安敏仲); 안사눌(安士訥) 50, 206

안산(安山) 63

안성(安城) 264

안손(安孫) 54

안회(安繪) 241, 242

안효인(安孝仁) 243, 351

압록강 103, 325

애운(愛雲) 145

양사유(梁思裕) 243, 244

양사형(楊士衡); 양좌랑(楊佐郎) 28, 29, 31, 351

양산(梁山) 172, 184, 185, 229

양산룡(梁山龍) 41, 45, 352

양윤근(梁允斤) 255

양응정(梁應鼎) 45, 352

양이(良伊) 35

양정포(良正浦) 234

어둔(於屯) 85, 88~91, 123, 143, 144, 189, 193, 264

어의동(於義洞) 167

어이촌(於伊村) 48

여산(礪山) 27

여응종(呂應鍾) 322, 352

여황리(艅艎里) 17

역병(疫病) 81~84, 93, 97, 102, 103, 106, 126, 131, 152, 155, 227

연산(連山) 136, 138~140, 241, 244, 288~290

연안 이씨(延安李氏) 8, 11

연안(延安) 63

열금(悅今) 212, 221, 225, 226, 258, 260, 261

염병(染病) 67

영광(靈光) 23, 34

영남(嶺南) 16, 38, 46, 81, 116, 170, 272, 275, 277

영동(永同) 29, 53, 223

영암(靈巖) 6, 18, 25, 32, 43, 47, 84, 96, 177, 208, 212, 224, 239, 253, 262

영유(永柔) 127

예산(禮山) 20, 82, 83, 131

오경민(吳景閔) 29, 129

오경순(吳景醇) 129

오달승(吳達升); 충아(忠兒); 충립(忠立);
충손(忠孫) 9, 50, 51, 84, 91, 105~107,
111~113, 119, 123~125, 131, 135, 137,
141, 144, 146~149, 158, 163, 164, 181,
188, 202

오림리(烏林里) 31

오봉영(吳鳳泳) 342

오세검(吳世儉) 128

오세공(吳世恭) 128

오세량(吳世良); 오태선(吳太善) 128, 129

오세온(吳世溫) 128

오시영(吳時泳) 341

오원종(吳元宗) 46

오유일(吳惟一) 128, 129, 216

오윤겸(吳允謙); 참봉(오윤겸); 별좌(오윤겸)
8, 11, 15, 16, 28, 53, 57, 74, 76, 80, 82,
94, 101, 104, 113, 119, 126, 127, 142,
144~147, 149~153, 155, 159, 166, 171,
180, 182, 185, 187, 188, 190, 192~196,
198, 205, 216, 218~222, 224~226,
228, 231, 232, 244, 246, 250, 252, 254,
257~259, 262, 270, 341, 352

오윤성(吳允誠); 인아(麟兒) 8, 9, 67, 75, 77,
85, 102, 106~110, 112, 116, 118~120,
123, 131, 141~145, 148, 149, 159, 169,
170, 173, 181, 192, 193, 197, 202, 205,
215, 216, 233, 238, 352

오윤함(吳允諴) 8, 56, 59~64, 69, 73, 117,
125~128, 130, 145, 216, 224, 245, 271,
353

오윤해(吳允諧); 생원(오윤해) 8, 9, 34, 50,
51, 54, 55, 60~62, 66, 67, 70, 71, 73,

75, 76, 79, 80, 82, 85, 87, 89, 90, 92, 94,
101, 102, 104, 105, 107~113, 116, 118,
119, 123, 124, 140~144, 146, 147, 153,
154, 156, 157, 160, 162~164, 169~172,
181, 183, 184, 188~191, 195, 202, 203,
219, 228, 232, 239, 245, 246, 249, 253~
255, 257, 258, 261~266, 270, 353

오인유(吳仁裕) 11

오정일(吳精一) 17, 127~129, 156, 216

오종도(吳宗道) 327, 353

오충일(吳忠一) 263

오태로(吳泰魯) 15

오화영(吳和泳) 341

오효기(吳孝機) 235

오희문(吳希文) 4~6, 8~11, 15~21, 26, 29,
34, 39, 41, 47, 53, 54, 56, 62, 67, 77,
81, 82, 93, 96, 105, 109, 115, 129, 132,
136, 139, 166, 200, 224, 248, 341

오희인(吳希仁) 8, 9, 34, 109

오희철(吳希哲); 언명(彦明) 8, 9, 21, 32~35,
37, 39, 41, 42, 47, 98, 177, 178, 209,
211, 244, 249, 256, 257, 262, 353

옥구(沃溝) 213, 248

옥야창(沃野倉) 49

옥지(玉只) 118, 216

옥춘(玉春) 34, 108, 110, 194, 196, 199, 201,
235

옹진(瓮津) 62, 127

요월당(邀月堂) 19, 20, 22~26, 32, 34, 35, 40,
41

용인(龍仁) 11, 93, 286, 341

웅포(熊浦) 205, 206

원식(元埴); 원중성(元仲成) 242

원정리(元正里) 32

월출산(月出山) 19, 22

유구(琉球) 305

유대경(兪大儆) 76, 353

유덕재(維德齋) 11

유성현(儒城縣) 243

유정(劉綎); 유총병(劉摠兵) 103, 115, 116,
　　170, 179, 181, 294, 295, 353

유한성(劉漢成) 126

유홍(兪泓) 266, 323, 354

윤경립(尹敬立) 122, 354

윤두수(尹斗壽) 170

윤선각(尹先覺) 286

윤승훈(尹承勳) 196, 354

윤우신(尹又新) 152, 354

윤유기(尹惟幾) 230, 354

윤유심(尹惟深) 230, 354

윤은경(尹殷卿) 25

윤응상(尹應祥) 184

윤필상(尹弼商) 288, 354

윤효명(尹孝鳴) 243

은진(恩津) 15, 139

은진 송씨(恩津宋氏) 15

을묘왜변 169

응문(應文) 40~42

의병(義兵) 16, 27~29, 72, 80, 210, 226, 245,
　　256, 273, 277, 280, 281, 325, 327, 336

의아(義兒) 104, 105, 123, 124, 161

의주(義州) 21, 245, 304, 306, 307, 324, 332,
　　333

이갱(李鏗) 240, 355

이경담(李景曇) 58

이경린(李景麟) 273, 277, 283, 285, 355

이경익(李慶翼) 169, 197

이경춘(李慶春) 213

이경함(李景涵) 102

이광(李洸) 286

이광춘(李光春) 105, 106, 186, 218, 225, 355

이구순(李久洵) 152, 267

이귀(李貴); 이옥여(李玉汝) 10, 15~17, 46,
　　72, 73, 101, 102, 229, 282, 355

이규빈(李奎賓) 34, 355

이기종(李起宗) 187, 191

이덕수(李德秀) 184

이덕형(李德馨) 296, 355

이덕후(李德厚) 141, 169, 184, 188

이등귀(李騰貴, 李登貴) 57, 61, 69

이뢰(李賚); 이양필(李良弼) 18, 139, 355

이륜(李倫); 양성정(陽城正) 29, 166, 167, 169,
　　356

이린(李遴) 191, 356

이몽학(李夢鶴) 253

이복령(李福齡) 154, 155, 186, 235, 263, 356

이복흥(李復興) 17, 356

이분(李賁); 이여실(李汝實) 10, 15, 77, 80,
　　141, 142, 356

이빈(李賓); 이여인(李汝寅) 15, 16, 41, 46,
　　356

이빈(李贇); 자미(子美) 10, 47, 81, 93, 136,
　　167, 200, 356

이사온(李士溫); 이사과(李司果) 234, 238

이산(尼山) 6, 131, 132, 151, 241, 243

이산보(李山甫) 103, 323, 357

이성남(李成男) 39

이수효(李壽鱟); 장천군(長川君) 29, 166

이순민(李舜民) 68

이순수(李順壽); 이정로(李正老) 40, 112, 357

이순신(李舜臣) 21

이시열(李時說) 246, 248, 249

이시윤(李時尹) 136, 169, 357

이시증(李時曾) 200, 201, 357

이시지(李詩之) 286

이신(李賮); 이여헌(李汝獻) 15, 16, 101, 141,
　　173, 180, 357

이신성(李愼誠); 이봉사(李奉事) 101, 180,

193, 194, 214, 357

이양(李陽) 229

이언실(李彦實) 16

이언우(李彦祐) 136, 138

이여송(李如松); 이제독(李提督) 275, 292,
　　294, 296, 322, 357

이영익(李英翼) 169

이우춘(李遇春) 162, 168, 169

이원룡(李元龍) 200, 358

이원익(李元翼); 이방백(李方伯) 292, 358

이위(李漳) 172

이유(李㽥) 221, 224

이유록(李綏祿) 187, 358

이유립(李惟立) 226

이응파(李應葩) 183

이응화(李應華) 15, 358

이의(李儀); 금성정(錦城正) 29, 167, 169,
　　236, 237, 358

이익빈(李翼賓) 198, 359

이일(李鎰) 70, 76

이자(李資); 숙훈(叔訓); 여훈(汝訓) 16, 17,
　　359

이적(李楠); 의성군(義城君) 174

이정수(李廷秀) 8, 10, 11, 15, 17, 18, 77, 93,
　　139

이정시(李挺時); 이유위(李有爲) 91, 112, 150,
　　172, 173, 204~206, 359

이정일(李精一) 17, 359

이정현(李廷顯) 15, 77

이정호(李廷虎) 18, 139, 359

이정화(李廷華) 17

이중영(李重榮) 72, 191, 199, 215, 217, 219,
　　359

이지(李贄); 이경여(李敬輿) 10, 81, 92, 93,
　　105, 139, 199, 200, 212, 213, 222, 223,
　　225, 229~231, 359

이지강(李之綱) 235, 360

이질(痢疾) 129, 142, 143, 145, 177, 293

이천(李蕆); 여경(汝敬) 15~17, 46, 360

이천황(李天貺) 206

이청(李淸) 227, 230

이추(李秋) 46

이충의(李忠義) 192

이탁(李晫) 105, 112, 183, 200, 360

이틀거리[二日瘧] 69, 198

이한(李漢) 174, 175

이항복(李恒福) 323

이현경(李顯慶) 174

이홍제(李弘濟) 142, 150, 160, 162, 172, 173,
　　218, 360

이황(李滉) 323

이회(李懷); 익양군(益陽君) 29, 166

익산(益山); 용안(龍安) 64, 94, 182, 186, 192,
　　200, 201, 209, 212, 215, 222, 223, 229

익산댁 231

인천(仁川) 161

임계(任誡) 205, 220

임계영(任啓英) 226

임극(任克); 임맹길(任孟吉) 9, 10, 19, 20, 96,
　　239, 267, 360

임극신(林克愼); 임경흠(林景欽) 9, 10, 19, 20,
　　22, 23, 27, 32~35, 39, 40, 42~46, 96,
　　176, 177, 224, 360

임급(林汲) 36

임매(林妹) 9, 10, 96, 253, 262

임면(任免); 임면부(任免夫); 임참봉(任參奉)
　　10, 93, 148, 360

임명수(林命守) 18

임붕(林鵬) 240

임순(任純) 159

임아(任兒) 87

임전(任錪) 179, 360

임천(林川) 6, 10, 15, 26, 31, 34, 48, 101, 134~136, 141, 142, 168, 174, 221, 261

임탄(林坦) 22, 25

임태(任兌); 임소열(任少說) 239, 360

임표(林杓) 150

임피(臨陂) 96, 100, 172, 207, 252

임현(林晛); 임자승(林子昇) 19~25, 32, 34, 35, 40, 42, 239, 361

임환(林懽); 임자중(林子中) 21~26, 33, 34, 40~42, 361

임회(林檜) 44, 361

[ㅈ]

장성(長城) 6, 16, 46, 102, 146

장수(長水); 장천(長川) 79, 138, 242

장의동(莊義洞) 113

장흥(長興) 22, 33, 37

전경색(田景穡) 164

전계남(全繼南) 223, 224, 231, 256

전라도 19, 76, 103, 104, 116, 117, 121, 122, 137, 151, 161, 192, 239, 253, 275, 279, 284, 286, 294, 323, 325, 329, 339

전문(田文) 171, 187, 193, 198, 202, 219

전의(全義) 142

전주(全州); 완산(完山) 7, 15, 16, 31, 38, 40, 49, 62, 79, 103, 151, 152, 170, 179, 199, 234, 269

전주성(全州城) 7

전차지(田次知) 270

정각(鄭殻) 68

정목(政目) 245

정문겸(鄭文謙) 17

정문회(鄭文晦) 24, 25, 361

정사과댁(鄭司果宅) 161

정사신(鄭思愼) 235

정산(定山) 56, 58, 184, 189, 226, 228

정언지(鄭彦智) 103, 361

정여립(鄭汝立) 266

정염(丁焰) 28

정읍(井邑) 6, 47

정응창(鄭應昌) 66, 361

정인홍(鄭仁弘) 325

정종경(鄭宗慶) 239

정척(鄭惕) 17, 361

정철(鄭澈) 62, 323

정현(鄭晛) 27, 361

조광철(趙光哲) 183, 235

조광필(趙光弼) 245

조대득(趙大得) 113, 226

조대붕(趙大鵬) 95

조대충(趙大忠) 145

조도어사(調度御史) 25, 135, 183~185, 194, 208

조민(趙敏); 조대영(趙大英) 165, 171, 219

조보(朝報) 266

조사겸(趙思謙) 225

조서(詔書) 47, 333

조승훈(祖承訓) 332

조식(曺植) 323

조신계(趙新溪) 213

조우(趙瑀) 221

조유한(趙維韓) 80, 362

조윤공(趙允恭) 62, 235, 262

조응록(趙應祿); 조경유(趙景綏) 113, 114, 182, 183, 362

조응문(趙應文) 68

조익(趙翊) 16, 46, 91, 94, 362

조존경(趙存慶) 208

조존성(趙存性) 203, 362

조추(趙摯) 208

조헌(趙憲) 327

조형원(趙馨遠) 208

조희보(趙希輔); 조한림(趙翰林) 51, 66, 75, 87, 119, 182, 183, 188, 189, 238, 259, 362

조희식(趙希軾); 조김포(趙金浦) 51, 87, 234

조희안(趙希顏) 213

조희열(趙希說) 66

조희윤(趙希尹); 조좌수(趙座首) 66, 119, 150, 163, 182, 183, 238

조희철(趙希轍); 조문화(趙文化) 51, 66, 182, 238, 363

종정원(從政院) 177, 211

주균왕(朱均旺) 309, 318, 363

죽산(竹山) 227, 329

죽전(竹前) 숙부 123, 187, 238

즉동(卽同) 157

지리산(智異山); 두류산(頭流山) 281, 323

지진 132, 133, 140

직산(稷山) 7, 142, 181

진위(振威) 67, 142, 183, 188, 191, 192, 195, 203, 227, 232, 257, 263, 264

진주(晉州); 진양(晉陽) 29, 210, 276, 295, 327, 329

진주성(晉州城) 29, 327

진효남(秦孝男) 307

[ㅊ]

창원(昌原) 73

천동(泉洞) 241

천원역(川原驛) 47

철야리(鐵冶里) 26

청양(靑陽) 73, 82, 104, 159

최강(崔崗) 73

최경운(崔慶雲) 29

최경장(崔慶長) 29

최경창(崔慶昌) 298, 363

최경회(崔慶會) 29, 210, 327, 329, 363

최계옥(崔啓沃) 68

최인복(崔仁福) 200~202, 217~219, 224, 256

최집(崔潗); 최심원(崔深源) 19~26, 34, 35, 37, 39~42, 44, 363

최형록(崔亨祿); 최경유(崔景綏) 67, 183, 363

춘이(春已); 춘노(春奴) 67, 77, 78, 88, 92, 105, 107, 108, 110, 113, 119, 120, 122, 142, 146, 147, 162, 163, 180, 182, 186, 257, 261

춘희(春希) 32, 42

충아(忠兒) 어미 51, 84, 91, 105, 106, 107, 131, 144, 146, 147, 158

충청도 6, 19, 25, 31, 40, 76, 104, 116, 192, 323, 325, 339, 340

칠전리(漆田里) 47, 96, 208

칭념(稱念) 76

[ㅌ]

태안(泰安) 205

태인(泰仁) 6, 32, 33, 47, 75, 82, 83, 96, 97, 102, 145~147, 151, 174, 177, 199, 207, 208, 215, 256, 258, 260, 262

[ㅍ]

패자(牌字) 240

평릉수(平陵守) 163

평안도 68, 122, 127, 131, 292, 323, 330, 333

평양(平壤) 7, 115, 131, 275, 281, 282, 292, 294, 304, 306, 322, 330, 332

평양성(平壤城) 전투 275

평택(平澤) 58

풍덕(豊德) 128, 129

풍신수길(豊臣秀吉, 도요토미 히데요시); 수길(秀吉); 관백(關白) 7, 114, 115, 308, 309, 319, 324

풍양(豊壤) 360, 361

풍중영(馮仲纓) 292

[ㅎ]

하루거리[間日瘧] 69, 71

학질(瘧疾) 9, 21, 50, 54, 59~62, 69, 71, 73,
74, 76, 79, 80, 88, 89, 91, 102, 104,
10~113, 116~120, 123, 124, 135, 141,
143~145, 148, 159, 164, 169, 170, 173,
181, 185, 192, 193, 197, 200, 202, 203,
233, 259

한강 323, 328

한겸(韓謙) 150, 152, 162, 163, 186, 203, 226,
236, 363

한노(漢奴); 한세(漢世) 108~111, 117, 119,
138, 149, 164, 182, 191, 192, 194, 223,
228~232, 264

한복(漢卜) 204, 261

한산(韓山) 79, 194, 201, 206, 223, 229, 231,
234, 236, 261

한성원(韓性源) 227, 363

한수(漢守) 38

한양 18, 24, 25, 31, 34, 56, 79, 81, 82, 95,
98, 10~103, 113, 121, 128, 129, 133,
136, 163, 165, 167, 169, 170, 174, 203,
211, 213, 217~219, 224, 228, 234, 242,
259, 261~263, 265, 268~270, 281, 322,
327

한용(韓鏞) 262

한욱(韓頊) 212, 364

한의(韓檥) 227

한즙(韓濈) 231

한헌(韓獻); 한생원(韓生員) 75, 82, 83, 147,
187

함경도 302, 303, 323

함안(咸安) 73

함열(咸悅) 6, 49, 50, 53, 59, 62, 66, 67,

69, 70, 75, 77, 85, 88, 92, 94, 101,
106~110, 119~122, 135, 143, 145,
146, 148~151, 153, 160, 162, 163, 165,
166, 169, 171~173, 179, 182~188,
191~205, 213, 217, 218, 220, 222~225,
227, 229, 231~239, 244~249, 251~258,
260~264, 267~269

해미(海美) 221

해주(海州) 63, 128

해주 오씨((海州吳氏) 11, 12

해주 오씨 추탄공파(楸灘公派) 11

행재소(行在所) 21, 62

향춘(香春); 향비(香婢) 86, 87, 92, 111, 119,
123, 203, 224, 268

허균(許筠) 68, 299, 302, 364

허용(許容) 225, 234, 254

허의후(許儀後) 307, 364

허찬(許鑽) 10

허초희(許楚姬); 허난설헌(許蘭雪軒) 299, 364

홍범(洪範); 홍언규(洪彦規) 122, 123

홍사고(洪思古) 72, 162, 226, 241, 364

홍사효(洪思斅) 162, 163, 364

홍산(鴻山) 123, 163, 189, 194, 231

홍성(洪城); 홍양(洪陽) 63, 64, 80, 126, 182,
198

홍성민(洪聖民) 152, 365

홍세찬(洪世贊 139, 365

홍영필(洪永弼) 168, 365

홍요좌(洪堯佐); 홍찰방(洪察訪) 135, 136,
140, 141, 206, 365

홍이서(洪以敍) 141, 241, 243

홍인서(洪仁恕); 홍응추(洪應椎) 40, 262, 365

홍준(洪遵); 홍주서(洪注書) 217, 218, 226,
365

화산(花山) 63, 70, 92, 112

환곡(還穀); 환자[還上] 39~41, 51, 55, 61, 62,

70, 71, 80, 88, 101, 133, 157, 158, 160, 200, 228~230, 240~242, 245, 254, 255, 265

황간(黃澗) 29, 223, 256

황극중(黃克中) 211, 365

황대(黃大) 31

황민중(黃敏中) 68

황신(黃愼); 황사숙(黃思叔) 330, 338, 365

황조(皇朝) 68

황진(黃進) 29

황해도 56, 125, 129, 216, 221, 224, 271, 323, 333

회덕(懷德) 30

효임(孝任) 87

휴정(休靜) 281

쇄미록 3 갑오일록

2018년 12월 19일 초판 1쇄 발행
2019년 4월 30일 초판 2쇄 발행

지은이	오희문
옮긴이	전형윤
기획	최영창(국립진주박물관장)
윤문	김현영(낙산고문헌연구소), 이성임(서울대학교), 전경목(한국학중앙연구원), 김건우(전주대학교), 김우칠(국사편찬위원회)
교열 및 교정	김미경·서윤희(국립진주박물관), 박정민
북디자인	김진운
발행	국립진주박물관
	경상남도 진주시 남강로 626-35
	055-742-5952
출판	(주)사회평론아카데미
	서울특별시 마포구 월드컵북로 12길 17
	02-2191-1133
ISBN	979-11-88108-93-0 04810 / 979-11-88108-90-9(세트)